烈火荒原
SCRUBLANDS

克里斯·漢默
CHRIS HAMMER

黃彥霖——譯

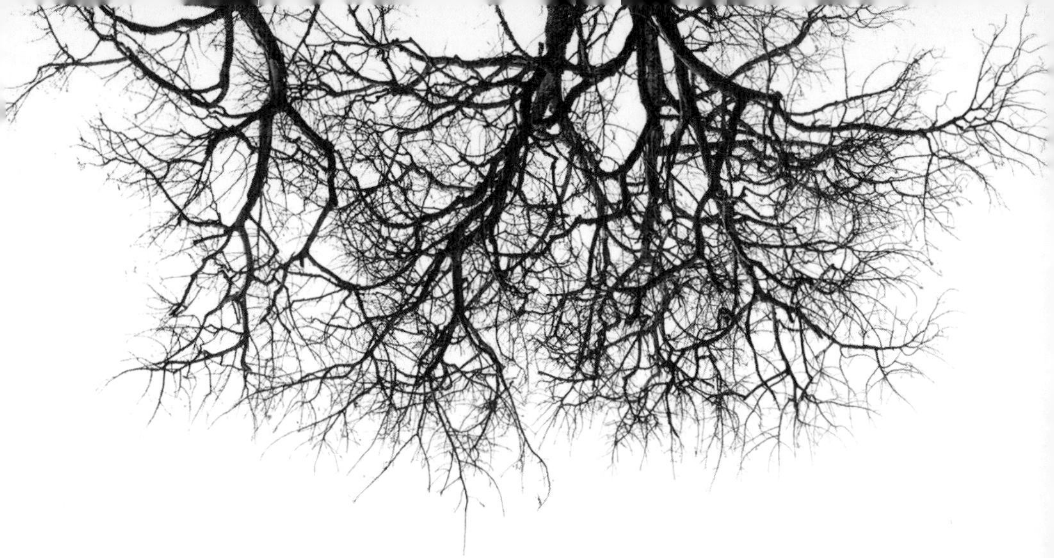

英國犯罪作家協會
New Blood 新血匕首獎

星期日泰晤士報
Sunday Times 年度犯罪小說

澳洲
圖書獎入圍

澳洲
獨立圖書獎入圍

澳洲新南威爾斯
州長文學獎入圍

美國犯罪小說
巴瑞獎入圍

史全德雜誌
評論家獎入圍

大旱讓這座小鎮垂死
但水帶來的不是生機，是屍體

★—各大書店排行榜冠軍，上市銷量迅速突破 100000 冊—★
★—犯罪三部曲系列作銷售超過 250000 冊—★
★—賣出美、英、德、法、義、俄、挪威、羅馬尼亞版權—★
★—電視劇火熱籌拍中—★

冬陽（推理評論人）｜**臥斧**（文字工作者）｜**陳雪**（作家）｜**陳蕙慧**（資深出版人）｜**提子墨**（犯罪小說作家）
龍貓大王通信（影評、粉絲頁「龍貓大王通信」）｜**譚光磊**（國際版權經紀人）

——試讀精選——

給友子

泉田
海伊
怪老家
灌叢荒原
堤防
河
軍人俱樂部
黑人潟湖
蘭德斯雜貨店
商務飯店
泰晤士街
肉鋪
聖雅各教堂
警局
診所
班迪戈
銀行
小學
桑莫瑟街
貞寧斯
綠洲
劍橋路
河岸公園
德尼利昆
桑莫瑟街
鎮議會
慈善二手店
今日剪髮
葡萄酒館
海伊路
加油站
消防局
格洛斯特路
超市
黑狗汽車旅館
公路
房地產仲介
N
E
W
廢棄
加油站
貝林頓
穀倉
旱溪鎮
包裝廠

目次

序幕

白日沉沉。熱氣經過整夜消散，又再次層疊堆積；酷罰的晴空萬里無雲，烈日臨頭壓下。在路對面，在磨損過後剩下的河旁，群蟬的噪音如牆矗立，但教堂這側卻一片寂靜。參加十一點禮拜的教區居民陸續抵達，把車停在馬路對面的樹蔭底下。待三、四輛車停妥，車上的乘客便湧進亮晃晃的早晨中，穿過馬路，聚集在聖雅各教堂外面閒聊：股價、農地缺水、惡暑。年輕的牧師拜倫．史衛福特也在其中，穿著便服，親切地和上了年紀的教友聊天。一切看起來如此正常，沒有什麼不對勁的地方。

奎格．蘭德斯走了過來。他是旱溪鎮鎮上雜貨店的老闆和現任經營者，和朋友正要去打獵，繞來教堂是想在出發前和牧師講幾句話。他那群朋友跟在一旁，他們全和蘭德斯一樣，不是平常會上教堂的人。傑瑞．托林尼住在貝林頓，根本不認識這個教區裡的人，沒多久又鑽回他那輛四輪傳動車裡，農夫湯姆．紐克和艾弗．紐克都是本地人，就跟了過來，霍里．果芬諾也是。艾弗的兒子艾稜發現周圍的人年紀都比他大上三倍有餘，於是便回到卡車的車廂裡找傑瑞。這些男人身上的打獵服同時混雜了迷彩和螢光色，即便真的有誰覺得他們這樣穿很不協調，也沒人說出口。

牧師看到蘭德斯，朝他走去。兩個男人握手、微笑、彼此交換了幾句話，接著牧師轉身離開，走進教堂，準備披上聖服，為禮拜做準備。把該說的事情說完之後，蘭德斯便想走人，但是霍里和紐克家的人與其他農夫聊得正起勁，他只好先走向教堂一側，想找陰影躲。喋喋不休的談話聲音突然停下來時，他已經快走到了；他回頭看見牧師正走出教堂，站在門口那一小段階梯的頂端。拜倫．史衛福特換上了長袍，耶穌受難十字像在陽光照耀下閃閃發亮，他手裡抓著一把槍，一把帶瞄準鏡的大火力獵槍。奎格·蘭德斯完全無法理解眼前的景象是怎麼回事；史衛福特把槍舉至肩高，表情平靜地從不到五公尺的距離對著霍里·果芬諾開槍，此時蘭德斯還是滿臉困惑。果芬諾的頭炸開成一片紅雲，雙腳隨即放棄支撐的意念。他像沙包一樣倒在地上，彷彿沒了骨頭。對話停止，頭都轉了過來。人們的腦袋掙扎想理解，場面一度安靜。牧師再次開槍，另一具身體倒下：是湯姆·紐克。沒人尖叫，還沒，但有恐慌，還有隨著眾人開始奔跑時散播開來的沉默的絕望。獵槍對著世界再次大喊，蘭德斯火速奔向教堂的轉角。他繞過外牆，獲得一時保護，但沒有因此停下腳步，他知道牧師最想殺的就是他。[1]

1 本書中對聖職人員的稱謂在原文中有多種區別，鑒於聖公會的語境脈絡較一般派別來得複雜，且臺灣慣用譯名本來誤差的已難修正，因此本書中無論priest、pastor、reverend皆譯為牧師，便於閱讀。精確來說，拜倫·史衛福特並非一般牧師，而是祭司（司鐸）。

1．旱溪鎮

馬汀．史卡斯頓在進鎮前的橋上停車，留引擎繼續轉動。這是座單行橋——不能超車，也無法會車——是幾十年前砍了本地赤桉當材料造的。木橋跨過底下的洪泛平原地，長得彷彿沒有邊際，萎縮的乾燥木板嘎嘎作響，螺栓栓不緊，橋型都垂了。馬汀打開車門，踏入白日中午的熱度裡，凶猛殘酷，空氣乾得像火爐。他把兩手放在欄杆上，但在這樣的熱天裡，連木頭都燙得碰不得。他抬起手，帶起幾片白色的油漆碎片。他用掛在脖子上的溼毛巾把手抹乾淨。他低頭看向應該是河的下方，卻只看見裂成馬賽克的黏土地，都烤乾了，就要化為粉塵。有人把一臺舊冰箱運到以前流水的河道上，丟在那裡，還在冰箱門上用漆寫著：免費啤酒，良心商店。堤岸兩旁那些赤桉樹不懂這笑話的幽默感；某部分的樹枝已經死了，剩下的則撐著幾叢零落的土色葉子。馬汀把太陽眼鏡往上推，但光照得他眼花撩亂，太亮了，於是他又把鏡片拉回眼前。他回到車裡關掉引擎。一切安靜無聲；熱氣吸走了整個世界的生命力：沒有蟬、沒有鸚鵡，甚至沒有烏鴉，只有橋在太陽的支配下膨脹、收縮所發出的吱呀抱怨。連風也沒有。太熱了，這氣溫在他身上拉扯，搜索著水分；他可以感覺到熱氣透過自己那雙城市人的薄皮鞋底向上竄升。

回到租來的車子裡，空調拉至緊繃，他把車開下橋，進入旱溪鎮的主大街，進入那只低於堤防的悶熱的碗裡。街旁停了車，全都以整齊的四十五度角倒退至人行道突起的邊緣：皮卡車、農用卡車、城市轎車，全都覆滿塵土，且沒一輛是新的。他開得很慢，環視周圍動靜，四處尋找生命的跡象，卻感覺自己像是開在一座城鎮的立體模型裡。直到駛過離開河邊那側的第一個街區，穿越第一個路口，並經過那座立在圓柱頂端的士兵銅像之後，他才終於看見人行道上有名男子正拖著腳走在商店遮陽篷的陰影底下。怎麼也想不到，男人竟然穿著一件長版的灰色厚大衣，癱著肩膀，單手抓著一只棕色紙袋。馬汀停下車，謹慎刻苦地以規定的角度退向路邊，但顯然還不夠謹慎。保險桿刮過人行道邊緣發出刺耳聲音時，他臉都扭成一團。他拉起手剎車、關掉引擎，接著爬出車外。路緣的高度幾乎及膝，目的為了防洪雨，現在還讓他租來的車尾增色不少。他考慮把車子往前開，拉離人行道的混凝土路面，但最後還是沒有這麼做，反正傷害已經造成了。

他穿過馬路，走進遮陽篷的陰影裡，但沒看到那個拖著腳走的男人。街上荒無人煙。馬汀注視著路旁的店面。第一間店的玻璃門內側貼著一張手繪招牌：「馬媞妲的慈善二手古董店。二手衣、飾品、古玩。星期二和星期四上午營業」。現在是星期一的午餐時間，店門深鎖。馬汀仔細看著櫥窗內的擺設，裡頭有個身穿黑色串珠小禮服的老舊裁縫人體模型；一件縫了皮製手肘補丁的粗花呢外套，下襬稍微磨損，高掛在木製衣架上；椅背上還披了一件浮誇的橘色連身工作服。不鏽鋼桶裡裝著許多廢棄的雨傘，因為久未使用而封上灰塵。其中一面牆上有張海報，上頭的女人穿著連身泳衣躺在海灘毛巾上享受陽光，她身後的海浪正舔著沙灘。海報上寫著「曼利海灘與衝浪」，但因為貼在櫥窗裡太久，女人泳衣上的紅和沙灘的金都已經被里弗來納地區的陽光漂白了，只留下一片彷彿滲透進去的蒼白淡藍。櫥窗底部放了一整排的鞋：保齡球鞋、高爾夫球鞋、幾雙破舊的馬靴和一雙拋光過的棕色雕花鞋。蒼蠅的屍體點綴圍繞著這些東西彷彿彩色紙屑。**死掉男人的鞋子**，馬汀心想。

隔壁是間空店面，櫥窗裡放著一張黃黑配色告示寫著「出租」，玻璃上被刮除的漆字還留著清晰的外框：「今日剪髮」。他拿出手機拍了幾張照片，好當成寫稿時的影像參考。再下一間店面則是完全封死：魚鱗板正牆的兩扇小窗都已用木板擋起，店門上又串著一條鏽鐵鍊和黃銅掛鎖，彷彿已經這樣存在了整段人生。馬汀拍了一張上鎖店門的照片。

回到馬路另一邊，馬汀再次感受到從鞋底向上竄的熱氣，並且避開緩緩滲出瀝青的路面補丁。他走上人行道，重新獲得遮蔭的救濟，訝異地發現眼前竟然有間書店，就在他停車的位置旁邊：涼篷底下的掛牌是塊扭曲的長木板，上面的字體刻著「綠洲咖啡書店」。書店。非常有趣。他這趟出來沒帶書，甚至完全沒想到這件事，直到現在。他的編輯麥斯．富勒剛日出就打來，講了一大串剛剛妙發的靈機，然後把這則故事派給了他。馬汀匆促打包，趕到機場時還擠出時間下載才剛收到的電子郵件，最終穿過停機坪成了最後一位登機的乘客。不過有本書也不錯；如果非得在這座小鎮徒留的空殼熬過接下來幾天，小說至少能分散他的注意力。他試著開門，預期可能也上了鎖。不過還好，綠洲已經開門營業了。或者說，至少那扇門是如此。

屋內，整間店漆黑、空無一人，溫度至少涼了十度。馬汀摘掉墨鏡，雙眼從噴燈似的街景轉向適應陰暗。店門面板玻璃上的窗簾已經拉上，簾前還放著日式屏風，多了一道阻擋日光的屏障。吊扇幾乎沒在轉；另外一個唯一在動的物體是櫃檯那座小型循環水景擺飾，水流正從梯田式的石板上緩慢滴落。櫃檯設在門邊，立在窗前，正對著一片開闊空間。裡頭擺了兩張沙發、幾把放在舊地毯上的懶人扶手椅，還有數張擺滿書本的小矮桌。三四排及肩書架往店面後半部延伸而去，沿著中間和兩旁留下走道。更高的書架則靠著邊牆。在店的後方，走道最底端，有一扇木製的雙向彈簧門，就是餐廳裡常用來區隔廚房和用餐區的那種。如果把書架換成靠背長椅，而櫃檯換成祭壇的話，這地方幾乎跟教堂沒兩樣。

馬汀穿過幾張矮桌走向最遠那面牆，看見一面小牌子寫著「文學」。他抿著嘴在臉上逐漸拉開一道歪斜的苦笑，不過很快就因為看見放在書架頂端的書而立刻停了下來。架上，整齊地並排著只露出背脊的，全是他二十年前讀大學時閱讀、研究的書群。不只是書目相同，還是同樣磨損破舊的平裝版，彷彿他當年那樣按照課程排好。裡頭有《白鯨記》、《大地英豪》和《紅字》，就放在《大亨小傳》、《第二十二條軍規》和《赫索格》的左側；有《理查．馬弘尼的命運》、《只是為了愛》和《昆娜杜》，接著是《自由的墜落》、《審判》、《沉靜的美國人》；還有那些他一知半解的劇本：《看門人》、《犀牛》、《凶險教堂》。他抽出一本企鵝版的《窗外有藍天》，固定書脊不脫落的膠帶因為歲月而泛黃。他翻開書，半期待著看到某個已受自己遺忘的同窗的名字，不過迎入眼中的卻是某個**凱瑟琳．布朗德**。他把書放回原位，小心翼翼地不讓它受傷。**死掉女人的身後書**，他想，然後拿出手機拍了一張照片。

安坐在下一個架上的書比較新，有的看起來像幾乎沒人碰過。詹姆斯．喬伊斯、薩爾曼．魯西迪、提姆．溫頓。他看不懂這裡的書的分類方式。他抽出一本書，然後是另一本，但裡頭都沒署名。他拿了其中兩本書，轉身正想要坐到其中一張看起來很舒服的扶手椅上時，突然嚇了一跳，身體不由自主地向後畏縮。有個年輕女人不知怎麼的竟然出現在中央走道底端。

「找到有趣的東西了嗎？」她微笑著問，聲音沙啞，淡然地斜靠在書架上。

「希望是吧。」馬汀說，但心中其實完全不像說出口的聲音聽起來那樣放鬆。他有些不知所措：起先是因為她突然出現，而現在則是因為她美麗的外表。她髮色金黃，剪成那種髮流凌亂的鮑伯頭，瀏海刷過黑色眉前。她的頰骨像大理石，雙眼璀璨翠綠。她穿著輕薄的夏日連身裙，光腳，完全不屬於他現在一直為旱溪鎮構思的那種敘述基調。

「誰是凱瑟琳．布朗德？」他問。

「是我母親。」

「請告訴她，我喜歡她的書。」

「沒辦法。她已經死了。」

「噢，抱歉。」

「沒關係。如果你喜歡書的話，她也會喜歡你的。這裡以前是她的店。」他們站著對望了一會。她用一種無須愧疚的態度看著他，最後是馬汀先撇離視線。

「坐吧。」她說。「稍微放鬆一下，畢竟你從那麼遠的地方來。」

「你怎麼知道？」

「這裡可是旱溪鎮。」她說，露出一副哀傷的笑容。馬汀發現，她有酒窩。她有當模特兒的本錢，或是電影明星。「去吧，坐。」她說。「想喝咖啡嗎？這裡是書店沒錯，但也是咖啡店。我們的錢都是靠這賺的。」

「好，那一杯黑咖啡[1]，謝謝。然後請再給我一杯水。」雖然從大學之後就沒抽過了，但他發現自己居然想抽菸。香菸。為什麼是現在？

「好的，馬上來。」

她轉身踏著無聲的步伐從走道另一邊離開。馬汀全程盯著她看，由衷欣賞她那漂浮在比書架略高位置的脖子曲線，他的腳定在原地，就在剛才第一次看到她時的位置上。她穿進店面後方的雙向門，身影消失其中，但她的存在感仍徘徊不去：那大提琴似的嗓音、滿溢自信的姿勢、翠綠雙眼。

門板停止晃動。馬汀低頭看向手中的書。他嘆了口氣，一邊笑著自己的可悲一邊坐下，但眼神沒落在書上，而是盯著自己那雙已經四十二歲的手背。他的父親有一雙工人的手。在馬汀小時候，它們看起來總是那麼強健、自信、目的明確，而他始終覺得自己的手總有一天也會成為那個樣子。只是馬汀覺得它們現在還是一副青少年的模樣，屬於白領階級，而不是工人，似乎總缺乏一股真誠。坐墊破爛的扶手椅吱吱呀呀響著，他坐好，開始心不在焉地翻著其中一本書。這次，當她出現在視線中時，就沒再嚇到他了。他抬起頭來，發現原來已經過了一會。

「給你。」她說，非常非常輕地皺了眉。她把一只白色大馬克杯放在他旁邊的桌上，他在她彎腰時聞到一股染上咖啡香的香水味。**你這笨蛋**，他想。

「我替自己也泡了一杯，」她說。「希望你不要介意。我們這裡很少有旅客。」

「當然沒關係。」他聽到自己這麼說。「請坐。」

馬汀心裡有一部分很想跟她閒聊、逗她笑，施展魅力迷她一陣。他覺得自己應該還記得該怎麼做——他那張帥臉總不可能完全棄他於不顧——但他再次瞥見自己的手，便決定放棄。「你為什麼會在這個地方？」他問，話直接得連自己都驚訝。

「什麼意思？」

「你為什麼會在旱溪鎮？」

「我住在這裡。」

「我知道。但是，為什麼？」

她的笑容褪去，注視他的神情顯得認真起來。「什麼原因讓你覺得我不該住在這裡？」

「這個地方。」馬汀舉起雙手，比著圍繞著他的店面。「書、文化氛圍、文學。你大學時讀的書就放在那裡的架子上，在你母親的書下方。還有你自己。這是個正在消亡的小鎮，你不屬於這裡。」

她沒有笑，也沒皺眉，只是看著他，仔細打量，在回答之前讓沉默持續蔓延。「你是馬汀・史卡斯頓，是嗎？」她的視線定在他雙眼上。

1　Long black，臺灣或稱澳式黑咖啡。

他迎上她的注視。「對，就是我。」

「我還記得那些報導。」她說。「很高興你活著逃出來了，一定很可怕。」

「對，的確是。」他說。

幾分鐘過去。馬汀啜著手中的咖啡。其實不難喝；他在雪梨喝過更糟的。對香菸的奇怪渴望再次襲來。起初沉默有些尷尬，接著就不了。更多時間流過。他很高興自己在這裡，在綠洲書店裡，和這位美麗的年輕女子共享沉默時光。

先開口的是她。「我在十八個月前回來，就在我母親臨走之前，回來照顧她。而現在……怎麼說，要是我離開的話，就會關掉這間書店，她的書店。這件事應該不久後就會發生，只是我還沒走到那個時間點上。」

「抱歉，本來沒想要這麼直接。」

她拿起自己的咖啡，兩手圍繞住馬克杯：那是一個代表舒適、信任和分享的手勢，雖然天氣這麼熱，卻奇異地適合。「所以，馬汀．史卡斯頓，你來旱溪鎮做什麼？」

「寫報導。編輯派我來的，他覺得出門走走呼吸健康的鄉下空氣對我會好一點。他當初用的詞是，『讓風把腦子裡的蜘蛛網清乾淨』。」

「寫什麼主題？乾旱嗎？」

「嗯，不是。」

「噢天啊，槍殺案？又一篇嗎？都要一年前的事了。」

「對，那就是切入點：『一年過去，旱溪鎮如何面對？』有點像人物側寫，但寫的是整座鎮，不是人。我們打算在一週年時出版。」

「你提的想法嗎？」

「編輯的。」

「真是天才。然後他派你？來寫一座創傷中的小鎮？」

「顯然是這樣。」

「老天。」

然後他們再次相對坐著沉默。年輕女子將下巴靠在其中一隻手上，無神地盯著桌上的其中一本書，此時馬汀開始仔細推敲她這個人，不再只是探索美麗的外表，而是反覆回想她所做的，留在旱溪鎮的決定。他看見她雙眼周圍的細紋，懷疑她的年紀應該比自己一開始想的要大。

二十多歲的年紀要過到一半了吧，應該。至少跟他比起來還是年輕。他們就這樣對坐了幾分鐘，就像一幅書店活人畫，接著她抬起視線，對上他的雙眼。又過一會，似乎有某種連結確立了，她開口時聲音近乎低語。

「馬汀，你知道嗎，還有一個主題會比那更好，好過你繼續在這個還在哀悼的小鎮的痛苦中打滾。」

「什麼主題？」

「他為什麼會那麼做。」

「我想我們都知道，不是嗎？」

「你說性侵兒童嗎？用這來指責一位過世的牧師太簡單了，但我不相信。不是每個牧師都有戀童癖。」

馬汀受不了她注視裡的那股濃烈；他看著自己的咖啡，不知道該說什麼。

年輕女子堅持。「達西．德佛，他是你朋友嗎？」

「我不會說得那麼親密，但他是很優秀的記者，那篇報導得了沃克利獎，實至名歸。」

「那篇寫錯了。」

馬汀猶豫了，他不曉得這場對話會往何處發展。「你叫什麼名字？」

「蔓德蕾・布朗德。大家都叫我蔓蒂。」

「蔓德蕾？滿特別的。」

「我媽取的。她喜歡字的讀音。她也喜歡環遊世界這種事，不受任何拘束。」

「她去了嗎？」

「沒有，從來沒離開澳洲過。」

「好，蔓蒂。現在是這樣，拜倫・史衛福特槍殺了五個人，你告訴我：他為什麼要這麼做？」

「我不知道。但如果你能找到原因，就會是最有料的報導，不是嗎？」

「我想是吧。但如果連你都不知道，又有誰能告訴我呢？」

她沒有回應這點，至少不是馬上。馬汀覺得有些侷促。他本來在這間書店裡找到一片避難之地，現在卻覺得被自己親手毀了。他不確定該說什麼，到底該道歉，還是一笑置之，還是要謝過她泡的咖啡之後離開。

蔓德蕾・布朗德倒是不覺得受到冒犯；她傾身向他，放低了聲音：「馬汀，有件事想告訴你，但不是為了發表，不是要讓你們拿去不斷複述，這件事我們兩個自己知道就好，可以嗎？」

「什麼事情這麼機密？」

「沒什麼，只是我還得住在這個鎮上。所以，盡管去寫你對拜倫的想法——反正他也不在乎了——但請不要扯到我，可以嗎？」

「沒問題，你說。」

她向後傾靠，考慮著接下來要說的話。馬汀意識到這間書店有多安靜，不只阻隔了聲音，還有光線和熱度。他可以聽到緩慢旋轉的風扇、風扇馬達發出的低沉嗡鳴、櫃檯上水流滴滴答答，還有蔓德蕾・布朗德緩慢的呼吸聲。蔓蒂盯著他的眼睛，嚥下一口口水，彷彿正鼓起勇氣。

「他這個人有種神聖的特質，就好像他是聖人之類的。」

「他殺了五個人。」

「我知道。我在場。場面很難看。我認識其中幾個受害者，認識他們的太太，芙蘭・蘭德斯是我朋友。那麼你告訴我：為什麼我不會恨他呢？為什麼我會覺得那件事情的發生多少都是必然？為什麼會這樣？」她眼中充滿懇求，聲音激動。「為什麼呢？」

「蔓蒂，你可以告訴我。我在聽。」

「你不可以寫我說的話，任何關於我的事都不行，同意嗎？」

「沒問題，你說。」

「他救過我。我這條命是他給的，他是個好人。」悲傷在她的臉上如漣漪般綻開彷彿風吹過池塘。

「繼續。」

「那時我媽快走了，而我懷孕了。那不是第一次，純粹是在墨爾本和某個混蛋一夜情的結果。我好想殺了自己，完全看不到未來，沒有一絲值得活下去的動力。這個狗屎小鎮，狗屎一樣的生活。但是他看到了。他走進這間書店，像平常一樣開玩笑、調情，然後突然停下來，完全沒來由。他認真看著我的眼睛，然後就知道了。接著他選擇關心。他花上一星期、甚至一個月的時間，和我說話，把我拉回來。他教我怎樣不再逃避，讓我了解事物的價值。他在乎、同情、了解其他人的痛苦。像他這樣的人不可能會性侵孩子，怎麼可能呢？」她的聲音裡帶著熱情，話語充滿信念。

「你信上帝嗎？」她問。

「不信。」馬汀說。

「嗯，我也不信。命運呢？」

「不信。」

「這個我就沒那麼確定了。因果報應呢？」

「蔓蒂，你想說什麼？」

「他以前會來店裡，買書、喝咖啡。一開始我不知道他是牧師，他細心、有魅力、獨特。我喜歡和他相處，我媽則是非常喜歡，你可以和他討論書和歷史還有哲學，每次他到店裡來我們都很高興。知道他是牧師的時候我好失望。我想我算是對他有好感。」

「他喜歡你嗎？」馬汀看著她，很難想像有哪個男人會不喜歡她。

她笑了。「當然不，我懷孕了。」

「但你還是喜歡他？」

「每個人都是。他非常風趣，而且有魅力。我媽快要死了，整個小鎮都快要死了，但他還是那樣：年輕、生氣勃勃、不對環境屈服、充滿自信和希望。而且不只如此——他變成我的朋友、我的告解者、我的救星。他願意聽，而且懂我，懂我當時處於怎樣的狀態裡。他不會指責，不會滿口訓誡，每次進城都會過來店裡，看看我們過得如何。我媽過世前的那段日子，住在貝林頓的醫院，他不僅安慰她，也安慰我。他是個好人，但現在連他也走了。」

更多沉默。這次，先開口的是馬汀。「後來你有把孩子留住嗎？」

「有。當然。他叫連恩，在裡面睡著了。如果他醒來時你還在，就介紹你們兩個認識。」

「好啊，聽起來不錯。」

「謝謝。」

馬汀知道接下來要說的話大概怎樣聽都不對，但他仔細斟酌著遣詞用字，至少試著這麼做。「蔓蒂，我知道拜倫．史衛福特對你很好，我很樂意聽到他其實不全然是個壞人，以及對人真誠等等，但這不等於他就贖罪了，尤其是對他做的這件事。而且，很抱歉，這也不代表其他指控不是真的。」

他的話完全沒有發揮說服她的作用，反而讓她看起來更加堅定。「馬汀，我告訴你，他曾經看進我的靈魂，而我也看見過他的。他是個好人，知道我身在痛苦之中，幫了我一把。」

「但你怎麼能把這點跟他所做的事連在一起？他犯的可是大規模屠殺。」

「知道，我知道，兩件事不能互相抵消。我知道他做了什麼，也沒有要否認的意思。發生那件事之後我整個人都被搞亂了，他是我除了母親之外所認識唯一正直的人，卻做出了這種恐怖的事。只是，有一點還是得說：我可以相信他開槍殺了那些人，我知道他的確那麼做了。我甚至產生一種不正常的心態覺得，對，就是該這麼做，雖然我完全不曉得他的理由。但我就是沒辦法相信他會性侵兒童。小的時候，我被霸凌、被打，青春期被謠言中傷、被性騷擾，然後現在身為大人了，我被排擠、批評、邊緣化。我交過很多跟虐待狂一樣的男朋友——算起來那根本是我唯一交往過的類型——都是一些自戀的混蛋，腦子裡只想得到他們自己。連恩的爸爸就是其中之一。我用糟糕透頂的方式近距離觀察過那種人，我了解他們的精神處於什麼狀態。他不是這樣，正好相反，他懂得關心。就是這一點，搞得我不知道該怎麼想；但同時也是這點讓我不相信他會性侵兒童，因為他懂得關心。」

馬汀不知道該說什麼。他看到她表情激動，聲音狂熱。但是，真的嗎，一個懂得關心人的大規模殺人犯？於是，他什麼都沒說，只是回應地看著蔓德蕾．布朗德那雙深陷困擾中的綠色眼睛。

2・黑狗

馬汀發現自己又站回了街上。沒買書，也沒問旅館怎麼走，彷彿剛從夢中醒來。他滑開手機，想進Google地圖查，但沒有訊號。天啊，沒有手機可用。他之前沒想到這點。現在身處這個鎮對他來說彷彿人在異國。

早起、漫長車程和熱氣，這幾件事加在一起把他榨乾了，他感覺視線模糊。要他說的話，天氣好像變得更熱了，商店涼篷外閃耀的光芒更加刺眼。除了從路面向上蒸騰的熱霧正閃閃發光之外，沒有東西在動。氣溫肯定爬到了四十度，一絲微風也沒有。他走進明亮的光中。這時摸車頂彷彿在摸煎鍋。有個東西在一片靜止中動了一下，就在他視線的邊緣，但他轉過去卻又一無所獲。不對——他看到了，就在路中央：有隻蜥蜴。他走過去。那是一隻尾巴粗短的松果蜥，死掉似地一動不動。瀝青從路面的裂縫中緩緩滲出，馬汀猜也許這隻蜥蜴被黏住了。不過牠突然間就跑了出去，帶著因為高溫而加速流動的血液，衝進一輛停在路邊的車子底下。另一個聲音爆開傳來。一陣咳嗽。馬汀轉頭，看見有個男人拖著腳步走在對街另一邊的涼篷底下。和之前是同一個人，穿著灰大衣，還是抓著包在棕色紙袋裡的酒瓶。馬汀走過去，和他打招呼。

「早安。」

男人彎著腰，顯然是聾的。他繼續拖著腳步前進，完全沒意識到馬汀。

「早安。」馬汀放大聲量又說一次。

男人停了下來，抬起頭四處張望，彷彿他聽到的是遠處的雷聲。接著他才看到馬汀的臉。

「什麼？」男人的鬍子灰白交雜，配上一對溼潤發紅的灰色眼睛。

「早上好。」馬汀重複第三次。

「現在不是早上，我也不好。你要幹嘛？」

「可以告訴我旅館怎麼走嗎？」

「這裡沒有旅館。」

「有，有一間。」馬汀知道有。飛過來的時候，他在機上用平板看了那間飯店的相關剪報，其中包括德佛那篇得獎的報導，他把那裡的餐酒館描述成了這座鎮的心臟。「就叫『商務飯店』。」

「關了。六個月了。他媽的總算甩了那東西。就在那邊，你看。」他揮著臂膀。馬汀回頭看向他開進鎮時走過的路。怎麼錯過的呢？那間老酒吧是主大街上唯一的兩層樓建築，就坐落在交叉路口旁，還高掛著招牌，並環繞著頗具吸引力的門廊，看起來彷彿只是今日公休，而不是關門大吉。男人把手收回來，轉開紙袋頂端的瓶蓋，喝了一口。「喏，要嗎？」

「不用，謝謝，還不是喝酒的時候。請問這個鎮上還有其他地方可以住嗎？」

「可以問問汽車旅館，但動作最好快一點，按照東西在這裡垮掉的速度，它搞不好是下一個。」

「請問怎麼走？」

男人看著馬汀。「你從哪個方向過來？貝林頓嗎？還是德尼？」

「都不是，我從海伊。」

「媽的開那麼遠。你從這裡往下，朝本來走的方向，在停車標誌的地方右轉，往貝林頓的方向，不是往德尼利昆。汽車旅館會在你右手邊，就在鎮的邊上。大概兩百公尺。」

「謝了，感激不盡。」

「感激不盡？[1]你他媽的在學美國人嗎？他們才那樣講話。」

「不是，我只是想說謝謝。」

「可以了，滾吧。」

流浪漢繼續踉蹌前行。馬汀拔出手機，迅速拍了一張他的背影。

要進到車子裡還不是件簡單的事。馬汀用舌頭把手指舔溼，好讓自己握住車門手把的時間足夠他扳過手把、甩開車門，然後把腳伸進去擋住門，不讓門因為地勢斜坡又再次關上。他坐進去，整輛車就像一缸印度坦都里烤爐。他發動引擎，扭開空調，但後者能做的根本只是把熱氣又送進車廂裡。車內有股難聞的味道，前任的租車者留下來的嘔吐味殘存不去，因為熱而不斷從椅墊布料中蒸騰而起。安全帶的壓扣因為一直躺在太陽下，已經燙到沒法碰了，馬汀索性放棄。他得把一度溼淋淋的毛巾披在方向盤上，才有辦法握住。「根本地獄。」他喃喃自語。

他開了幾百公尺到達汽車旅館，把車子轉進入口處旁車棚的陰影底下，然後鑽出車外，自顧自地格格笑著，感覺整個人又活了過來。他拿出手機，拍了幾張照片。已然剝落斑駁的招牌上寫著「黑狗汽車旅館，尚有空房」，而且最棒的是：禁止攜帶寵物。馬汀笑開。中大獎了。德佛怎麼會漏掉這地方？也許那個混蛋優等生當初根本沒離開酒館。

走進接待室，還是得不到一絲避暑的喘息。馬汀可以聽到室內深處發出的電視聲。櫃檯上有個由門鈴改裝而成的呼叫鈕。馬汀按了鈴，聽到電視聲音的方向遠遠傳來一陣招呼。等待的時候，馬汀便翻看那些放在一旁磚牆掛架上的宣傳小冊子。披薩店、墨瑞河遊船公司、某間酒廠、某個柑橘農場、滑翔機體驗、卡丁車、另一間汽車旅館，還有一間早餐民宿，有座游泳池還有滑水道。它們全都位在四十分鐘車程外的地方，順著墨瑞河往下游走，在貝林頓。櫃檯上散著幾張外帶菜單，紅色印墨，「西貢亞洲美食——越式、泰式、中式、印度和澳洲美食」、「旱溪鎮軍人俱樂部」。馬汀拿了一張，折起，放在口袋裡。至少知道自己不會餓死。

一個五十來歲披頭散髮的女人從霧面的彈簧門後飄出來，帶來一陣涼爽的冷氣和清潔劑的味道。她的頭髮及肩，分成兩種顏色：大部分是金色的，但是接近頭皮處長出來大約一吋棕灰交雜的髮根。「嗨，親愛的，一間房嗎？」

「對，謝謝。」

「休息還是過夜？」

「都不是，可能會住三四個晚上。」

她看了馬汀好一會。「沒問題，我看一下訂房的狀況。」

女人坐下，隨手打醒一部上了年紀的電腦。馬汀看向門外。車棚底下沒有其他車，只有他的。

「你運氣還不錯。四個晚上是嗎？」

「對。」

「沒問題。可以的話，請先付款。如果之後你決定續住，每日結清。」

馬汀遞出費爾法克斯[2]的公司卡。女人看見卡片，然後抬頭望向馬汀，才意識到他是什麼來歷。

「你是《世紀報》的？」

1 這裡感激不盡的原文為Appreciate it，是美國人慣用的感謝語。澳洲人一般並不會把道謝看得太重要，用語會更簡短，所以對方才對馬汀裝腔作勢的感謝不以為然。

2 Fairfax Media，澳洲媒體、主角報社的母公司，二〇一八年和九號娛樂合併。後文的《世紀報》為費爾法克斯旗下報社之一。

「《雪梨晨鋒報》。」

「沒問題。」她喃喃說著，便將信用卡滑過無線刷卡機。「好了，親愛的，你住六號房。這是鑰匙。在這裡等一下，我拿牛奶給你。進房之後把冰箱打開，離開時記得關燈和冷氣。電費快把我們壓垮了。」

「謝謝。」馬汀說。「這裡有無線網路嗎？」

「沒有。」

「也沒有收訊？」

「選舉之前還有，現在基地臺壞了，他們應該會趕在下次選舉之前修好。」她的笑容充滿諷刺。「你房間裡有網路線插孔，上次看的時候還能用。還有其他我可以服務的地方嗎？」

「有，你們汽車旅館的名字。不覺得聽起來有點怪？[3]」

「不會呀，你四十年前聽到就不會。難道因為有幾隻魯蛇不喜歡這個字，我們就得改掉它嗎？」

＊　＊　＊

馬汀的房間死氣沉沉。在讀過德佛的文章之後，他本來很期待住進那間酒館：和本地人一起喝啤酒、向坦率的酒保打聽消息，在吧檯點一份牛排配上煮過頭的蔬菜，而且只要爬上幾層階梯就能呼呼大睡。也許在半夜時分，他得搖搖晃晃穿過走廊到共用廁所才能尿尿，這避不掉，但那至少會是一幢有個性的老建築，滿載著過往故事，而不是眼前這間平淡無奇、只有功能性的狗窩：照明用的是裸露日光燈管，下陷床墊配上土色床單，空氣芳香劑的化學臭味刺鼻，還得加上咕噥運轉的小冰箱和鏗鏘有聲的空調。房裡還有電話和床頭鐘，應該都幾十歲有餘。這也許比睡在車裡好，但也只差一點點。他打給新聞部，給出汽車旅館的電話，然後提醒他們他的手機暫時不通。

馬汀脫去衣服，走進浴室，沖掉馬桶裡堆積的蒼蠅屍體，尿尿，然後再次沖水。他轉開洗手檯的水龍頭，用其中一只杯子盛滿水。水裡聞得到氯，嚐得到河[4]。他洗澡，完全沒考慮開熱水。他繃著臉，看著鬆軟無力的水壓，然後走到水流下，讓它淋滿全身。他站在那兒，一直站到感覺連水也不涼了。他舉起雙手，看著它們。他的手變得白而浮腫，因為水的關係長出皺紋，就像溺水的屍體。他的手什麼時候看起來變得這麼陌生了？

體溫下降了一點，房間裡的溫度勉強也在降低，他擦乾身體爬上床，把所有東西都丟到一旁，只留下床單。他需要休息。今天太長了：太早起，坐飛機，開車，還有熱。特別是熱。他睡著，醒來時房裡的黑暗正逐漸蔓延。

他穿上衣服，又喝了一些噁心的水，看錶：七點二十。

走到外頭，在汽車旅館後方，一月的太陽還固執地留在空中，掛在地平線上，又大又橘。馬汀撇下車，用走的。他發現，黑狗汽車旅館真的就在鎮的最邊緣，和空曠的牧草地之間只隔著一座廢棄的加油站。街對面則有條鐵路和一組高大的小麥儲存槽，在夕陽中散發金色的光芒。馬汀拍了一張照片。接著他經過那座廢棄加油站，走向許多路標圍繞的小鎮入口處：其中一個寫著「旱溪鎮」，另一個寫著「居住人數八百人」，第三個則寫「目前實施限水等級：五」。馬汀爬上一道方向和高速公司垂直的矮坡，高不超過一公尺；他拍了照，把路標和廢棄加油站放在照片裡的左側，小麥槽放在右側，斜下的夕陽投射

3　黑狗（Black Dog）在英語中有憂鬱、沮喪的意思，雪梨有一間身心症治療機構就叫這名字。
4　澳洲的自來水可生飲。不過因為水資源少，尤其內陸，所以墨瑞河流域的居民常引河水過濾使用。

出他的影子，一路穿到對街那些路牌的後方。他默默想著，那八百人口不知道是多久以前算的，現在又剩下多少。

他朝鎮的方向往回走，即使一日將盡，還是可以感覺到陽光的威力打在背上。這裡的房子有的已經廢棄，有的仍有人煙；有的花園已經乾死，有的則因地下水而生機盎然。他經過綠色波浪鋼板搭成的義消小屋，在海伊路的交叉口停下，街邊涼篷相連，商店就都躲在篷下。又拍了一張照片。

他繼續沿著公路[5]向東，經過一間棄置的超級市場，結束營業大拍賣的橫條被陽光漂白，還緊黏在門上；他經過一間殼牌加油站，正在打烊的老闆還親切地對他揮手示意；公園旁，綠色的草地上設了更多告示——「僅用地下水」——另外還有一座圓形涼亭，和供公路旅行的人使用的流動廁所，全都坐落在防洪堤岸之下。然後是另一座橋，兩線道、水泥製，向遠處延伸越過整段河面。馬汀調動記憶中的旱溪鎮地圖：一道T字路口緊緊伸進河道上的一處彎口，防洪堤岸則朝北朝東伸展，仔細護著小鎮。馬汀喜歡這個布局，有種經過深思熟慮後的獨立感，彷彿當漂泊在這片廣闊的內陸平原上時，是它下了錨，為旱溪鎮帶來某種可以立足的目標。

他爬上橋邊的堤防，發現沿著堤防的背脊修築了一條步道。他站起身，回頭看向公路，抹去額頭上的汗。地平線已經消失在塵土與熱氣交雜而成的霾霧裡，但他覺得自己可以看到地表彎曲的弧度，彷彿他正站在岬角上眺望海。一輛卡車轟隆開過橋面，經過他，往西駛去。就要落下的太陽因為塵土而變得狂暴、橙橘，他注視著那輛卡車，直到它的影像先是扭曲，最終完全吞沒進霧霾之中。

馬汀離開馬路，沿著堤防頂端走。他旁邊就是河床，穿過橡膠林間看去，河床上皆是乾裂的裸露泥土。他正覺得這裡的樹看起來似乎還算健康，就馬上遇到一株枯樹，外表跟它的鄰居同樣堅實，只是完全沒有葉子。一群鳳頭鸚鵡從他頭頂上空飛過，嘶啞的叫聲喚醒了暮色中其他鳥類和生物的回應。他沿著步道，一直走到河床上的一處轉彎。河床上方有座黃磚建築，坐落在天然的突起高地上。那是旱溪鎮軍人俱樂部暨保齡球會館，明亮的燈光從鋼製露天甲板上方的大面落地玻璃窗格中透出來，彷彿一艘在退潮時分擱淺的遊輪。

會館裡，溫度涼爽。有個櫃檯，上頭擺著臨時會員申請表，和一個指引來客自行填寫表格的標示。馬汀照做，然後把那張來賓資料表撕下帶著。主廳很大，有著能夠眺望整段河灣的長型窗戶，室內燈火明亮，以至於幾乎看不清楚外頭薄暮中的樹林。這裡有桌有椅，但沒有顧客，不見人影，唯一的動靜是一群吃角子老虎機，默默站在房間遙遠另一端的低矮隔板後方，繁華地閃爍著燈光。長型吧檯後面坐了一名正在看書的酒保，他在馬汀靠近時抬起頭來。

「你好，喝啤酒嗎？」

「謝謝。生啤有哪些？」

「這兩種。」

馬汀點了一杯卡爾頓，還問酒保要不要也來一杯。

「不了，謝謝。」酒保說。他拉過龍頭把手，開始斟馬汀的啤酒。「你就是那個記者？」

「沒錯。」馬汀說。「消息傳得很快。」

「鄉下小鎮就是這樣，還能說什麼？」酒保說。他看起來大約六十出頭，因為一輩子曬傷和啤酒而臉色赤紅，白髮梳理整齊，用髮油固定得服服貼貼。他的手很大，長滿肝斑。馬汀對它們感到欽佩。

5 澳洲地大，高速公路（Highway）不一定都是有護欄的高架道路，可以認知為速限較高、常受維護的筆直主要道路。在鄉下地帶，高速公路的作用是連接各個鄉鎮。

「來寫槍擊案的嗎？」

「沒錯。」

「希望你運氣好點，找到別人沒寫過的東西。在我看來，裡頭每件事都已經被重複寫過三次了。」

「你可能是對的。」

酒保收了馬汀的錢，把錢放進收銀機裡。

「問一下，你們這裡有無線網路嗎？」馬汀問。

「當然，但只是理論上有就是了。」

「什麼意思？」

「大半時間連不上，就算連上了，那東西就跟旱災期的給水一樣，這裡來一點，那裡來一點。不過還是試試看吧，反正這裡沒有其他人，有可能不會塞車。」

馬汀笑了。「密碼是什麼？」

「沼澤的英文[6]。當初設密碼的時候，我們這裡還看得到沼澤。」

馬汀用自己的手機成功登入網路，但沒辦法載入電子郵件，只看到一顆齒輪不斷旋轉，彷彿系統也很優柔寡斷。他最終放棄，收起手機。「我知道你說的意思了。」

他知道自己應該詢問關於殺人案的事，問這個鎮的反應如何之類云云，但他覺得有點不想這麼做。於是他改問為什麼這裡沒人。

「朋友，現在是星期一晚上，誰有那個錢能在星期一喝酒？」

「那為什麼你們現在開著？」

「因為如果我們不開，那就得關了。這地方有太多店都已經收掉了。」

「但他們還付得出你的薪水？」

「付不出來。大部分時候，我們都是志工。都是董事會的成員，有張輪班表。」

「這滿厲害的，城市裡就不可能有這種事。」

「這就是為什麼我們開著，但那間酒吧卻關了。不會有人願意在酒吧做白工。」

「雖然如此，看它關了還是覺得可惜。」

「說得沒錯。那家酒吧的老闆是個還不錯的傢伙——雖然是外地人。他會支持在地的足球隊，酒館的食材都用這裡產的，不過這也沒辦法讓他不關門就是了。說到食材，你在找吃的嗎？」

「當然，你有什麼？」

「我這裡沒東西。你走到後面，有湯米的外帶店：西貢亞洲美食，跟你在雪梨或墨爾本吃到的一樣讚。但動作要快點，最後點餐時間是八點。」

馬汀看了錶：七點五十五。

「謝了。」他說，拿起酒杯開始用灌的。

「可以的話我會讓你坐在這裡吃，只是我現在得準備打烊了。我們這裡來的客人都是像今天晚上這樣——大家都在等外帶的時候跑來喝一杯。不過我們還是每天晚上營業，除了星期六。然後除了星期一之外每天中午都開。要點其他喝的帶走嗎？」

馬汀想像自己一個人坐在黑狗汽車旅館房間裡喝酒的樣子。「不用，謝謝。」他說，然後飲盡手中的啤酒。他對志工酒保道謝，並伸出手。「馬汀。」他說。

6 原文：Billabong。

「艾羅。艾羅．萊丁。」酒保說，將馬汀的手用他那雙令人印象深刻的手握住。

艾羅，馬汀心想，原來叫艾羅的都躲來了這裡。

＊＊＊

馬汀試圖在黑暗中伸展身體，但發現做不到。他的腿沒辦法伸直。恐懼如大塊屏幕落下，化成幽閉恐懼症令他窒息。他試探性地伸出手，對於自己的手指將要發現的事物感到膽怯，但又深知前方必然存在阻礙。硬如剛。絕不妥協，無可饒恕，堅不退讓。恐懼纏上他的頸間，扼住他的呼吸。他屏住氣，惟恐有人聽到他吐出的任何絲息。那細碎的聲音——他現在聽到的是什麼？腳步聲嗎？是要來拯救他，還是來殺他？更多聲音出現。陣陣砲火在遠處迸裂，撞擊聲朦朧。現在馬汀不想伸展手腳了，他把自己緊緊曲起，像胎兒那樣，把手指放進耳朵，害怕聽到AK-47步槍嘟嘟嘟嘟連發。但還是有個聲音，轟轟隆隆，鏗鏗噹噹。他移開手指聽，同時抱著希望和恐懼。是坦克嗎？有沒有可能是坦克？他聚精會神聽著引擎隆隆運轉，聽著履帶低沉的鏗鏘。一定很近了。那些以色列人，他們打進來了嗎？要來拯救他了嗎？但他們知道他在這裡嗎？他們會不會根本沒意識到他的存在，就開著坦克壓過，將他連同囚禁他的牢獄一起輾碎？他該大叫嗎？還是不要呢？算了。那些士兵根本不會聽見。其他人也許有可能。而現在，那陣咆哮，越來越近了。那是真正的怒吼。是F16嗎？一枚導彈，一次轟炸，永遠不會有人發現他曾經身在此處，或知道他下場如何。那陣狂吼，越來越近，越來越近。他們在幹嘛，怎麼飛這麼低？

一陣更大的金屬撞擊聲。他醒了，大口喘氣，緊扯著毯子。卡車車燈穿透黑狗淺薄的窗簾兀自向東呼嘯而去。「幹。」馬汀叫了起來。隆隆卡車聲音逐漸消退，只留下冷氣出風口的颼颼聲。「幹。」馬汀又說了一次，然後甩開毯子，打開日光燈。床頭的鐘顯示凌晨三點四十五分。他坐起身，灌下一大口味道刺鼻的水，但嘴裡仍因為那份外帶而又乾又鹹。也許他真的應該帶點酒回來。他想起放在旅行包裡的藥，但不想再回到那種狀態。於是他開始等待遙遠的黎明。

3・血腥星期天

馬汀在黎明前走出房間，空氣涼爽，天色柔和，他摸索著穿過空無一人的街道，直抵這次報導事件的原爆點：聖雅各教堂。他站在教堂前，太陽正從地平線升空，發出數道金色光芒穿過赤桉樹的枒間。這是他第一次看見這間教堂，儘管如此，他對這座建築卻早已再熟悉不過：紅磚牆與波浪鐵皮屋頂，基座略高於周圍地面，走個五六階就能進到實用主義式的長方形建築內。拱型門廊、傾斜屋頂和狹長窗戶，在在暗示著這幢建築的用途，屋頂的十字架則是最終確認。教堂一側立著陽春的鐘樓：兩根混凝土柱、一只大鐘和繩子。招牌白底黑漆，上面寫著「聖雅各教堂：每個月第一和第三個週日早上十一點舉行禮拜」。教堂左右無鄰，簡樸嚴峻。沒有圍牆，沒有墓園，沒有護屋草叢或樹林。

馬汀踏上裂開的水泥路徑走至臺階前。這裡絲毫看不出將近一年前發生的那起事件：沒有牌匾、手製十字架，或是凋零的花束。馬汀疑惑為什麼沒有這些東西：這是這座小鎮有史以來最深的傷，卻沒有留下任何標記。沒有人致敬受害者，或是失去親人的家庭，什麼都沒有。也許是因為時間還不夠久，傷口還太新；也許這個鎮惟恐引來觀光客和紀念品收購大軍；也許，他們想要把槍殺案從鎮民的集體記憶裡抹去，假裝這件事從來不曾發生。

他仔細觀察臺階。沒有血漬，沒有痕跡；陽光就像漂白水，把水泥洗過一遍，消毒了整個犯罪現場。路徑兩邊的草地看起來都已經陣亡，凶手是猛烈的太陽和貧乏的水。他試圖開門，希望教堂內部能給他更多線索，讓他尋路了解小鎮對這件事到底有怎樣的反應。但門是鎖的。於是他繞行教堂外側，尋找其他有用的小細節，不過一無所獲。聖雅各教堂即使在這樣的嚴加審查下也無動於衷，沒對新聞調查交出任何內幕。他拍了幾張知道自己永遠不會去看的照片。

身體裡逐漸興起對咖啡的渴望；他心想不知道書店幾點營業。手錶顯示現在六點半。應該還沒，他想。他沿著桑莫瑟街向南走，右手邊是聖雅各教堂，左手邊是一間小學。街道轉了個彎，他可以看到汽車旅館的背面，就在一道木圍籬後方。經過警察局後，他等於繞一圈又回到了主大街海伊路。十字路口的正中央立著一座雕像，等身大小的士兵低著頭，身穿一次世界大戰時的軍裝：軍靴、綁腿、寬邊軟帽[1]。士兵稍息站著，槍垂於腳邊。馬汀抬起視線，看著那雙死氣沉沉的銅眼。雕像的基座上鋪了白色大理石板，波耳戰爭、世界大戰、韓戰與越戰，一一列出所有為國捐軀的當地人。馬汀再次看向這位澳洲士兵的臉。這個小鎮經歷過創傷事件，也面對過受創者，顯然並非新手。但也許相較於大規模殺人犯，紀念戰爭還比較容易；死於戰事有其價值，至少寡婦們都是這麼聽說的。

一輛皮卡駛下公路，駕駛按習慣輕輕抬了手指向馬汀打招呼[2]，馬汀笨拙地舉起手勢回禮。皮卡繼續前行，往前開上橋，向鎮外駛去。現在是星期二的清晨，馬汀想起馬媞妲的二手店，只在星期二、四早上營業。其他那些還掙扎著生存的店，也都像這樣嗎？老闆們是不是都把他們那份微薄的營收安排在一週裡特定的幾個小時內賺完，而鎮上的人和農夫們也極盡所能地配合著支持他們繼續營業下去？彷彿全鎮人都拖著自己的馬車，肩並肩圍著圈，一同抵禦乾旱和經濟衰退，是這樣嗎？如果真是如此，馬

1 Slouch hat，外型有點像牛仔帽，但材質較軟，為一戰時期許多國家的軍帽。不過最有名的是澳洲版本：左側帽沿向上別至帽頂。

2 澳洲的公路禮儀。因為地大，有時開一整天也不一定遇到人，所以在偏遠地區開車的駕駛會在與對向車交會時，舉起握住方向盤的其中一根手指，以示招呼。城市人完全不會這麼做，因此馬汀做得生疏。

汀知道自己現在應該運用這個規律，在人們固定外出的這段時間裡努力向他們介紹自己，和他們討論事情的觀點，探查他們心裡是怎麼想的，判斷旱溪鎮這地方還剩下多少日子。他穿過馬路，走向銀行。果然，星期二和星期四上午營業，斜對角那家叫貞寧斯的布品雜貨行也是一樣。不過才剛粉刷過的商務飯店就不同了，無論今天星期幾都一樣大門深鎖。在飯店酒吧隔壁，更靠近橋的方向，開著蘭德斯雜貨店。一週營業七天。馬汀默默在心裡記下：奎格．蘭德斯是槍擊案的死者之一，現在管店的是誰呢？他老婆嗎？蔓德蕾提過她的名字，芙蘭，說她們是朋友。

突然間，馬汀的注意力被遠方的雷聲吸走。他張望著天空，想確定自己沒聽錯，但空中不要說積雨雲了，根本連雲的影子都沒有。雷聲再次響起，持續不停，越來越近。海伊路上出現四名重機騎士，從公路的方向過來，倆倆並肩而行，臉上沒有笑容。他們的機器坐騎規律地震盪、鼓動，聲音撞上周圍的建物，彈開，在馬汀的胸中回響。他們全都戴著啞黑色安全帽、太陽眼鏡，下巴和唇上掛著滿嘴鬍子，沒穿皮夾克，隊名就寫在無袖的薄料牛仔襯衫上：「死神幫」，字外圍還加上一圈鐮刀死神的陰冷剪影。騎士們刺了青的手臂肌肉鼓脹，臉上寫著生人勿近。這群人駛過馬汀面前，對他的存在毫不在意。他用手機拍了一張照片，然後再一張，騎士們自顧往前，行駛上橋。一兩分鐘後，雷聲便消失了，旱溪鎮又回歸冬眠狀態。

另一輛車出現，已經是半小時之後的事了。一輛紅色旅行車從公路上轉進來，經過士兵雕像，在雜貨店外停下。馬汀走過去，有個女人從車裡鑽出，踏著靴子抱起一捆報紙。她看起來年紀跟他差不多，黑色短髮，臉蛋漂亮。

「需要幫忙嗎？」馬汀熱心問道。

「好啊。」女人說。馬汀半身探進後車廂，拉出一只放著麵包條的托盤，五、六條麵包全都裝在棕色紙袋裡，溫熱、香氣誘人。他跟著她進到店裡，把托盤放在櫃檯上。

「謝謝。」女人說。她正想說點什麼，但又停了下來，本來輕鬆調情的微笑扭曲成一臉怒容。「你就是那個記者？」

「對，我是。」

「但你不是那個叫德佛的傢伙。」

「不是，我叫馬汀．史卡斯頓。你是蘭德斯太太？芙蘭．蘭德斯？」

「就是我。不過我跟你沒有什麼好說的，來幾個都一樣。」

「了解。有什麼原因嗎？」

「別裝傻了。除非你是來買東西的，否則請離開。」

「好吧，我懂了。」馬汀正準備要走，不過想想，改了主意。「話說回來，請問有礦泉水嗎？」

「那邊最後面，整打的比較便宜。」

走道最末端堆了許多雜牌的一公升裝礦泉水，用保鮮膜捆成六瓶一組。馬汀抓了兩捆，一手一組，然後走至櫃檯，挑了其中一條麵包條。

「那個，」他對正在剪開報紙捆繩的寡婦說道。「我真的無意打擾你們的——」

「很好，那就不要。你們的人造成的傷害已經夠多了。」

馬汀立時想反駁，但一轉念決定不那麼做，而是拿了兩份墨爾本出版的報紙，《先驅太陽報》和《世紀報》，再加上一本《貝林頓週刊》，付了錢就離開。《先驅太陽報》喊著「工黨貪汙醜聞」；《世紀報》也發出警告，「冰毒新浪潮」；週刊則是哭喊著「乾旱加劇」。站在店外，馬汀急切地想隨便扭開一瓶水來喝，但意識到要是現在就撕開包裝膜，自己拿著一堆零散的瓶子應該會麻煩得要死，所以他馬上調頭走回黑狗。路上，他還順道留意綠洲開了沒，不過書店本身和裡頭的咖啡機都還沒開始運作。

在黑狗鋪滿菸屁股的停車場裡吃了麵包、喝了瓶裝水和即溶咖啡後，九點一刻，馬汀便來到警局。警局由一般房子改裝而成，不是專門建的；小塊紅磚牆體支撐著嶄新的灰色鐵皮屋頂，看起來堅實穩固，不過因為掛了藍白格紋的巨大招牌，相形之下顯得有些迷你。警局位在格洛斯特路和桑莫瑟街的轉角，與銀行比鄰，對面則是小學。這是唯一一場馬汀能夠事先安排的訪問，是他前一天早上在沃加時用手機打來約訪的。走進門內，迎面便看到在櫃檯後[3]工作的羅比・豪斯瓊斯警員。他在槍擊案發生後被拱為英雄，但對馬汀來說，他看起來就像個青少年，臉上長著青春痘，唇上掛一排沒什麼說服力的小鬍子。

「豪斯瓊斯先生嗎？」馬汀伸手問好。「我是馬汀・史卡斯頓。」

「早安，馬汀。」年輕的警察說道。男中音的嗓音出乎意料地柔潤沉著。「跟我來吧。」

「謝謝。」

馬汀跟著這位體型瘦長的年輕人走進一間樸素平凡的辦公室：裡頭擺了一張辦公桌和三個灰色檔案櫃，其中一個櫃子套著密碼鎖，牆壁上貼了詳細的行政區地圖，窗臺邊有盆死透的盆栽。豪斯瓊斯在桌邊坐下，桌前排列三張椅子，馬汀挑了其中一張。

「非常感謝你願意進行這次的訪談。」馬汀說道，決定直接跳過一般的閒聊過程。「如果你同意的話，我想要錄下訪談內容，確保報導的內容正確。不過，如果有任何不想公開的資訊，可以隨時告訴我。」

「沒問題，」警察說。「只是在我們開始之前，能不能先告訴我你想要的報導方向？我知道你昨天解釋過了，但我那時有點分心。坦白說，我那時只是客套而已，本來覺得上頭應該不會答應這次訪問。」

「了解。什麼改變了你的心意?」

「我在貝林頓的小隊長,是他勸我接下訪談。」

「看來要是有機會碰面的話,我得好好感謝他了。雖然槍擊案的確是這篇報導的出發點,但我們的目的不是繼續討論案子本身,我們想要報導的是這個鎮在事發一年之後的恢復狀況。」

馬汀說話時,年輕警員的視線飄到了窗戶上,當他回話時也沒有收回來。「我懂了。好,你問吧。」他將視線拉回馬汀身上,絲毫沒有任何諷刺的意味。

「好。就像我說的,這篇報導的重點不在槍擊案,但感覺我們還是應該先從案子談起。我猜這應該是你第一次公開向媒體談到這起案子,對嗎?」

「對。對大城市的報社是第一次,之前只有我們這裡的週刊稍微訪問過。」

「好,那我們開始吧。」馬汀啟動手機上的錄音程式,放在兩人之間的桌上。「能不能請你向我描述一遍那天早上發生的事?就是你當時在哪、之後發生什麼情況之類的。」

「可以。那是星期天的早上,這你應該已經知道了。我當時沒在值勤,但還是來了辦公室,想在去教堂之前把幾件事情處理完。」

「教堂是指聖雅各教堂?」

「對。當時我人在這裡,就坐在我的桌子前。那天早上很溫暖,不像今天這麼熱,所以窗戶是開的,就是很普通的一天。十點五十左右,我不想遲到,剛收拾好要離開,就聽到一道應該是槍響的聲音,然後又一聲。我當時沒有多想,以為是車子逆火、小孩子玩鞭炮這類的事。接著我聽到一陣尖叫、某個男

3 澳洲警局的櫃檯有點像臺灣的郵局,會用塑膠板把櫃檯擋起來。

人在大喊，接著又是兩聲槍響，然後我才意識過來。我當時沒穿制服，但還是從置物櫃裡拿了配槍往外跑。又聽到兩陣槍聲，連續開槍。有人按了車喇叭，更多人尖叫，都是從教堂的方向傳來。我看到有個男人衝過小學的轉角，往我的方向跑過來。又一聲槍響，那個男的倒下。說老實話，我根本不曉得該怎麼辦。那些事情都是真的，但感覺很不真實，就好像我突然掉進一個所有人都瘋掉的平行時空裡。

「我跑回辦公室，打到沃克小隊長在貝林頓的家裡，告訴他出了狀況，然後就穿上防彈衣又跑出去外面。我沿著桑莫瑟街跑到那個男的倒地的地方，發現那是奎格・蘭德斯，已經死了，一槍穿過脖子，到處都是血。我看不到其他人，根本連他們的聲音都聽不見。尖叫聲已經停了，一切都很安靜。那時教堂外面停了一輛車，在桑莫瑟街上，其他都停在正門泰晤士街的方向，就在那邊樹下。我當時不曉得那邊可能有多少人，教堂跟我中間沒有任何遮蔽物，我完全暴露在外。我有想過跑回警局，開車，但這時我又聽到一聲槍響，於是直接沿著馬路往教堂的方向走去。

「靠得比較近之後，我跑到建築物的後方找掩護，設法沿著側邊的牆緩慢前進。走到教堂轉角的時候，我探出頭，看到了屍體。草地上有三個人，另一個死在車子裡，擋風玻璃被射穿。全都死了，這點毫無疑問。我們的牧師，拜倫・史衛福特，就坐在教堂階梯上，手裡拿著獵槍，槍托觸地。他挺直身體，完全正坐，眼神看著前方。我用手槍對準他，轉過轉角。他轉頭看我，除此之外沒有其他動作。我叫他放下槍並舉起雙手，他沒照做。我繼續往前走了幾步，當時已經決定如果他試圖舉槍，我就會開槍。我認為靠得越近，就越有機會擊中他。」

警察說話時看著馬汀，聲音裡不帶情緒。

「他有說話嗎？」馬汀問。

「有。他說：『早啊，羅比，我還在想你什麼時候會來。』」

「他認識你？」

「對。我們是朋友。」

「真的？」

「對。」

「接下來呢？」

「我向前走了幾步。然後……事情發生得很快，一輛車開了過來，從泰晤士街，經過教堂正門。我試著不去看，但車子還是分散了注意力，接著在我意識到之前，他的槍口已經對著我。他露出微笑。我記得那個笑容，他看起來很平靜。然後他開槍了，所以我也開槍。我閉著眼睛，開了兩槍，然後張開眼睛後又扣了兩槍。他倒地，流血。他的槍已經脫手，我跑過去，把槍踢遠。他的身體倒在臺階上，扭成一團。我的其中兩槍擊中他胸口。我不曉得該怎麼辦，事實上，我實在也不能怎麼辦了。他死的時候，我握著他的手。他對我笑。」

眼前的警察看著窗戶，臉龐緊繃，年輕的額頭上淡淡地皺了起來。馬汀讓沉默持續。他本來沒預期對方會坦率到如此地步。

「豪斯瓊斯先生，你之前曾經像這樣，對其他人詳細描述事情的經過嗎？」

「當然。三次警方調查，還有對驗屍官辦公室。」

「我的意思是，有其他記者或是任何公開討論嗎？」

「沒有，但你們遲早都會在調查報告裡看到這些內容，只要再一兩個月。沃克小隊長說，只要我說的基於事實且不會引起爭論，他建議我把知道的都告訴你。」

「所以我的同事達西．德佛沒有訪問過你？」

「沒有。」

「好。回到槍擊案發生當天，後來呢？」

「後來？嗯，我一個人在那裡待了好一陣子，我猜其他人都還在躲。我走進祭衣室，用教堂的電話打到貝林頓。我打給小隊長，也打給醫院，然後回到外面檢查屍體。後來其他人慢慢從車子和樹後面出來，但當下已經沒有我們可以做的事了。那幾個男人都已經死了，子彈全都命中頭部，只有傑瑞・托林尼例外，他在車子裡，他的胸口和頭都中槍。」

「哪一槍是致命傷？」

「看他先被打中哪裡，這兩個都是會立即斃命的地方。」

「我確定一下，所有的受害者都是當地人嗎？」

「差不多算了。奎格・蘭德斯在旱溪鎮開雜貨店，艾弗和湯姆・紐克的農場在鎮外，彼此相鄰。傑瑞・托林尼在貝林頓有一間水果行，墨瑞河邊還有一片灌溉果園，而霍瑞斯・果芬諾是個業務，住在貝林頓。所以，說起來所有人要不住在這裡就是貝林頓。」

「他們都是會固定上教堂的人嗎？」

「抱歉，史卡斯頓先生，我覺得這好像有點偏離你剛才說的採訪方向了。你是要調查槍殺案，還是要報導旱溪鎮這個地方？」

「抱歉，我只是對你剛才說的內容很有興趣，但你說得對。不過我還是想問，關於那位牧師，拜倫・史衛福特，你說他是你的朋友。能不能請你告訴我為什麼？」

「有關聯嗎？」

「我認為有。這個鎮的人對加害者的態度，是我在書寫槍擊案對鎮的影響時會關注的其中一個面向。」

「你覺得有就有吧，我自己是看不出來，不過，畢竟你才是記者。對，我會說我們是朋友。我覺得拜倫是個好人，我覺得他是個特別的人。你說這有多笨？他平常兩個星期才會過來舉行一次禮拜，但之前我告訴他鎮上有些年輕人讓我很頭大，他就立刻幫忙成立了青年中心。中心由我們兩個一起負責，他會在每個星期四下午過來，後來連星期二也會來。中心的地點設在學校的其中一間組合屋裡，以前曾經被破壞過，中心的其中一項活動就是把它修好。我們也會帶運動：在運動場帶足球和板球。以前我們還有河的時候，他會帶大家去河裡游泳，就在水壩下面。男孩跟女孩們並不在意我，只是把我當成鎮上的鴿子，但他們非常喜歡他。他很有魅力，把他們迷得團團轉，還會罵髒話、抽菸、說黃色笑話，他們愛死了。他時不時就會偷渡一點上帝的福音在裡面，但從來不會硬塞。他們覺得他帥呆了。」

「你呢？」

警察給了一臉苦笑。「對啦，我想我也是。我們這個鎮孤零零地落在平原上，在我們這裡，沒有太多可以給孩子們玩的東西。父母們壓力都大，沒有錢，又熱得跟地獄一樣，孩子就沒事可做。而當他們沒事做的時候，就會一直惹事情，打架、挑彼此毛病，大孩子欺負小孩子。然後拜倫來了，整個氣氛都變得不一樣，他就像，我不知道，某種吹笛人之類的存在，孩子們會跟在他屁股後面走。」

「這很令人印象深刻。」馬汀說。「不過，你知道他死了之後，報導裡是怎麼寫的嗎——說他性侵兒童。你對這件事的看法是什麼？」

「抱歉，這一點警方還在調查當中，我沒辦法表示任何意見。」

「了解。那我可以這樣問嗎，你是否曾經看到任何可能讓你起疑心的狀況？」

羅比在回答之前仔細想了想自己的立場。「沒有，我從來沒看過或聽過這種事。不過話說回來，我是個警察，他也不太可能告訴我這種事，對吧？聽起來還比較像是他把我當成完美的偽裝。」

「你不喜歡這樣？」

「如果事情是真的，當然會不喜歡。」

「你剛才說他是你的朋友，說你以前崇拜他，那你現在對他的想法是什麼？」

「我痛恨他。不用看性侵兒童的事，跟那無關。他殺了五個清白的人，還強迫我殺了他。他破壞了這麼多家庭，在這個好好的小鎮扯出一個洞來。他先是給人希望，卻又把它摧毀；先是讓自己成為年輕人的模範，又留給他們這麼糟糕的榜樣。史卡斯頓先生，這個鎮現在成了大屠殺的代名詞，我們是里弗來納地區的雪鎮[4]，這臭名永遠都會跟著我們。我根本不知道從哪裡說起，才能讓你知道我有多痛恨他。」

一個半小時後，當馬汀走出警察局，他知道自己挖到了一篇熱門報導：一則駭人聽聞、引人注目的頭條報導。他已經可以預見寫著獨家報導的紅色戳印：英雄警員首次發聲，痛心描述他與死神的近距離接觸，描述他如何親手殺死自己的朋友，並在他臨終時握住他的手，「好像我突然掉進一個所有人都瘋掉的平行時空裡」。這會重新開啟一整篇傳奇故事，燃起大眾的想像。

馬汀回頭看向警局，享受著剛才的訪問所帶來澎湃浪湧的腎上腺素潮。他不曉得為什麼羅比．豪斯瓊斯這時候會願意接受訪問，會願意接受**他**的訪問，他也完全不懂為什麼遠在貝林頓的那個資深警官會鼓勵羅比這麼做，總之他很高興他們這麼做了。這篇報導能堵住那些懷疑他能力的人的嘴，麥斯肯定會以他為榮。

4　阿得雷德地區的連續殺人案地點。

4・遊魂

馬汀想再看一次教堂，按照那個警察描述的重新走過，但首先要解決一項更急迫的問題：咖啡。現在都十點半了，他還沒喝到一杯像樣的咖啡。不過當他到達綠洲時，卻看到門上掛著一個牌子，寫著「外出速回」，還配了維尼和小豬的插圖。很可愛，馬汀心想，但喝完咖啡後再看會比還沒喝就看到更可愛。也許加油站有賣點能入口的咖啡，不曉得俱樂部開了沒？或者，他也可以回黑狗，燒上一杯水，泡點雀巢即溶加上保久乳。他決定還是節制一點。

他從書店前轉身，發現那個拖著腳的男人正在馬路對面緩慢前行。馬汀心想，這溫度已經攀升到三十幾度了，就像是昨日火烤般的重複，但怎麼這老傢伙還是踉踉蹌蹌地走在路上，像是動了手術把灰色厚大衣黏在身上。馬汀看向海伊路的兩端。酒館對面的銀行前，有個女人正在使用自動提款機，另外有兩個人正從車子裡出來，走進雜貨店，趁著氣溫炎烈起來之前買齊日用品。馬汀拉回視線，拖腳男人的身影已經消失。他應該只能再多走個二十幾公尺而已，還不至於離開視線範圍。是進車裡了嗎？馬汀穿過馬路。對街有幾輛空車，沒看到那個老人。

二手店開了，人行道上放了一架子衣服。馬汀走進店裡，桌子後面坐了個老太太在填字謎，她對馬汀點了點頭，就又回到謎題之中。店面很小，有樟腦丸和陳年舊汗的味道，裡頭擺了幾衣桿的二手衣、一些捐贈玩具和缺了角的廚房用具。不過沒有書，也沒有拖著腳走的男人。「謝謝。」他走回門邊，對老太太說。

「九個字母，介於天堂和地獄之間。」老太太頭也不抬地說。

「煉獄（Purgatory）。」馬汀說。

老太太哼了一聲，但還是把字填進格子裡。

回到街上，馬汀依舊茫然。那個老混蛋到底去哪了？他經過髮廊，看著隔壁那幢廢棄的建築物，纏鍊上鎖。再過去有個房屋仲介經紀人在人行道上放了一塊三角形立板，宣布她已開張營業。雖然那個老人實在不可能正好在買房子，但他還是應該要過去看看。就在馬汀這麼想的時候，他便在廢棄店面跟房屋仲介之間發現了一條窄巷，寬不到一公尺。「中了。」他喃喃自語。然後便停下腳步。他在幹嘛？為什麼他剛才沒好好和那個玩填字遊戲的老太太打招呼，問她：「生意如何？是不是捐東西的比買東西的人多？都是要搬家了，東西丟了就走？」或者，為什麼他沒去和房仲聊天：「銀行徵收的物件增加了？為什麼？是因為乾旱還是因為大屠殺？」不過他還有很多時間可以談這些事。畢竟，他手機上已經有了羅比・豪斯瓊斯警員的故事可以傳世，其他的都只是錦上添花。

巷子穿梭在兩棟建築物之間，被兩邊的磚牆夾住，裡頭丟滿報紙和塑膠袋，貓尿的臭味滿溢。巷子的遠端看起來被鐵皮浪板擋住了。馬汀緩慢前進，仔細決定落腳的位置。他的左側有一扇上了鐵柵的小窗，霧面玻璃。他猜測，可能是房屋仲介店面的廁所。繼續往下走，右側牆壁凹進去的地方有扇木門，紅漆剝落。馬汀試轉門把。門開了，鉸鏈抱怨連連，他走進一間彷彿來自其他時代的房間。跟海伊路的明亮相比，這裡簡直漆黑一片，面對街道方向的窗戶前擋有木板，其中一扇的板子似乎被撬鬆了，光線從縫中穿出。天花板上有好幾個洞，一道陽光從其中之一射進房間，打亮緩慢旋轉的灰塵霧雲。房間很大：地板鋪材寬而扭曲，兩張桌子，一些椅子，對面的牆邊放了幾張長凳。桌椅是密集板製，是出自上世紀中期某個遙遠年代的便宜傢俱。而在某個可能是櫃檯也可能是吧檯的裝置旁有張高腳椅，那個拖腳走路的男人就坐在上面，背對馬汀。棕色紙袋放在櫃檯上，酒瓶的頸子從袋中伸出，瓶蓋已經取下。

「早安。」馬汀說。

男人轉過身，看起來毫不意外。「噢，是你呀，海明威。」說完又轉了回去。

馬汀穿過房間，走向櫃檯。老人身旁還有另一張高腳椅，櫃檯上放著兩只小玻璃杯，某種黑色、黏稠的東西盛了半滿，拖腳老人的手正擺在其中一杯上。馬汀看了看周圍，房間裡沒有其他人。他坐上高腳椅二號。

酒鬼老人的視線從杯子上抬起。「嗯，這次你說對了一半。」

「怎麼說？」

「現在是早上。」

「你在跟誰喝酒？」馬汀問。

「沒有誰。跟你、跟鬼，重要嗎？」

「我想應該不重要。這是什麼地方？」

男人看向四周，彷彿才意識到自己坐在哪裡。「朋友，這裡啊，是旱溪鎮的葡萄酒館。」

「以前也曾經輝煌過。」

「誰不是呢。」如果老人真有任何醉意的話，那他藏得很好，酒鬼們有時藏不太住。但也可能因為時間還太早。他的頭髮及肩，未經梳洗、雜亂蔓延，而且參雜一束束灰髮。他臉上的鬍鬚糾纏而沒有光澤，沒有鬍鬚的地方便受天氣摧殘。他的雙唇龜裂，但藍色眼睛精明謹慎，而且沒什麼血絲。

「我從來沒聽過有葡萄酒館這東西。」馬汀說。

「你當然沒聽過。這個國家充斥著愚民，你又會有什麼不同？」老人的語氣一半帶著易躁的怒意，一半覺得有趣。

馬汀不確定該如何回應，便看著眼前的玻璃杯。

「喝啊，喝一口。殺不死你的。」

馬汀照做。杯子裡裝的是便宜的波特酒，太甜了，甜到發膩。他點了點頭表示感謝，在彷彿東道主的老人臉上拉出一道鬼臉笑容。

「你之前不是在問路對面的商務飯店？」老人問。「看過很多類似的地方，對吧？你們最愛的典型澳洲酒吧，可以他媽的放在明信片上寄給美國的朋友看，還能讓英國古蹟保存信託列進名單裡。這裡嘛，不是那種地方，都是一些登不上檯面的歷史。」

「我聽不太懂。」

「老天，連你這麼聰明的年輕人都不懂。大學裡都不教歷史的嗎？」

馬汀笑了。

「什麼事情這麼好笑，大文豪？」

「我大學就主修歷史。」

「老天，你可以去把那些天殺的學費要回來了。」不過當他咯咯笑完之後，這個老傻瓜就變得嚴肅起來。「事情是這樣的，年輕人。在以前，在它還能賺錢的時候，商務飯店有三個酒吧。一個是休閒餐酒館，你可以帶全家人去，吃頓正餐；一個是沙龍酒館，歡迎女士光臨，不過小夥子得要穿得正式一點。要穿有領子的襯衫、長褲，或是短褲配長襪。這樣講啦，就是很高級的場合；再來就是大眾酒吧，工人的酒吧，是可以讓剪毛工人、儲存槽工人和巡迴鋪路工不用先洗澡就能喝一杯的地方，他們可以在那裡罵髒話，可以對服務生發脾氣或拋媚眼。這些所謂的大眾酒吧，就是很粗的地方[1]。」

「所以這裡屬於哪一種？」

「這裡是給那些連大眾酒吧都進不去的人來的地方。」

「認真的嗎？」

「當然認真。我看起來像小丑嗎？」

「所以來這裡的都是誰？」

「你看起來像個聰明人，聽過創傷後壓力症候群嗎？」

馬汀點頭。他不想承認，雖然經過了一年的諮商，這個症狀大多時候對他而言仍然是個謎。

「嗯，怎麼說，以前有段時間，這國家裡到處都是那種病。像洪水氾濫一樣。只不過在那個年代，我們不是叫它創傷後壓力症候群，那時候真要叫的話，都是叫『彈震症』。成千上萬的人，先是從西方戰線退回來的，後來就是從跟希特勒還有東條英機的戰爭中退下來的。有的沒有腿，或沒有手，聾了或失明，有的長滿梅毒、淋病和肺結核。有的他媽的比那還要糟糕。那些都是又醜、又暴力、又酗酒的男人。大蕭條的時候，他們在鄉村裡晃盪，一群一群，從一個地方移動到另一個地方，像放牧路上被驅趕的羊。差別在於，這些人不是要去屠宰場，而是從屠宰場回來。你看到酒館外面，十字路口上的那個紀念碑了吧？他媽的根本在開玩笑不是嗎？居然把這些人鑄成銅的，擺得高高的，還叫他們英雄。他們之中有些名字會被刻在紀念碑上，就只有那幾個名字，剩下的淪落來這裡，或是其他類似的地方。這些葡萄酒館，以前開得到處都是，鄉下草叢裡也是，城市裡也是。那個年代跟現在不一樣，沒有私人醫療保

1 這些店家種類並沒有常見或慣用的譯文，它們的原文分別為：大眾酒吧（front bar）、休閒餐酒館（lounge bar）、酒館（saloon bar）、葡萄酒館（wine saloon）。

險，沒有公家健保，沒有便宜的藥，他們都是自己醫自己。葡萄酒館裡賣的不是什麼高級配餐酒，都是差勁便宜的葡萄酒：壺裝的波特、煮菜用的雪莉酒，還有自己蒸餾的烈酒，難喝、便宜、有效。那些不被商務他媽的大飯店歡迎的行屍走肉，都來這裡。」

「我以前完全沒聽過這些事。」馬汀說。「所以你是退伍軍人嗎？越戰的？」

「我？沒，我沒參加過戰爭。」

「那為什麼要來這裡？為什麼不去酒吧？或是那個俱樂部？」

「因為，我跟那些老傢伙有點像。大眾酒吧不歡迎我。而且我喜歡這裡，這裡沒人會來打擾。」

「為什麼大眾酒吧不歡迎你？」馬汀繼續追問。

老人拿起酒杯灌了一大口。「因為酒館關了。你要再喝嗎？」

「這時候喝酒對我來說有點早。」馬汀聽到一陣胡亂爬抓的聲音。在對面牆邊的長凳底下，有隻老鼠沿著牆腳板旁偷偷摸摸走過。

「我在這地方不怎麼受歡迎。」老人主動開口。「不符合文明社會的標準。你是我這一年來第一個講超過三個字的活人。」

「那為什麼還要留下來？」

「我在這裡長大，這是我的故鄉。所以，管他們去死，我就要留在這。」

「你做了什麼嗎？什麼事讓每個人都排斥你？」

「坦白跟你說，什麼都沒做。或者說根本沒什麼。但你可以去問問，看看他們都說什麼。他們會告訴你我是個老壞蛋，說我這輩子有一半時間都住在長灣、哥爾本還是博古路上[2]，都是屁，但每個人都只相信他們想要相信的。我不在乎，那是他們的問題。」

馬汀望著那張臉，略呈蒜型的鼻子、靜脈四張、油膩鬍子。那是張歷經滄桑的臉，但彷彿打上了一層柔和的燈光，讓馬汀猜不出他的年紀，可能介於四十到七十之間。老人的手背和手腕上有著監獄刺青的模糊青色割線，但他的雙眼警敏；馬汀感覺這個老流浪漢正在打量自己。

「很高興認識你，不過我得走了。請問怎麼稱呼？」

「史納屈。哈利．史納屈。」

「哈利，我是馬汀．史卡斯頓。」兩個男人沒握手。

馬汀轉身要走，但老人話還沒完。「那個牧師，不要相信你聽到的任何事情。每個人都相信他們想要相信的，不代表那就是真的。」

「為什麼這麼說？」

「兄弟，他就是個發電機，可以電到連負鼠都自動把褲子脫下來。大家都喜歡他，但也都不想承認對他看走了眼。」

「哪一方面？」

「小孩子方面。你那個朋友在報紙上寫的東西完全正確，但很多人不想相信，不想承認這種事情竟然在自己眼皮下面發生。」

「所以你相信這個說法？」

「當然。我看過他和那些孩子在一起時的樣子，對他們抱來抱去有的沒的，在水壩下頭游泳，整個人像瘮子一樣巴著他們。」

2 這三個地名分屬澳洲不同地方，都是不同時期的監獄所在地。原文分別為：Long Bay、Goulburn、Boggo Road。

「你沒告訴其他人嗎？或警察？」

「兄弟，只要我一口氣還在，就不想跟警察說話。」

「那史衛福特本人呢？你跟他說過話嗎？」

「當然，很多次。就是個做牧師的料，應該就是他的天職了，專門來把我們這種人導上神的道路。他偶爾會進來喝一杯，滿會喝的，跟你這種等級不同。他都來說他那些髒笑話和猥褻的故事。」

「什麼？他會影射性侵的事嗎？」

「對，『影射』。這形容還真貼切。拜託你看看我，不用懷疑，絕對是來找幫凶。後來他發現自己找錯人，就退開了。但是，兄弟，我是個透明人，就算我在鎮上到處走，人們也看不到我，但這不代表我看不見他們。」

「所以你看到了什麼？看到史衛福特做出任何跟犯罪沾上邊的事情了嗎？」

「犯罪？沒有，我不會稱那是犯罪。不過我看過他和那些孩子在一起，也聽到他說的那些缺德笑話。總之我的意思是，不要盡信你聽到的事情。」

「好，謝了。」

「不必謝。事實上，不要謝我。拜託不要在你那篇狗屁文章裡提到我。」

「我看著辦。」

「死記者。」

回到主大街上，氣溫的熱度逐漸攀升，但空氣中聞不出任何比灰塵更不誠實的東西，而陽光開始灼人了。馬汀穿過馬路，走向綠洲。他心想，不知道透明人先生此時是不是也從擋了木板的窗戶後方看著他，不過，他覺得哈利・史納屈應該還在那座酒吧裡跟他的遊魂說話。馬汀在路中間停下，轉身拍了一張照片，心想明暗對比應該太強——在毀滅性的明亮光線下，葡萄酒館的門面實在太暗。馬汀瞇起眼睛，卻連看清楚手機上的螢幕也沒辦法。他走回遮陽篷底下，近距離拍了一張生鏽的鐵鍊和上面的鎖。

綠洲門上的維尼小熊告示已經撤下。馬汀走進去，訝異地看到竟然有兩個客人。兩位上了年紀的老太太正在其中一張桌邊喝茶。地毯中央清出了一塊地方放著嬰兒圍欄，圍欄旁有個小嬰兒躺在輕便搖籃裡咬著奶瓶，搖籃上下輕輕搖動。

「早安。」馬汀說。

其中一位老太太贊同地說：「可不是嗎？」

蔓蒂推開彈簧門板從店後出來，手裡拿的托盤上放著司康、果醬和鮮奶油。她對著馬汀笑了笑，笑裡滿是酒窩。「你最清楚了不是？人潮洶湧的尖峰時刻。我先把這兩個姊妹服侍好。」

幾分鐘後，她把早茶端給那兩位老太太之後，又晃了回來。「嗨。」她說。「真希望你不是這時候來找人聊天，連恩今天早上狀態不太好。你要點東西嗎？」

「他看起來挺高興的。」

「對，等他喝完那瓶你就知道。」

「那我要大杯白咖啡，有多大杯泡多大杯。杯子夠大的話就放雙份濃縮，再大的話就放三份濃縮。」

「收到。你要帶走嗎？」

「如果可以的話，介意我在這裡喝嗎？」

「當然沒問題。留下來的話就去挑本書吧，你昨天忘記了。」

馬汀聽話照做，不過還是先走去對著小嬰兒發出幾聲沒什麼說服力的咕咕呀呀。小嬰兒故意忽略馬汀，繼續專心在自己的奶瓶上。這是個胖嘟嘟的小傢伙，深棕色的眼睛，配上蓬鬆捲曲的棕色頭髮。兩個老太太充滿溺愛地望著他。

等蔓蒂回來時，馬汀已經挑了兩本破舊的平裝書，一本是推理小說，另一本是旅遊故事，兩本的作者他都不熟悉。她拿著一只巴伐利亞傳統啤酒杯，上頭還有錐形的金屬杯蓋。馬汀笑了出來。「你認真的嗎？」

「這就是我最大的杯子。」

「謝謝。」

馬汀享受地喝著咖啡，隨意翻閱他挑的書。老太太們喝完早茶，對蔓蒂道謝、付帳，兩人舉手投足間滿溢著無盡的愉悅。蔓蒂收了她們的盤子，端著拿至店後。說起來店裡的擺設滿奇怪的，如果咖啡和蛋糕是書店的主要收入，為什麼沒有反映在擺設上。這裡沒有桌椅，只有老舊的扶手椅和小矮桌；沒有咖啡機、沒有茶桶，甚至沒有陳設蛋糕的冰櫃或是餅乾罐。所有東西都收在店的最後面，彷彿咖啡店只是某天突如其來的意外，而蔓蒂和她母親從來沒機會好好把這件事做起來。也許跟執照，或是衛生法規有關。

蔓蒂再次回到店裡，把嬰兒從搖籃中拉出來，扮出各種表情、發出各種聲音，還嘟起嘴巴，對著孩子的肚子發出噗噗噗噗。小男孩咯咯笑到顫抖。她對他的愛、因他而起的愉悅顯而易見。她緊抱著他，深深陷入一張懶人扶手椅。

「馬汀，所以你的報導進度如何了？」

「考慮到我在這裡還待不到一天，還算不錯。」

「嗯，我聽說你找羅比訪問過了，有提到什麼值得注意的事嗎？」

「有。他很熱心。」

「但是他不曉得拜倫為什麼要那麼做，對不對？」

「對，不算真的知道。」

蔓蒂的態度嚴肅了一些。「關於性侵兒童的傳聞，他怎麼說？」

「沒說多少，只說他沒看過任何足以證明的事。」

她笑了。「我就說吧，沒有人相信這件事。」

「有些人相信。」

「像是誰？」

「哈利．史納屈。」

她的臉色變了。她不再笑盈盈的，而是皺起眉頭，幾乎充滿鄙夷。「所以你還是找到這個人了是嗎？在他的老巢裡遊蕩。」

「你說那間葡萄酒館？對。所以你也知道那個地方？」

「當然知道。他就坐在裡面，隔著那些擋起來的窗戶偷看我。他以為我不曉得，但我都知道。那個亂七八糟的混蛋老頭。」

馬汀看向擺在書店櫥窗前的日式屏風，意識到自己誤會了它們的用意：他之前以為那是用來擋住外面的熱氣和陽光。「他為什麼要偷看你？」

「他是我爸。」

馬汀的笑意完全消失。「你說什麼？」

「他強暴了我媽媽。」

馬汀張開嘴，想說什麼，但吐不出字來。蔓蒂看著他。他可以感覺到她視線的重量，彷彿她正在評斷他這個人。「天啊。」他終於冒出幾句話，但聽來彆腳。「你怎麼受得了這種事？為什麼你沒有離開這裡？」

「去他的。他毀了我母親的生活，沒理由讓他也毀掉她的書店。他也別想毀了我。」

＊＊＊

店外，馬汀站在陰影中，頂開小錫杯蓋，喝了一口剩下的咖啡。咖啡只剩下餘溫，天氣熱成這樣，也不算是壞事。他瞪著對街的葡萄酒館，因為耀眼的光線而瞇起眼睛；本來毫無特色的建築現在變得邪惡起來。史納屈此刻是不是也正從窗戶擋板的縫隙間凝視著他？還是他已經被那些幽魂士兵抓住了？他沒辦法知道答案。馬汀想回葡萄酒館去跟史納屈對質，但這麼做的動機是什麼？是要去表達他的厭惡嗎？這會對蔓蒂有幫助嗎？這會對他的報導有幫助嗎？

他放棄了這個想法，轉而走向槍擊案現場，匆匆打量那座Anzac[3]雕像一眼後便左轉進桑莫瑟街，依序行經銀行、警察局和鎮上小學。他在桑莫瑟街轉彎處停下，站定，道路在此轉了九十度直角，朝教堂旁平行方向延伸而去。這是奎格．蘭德斯身亡的地點，他在逃離時被射穿頸部。聖雅各教堂坐落在約一百多公尺外，馬汀還算可以清楚看見。以一個傳教士來說，這槍法準得驚人。馬汀試圖尋找能顯示蘭德斯倒下確切地點的痕跡，但一無所獲。他繼續前進，想像羅比．豪斯瓊斯那天可能面對的情況。他完全沒有遮蔽，僅憑警方公發的防彈衣和一把手槍，隻身在開放空間裡面對七十五公尺外手拿獵槍的敵人。羅比．豪斯瓊斯或許看起來像個青少年，但膽量不容質疑。馬汀掏出手機，拍了照片。他幾乎能聽見自己腦中不斷自我書寫的文字敘述，描繪著那名年輕警察的驚恐與不安。

馬汀小心翼翼地將裝著咖啡的啤酒杯放在地上，拿出手機，打開錄音程式。找到那天早上的訪問。他一邊反覆倒轉或快轉錄音檔，一邊懷念起以前錄音機的簡單明瞭，最後終於找到了相關的片段。他重播了警察口中那段切合實際現場的回顧，邊聽邊數著開槍數：

「那天早上很溫暖，沒像今天這麼熱，所以窗戶是開的。就是很普通的一天。十點五十左右，我不想遲到，剛收完尾要離開，就聽到一個應該是槍響的聲音——」一。「——然後又一聲——」二。「——但我當時沒有多想，以為是車子逆火、小孩子玩鞭炮之類的事。接著我聽到一陣尖叫、某個男人在大喊，接著又是兩聲槍響——」三、四。「——然後我才意識過來。我當時沒穿制服，但還是從置物櫃裡拿了配槍往外跑。又聽到兩陣槍聲，連續開槍。」五、六。「有人按了車子喇叭，更多人尖叫，都是從教堂的方向傳來。我看到有個男人衝過小學的轉角，往我的方向跑過來。又一聲槍響——」七。「——那個男的倒下。說老實話，我根本不曉得該怎麼辦。那些事情都是真的，但感覺很不真實，就好像我突然掉進一個所有人都瘋掉的平行時空裡。

我跑回辦公室，打到沃克小隊長在貝林頓的家裡，告訴他出了狀況，然後就穿上防彈衣又跑出去外面。我沿著桑莫瑟街，跑到那個男的屍體倒地的地方，發現那是奎格·蘭德斯，已經死了，一槍穿過脖子，到處都是血。我看不到其他人，根本連他們的聲音都聽不到。尖叫聲已經停了，一切都很安靜。那時教堂外面停了一輛車，在桑莫瑟街上，其他都停在正門泰晤士街的方向，就在那邊樹下。我當時不曉得那邊可能有多少人，教堂跟我中間沒有遮蔽物，我完全暴露在外。我想過跑回警局，開車，但這時我又聽到一聲槍響，」八。「於是就直接沿著馬路往教堂的方向走去。」

3 Australian and New Zealand Army Corps，澳洲與紐西蘭軍團。

馬汀關掉錄音程式，把手機收起來。這裡太熱了，學校應該在這裡種幾棵樹才對。他撿起啤酒杯，往教堂走去；也許他可以在那裡找到一點遮蔭。總共八槍。奎格．蘭德斯在一百多公尺外被貫穿脖子，另外三個受害者頭部中彈，傑瑞．托林尼則是被打中頭部和胸口。總共八槍，六次直接命中。但是，當豪斯瓊斯和牧師當面對質的時候，兩人明明只相距幾步，只要兩槍擊中胸口就能貫穿警用防彈衣並殺死他，牧師卻只開了一槍還打偏，這實在不合邏輯。有沒有可能，牧師是故意瞄準後射偏，目的是為了逼迫那個警察殺死他？也許他在暴走後終於清醒過來？

馬汀走至教堂，讓自己切換成年輕警察的角度，試圖想像他當時腦子裡在想什麼。馬汀握著手中的啤酒杯，彷彿是豪斯瓊斯當初舉著槍，他走過教堂的長邊，停一下，深吸一口氣，然後踏出建築物轉角。「靠。」

「什麼？」坐在教堂臺階上的男孩說。

「抱歉。」馬汀說。「我以為這邊不會有人。」

「顯然如此。」男孩說。他穿著短褲、T恤、漁夫帽和夾腳拖。「那是什麼？」

「這個嗎？德國的啤酒杯，裡面裝了咖啡。」

「這樣比較好喝嗎？」

「沒有，但是比較大杯。」

「你一定很愛喝咖啡。」

「對，我很愛喝。」

男孩大約十三歲，剛進入青春期。馬汀向他走去，看了看四周，然後坐在一個大植栽箱的邊上。箱子裡頭沒有種東西，只結了塊死硬的土。「我叫馬汀，你叫什麼名字？」

「路克．麥金泰爾。」

「路克，你在這裡幹嘛？今天不是要上課嗎？」

男孩皺起眉頭。「你沒有小孩對不對？」

「為什麼這麼說？」

「現在是一月，學校還在放假。」

馬汀回想起空無一人的學校操場。「當然，當然。」

「你今天不是也應該要上班嗎？」

「嗯，有道理。不過，就算是這樣，放假的時候跑來這裡還是很怪，而且今天這麼熱，你坐在大太陽下。」

「你現在要唸我這樣會得皮膚癌嗎？我有戴帽子。」

「不是，我保證不會唸你任何東西，只是想知道你在這裡做什麼。」

「沒事。我沒有在這裡做什麼不好的事，只是過來坐著而已。這裡平常沒人來，很安靜。」

「現在是這樣沒錯。但我想你應該知道這裡發生過什麼事。」

「嗯，槍殺。你知道嗎，他那時就坐在這裡，在警察對他開槍的時候。前一秒他還活著，還在呼吸，下一秒就死掉了。一槍斃命。兩顆子彈打到胸口，殺死他的那顆打進心臟。」

馬汀皺起眉頭。男孩說起話來有一種很遙遠的感覺。「你是因為這樣才來這裡的嗎？」

「我也不知道。」

「你認識他嗎？那個牧師？」

「史衛福特牧師嗎？當然。」

「可以跟我說點關於他的事情嗎？他是怎樣的人？」

「你為什麼想知道？」

「我是個記者，在寫一篇報導。現在正試圖了解發生了什麼事。」

「我不喜歡記者。你不是達西．德佛吧？」

「不是，我不是。剛才跟你說了，我的名字是馬汀，馬汀．史卡斯頓。我不想要引述你說的話，也不會把你的名字或任何關於你的事情寫進去。我只是想要知道事情的經過。」

「我不確定。」

「聽我說，路克，如果你覺得另外那個記者寫錯了，那現在就是你導正事情的機會。」

路克考慮了一會，然後把他的手掌攤平放在身旁的臺階上，閉起眼睛，彷彿在尋求指引，或許可。

「好。」他說。「你想知道什麼？」

「嗯，談談史衛福特牧師是個怎樣的人就好。」

「拜倫，他要我們直接叫他的名字。他這個人帥呆了。他會照顧我們小孩子，不讓其他比較大的欺負我們，然後把我們所有人聚集在一起，一起去做某件事，教我們怎麼當朋友。我們會去那邊，穿過馬路到水壩，去游泳、露營、生營火。有幾次他租巴士帶我們去貝林頓，去水上樂園還有開卡丁車，都是他自己出錢。他會教我們很厲害的東西，像是怎樣可以不用火柴升火、怎樣追蹤動物，如果被蛇咬的話怎麼辦，都是我老爸根本做不到的事。我們還會去打球，足球、板球、籃球。他跟其他大人完全不一樣。」

「那個警察呢，豪斯瓊斯？他也有幫忙，對不對？」

「對。但我不覺得他真的在乎我們這些小孩子。」

「為什麼這麼說？」

「比較大的孩子都說他喜歡拜倫。」

雖然不想，但馬汀還是笑了。「那你覺得呢？」

「才沒有，他們都在亂講。」

「感覺你很尊敬史衛福特，而且他一定也很在乎你。那你能不能告訴我，他有沒有……」

「噢靠，又來了。拜託不要像其他記者一樣好不好？都在亂講。你現在是不是要問他有沒有摸過我，有沒有要我摸他，有沒有給我看他的屌，或是要我去親他的屌，還是他有沒有幹我屁眼。告訴你，去你的，你們這些做新聞的，還有老師，還有他媽的警察，甚至連我媽都這樣。沒有，他完全沒有做過這種事。沒有對我，沒有對任何人。我是個小孩子，才十二歲，我以前根本不知道這些事情是什麼意思，甚至不知道世界上還有這種事情存在，然後你們就來了。你們這些自以為是的大人，想要知道他有沒有做這個做那個。他已經死了，他媽的被開槍殺死了，但你們沒有一個人他媽的在乎這件事。幹，幹，幹，幹，幹。」男孩的眼眶泛淚，臉頰也布滿淚水。「然後你現在還跑來這裡，就在他被殺死的地方，來問我同樣的事情？你知道嗎，馬汀．史卡斯頓，你他媽雞巴。」男孩起身跑開。他橫越馬路，經過樹林邊，跑上堤防，消失在靠河那一面的河堤。

「媽的。」馬汀說。他喝了一口咖啡，但已經走味了。

5．平原

馬汀坐在黑狗的房間裡，問自己到底在幹嘛。他太清楚麥斯．富勒，他的編輯、老朋友和精神導師，已經是獨排眾議才把這項工作派給他。編輯室裡有很多人覺得他根本沒能力完成這篇報導。而現在他做的事情只是在證明那些人是對的。這是項直截了當的工作：小鎮如何面對？書寫的本質大於報導，剛好是他最擅長的。但他沒有去問俱樂部的酒保或二手店的老太太，也沒有緊追房地產仲介不放，反而一直跟某間葡萄酒館裡的犯罪人士說話、對仍在為母親哀悼的書店老闆流口水，還把一個本來就已經心靈受創的小孩搞得創傷更重；還像個一知半解的陰謀論者那樣，躲在草叢裡數有幾聲槍聲。**他媽的根本笑話**。

他走進浴室尿尿，注入馬桶內的尿液濃黃。**缺水了**，馬汀心想。不這樣才怪；誰教他要像福爾摩斯一樣在鎮上到處亂跑，而沒有好好把他的本分做好，抓緊麥斯為他精心安排的機會。他洗了洗手，潑些水到臉上，看著鏡子中自己的倒影。他的眼睛因為睡眠不足而看起來浮腫、充滿血絲，才剛印上的曬傷無法遮掩他膚色上根本的蒼白；他臉上的肉都垂了，顯露出頭幾層下巴。他四十歲了，但看起來更老，本來的英俊帥哥被留在了中東的某個地方。蔓蒂．布朗德一定笑到都要吐了。**有夠可憐、有夠可悲**。那個孩子是對的：他就他媽的雞巴。

他最後認為自己受夠了，他做不下去了，沒辦法了。他沒辦法在黑狗裡再和失眠奮鬥三個晚上，沒辦法再遊蕩在瀰漫整個鎮上的憂傷和創傷之中，到處攪亂池水。這麼做的目的何在？一篇為郊區人士提供三秒鐘娛樂的文筆優美的文章；文筆優美，而且大概會在旱溪鎮的居民剛重新建構起生活的同時，在他們之間像手榴彈般炸開。到時候的他早已遠走高飛，回到雪梨，完全擺脫這裡的憂愁困頓，在同事們的祝賀聲中，從主管那裡收到一張表揚賀文。他又想到那個男孩，那個在教堂臺階上尋求慰藉的男孩，邊跑邊哭，跑下空曠的河床。都是他的傑作。已經都夠了，該到離開的時候，是時候去找些別的事情，讓他能在最終歸隱之前有事可做。

在櫃檯前，汽車旅館的老闆毫無同情心。「抱歉，親愛的，不能退費。我們就跟加州旅館一樣，你可以退房，但永遠沒辦法真的離開[1]。」她被自己的笑話惹笑，但馬汀沒有。

「好吧，那我不要退房，但我要走了。」他把鑰匙從櫃檯上拿走。「我會把它寄回來給你，不要讓任何人進我房間。」

「你決定就好。記得在下週末之前把鑰匙寄回來，不然你的信用卡帳單上會再多五十五塊錢。一路順風。」她的笑容跟她的髮色一樣有說服力。

走到外頭，太陽已經高掛，陽光像敲在鐵砧上的鐵槌那樣敲在停車場上。今天就和他前一天到達時一樣熱，不過起了陣陣大風，彷彿用風箱不斷從沙漠吹來炎熱的空氣。值得慶幸的是，他把租來的車停在車棚的陰影下。馬汀把行李放進後車廂，然後把背包和喝剩的礦泉水一起丟進後座，他從已經打開的那瓶水裡灌了一大口，再把瓶子放到副駕的位置上。

他發動車子，駛向公路邊緣。他不曉得自己要往哪裡去。沒訂機票，也沒有打給麥斯．富勒或任何人。他只知道自己不想再待在這裡了，這是最重要的事。一時間，他開車右轉，朝貝林頓和墨瑞河的方

1 老鷹合唱團名曲〈Hotel California〉的最後兩句歌詞。

向駛去。那裡會有咖啡、手機訊號和網路，還有裡頭有水的河。

除了前晚卡車輾壓遺留下的動物屍體之外，道路筆直而荒涼。他被後照鏡中的景象迷住了，逐漸退遠的小麥儲存槽在熱霧中開始軟化，只剩下儲存槽的上半部詭異地漂浮在天空中。馬汀停下車，踏出車外。海市蜃樓還在那裡。他用手機拍了最後一張照片。旱溪鎮煙消雲散。

他才剛把車子拉回原本的行駛速度，那輛皮卡就不知道從哪冒了出來。前一秒還是他獨自一人——大地、天空、公路，除此之外什麼都沒有——下一秒就聽到一陣喇叭怒吼。他本能地扯過方向盤，差點開到路外面。接著那輛皮卡與他並行，副駕駛座離他不到兩公尺，某個屁孩的光屁股塞出窗外，伴隨一陣吵雜的笑鬧和尖聲叫罵。他踩下剎車，皮卡加速駛離，駕駛和副駕兩邊同時伸出不怎麼雅觀的手勢。車子的尾巴上掛著一張紅色的臨時牌照標示。

「靠。」馬汀呢喃著，被這件突如其來的意外嚇到。他考慮暫時在路邊停下，但最後還是繼續往前開。在這荒郊野外，坐在靜止的車裡或是坐在時速一百一十公里的車子裡其實沒有多大差別。他開始在腦中構思這起事件的描述語氣，練習著，彷彿他還沒放棄這篇報導。

皮卡車溶解在液態般的遠處，他再度成為這片平坦無奇的荒原上的獨行客。他尋找代表樹林的黑色線條，但是旱溪鎮的河流已經落後他太遠，而墨瑞河又還在一個半小時外。這裡除了發育不良的濱藜叢之外什麼都沒有，盡是塵土，和扁平視界。車子孤獨地在公路上前進，從幻覺般的過去高速駛向虛幻飄渺的未來。他覺得自己彷彿飄在空中，繞著旋轉的大地公轉。他刻意讓自己擁抱那種幻覺，說服自己的腦袋不是車子在動，而是輪子下的土地在旋轉推進。幻覺維持了一段時間，因為公路上一段迅速接近的彎道而突然停止。回到方向盤前，馬汀非常輕微地降下車速，繞過彎道，車邊迅速晃過一個瘋狂揮舞雙手的女人，她站在路邊一輛紅色車子旁。

他踩下剎車，車子彷彿花了一輩子的時間才慢下來。他迴轉，重新駛向那個女人。他停車、降下車窗，女人朝他跑了過來，是芙蘭．蘭德斯，雜貨店那個。「快來幫我。」她喘著氣。「幫他們。他們撞車了，就在那邊。」

馬汀跨出車外，快速掌握事情的狀況。是那輛皮卡。車子沒來得及轉彎，從外側衝出去，闖進泥土地一百多公尺遠。馬汀從皮卡車在路邊圍欄上撞開的縫隙間跑出去。

有某個東西癱在前方路上。是人，沒在動。年輕人的褲子還纏在他的膝蓋上，顯然是在車子翻覆時被甩了出來。他脖子的角度足以說明一切。死了。馬汀聽見芙蘭．蘭德斯在他身後喘息。

「走。」他說。

他們衝過剩下的距離，跑到皮卡車旁。車子端端正正地四輪著地，車頭面對公路的方向，但是擋風玻璃已經消失，車頂也有一部分凹陷進去。駕駛座上，一名年輕人向前癱倒在已經扁掉的安全氣囊上，沒有意識，血從頭皮的傷口滲出。他的臉色慘白，嘴唇發紫。

「杰米！」芙蘭邊喘邊喊。「天啊，是杰米，是我兒子。」

馬汀把手伸進已經消失的前擋玻璃，想確認年輕人的脈搏，也確實摸到了。

「別碰他，」芙蘭大叫。「他的脊椎。不要動他。拜託你想一下，先不要移動他！你會把他弄殘廢的。」

馬汀無視她的話。她尖叫起來，馬汀把一隻手伸進去，放在男孩的下巴底下，另一隻手撐著他後腦杓，將頭輕輕地往後傾斜，靠住座位的頭部靠枕，嘴巴自然打開。他把手指伸進打開的嘴裡，一邊想著希望那個女的可以閉嘴不要再叫了，一邊把男孩的舌頭從本來卡住的地方拉出來。啵的一聲，舌頭鬆開了，彷彿有人把軟木塞從瓶口拔出來。幾陣嘎嘎作響的可怕喘息之後，年輕人恢復了呼吸。馬汀從窗裡向後退出，站直身體。背上有幾條肌肉抽筋了，他伸展著身體。女人安靜下來，不再瘋狂焦急，一動也不動。一滴淚水溢出她的右眼，滑落臉頰，滴進焦熱的土中。她直直地看著馬汀。

「你兒子。」他說。

她把視線從他身上移開，看向她的兒子。他的臉已經恢復血色，發紫的嘴唇也漸漸恢復粉紅。她望著男孩，伸出手，輕輕擦過他流血的前額。

「他沒事吧？」她問。

「應該是如此，死不了，但我們得找人幫忙。我現在要開回旱溪鎮，讓他們幫忙打電話到貝林頓。你待在這裡照顧你兒子，如果他醒過來，而且能動，可以讓他離開車子躺下。給他喝水，但不要吃東西。如果他一直昏迷不醒，找條溼毛巾放在他頭上。盡可能讓他待在陰涼的地方。」

馬汀往回走，檢查另一個男孩確認情況。年輕人依然死透。這裡有股難聞的味道，蒼蠅開始聚集。回到公路上，馬汀查看紅色車子裡面。有張擋風玻璃遮陽板放在後座，閃閃發光的鋁箔表面裝飾著迪士尼卡通人物。他把它拉出來，走回去，將米奇和高飛披蓋住屍體。即使是死者也值得一點遮蔭。他用手機幫事故現場拍了張照片。

＊　＊　＊

俱樂部裡幾乎差那麼一點就可以算是空無一人了。在場的有酒保，不是艾羅，是另一個男的；有坐在吧檯前喝著大杯淡啤酒的馬汀；另外還有一對夫婦坐在桌前，正收起外帶的亞洲菜，共飲一瓶俱樂部的招牌白酒。馬汀心不在焉地注意到，那兩人是拿刀叉用餐。這裡是有哪條隱形的國界嗎？就像現代的哥伊德線[2]，線內禁止使用筷子，明令必須改用刀叉？

羅比．豪斯瓊斯走了進來，身上還穿著制服。兩人握手示意。

「你還好嗎？」警察問。

「差強人意。有那個男孩的消息嗎？」

「有，他沒事的，現在在貝林頓的醫院裡觀察。沒什麼大傷，就是被安全帶勒到瘀青、輕微腦震盪，然後斷了幾根肋骨。」

「那就好。」

「虧你腦筋動得快。芙蘭．蘭德斯把經過都告訴我了，你怎麼知道要怎麼做？」

「敵意環境訓練，我去中東之前受過訓。意外事故人員窒息處理是我在訓練中記得的幾件事情之一。可以請你喝一杯嗎？」

「當然。謝了，喝一杯應該可以。我要卡爾頓。」馬汀點了啤酒。

「這兩天我得跟你做一次正式的筆錄。不趕，反正芙蘭的筆錄差不多把事情都說完了。」

「沒問題。死掉的那個孩子是誰？」

「艾稜．紐克，也是這裡的年輕人。」

「紐克？不是艾弗跟湯姆的親戚吧？」

「艾弗的兒子。事情發生那天他也在聖雅各，和他爸還有其他人在一起。他坐在車子裡，就在傑瑞．

2 原文為Goyder's Line，南澳的十二英寸（約三十公分）年降雨線，大致與海岸平行，以前人們會以這條線來界定適合耕作區和放牧區。

托林尼旁邊。他看到整件事發生的經過，噴得全身都是血，整個人從此被搞得一團糟，完全走不出來。我剛才去了一趟農場，把消息告訴他媽媽。」

「天啊，那她什麼反應？」

「你覺得呢？整個人要崩潰了。她老公死在聖雅各事件，而艾稜活下來，最後卻死於一場愚蠢造成的車禍。這算多慘？不管怎麼說，如果當時你不在的話，情況可能會變得更糟。」

「那為什麼我現在感覺這麼差？」

警察沒回話，兩個男人安靜坐了幾分鐘，喝著自己的啤酒。年經的警察首先打破沉默：「我讀過幾份報導，描述你在中東發生的事。聽起來很糟糕。」

「是很糟糕。」

「發生了什麼事？」

也許是因為酒精，也許是因為白天的事件，總之馬汀訝異地發現，自己竟然回答起這個問題。

「我那時駐點在耶路撒冷，但偶爾會進到加薩走廊，就是工作的一部分。以色列人已經開始實施隔離，並在加薩走廊周圍築牆，不准以色列人進去，大部分的巴勒斯坦人也無法出來，但是外國記者、救援組織、外交人員之類的人可以獲准通行。以色列人時不時會從直升機或F16上對那個地方進行轟炸，或是發動攻擊，不過整體來說並不像你想的那麼危險。至少大部分時間不是。

「我曾經在那個地方上的每吋土地都歪七扭八的時候，在那裡待上三天。那個時候，約旦河西岸的監獄發生了暴動，地點在耶利哥附近，以色列人在那裡關了幾名核心的激進活動人士。對以色列人來說，他們是恐怖分子，對巴勒斯坦人來說，他們是政治犯。他們關係複雜你也知道。總之，以色列人派了軍隊進去，殺了六名巴勒斯坦人之後才終於恢復秩序。加薩整個被引爆。那時我在加薩市裡訪問一名官員，然後我的司機打斷訪問，說我們非走不可。我們坐他那輛老賓士往艾雷茲走，要穿越邊境回以色列。我在街上看到民兵，就知道情勢變得非常不穩定。司機接到一通電話，說前方有路障。他開離路線，在建築物裡穿梭，覺得自己應該有辦法繞過路障，但為了安全起見，我們當時判斷我應該躲進後車廂，所以我就進去了。他把車開進後巷和各種小路，我在裡面撞得亂七八糟，撞到暈車，然後突然間我們停下來。外面的聲音隔著車蓋，聽不太清楚，但我可以聽到司機在說阿拉伯語。接著有人大喊，然後就是幾聲槍聲，AK步槍那種快速爆射。我感覺自己就要拉在褲子上了。我聽到司機大喊：『好了，好了。』我覺得他是想讓我知道他還活著，但我卻聽到他的聲音逐漸遠離。他被帶到了其他地方——我希望是被帶到某個當權者手上，讓他有可能把事情擺平。他人脈廣，是某支有影響力氏族的成員，也許他能用賄賂的方式脫身，或是打電話請人幫忙，不然就是想辦法說服他們讓他離開。一切都取決於那些拿槍的人屬於哪個氏族，還有他們效忠的對象是誰。」

馬汀停了一下，灌了一大口啤酒。

「後來發生什麼事？」羅比．豪斯瓊斯問。

「沒事發生。這就是問題所在。我在後車廂裡待了三天三夜，不知道自己會有什麼下場。我猜他們應該不會對我開槍，但這種事永遠說不準。我有可能被押為人質，之前發生過這種事。當時間過去，我開始覺得那個司機可能出事了，但沒有人知道我在車子裡。當時是最糟糕的時刻：我意識到我有可能死在那裡，就在車子的後車廂，我會餓死在那裡面。我有水——我們都會在後車廂裡放很多瓶裝水——而且當時是冬天，晚上比較冷，但是白天還沒那麼熱，撐上幾個星期其實是有可能的。」

「再喝一杯？」羅比問。

「好。」

警察又點了兩杯啤酒。「所以你後來怎麼脫身？」

「最後，司機回來了。他跳進來，把車子開走，開到某個比較安全的地方，然後打開車廂。他的頭上纏著繃帶。他問我有沒有事，然後說他覺得我們還是應該試著去艾雷茲，但我必須繼續待在車廂裡。那段路程感覺像是花了一輩子。當我們到的時候，他把後車廂打開一條縫，要了我所有的現金跟護照，然後又把車蓋關起來。後來過了應該至少一個小時，我們又開始向前開，但只有一小段路。他盡可能把車開到巴勒斯坦這邊距離邊界交會點最近的位置，然後打開後車廂，把我弄出來，盡快往圍牆的大門前進。我兩隻腳都在抽筋，所以基本上是由他扛著我。你可以想像我那時聞起來是什麼味道。守衛把護照還給我，點頭讓我通過。司機幫我通過隧道——那是一條漫長的走道，幾百公尺長，鋪了木板和鐵皮浪板。平常那裡人來人往，但那天卻是空的。我們走了一半，已經快到以色列的檢查站，這時卻有一個聲音從擴音器裡傳來，要那個司機停下來，說我必須自己走完剩下的路。雖然我那時已經處境艱難，他們還是要我完成標準的全身搜查。不管怎樣，最後我還是通過了，以色列人把我放在一輛小高爾夫球車上，把我載到他們那一端的隧道終點。他們讓我洗澡，給我食物和乾淨的衣服，問我發生了什麼事，我全部都說了。然後他們把我轉交給澳洲外交部照顧，最後得到自由。」

「我記得這個故事，我在新聞上看過你。」

「對，我為了那篇訪問被炒魷魚。居然有這種事，你相信嗎？我那時讓ＡＢＣ的通訊記者訪問我，是我的一個朋友，但我的國際版編輯氣炸了，想知道為什麼我沒有把採訪機會留給報社當成獨家。簡直優秀透頂，不是嗎？」

他們兩個人安靜坐著。對於自己能以這樣平淡的方式重新描述事情發生的經過，馬汀覺得稍微鬆了口氣。他感覺有一點點麻木，但還不算太糟。

「馬汀，關於槍擊案——你知道我能告訴你的不多，因為我不是調查小組的成員。一名牧師開槍殺死五個人，上頭不會把這項任務交給一個基層員警，尤其不會給涉入案情的那個。這件案子由雪梨的人負責，地方負責人是貝林頓的赫伯·沃克小隊長，你應該去找他。」

「赫伯·沃克。謝了，我會的。」

「當然，我也受到調查。真的是，光是解開槍套的釦子，你就要寫一份報告；拔槍的話，就等著接受全盤質詢。不過他們很快就還我清白了，畢竟他那時已經槍殺了五個人，還有目擊者。」

「對他開槍這件事，還會困擾你嗎？」

「當然。每天都會，每個晚上都會。」

「有去諮商？」

「次數比你想像還多。」

「有效嗎？」

「不怎樣。應該吧。我不知道。最難熬的其實是晚上。」

「我懂你的意思。他們有沒有提議可以讓你調職？」

「嗯，當然有。但我想在這裡把事情解決，把那件事全部留在這裡，然後重新開始我的生活。我不想讓它一直跟著我。」

更多沉默時刻。

「羅比，你覺得他為什麼會那樣做？」

「實話嗎？不知道。但裡頭有些事我一直想不通。那些『假如』和『為什麼我沒有』之類的東西，不斷在我心裡揮之不去，但除此之外還有別的。」

「像是什麼？」

「那時教堂外面聚集了很多人，也許有二、三十個，他殺了其中一些，然後放了其他的。所有目擊者都在說同一件事：他沒有發瘋。他很冷靜，有條不紊。他本來可以殺死更多人。」

「你覺得他是鎖定了那些對象去殺，而不只是隨機開槍？」

「不知道，我想不通。但他沒有對任何女人開槍。」

「而且他其實槍法很準，對不對？竟然能從那種距離外放倒奎格．蘭德斯。」

警察沒有立刻回應，兩個人各自盯著自己的啤酒。兩個人剛才都沒喝酒，本來一度充滿啤酒泡的杯口已經完全平掉了。

「馬汀，灌叢荒原上住了一個怪咖，叫怪老哈瑞斯，你去找他。他可以告訴你關於拜倫和他的槍的事情。」

「灌叢荒原？那是什麼？」

「就爛荒郊野外。長滿金合歡的矮樹叢，幾百平方公里那麼大片，出鎮往北十公里之後開始全部都是。這裡，我把地圖畫給你，告訴你怎麼去怪老住的地方。」

羅比拿了一張餐巾紙，畫出一條路線，告訴馬汀哪裡有要注意的地方和可能轉錯的彎。

給完指示，警察喝光他的啤酒，對馬汀點了點頭。「我最好走了，改天見。還有，別對自己那麼苛責，你今天救了一個孩子的命。」

6・灌叢荒原

熱浪變本加厲。昨天的風現在變得又燙又狂，從西北方向吹來，驅策著細小的灰塵微粒，夾帶著火的威脅。馬汀現在駕車穿越的這片鄉野地看起來令人噁心：樹木貧弱、灌叢多刺，而在這兩者之間，土多於草。他從氾濫平原的黑壤地駛進灌叢荒原，這是塊滿布矮小金合歡樹叢的巨大半島，沒有壤土，只有紅色顆粒，彷彿巨型螞蟻窩。這片土地略高於低緩的平原，幅度極輕微，應該只有幾公尺，地勢在此兀自起伏。路面堅硬、如浪、難行，因許久前的風暴而變得像壕溝似的，散布著大石塊；輪胎偶爾將其中一塊噴起，撞上車子底盤。這是屬於一條四輪傳動車、農用卡車和租來的車子的道路。馬汀緩慢前進；羅比・豪斯瓊斯先前已經警告過他，這條路少有人走，很容易迷失在飄忽不明的路跡和毫無特色的地景之中；要是在這裡撞斷一條輪軸，得等上好一陣子才會被人找到。所以馬汀仔細照顧著車子的狀況，保持耐性。

他其實不太確定自己在這裡幹嘛。刺激他離開小鎮的動力已經枯竭，他和男孩路克之間那場缺乏敏感度的對話已經失去效力、開始淡去，很快就會被丟進他腦中某個鮮少造訪的記憶庫，和其他蒐集來的懊悔與不安並肩而坐。豪斯瓊斯還是想對皮卡車的車禍和艾稜・紐克的死進行正式筆錄，但那只能解釋馬汀之所以留在旱溪鎮的理由，沒辦法說明他現在跑來這裡幹嘛，在這地獄般的景色之中，在這天殺的日子裡，追逐著某則故事蔓延出的枝鬚。這不是他本來受指派要寫的故事，而是某樁更難以捉摸、更引人入迷的故事。也許就是因為這樣：即使他已經不再確定自己是否有能耐追隨下去，記者的本能卻已在他身上根深蒂固，完全變成他的一部分，迫使他繼續前進。也許他剩下的就是這些了。

他穿進一道圍欄線，車子經過時震得地上的防畜隔柵嘎嘎作響。圍欄線的開口兩側各有一根柱子，上頭分別裝飾著一顆漂白了的牛隻頭骨，其中一顆正前後搖擺，隨風的撞擊而吹動。馬汀很高興能看到這些頭骨，這代表他走對路了。他停下車，拍了一張照片。接下來遇上岔路，他走了左邊那條，又過了一公里左右，抵達一扇由五根橫條釘成的寬扁木欄門。停止標示上寫著，「哈瑞斯」，底下另一個標示則寫著，「禁止開槍，禁止闖入，禁止胡搞瞎搞」。馬汀鑽出車外，進入鼓風爐般的狂風中，打開木欄門，把車開過去，關門。不遠了。

這裡與其說是農場，不如說是一團分散各處的半連貫建築群，彷彿有個笨手笨腳的巨人失手灑落一袋大理石珠，珠子散開成環。建築物的建材選用波浪鐵板，粗糙地綁在木桿上，其中結構最正常的是畜牧場，大約呈方形，由經過打磨的當地木材製成，零星散布著鏽蝕的鐵製柵欄。畜牧場是空的，沒有動物、沒有草，沒有任何活著的東西，連蒼蠅都放棄了這裡。馬汀踏出開了空調的車內，心裡預期自己會遇上炎熱的氣溫，但沒想到還有那些刺耳噪音：波浪鐵板片在風中撞擊、尖叫，咿呀作響。「我的天啊。」馬汀喃喃說道，想著他該從哪裡下手。

他瞇著眼睛抵禦風塵沙粒，朝最大的建築體走去。這是一座粗製鋸木廠，從外觀看來，已經很多年沒人用了。鋸木廠左側建築體的結構更完整，但還是以一種危險的傾斜角度立著，並且隨風搖擺。那是車庫。兩扇木製彈簧門敞開，已經從鉸鏈上脫落，刺進土裡，維持著整個結構直立，彷彿紙牌疊成的塔。車庫裡，停著一輛道奇的殘骸，引擎蓋已經消失，白邊車胎全扁了，一度漆黑的烤漆也變得灰白、風化成粉，像是退休老人的手一樣，滿是一塊塊補丁般的鏽蝕。有條帶著一窩小狗的母狗癱在老車後座，小狗群吸著奶，但母狗毫無所覺，看起來像死了一樣。

馬汀找到主屋，跟散落在灌木叢中的其他建築物沒有根本上的差別，只不過牆壁稍微筆直一點，窗戶關得緊緊，船型的屋簷還掛在牆壁上方。而且房門緊閉。那是一扇綠色的門，油漆剝落，木板外露，有種陳舊木質的光澤。

他敲了敲門，注意到自己的努力在這轟隆雷動的環境裡有多徒勞；文明社會的禮節在灌叢荒原顯然不合時宜。門上有個黃銅門把，他轉了轉，推開，朝著陰暗的室內大喊：「哈囉？有人在家嗎？哈囉？」

他走進屋內。光線逐漸逝去，嘈雜的噪音逐漸逝去，味道逐漸增強。他的眼睛還在適應昏暗室內，那些味道便已朝他襲來：汗味、狗味、腐臭的脂肪、屁味、尿液。即使牆上的縫隙間有風呼嘯吹進，還是省不去一場嗅覺的攻擊。

「你是誰？」裡頭有個老人，赤身裸體，四肢大張地癱靠在椅子上，其中一手抓著他腫起來的那個地方。馬汀正好撞見他打到一半的手槍。

「靠——對不起。」馬汀結巴地說。

不過老頭似乎完全沒有被干擾到的樣子。「不用走，我一下子就好了。」說完繼續抽動。

馬汀受不了，退到外頭，很高興聽到喧鬧的金屬撞擊聲，但那熱度還是令人失望。**這地方根本屎坑。**

一兩分鐘之後，老人出來了，還是裸體，萎縮了的陰莖又紅又溼，滴著水。「不好意思啊，老弟，撞得我措手不及。進來，進來。我是怪老哈瑞斯，你好嗎？」他伸長手。

馬汀看了看老人的手，又看了看老人的臉。他沒握手，以問候代替。「你好，我是馬汀．史卡斯頓。」

「嗯嗯，好好。」老頭說。「反正先進來吧，馬汀。」

馬汀跟著他進入破陋的小屋，東看西看就是不看老人下垂的臀瓣。

「不好意思，這地方都是不穿衣服的，天氣太熱了根本穿不住。坐一下吧。」老人重新跌進吊床似的椅子上，在粗糙的木製椅架上像張帆布般攤開，剛才馬汀第一次闖進來時，他就是坐在這裡娛樂自己。

馬汀看了看四周，一下子不曉得該坐在哪裡，於是抓了一只牛奶箱，立起來，坐在老人對面。

「靠，馬汀，真的不好意思，太不習慣招待客人，禮貌都忘了。」哈瑞斯重新站起身。考慮到他的外表，他的動作其實算很敏捷。「想喝點什麼嗎？」他走向某張長凳子，拿起一只單耳酒壺和兩個維吉麥的舊罐子。馬汀不曉得現在竟然還有人在用單耳酒壺。「不過也沒多少選擇就是了。灌叢荒原酒莊，就這個而已。要來一杯嗎？」

「現在喝對我來說有點早，而且天氣有點熱。」

「說什麼屁話。都跑了那麼遠，總是要試試看在地產品嘛。你喜歡葡萄酒嗎，馬汀？」

「那是什麼品種的？」

「你說這個？媽的，這不是葡萄酒啦，這個是炸藥。但是齁，你懂葡萄酒嗎？」

「一點點。」

「所以你知道什麼是『Terroir』囉？」老人唸出了正確的法文發音。

「『好的葡萄酒能夠表現出釀製葡萄生長地區的某些風土特質』，是這個意思吧？」

「說得沒錯，一百分。喝一點吧，這裡面裝的就是灌叢荒原的風土，我把這片土地變成了液體。」他將其中一只維吉麥空罐裝個半滿，遞給馬汀，然後又倒了一整罐給他自己。

馬汀啜了一小口，差點吐出來，但還是吞了下去。那東西喝起來就只是酒精，而且比那還難喝，感覺把他牙齒上的琺瑯質都剝下來了。

「覺得怎樣？」

馬汀咳了起來。「嗯，對，你把灌叢荒原的精華都抓住了，完美的註解。」

怪老哈瑞斯露出微笑，輕輕鬆鬆、友善溫和。他喝了一大口酒，面不改色，然後對著馬汀張大嘴巴笑開。「難喝得要死，對不對？」

「你可以再說一次。所以這是什麼？」

「自己釀的。在這地方硬搞出來，釀成沒氣泡的靜態酒。」

「天啊，這都已經可以賣給NASA當火箭燃料了。」

老人驕傲地露出笑容，又喝了一大口。他的牙齒像黃色的菸蒂。「你要抽大麻嗎？我外面有一大堆。還是要抽菸草？那個也有一點。那東西他媽的有夠難種——要澆一大堆水、用上一大堆肥料。大麻就好多了，到處都能長，就算在這裡也可以。抽起來也爽多了。」

「不用，我還是繼續喝這裡的風土就好了，謝謝好意。」

「好吧。」老傢伙喝乾了手中的舊維吉麥罐，滿意地吐了口氣，再滿意地放了個屁。「所以，馬汀，我可以怎麼幫你？你看起來不是專程來這裡喝酒的。」

馬汀笑了。怪老哈瑞斯的外表可怕得一塌糊塗，不過這個老人身上有著某種莫名其妙的魅力。此時，彷彿為了強調這一點，怪老把手伸到胯下抓了抓自己的陰囊。「怪老，有人告訴我拜倫·史衛福特有時候會來這裡找你？」

「噢，對啊，那個傳教的。很好的年輕人，人很好。小夥子長得帥帥，有點像你，只不過年輕一點。他以前常來這裡。那時候聽到他發生什麼事、做了什麼事，我難過了好一陣子。根本不會想到他會那麼做，絕對想不到。他看起來是個很正直的人。誰告訴你他以前會跑來這裡的？我還以為這是我跟他的祕密。」

「誰告訴我的有差嗎？」

「我想是沒有。你應該不是警察吧？」

「不是。我是記者，正在寫關於旱溪鎮的報導。」

「靠，真的假的？我是有點故事可以說，絕對嚇到你頭髮都捲起來。」

「請說。」

「才不要。我知道你們這種人，跑來這裡，一直灌我酒，讓我喝到掏心掏肺，然後一回頭這裡就塞滿了狗仔隊。」怪老臉上露出大片笑容，像曳引機開過留下車痕那樣拉開一排殘缺的牙。他扯了一下自己的蛋蛋，像是在強調自己說的狀況有多荒謬。馬汀也笑了，下意識又喝了一小口老頭釀的酒。他再次嗆到；這第二次嘗試的結果完全沒有比較好。怪老笑著罵了他一聲。

「所以他真的偶爾會到這裡來？」

「嗯啊。」

「為什麼？」

「不知道。也許想聽我的真知灼見，也許想拯救我的靈魂。」

「說真的，怪老，他跑來這麼遠的地方做什麼？」

「有時候我們就隨便閒聊而已，喝我釀的酒、抽大麻。不過他大多時候是來練槍。」

「練槍？真的嗎？」

「嗯啊，他喜歡射擊。」

「還有喝酒跟抽大麻？聽起來不太像牧師會做的事。」

「你說對了。給他喝一點摻水的酒，他就變得滿口髒話稀哩巴拉。但還是一個很好的年輕人。而且他從來不會邊開槍邊喝酒或抽菸，永遠都是在練完槍之後。」

「很有趣。你會跟他一起去嗎？他是打靶還是其他東西？」

「沒有。我跟他一起去過一次，但他比較喜歡自己一個人。他大部分是射兔子。啊還有麻雀，我看過他打下幾隻。」

「麻雀？靠，聽起來就覺得槍法神準。」

「對，他媽的就是這樣，馬汀，他就是。天生好手一個，從來沒看過有人像他這樣，那些槍到他手上就好像變成身體的一部分。你真應該見識一下那個場面，他會進入某種狀態，然後啪、啪、啪，把蒼蠅的翅膀都給射掉。他有一把點二二，你知道那是什麼嗎？小口徑的，他說那樣難度比較高。他從來不會去射大袋鼠或是灌木小袋鼠，覺得那太簡單了。」

「他總共有幾把槍？」

「不知道。三或四把。一把點二二、一把來福獵槍、一把帶瞄準鏡的狙擊用步槍和一把霰彈槍。但是我告訴你，用哪把都沒差，他全部都很擅長。」

「他去哪裡學到這種射擊技術？」

「我想他應該是在農場長大，但是他不喜歡說自己以前的事。」

「為什麼？」

「不知道。」怪老哈瑞斯試圖想起、喚回之前的記憶。「他以前會來這裡，然後跑到荒郊野外，露營過夜，說他喜歡自己一個人。這片荒野，這片灌叢荒原，蔓延很長一段距離，三十或四十公里有，一直往回延伸到山坡那邊。這邊十公里是我的地方，然後過去就是王室領地。爛到沒辦法種東西，爛到沒辦法當成國家公園，也爛到沒辦法砍木材。總之整片都是爛爛爛，但是很適合一個人待著。」

「你們兩個一起喝酒的時候，他都聊些什麼？」

「你也知道，就平常那些，哲學、宗教、政治、大奶妹、賽馬。」

「怪老，你也許幫得上我的忙。我現在有點難把拜倫・史衛福特身為牧師還有社區中流砥柱的形象，跟他會做的其他事情聯想在一起，喝酒、抽大麻，還到處跑來跑去射小鳥。我想不到有這種牧師。」

「嗯，他的確就是這樣的人。」

「聽起來你對他印象很好。」

「好到不行。他是我看過長得最帥的男人，又高，下巴又方正，根本可以去演電影了。這樣講還只是一半而已。還有他走路的樣子、行為舉止，和說話的方式。他會讓你覺得，光是跟他在一起，你整個人都不一樣了。難怪女人們都喜歡他。」

「是嗎？」

「她們是這麼說的。」

「那他為什麼會想成為牧師？」

「呃，我怎麼知道？但是他的確很虔誠，信得可深了，相信耶穌為了我們所有人而死，為了我們這些罪人。那個樣子可不是裝的。」

「真的嗎？」

「噢，那當然。他不常提到這些事，可是講出來時都是發自內心。他從來不會要我入教或什麼的，但那些對他來說都是真的，就好像有一部分的他是在這個世界，而另一部分的他是在別的世界。他以前打獵前都會說一小段禱告文，結束後再說一小段，都是為了他殺死的那些動物祈禱。聽起來很奇怪，但他身上有種神聖的特質，不屬於我們這個世界的東西。」

「哪一方面？可以說得詳細一點嗎？」

「這個嘛，我也不太清楚，只是一個印象。但是他應該會是很虔誠的天主教徒，很好的告解神父。我曾經告訴他一些我永遠也不會告訴任何人的事，他在某種程度上救了我，讓我和人群重新有交集，不然在那之前我一直都是離群索居。」

「你覺得他為什麼會在教堂開槍殺那些人？」

怪老本來帶點頑皮的和顏悅色消失了，變得嚴肅起來，一臉失落。「我完全想不通。而且你不要覺得我沒有想過這個問題，在這裡，我有很多時間去想每一件雜七雜八的事。我很希望當初自己可以做點什麼，去幫他一把，幫忙防止那件事情發生。」怪老喝了一大口私釀酒，咧出一嘴牙笑。「我在這裡就是在做這些事：活在過去，喝摻水的酒，偶爾打個手槍。很無聊的生活嘛，對不對？」

「那你對他猥褻男孩的傳聞有什麼看法？」

「胡說八道，完全胡說八道。」

「你怎麼能確定？」

「有時候，當我們都喝開的時候，我們會聊到那種話題，就是做那件事。我跟你打包票，他以前遇過不少精采的故事，但是那些事情都跟女人有關。他喜歡的是女人，不是小孩子。」

「你怎麼能確定？」馬汀重複了一次。

「嗯，我也沒辦法真的完全確定，是吧？但如果你像他那樣跟我說那些故事，從你眼睛裡會冒出一種精光，這是沒辦法說謊的。」

馬汀停下來思考了一會，突然一陣灼烈的熱風吹得簡陋的木屋不停震動。他看了看這沒有隔間的屋子：臨時權充廚房的空間裡未洗的盤子疊如山高，凌亂的床上床單也發黃了，到處都是隨意堆積的舊書和雜物。

「怪老，為什麼你要住在這裡？」

「這是我的事，我就喜歡這樣。」

「你這樣賺得了錢嗎？」

「可以。不怎麼樣，但還是可以。我會趕野牛，這裡的灌木叢裡有一大堆。我會把牠們趕在一起，賣一點零錢來花。但不是現在，不是在這種鬧旱災的時候。這種天氣牠們只剩下皮包骨，全身長滿寄生蟲。但只要開始下雨，我就找個工人來，賺幾個錢。」

「所以這裡只有你，就分成你的地方和王室領地？」

「也不是，這裡有好幾個人，都住在各自的地方。順著路往下走一點，有個退伍軍人跟他女人就住在那裡，叫傑森。還算好人啦，但是腦袋不太正常，不怎麼跟人來往，也不知道為什麼那女的願意留下來。然後，哈利．史納屈住在另一邊的泉田，還有幾間簡陋的小木屋或是露營車到處停。人們偶爾會過來打獵。」

「哈利．史納屈？他在灌木叢裡也占了一塊地？你常看到他嗎？」

「我才不想看到他咧，自從他做了那件事之後就沒見過了。那個混帳東西。」

「他做了什麼？」

「強暴那個美女啊，禽獸一個。」

＊　＊　＊

馬汀走通往海伊的那條公路回鎮上，穿過氾濫平原上方吱嘎作響的長橋，強風把車子吹得顛簸震動。下橋後地勢逐漸下降進入旱溪鎮，他一個衝動，便右轉往教堂開去，想著也許能遇到前一天被他惹毛的那個小傢伙，路克。但沒看到他的身影。

他倒車停在樹下，面向對街的教堂。這裡一定就是傑瑞．托林尼，那個住在貝林頓的水果商，收下兩顆子彈的地方——一顆在頭，一顆入胸——而艾稜．紐克當時就躲在他旁邊。馬汀看著教堂門前的階梯，大約三十公尺遠。這對拜倫．史衛福特這樣的神射手來說輕而易舉。

他爬出車外。獨自聳立的教堂淡漠而樸素，只透過頭頂上的電線和一條電話線，與外界維持著脆弱的聯繫。教堂的入口是一扇雙開門，躲在門廊底下。現在，一邊的門扉半開。馬汀爬上曾經造成重大死傷的階梯，推門而入，猜測也許路克就躲在裡面。

室內陰暗涼快，而且更安靜，外頭的風鞭長莫及。男孩不在這裡。相反地，在座位區最前端第二排的長椅上，有個女人跪在那裡，紋風不動，正在禱告。馬汀看了看附近，還是看不到教堂內有任何哀悼槍殺案的紀念標示，就跟外頭一樣，什麼都沒有。他在後排長椅上坐下，安靜等待。他認得女人虔誠的樣子，還有她懇求哀禱的模樣，但記不起來為什麼。距離上次他感覺到任何類似的東西，即便只有些微相似，或是感應到任何朝恩典靠近的事物，已經是多久以前的事了？怪老覺得牧師身上有某種神聖的特質，蔓蒂也這麼說。怎麼可能呢？那個男人會打獵，會殺小動物，還殺死了他教區裡的居民。怎麼可能？明明自己前一天才救了一個青春期男孩的命，現在卻感覺像個空殼。他看著自己的手，把兩掌合在一起，像是要禱告那樣，然後盯著它們。它們看起來不像他的手，這個手勢不像它們該有的手勢，而他也不屬於這個地方。

「史卡斯頓先生？」是那個禱告的女人。他完全沒注意到她已經起身，還往他這裡走來。是芙蘭．

蘭德斯。「抱歉，」她說。「你在禱告嗎？」

「也不算是。」

「總之，抱歉打擾你。我只是想要謝謝你昨天的幫忙。如果當時你不在的話，我可能會讓他……」她因恐懼而戰慄。

馬汀起身伸手，輕觸她的肩膀。「不要用那件事為難自己。他活下來了，這是最重要，也是唯一重要的事，你只要知道這點就好。」

她點頭，把話聽進去。

「他現在狀況如何？」

她抬頭看他，眼中閃爍著感激。「噢噢，他很好。我昨天晚上在貝林頓的醫院裡陪他過夜，他已經恢復精神了。腦震盪、肋骨斷裂，還有背部拉傷，但沒什麼大礙，只要動作盡量小心一點就好。他們會讓他再住一兩天，以防萬一。我今天早上回鎮上開店，現在有個朋友幫我顧著，我只是想要進來這裡表達我的感謝。很高興你也在，這樣我也可以對你說謝謝，然後也向你道歉，那天你到店裡來，我對你很沒禮貌。」

「有嗎？」

「感覺起來有。」

「芙蘭，抱歉這麼說，不過看到你願意來這裡，進這座教堂裡祈禱、表達謝意，說真的我有點訝異，畢竟這裡發生過那些事。」

「你是指什麼？」芙蘭看起來侷促不安。

「你丈夫就是在這邊被槍殺的。」

「不對，」她說。「不是這裡，不是在裡面。不過我懂你的意思，看起來可能真的有點怪吧。我試過去別的教堂，天主教的，但感覺就是不對。我們搬過來之後我就都是來聖雅各，只要進到裡面就沒事了。」

「很抱歉這麼問，不過你聽過關於史衛福特牧師的傳聞嗎，就是我們報紙上寫……」

「我完全不相信那些事。」他還沒來得及說完，她就插了話。

「不相信的原因是？為什麼你這麼確定？」

「因為我認識拜倫．史衛福特，就這樣。」

「你跟他很熟嗎？」

「夠熟了。」

「我以為他不常來旱溪鎮這邊。」

「夠常了。」

「所以他是個怎樣的人？」

「他善良、慷慨、正直，不是你們報紙上把他變成的那種怪物。」

有一瞬間，馬汀啞口無言。他可以從她聲音裡聽見她對史衛福特的喜愛，從她眼中看見憤慨。她正在為殺死她丈夫的人辯白。

芙蘭填補了兩人間的沉默。她的激動逐漸平息。「但不管怎樣，現在都無所謂了，不是嗎？他已經死了。羅比．豪斯瓊斯在那邊的階梯上開槍打中他的心臟。」

「所以你兒子從來沒提過任何事？關於他性侵兒童？」

「沒有。沒對我說過。現在，抱歉，我得回去店裡了。」

「當然。不過，芙蘭，我很想好好跟你聊聊，替我正在寫的報導進行採訪。報導內容主要關於旱溪鎮，描述鎮上這一年來如何調適。你願意幫我這個忙嗎？」

她的眼神無法隱藏她的不情願，但是她的憤慨已然退去，而她點了點頭。「當然。你救了我兒子，要我幫你什麼我都願意。」

「謝謝，很抱歉這樣打擾。」

「沒關係，我懂，那是你的工作。那些殺、那些打，就只是你的工作而已。但如果今天不是你的話，我就真的無話可說了。跟你比跟那個達西・德佛好。」

7・龍

馬汀開了一小段距離，從聖雅各教堂到達綠洲。他小心翼翼地把車子倒進車位，讓後保險桿盡可能靠近陡峭的排水壁，但不要碰到。這次他停得剛剛好，覺得自己越來越拿手了。他帶了啤酒杯和前一天買的旅遊書，啤酒杯已經洗乾淨，書則只看到一半。在他無法入睡的三更半夜，這本書的確能分散他一些心思，尋找下一本能夠讓他在書店裡待上一會，並逃離白日的炎熱。

書店的門沒上鎖，裡頭沒有顧客，不過傳來的味道倒是挺香的：咖啡和家常菜。就在此時，彷彿得到登場指示似的，蔓德蕾・布朗德從店最深處的門後出現，翩然滑進中央走道，朝他而來。她讓嬰兒張腿跨在自己突出的臀部一側，單手輕鬆抱住，對馬汀來說，這姿勢讓她看起來既充滿母性又性感。

「下午好啊，馬汀，我聽說你變大英雄了。」

「嗯，之類的。」

「太好了，離開這個鎮的人已經夠多了，要是他們一離開就死掉的話就糟糕了。今天要點東西嗎？」

「要。」他舉起啤酒杯。「可以的話，再一杯咖啡。然後，這是什麼味道？」

「馬芬。有肉桂蘋果和藍莓口味，自己做的。」

「那請給我一個肉桂蘋果。」

「你把其中一本書帶回來了？很好，放櫃檯上吧，下一本書可以打四五折。不過，現在可以先來幫我一下嗎？」

馬汀跟著她穿過通道末端的門，經過辦公室兼儲藏室的地方，進到她家。走廊兩側各開了門，一邊通往嬰兒房，另一邊則是她的臥室，馬汀可以稍微瞥見裡頭的古董黃銅床架，到處都是書本和衣服。走廊最末端的廚房寬廣明亮，有一張大木桌和兩座爐頭，廚房電爐和原始的柴燒爐並肩緊鄰。

「可以幫我搬那個嗎？」她問道，指著放在地板中央毯子上的嬰兒圍欄。「把它們拿到店裡。」

回到書店，他把毯子放在波斯地毯上，就跟前一天是同個地方，然後張開嬰兒圍欄。不一會蔓蒂也進到店裡，嬰兒還是抱在身上。她把兒子放進圍欄裡。「馬汀，幫我看著他，咖啡和馬芬馬上來。」

馬汀在其中一張老舊扶手椅上坐下，仔細觀察那個孩子。他肚子朝下趴著，用盡力氣想抬起頭來，像在做嬰兒版的伏地挺身。他的額頭上冒出一道小小的溝紋，彷彿他正用力集中精神。馬汀笑了起來。

蔓蒂拿著托盤回來。上面放著咖啡啤酒杯、裝著馬芬和小塊奶油的盤子，還有一杯她自己要喝的咖啡——就跟他一直希望的一樣。她把托盤放在他身旁的邊桌上，拿了她自己的咖啡後在對面坐下。她的接近振奮人心。馬汀重新為她的美讚嘆了一番。

「工作進行得如何，找到想要的東西了嗎？」她問。

「有。說起來進度還不錯，除了羅比．豪斯瓊斯之外，我又約了芙蘭．蘭德斯訪談。」

「嗯，我懂，開槍擊倒狂亂牧師的男人，加上哀悼的寡婦，非常好。還有和其他人說上話嗎？」

「我今天早上去了一趟灌叢荒原，和住在那裡的一個老人聊了一下，怪老哈瑞斯。」

「哈瑞斯？跟他有什麼好聊的？」

「你認識他？」

「不認識，但我知道他發生了什麼事。大家都知道。」

「什麼事？」

「是很可怕的故事，發生在好幾年前，我想應該是我出生之前。怪老以前在貝林頓當銀行經理。我忘記他真正的名字了，應該是叫威廉之類的。總之，某天下午，他老婆和還小的兒子在河邊的公園玩，就在鎮的中心，一輛卡車突然失控衝出馬路——卡車司機心臟病發之類的——當場撞死他老婆。他們的兒子，當時只有三四歲大，在醫院也只撐了一、兩天。這件事把怪老壓垮了。最初幾個月他還撐著，最後還是整個崩潰，瘋了。他們讓他住進病院，對他進行電擊療法，整個人塞滿藥。之後他就變得不一樣了。他出院後就搬到荒原裡，老史納屈給了他一些地，他後來一直待在那裡。算是自己選擇遠離人群，個性很怪，但連蒼蠅都不會殺一隻。大家都沒說，不過都會照顧一下他，給他東西，之類的。」

「老史納屈？那是誰？」

「哈利．史納屈的爸爸，叫艾瑞克。幾年前死了。如果我媽說的是真的，那他就是我爺爺。」

「你聽起來不怎麼確定。」

「噢，我很確定。我媽從來不在任何事上說謊，更別說是這麼嚴重的事。但在我還小的時候，在我還沒大到可以知道事實之前，我只知道世界上有某個叫哈利的男人是我爸。我以前會幻想他有一天回到旱溪鎮，然後跟我媽復合，讓我們變成真正的家庭，從此過著快樂祥和的日子。而其他小孩全都會閉嘴，去挑別人當欺負對象。」

「霸凌嗎？他們針對你就是因為這個理由嗎？」

「最主要是這個原因。史納屈因此坐了牢，但有不少人站在他那邊。他們說整件事是我媽編的，或說是她勾引他，說她淫蕩。你知道小孩就是那樣，他們會把父母私底下竊竊私語的內容全部公開大喊出來，我媽最後不得不把事情告訴我，真正的發生經過，我才知道為什麼其他人會叫我那些外號。」

馬汀還沒來得及回應之前，書店的門突然被拉了開來。是穿著螢光橘色連身衣的羅比．豪斯瓊斯。

他剛進門又突然停下腳步，尷尬地對蔓蒂點了點頭，然後對馬汀說話。

「在外面看到你的車，很高興你人就在這裡。走吧，發生森林大火了。」接著他便轉身走了出去。

馬汀看向蔓蒂，她聳聳肩，馬汀只好把馬芬留在身後，跟著羅比走到店外，但還是帶走了啤酒杯。空氣中瀰漫著木柴煙燻的味道，像營火般令人感覺溫暖親切，夾帶在陣陣的狂風之中。羅比爬進一輛警用四輪傳動車，馬汀跟著登上副駕駛座。「我對撲滅野火的知識只有鼻屎大，你應該知道吧？」他說。

「沒事的，跟緊一點，我們會照顧你。只是現在需要用上所有找得到的人手；我們的人數比去年還少了半打。」

「為什麼會這樣？」

羅比對馬汀皺了眉，才把注意力轉回路上。「你覺得呢？拜倫・史衛福特，奎格・蘭德斯，紐克家的艾弗、湯姆和艾稜，杰米・蘭德斯，酒吧老闆。另外還得再加上幾個被乾旱逼走的。」

羅比右轉上公路，然後把車開進消防局前的車道。消防局的大門敞開，前面停了幾輛消防車，穿著高對比色消防服的三男兩女正聚在一起，彎腰看著攤開在一輛房車引擎蓋上的地圖。「隊長，給你帶了一個臨時加入的。」羅比說著，和馬汀一起爬出車外，臉上帶著笑容。

「好樣的。你好啊，馬汀，歡迎加入。」是艾羅，俱樂部的那名酒保。長了繭的手在他們握手時刮過他的皮膚。「羅比，我們要出發了，馬汀就讓你教，我們等一下直接在那邊碰面，岔路那邊。」隊員們陸續登上消防水車，羅比則帶著馬汀走進車庫，替他找到另一件螢光橘色連身衣、手套、硬頂帽和防護眼鏡；兩個人又花了一點時間才找到一雙皮靴，可以替代馬汀腳上的城市步行鞋。接著兩人再次出發，掉頭轉回主大街海伊路上。

「我們要去哪裡？」馬汀問。

「灌叢荒原。火勢從外側的平原上開始，現在已經燒進樹林，很快就會燒過去了。在貝林頓的團隊到達之前，我們會試著把火勢控制在公路這側。」

「那荒原怎麼辦？」

「誰在乎啊？那種鬼地方。」

「住在那邊的人呢？」

「，如果他們笨到還待在那裡的話，我們就要把他們撤出來。馬汀，關於叢林大火你知道多少？」

「剛才說了：完全不懂。」

「沒關係，需要知道的也不多。第一件事，也是唯一一件事：別死。你知道在叢林大火裡，害死人的都是什麼嗎？」

「吸進煙霧嗎？」

「不是，那是居家火災，是城市裡的火災。在這種叢林火場，就是熱，直接簡單。火勢最前沿產生的溫度會高達幾百度，如果你在空地被火抓住，會直接被煮熟。所以不管你做什麼，怎樣都不要跑到火勢的最前線。你會聽到有些故事說有人躲在游泳池、農場蓄水池還是水塔裡，那其實沒有用。水可以保護他們不燒起來，但是超高溫的空氣會讓他們無法呼吸，從身體裡把他們的肺燒出來。我們要從側面進攻，而不是正面。」

「怎麼分側面還正面？」

羅比笑了起來。「觀察火焰在哪、煙從哪個方向飄來、風從哪個方向吹，找出火勢會往哪裡移動，然後注意不要跑到它前面去。」

「聽起來還真簡單。」

「真的很簡單啦，除非風向改變。一個火場可以由一公里的前線和十五公里的側線組成，如果這時風向轉了九十度，那就會有一場十五公里前線和一公里側線的大火，朝你直撲而來。」

「很棒。」

「別擔心，今天應該不會發生。氣象局說今天整天都會吹西北風。如果你在空地遇到火勢前沿，找地方躲。活下來的人有的是躺在車子的地板上，用羊毛毯蓋住身體，只要窗戶關上而且沒破掉，你就走運了。火災的前線會在五到十分鐘內通過，到時溫度會再次下降，撐過去那段時間，你就能活下來。」

「讚。還有嗎？」

「嗯啊，抬頭看。避開在燃燒的樹，即使是看起來火焰已經被撲滅的也一樣，它們的樹枝說掉就掉，沒在事先警告的。還有，補充大量水分，比你認為自己需要的還多。不要等到口渴：脫水非常危險。」

他們開車上橋，稍高的地勢讓馬汀能看到西北方地平線上噴發的灰色濃煙，不斷衝上晴朗的藍天。距離還很遠，但勢頭龐大。

再向前走十公里，便進入灌叢荒原的範圍，道路兩側全覆滿貧瘠的金合歡。他們來到岔往荒原的分支路口，同時也是馬汀在幾個小時前去找怪老哈瑞斯時走過的同一個岔路。消防車停在這裡，艾羅和隊上一名外表堅毅的女人正站在一旁和幾個當地居民說話。羅比和馬汀雙雙跳出四輪傳動車。

「媽的，你們就一定要帶他來嗎？」其中一個男人留著夾雜灰髮的細長馬尾，朝羅比這裡偏了偏頭。他身穿破爛T恤、油膩印花領巾、牛仔夾克、一件破牛仔褲和靴子，脖子一側攀附著模樣凶狠的刺青，單耳戴著粗大金色耳環。他身旁的嬌小女子則穿著T恤和牛仔褲，雙手刺青，正站在一輛摩托車旁，那是一輛前叉加長、前高後低的重型機車，上頭堆了許多袋子。

「停一下吧，小傑，」艾羅說。「他是來幫忙的。」

「不管怎樣，沒有搜索令他不准進我地盤，火災不火災都一樣。」

「我無所謂。」羅比說。

艾羅搖了搖頭，繼續說：「算了，早點離開算是聰明了。怪老還在那邊嗎？」

「對，我和莎莎剛才過去一趟要提醒他，但是車子擠不下了。你們應該進去把他帶出來。」

「優先進行。史納屈呢？」

「他怎樣？他有車子，可以照顧自己。」

艾羅轉向羅比。「你可以去帶怪老嗎？帶莫卡熙一起去。事情弄簡單一點，找到人，看他能帶多少東西，其他的就算了。」

「然後別進我家。」騎摩托車的男人插嘴。

「快滾，傑森，」羅比反擊。「否則我就搜你那些袋子。」

傑森閉上嘴。

羅比和莫卡熙離開，馬汀則是聽了簡短的狀況概要。他被分配去幫忙一個沉默寡言的年輕人，叫路易吉。消防車上有兩條水帶，路易吉負責控制其中一條的方向；馬汀得跟在他幾公尺後面，幫忙操控帆布水管。一輛農用水車停了過來，車上已經裝滿水，負責消防車的補充水源。一架輕型飛機劃過天空，由艾羅透過消防車駕駛車廂裡的無線電進行通訊。在這過程中，濃煙形成的雲團已經擴張得更低、更遠，把蒼白的青空逼得撤向東南方。在馬汀前方不到二十公尺遠的地方，一群為數四、五十隻的袋鼠猛然從灌木叢中衝出來，穿過馬路。一瞬間，風停了下來，灰燼開始落下，像黑色的雪花。

「好了，所有人集合。」艾羅大喊。「火勢大約十五分鐘後就會到達這裡，貝林頓的小隊則會在二十分鐘後抵達。大火移動得很快，不過前端還很窄，我們要試著從路上壓迫它的側邊，讓團火[1]不再繼續前進。貝林頓小隊會沿著格隆迪利路，也就是公路的東邊，直接進入灌木叢，然後開始燒防火線。等這邊做得差不多之後，我們會加入他們，或是移動到荒原後面，防止大火跑進平原。有問題嗎？」

眾人一片安靜，如開戰前的士兵。風再次吹起，力道前所未有地強勁。

羅比的警用卡車衝出草叢，警燈明亮閃爍，車子滑過礫石路面在消防水車旁停下。他馬上鑽出車外。「史納屈有出來嗎？」

艾羅搖了搖頭。「沒有。確定他沒有在鎮上喝好喝的嗎？」

「沒有，他就是在這裡。那個老不死的，今天早上還看他開車經過。」說話的是怪老哈瑞斯，他爬出羅比的四輪傳動車，加入眾人。他全身上下都是混搭而且不合身的衣服。

「幹。」羅比看著艾羅說。

「幹。」艾羅看著地面，手撐著額頭。「幹。」

「他有車，不用管他啦。」說話的是傑森的女朋友莎莎。

羅比搖了搖頭。「不行，辦不到。我去找他。」他說完便跑回四輪傳動車上。不知道為什麼，馬汀也跟在他身後追了上去。羅比發動引擎時，他正打開副駕駛座的門，也爬進車裡。「馬汀，出去。下車。」

「不要，我要去。」

「那就算你笨了。抓好。」羅比猛催引擎，甩過卡車掉轉方向，激起一堆砂塵後衝進草叢之中。「我們找到人，丟到後座，然後就出來，懂嗎？」

馬汀咕噥一聲表示同意，兩人便沉默下來，陷入各自的心理掙扎中，此時兩人周圍越來越有世界末日的氛圍，天空逐漸闔上，陽光褪去，灰燼飄落，有的邊緣還暗暗發著橘紅的光芒。羅比把車推過泥土路的彎道，他的臉色堅決，盡可能以最快的速度前進，兩人的安全暫時無關緊要。他們剛轉過彎，就看到兩隻小袋鼠站在路中央。羅比直接輾了過去，無論如何腳都沒踩上剎車，其中一隻撞上保險桿，另一隻則碎身輪下。馬汀抓得死緊，拳頭都發白了；羅比盯著前方昏暗，彷彿被附身的人。天空幾近全黑，煙霧形成的雲壓得極低，都要靠上全速前進的車子的車頂。白晝已經消失，沒留下一絲光線，他們駕車穿越夜色，將頭燈刺進霧氣般的濃煙中。又過了一個彎道，隨後他們便衝進一塊空地裡。馬汀把眼前景象收進眼底：有輛老舊的霍頓汽車撐在千斤頂上，一顆輪胎翹起；一間車庫；農場蓄水池的池岸；一棟房子；而史納屈，手裡的澆花水管一路連到房子邊，正轉頭看向衝進他生活中的兩人。

羅比和馬汀同時下車，馬汀緊跟在這年輕男子旁邊。

「快點上車！我們要走了！」警察大喊。

但是史納屈搖頭。「你們看。」他說著，手向上指。

馬汀抬頭看，視線穿過灰燼塵暴：雲霧不久前還黑得像碳，現在已經開始轉成血紅，在他的注視下越來越明亮，彷彿從內裡向外發著光，讓整個院子都籠罩橘色的光芒。他聽見一段距離之外，除了風聲之外，還有陣怒吼，像有一整列的貨運列車正朝他們直衝過來。

「上車！」羅比大喊。「我們把車子開進蓄水池中間！」

「不對！」史納屈大喊著，蓋過怒吼的聲響。「進屋子裡，都是磚塊跟石頭，不會馬上燒起來！」

羅比點頭，於是所有人便衝向屋子，警察跑在最前面，記者居中，犯過罪的老傢伙緊跟在後。怒吼聲幾乎已經籠罩在他們頭上。馬汀聽到許多爆炸聲，就像劈里啪啦的鞭響或是槍聲，當他到達門廊時，

1 由主要火場向外吹落或擴散形成的零星火勢，在風力幫助下，有時甚至會離前緣幾公里之遠。

瞥見死神正從灌木叢間伸出橘色的舌頭舔舐一切。最後一個跑進門內的是史納屈，身後拉著龍頭水管，噴嘴不斷湧著水。他們走過寬廣的中央走廊，兩邊各自通往各個房間，而除了他們身後的灼熱紅光之外，整座屋子漆黑一片。

這是史納屈的房子，掌管目前局面的也是史納屈。「我已經盡可能把房子後面都噴溼了，窗戶也都關了，但門廊是木製的，繞整個房子一圈，所以那部分肯定會著火。屋頂是錫，遲早有些會燒成灰，然後掉下來，但至少牆壁是石頭和磚，厚得跟什麼一樣，讓我們有機會拚一拚。看這裡。」史納屈把水管轉向他們，噴得兩人全溼，然後把噴嘴塞進他們連身衣的領口，並拿已經沾溼的毛巾墊在他們的硬頂帽下面。「來吧，我們從後面開始，抵抗火焰，真的不行就後撤。如果有煙，把嘴摀住，然後趴低。我們要從剛才進來的原路退出去，但是能拖就盡量拖，知道嗎？」

貨運列車撞上屋子後方，將它捲入橘紅色的迷霧中，如吞噬獵物的龍。史納屈往前推進，彷彿在抵禦一道浪潮，水管像盾牌似地往身前噴灑，身後跟著羅比和馬汀。他們此時站的廚房，彷彿惡夢裡的房間，由地獄化成。**就在外面了**，馬汀想，**而且它想要進來吃掉我們**。它是活的，像一條巨蛇，一頭龍。廚房水槽已經蓄滿，地上也放了好幾桶水。原來史納屈早有準備。那熱度實在難以想像，足以壓倒一切。

羅比提了一桶水走進廚房旁邊的房間裡，全身冒著蒸氣，熱氣騰騰。馬汀低頭看著自己，水氣也從他身上湧出。這溫度到底多熱？他再次被水管裡的水擊中，水流覆滿全身。他抬起頭來，看見史納屈又把噴嘴打開，接著又把拿空桶子回來的羅比澆得全身都是。馬汀抓起一桶水，快步跑進廚房另一側通向的房間，把水潑上窗簾，拚命祈禱他不會撞碎簾後的玻璃。為了保護窗戶，窗戶上裝有百葉窗[2]，不過它們現在看起來都像透明的，彷彿火焰是X光，穿透窗戶玻璃和窗簾的布料就像穿透樹木那樣簡單。他快速掃視周圍一圈：房間整齊乾淨，嬰兒床、雪松木製梳妝櫃、牆上數幅鍍金框畫。他隨後回到廚房裡，張開手臂迎接史納屈水柱的熱烈親吻。

現在有煙了，灌木叢燃燒的煙、門廊燃燒的煙，紛紛從門窗滲入。一面百葉窗突然爆出火焰，史納屈用水噴向窗框。另一面百葉窗也噴出殘酷的橘紅火焰。史納屈跑進其中一間邊房，然後是另一間，快速噴了水後就撤退。房間裡開始瀰漫濃煙。三個人往走廊上退：先是馬汀，然後是史納屈，離開時把廚房這側的門板澆溼，最後走的羅比則把門關上。

史納屈用水柱噴向走廊這側的門，再把水管轉向羅比，向下插進他的連身服裡，然後是馬汀的，然後是他自己，最後在如雷震耳的嚎吼聲中大喊起來。「它會從廚房跑上屋頂，我們往房子正面前進，才不會在屋頂塌下來的時候還待在下面。」他還想說些什麼，此時水管卻咳了一聲，水柱沒了。三個人臉色嚴肅地互看了一眼。馬汀可以感覺到熱氣就要撞破緊閉的廚房門口。「幫浦室被燒掉了。火線現在要通過我們這裡，至少有五十五公尺。」

他們沿著走廊撤退。羅比在最前頭，他跑向前門，用攤軟的水管纏緊。史納屈移動起來慢得多，他探頭望進走廊兩側的每間房間，彷彿在道別，然後將每道房門緊緊關上。這讓馬汀第一次有機會能稍停片刻，去仔細觀察這棟房子：厚達一呎的牆壁、挑高天花板、貝殼杉木地板、環繞式門廊。這不是草叢裡的簡陋小屋，不是鐵皮浪板隨意搭成的克難創作，而是十九世紀舊日農莊。他瞄見一間正式的餐廳，一張拋光大木桌、十幾張座位、巨大的餐具櫃，水晶醒酒器、切割玻璃製瓶底酒杯、水晶吊燈，加上一面燃燒中的百葉窗。門關上了。另一個房間。書房，寬大的桃花心木書桌上頭擺滿紙張、沾水筆和墨水瓶，量尺、馬克筆和一只放大鏡。邊桌上放了一部電腦和印表機。牆上掛著數張古董地圖。史納屈將門

2　這裡的百葉窗跟臺灣常見的不同，大多是固定式的，較厚，通常為木製，而且安裝在窗戶外側。

甩上。

他們在前門集合。馬汀脫掉手套，把手放在門把上。很燙，另一端可能已經燒起來了。不過這是扎實的硬木製品。走廊開始充滿濃煙。

「聽。」史納屈下令道。

馬汀試著聽出在燃燒怒火、他自己的粗聲喘氣和脈搏重擊之外，還有什麼聲音。「什麼東西？」

「沒那麼大聲了，火勢前線已經過了。」

三個男人再次交換眼神，仍然感覺被逼上絕路，但多了一絲希望。不會太久。龍就要通過了，安全在召喚他們，也許真的可以撐過去。不過就在此時，彷彿要將他們的希望燒成灰燼似地，屋子後半部傳來一聲砰然巨響。馬汀意識到那是因為廚房開始崩解，天花板塌下來了。另一陣墜毀聲傳來，廚房的門突然爆開，彷彿地獄的大門。熱氣撞上馬汀的臉，像在滾滾濃煙中揮來一拳。

「來這裡！」史納屈吼著。他帶著他們穿過側門，然後在他們身後迅速關上。那是間會客室之類的房間，傢俱都覆蓋了床單。「我們不能待太久。屋頂會垮下來，走廊馬上就會失守，而這些地板已經有一百三十幾年歷史了。我們把側窗和走廊當做判斷標準，如果百葉窗或是門燒起來，我們就從前面這扇窗戶出去，懂嗎？正面的門廊有鋪地磚，但是遮陽篷可能已經著火了。用你最快的速度跑到車道，然後臉朝下趴在地上，離車子和房子或任何燃燒的東西遠一點，懂了嗎？」

羅比和馬汀點頭。

屋子開始吶喊，因極端痛苦而尖叫：尖銳刺耳的鋼鐵、爆裂的木材、轟隆大火，淹沒逐漸遠去的龍的吼聲。馬汀的連身服內側已經溼到不行，卻感覺自己的臉像乾燥的紙。他看向其他人，他們的臉如曬傷般發紅。他看著邊窗上的百葉窗開始冒煙、起火，速度緩慢，幾乎像是帶著歉意。濃煙從通往走廊的門縫下方湧出，馬汀無法抑制地咳了起來，喉嚨發疼。

史納屈扯掉蓋住他們逃亡路線的窗簾，脫掉手套，迅速輕輕碰了一下玻璃，然後他延長了觸碰的時間，最後把手掌貼在上面。他轉身，點頭表示可行。「當我打開窗戶的時候，這裡的乾燥會引來火焰，我們動作需要快一點。對百葉窗用力敲下去，鉤環很容易打開。羅比先，然後馬汀。準備好了嗎？」

兩人點頭。

史納屈正要把下方的滑窗往上拉，動作又突然停了下來。他匆匆跑過房間，拿了一只皮製小椅凳，放在窗戶下方。他還想說點什麼，但此時受盡折磨的木頭和金屬發出一陣可怕的尖叫，隨後是另一塊屋頂坍塌時砸出的如雷響聲。史納屈猛力拉起窗戶。一瞬間，窗戶卡在那裡，無動於衷，羅比和馬汀立刻上前要幫忙，不過史納屈又用力扯了一次，滑窗向上抬起。羅比傾身靠過去，用掌根撞開百葉窗。外頭毫無景色——只有一道滾滾濃煙厚牆，牆上有著橘紅色的破口。羅比把一條腿甩進窗口裡，然後身體斜靠著馬汀，讓另一隻腳騰空。他做了個討厭的表情，向後彎腰，跳凌波舞似地讓身體扭過窗戶開口，消失在屋外。馬汀迅速跟進，站上凳子，踩上窗檯，壓低身體左右晃動前進，然後在他半摔半跌，掉進門廊上時刮傷了背。接著他便遇上濃煙，繼續無法控制地咳著。他前進兩公尺、三公尺，四肢趴地爬到門廊的邊緣，憑著一股氣勢把自己拖過悶燒中的灌木叢頂端，跌在車道的泥土路上。他把臉壓低，用力吸氣，試圖停止咳嗽。他吸到了一些空氣，但感覺自己的肺像在燃燒似的。他鼓起一口氣，壓著身體屈腿跑了出去，從護目鏡看出去的世界變得清晰了些。警局的卡車著火了，他繞過去，跑進一片空地，把自己摔在礫石路面上，平躺在地，臉埋在戴了手套的雙手裡。周圍都是噪音和光和煙；他躺著一動不動，嚇到無法思考。

＊＊＊

羅比．豪斯瓊斯喝醉了，在旱溪鎮私人俱樂部暨保齡球會館的一張椅子上東搖西晃，含糊地自言自語。坐在他旁邊的馬汀．史卡斯頓則剛好相反，雖然也是一杯接一杯，跟旁邊這個年輕人喝得不相上下，但還是感覺自己清醒得像顆石頭。第一輪啤酒幾乎像是蒸發掉的，消失速度非常之快，且在那之後沒有任何人勸過一句別喝太多。事實上根本沒有人試圖那麼做；逃過死劫歸來的有權喝到他們覺得痛快為止。況且，消防小隊的其他成員也沒多有自制力。身為隊長的艾羅已經下令所有人在這裡集合進行匯報，而同時身為俱樂部董事長的艾羅也授權為灌叢荒原的所有英雄提供免費酒水。一開始大家還喝得相當安靜而自省，不過隨著倖存的喜悅將下午的恐懼清洗殆盡，氣氛漸漸熱絡起來。

「天啊，我還以為你們這幾個肯定要掛掉了。」莫卡熙一邊搖頭，一邊說，這是她重複的第十五次。「那時火鋒已經燒到馬路你們卻沒回來，我想說，啊，就這樣了，遊戲結束。」她也不是真的在跟誰說話，也沒人真的在聽她說什麼，但她還是把話又從頭說了一遍。「我永遠也忘不了那個景象。我們開到房子那裡的時候，就看到你們，三個人，坐在那裡等。我永遠也不會忘記。是誰說世界上沒有奇蹟的？」

羅比靠過身來，把一隻手臂掛上馬汀的脖子，然後用空的那隻手舉高啤酒。「敬他媽的馬汀．史卡斯頓，他來這裡是要來拯救我們所有人的！」他笑著說完敬酒詞，咕嚕灌下更多啤酒，邊喝邊灑了一些出來。有的隊員也舉起自己的酒杯，邊笑邊喝。馬汀認為如果他現在舉杯敬疱疹，大概也會得到同樣的反應；今天晚上，所有人都在喝酒，無人有心批判。

小隊成員們身上都還穿著防火連身服，雜亂地坐滿兩張桌子，硬頂帽、手套和護目鏡丟得到處都是。在場還有其他人，有的鎮民也被這件大事吸引過來。怪老哈瑞斯一人獨坐，安靜地啜飲著大杯威士忌，他既不屬於消防團隊，也不屬於鎮上居民。他似乎默默地在掉淚。有個男人經過時輕輕拍了拍他的背以示安慰，但沒有停下來交談。

突然譁然騰起，貝林頓小隊的其中一位隊員走了進來。旱溪鎮的消防員搖晃著起身，彼此握手、拍背，大小笑聲來來去去，樹木燃燒的煙臭味壓倒一切。一時間眾人併桌，也拉了更多椅子。艾羅走到吧檯，替剛進來的人又點了幾壺酒；莫卡熙又開始重複了：「天啊，我跟你們說，我還以為那幾個傢伙肯定要掛掉了……」

馬汀凝視窗外，俯瞰著空蕩蕩的河道；剛剛還是傍晚午後，不知怎的現在外頭便已轉成了夜色。新來的傢伙喝乾了酒杯，敘述著他們遇上的戰鬥。馬汀這時才知道公路讓火勢趨緩下來，而旱溪鎮小隊壓縮了側翼的範圍，貝林頓的團隊則及時趕到格隆迪利路燒出防火線，阻止火勢蔓延，然後進入荒原處理好大部分的團火。第二小隊正在做最後掃蕩，另一隊會負責在夜間監控火勢；他們告訴他，除非下雨，否則餘燼還會悶燒好幾個星期。

馬汀發現自己斜靠在羅比旁邊的吧檯上，到頭來還是需要它撐著自己。「你覺得我們是不是應該把他留在那裡過夜？」

「當然可以，這由他自己決定。你也聽到他說了，如果他想的話，本來就可以到鎮上來。」

「嗯，不過即便如此，他也是什麼都沒了。」

「這倒是。」

「他的房子有什麼來由？你有注意到嗎？說真的還滿豪華的。」

「的確。我以前只知道那個地方是他的，叫泉田，但不清楚那裡的狀況，你得找當地人問。」

「你不就是嗎？」

「當然不是。」羅比大笑。「我才來這裡四年而已，至少要個十年才算當地。條子的話加倍。」

馬汀露出微笑。「記者得再加倍。」他伸手去拿吧檯上的大酒壺，斟滿兩人的杯子。「不過說起來，他很清楚自己在做什麼，你不覺得嗎？譬如說他掌控局勢的樣子，以一個流浪漢來說算非常有條理。」

「對，我有時候也這麼覺得。」

兩個人轉向面對吧檯，沒去看狂歡的人們。

經過了好一會，羅比才再次開口說話。他的聲音低沉。「馬汀，為什麼他要那樣做？為什麼他要對那些人開槍？我還是完全無法理解。」

「我也想不通，羅比。我也想不通。」

「你覺得我們會有想通的一天嗎？」

馬汀嘆了口氣。「也許不會。」

他們沉默站著，沒再喝酒，陷於沉思之中。馬汀看向警察，他低頭凝視手中啤酒的模樣看起來好年輕。他也**的確**就是那麼年輕。馬汀希望自己可以多做些什麼，但他判斷不去打擾另一個人的思緒。

最後，羅比轉頭看著馬汀，臉上已經完全沒有醉意。「馬汀，他說了一些事情。」

「誰？」

「拜倫。在我開槍之前。」

「你跟我說過了，說他一直在等你之類的。」

「不是說那些，還有其他的。」

「請說。」

「你不能把我名字放上去，也不能說消息來自警界。不過這些東西一兩個月後還是會跟調查報告一起公開就是了，而且鎮上其實有其他人已經知道，不管怎樣，你遲早會發現的。」

馬汀等待著。

「就在他舉槍扣下扳機之前，他說：『哈利．史納屈知道所有事情。』」

「『哈利．史納屈知道所有事情？』，知道什麼？」

「沒辦法告訴你，因為我也不曉得。我只知道，他被問過話了，問得很詳細。但就像我說的，我不是調查小組的成員。」

「你覺得他那是什麼意思？」

「我不知道。如果他知道，他也不會告訴我或是任何人。這件事會讓我整個晚上光是猜，睡不著，但我真的不懂，他媽的一點線索也沒有。」年輕的警察瞪著手中的啤酒，但馬汀完全想不到該說什麼。

一陣沉默籠罩整個房間，馬汀轉頭去看。就在他們身後幾呎的地方，站著蔓蒂．布朗德，正注視著他們。她穿著白色上衣和牛仔褲，在骯髒、蓋滿煙灰、臭味連連的消防隊員圍繞之下，更顯乾淨無瑕。

「嗨。」馬汀說。

「嗨，馬汀。」蔓蒂說。

羅比聽到她的聲音也回頭。

「嗨，羅比。」接著她一步上前，在羅比唇上獻上結實一吻，然後也給了馬汀同樣的吻。她後退一步，一手握住馬汀的手，另一手握住羅比。「謝謝你，謝謝你救了他。」

馬汀的視線越過她肩膀看向怪老坐的地方，他正望著他們，但又不是真的在看他們。他彷彿是在打量蔓蒂的臀部。

「不是指怪老，馬汀，」年輕的警員說。「是哈利．史納屈。」

8・跟蹤狂

馬汀又回到了加薩那輛賓士車的後車廂裡。但這一次裡頭溫暖、黑暗、安全，而且某種程度上還挺好聞的。外面有嬰兒在哭，嚎啕以對這不公正的世界，但身在繭中的馬汀感覺安全無比。他翻過身，漂浮在睡眠之中，突然肋骨毫無預警地被擊中。他瞬間醒來，恐懼感湧升，但馬上又是另一腳踢中他的肚子。即使兩眼大開，他還是花了一點時間才搞清楚自己到底身在何處：某張床上，而且是大床。蔓蒂正看著他，笑著。

「搞什——？」他剛要說話，另一拳又揮來了。他拉開被子。兩人間躺著一個嬰兒，正甩著胖呼呼的腿。

蔓蒂又笑了起來。「連恩，他大部分早上都會跟我一起過來。」

馬汀揉了揉自己的肋骨。「天啊，他腿力強得跟驢子一樣。」

「他就是這樣。」

稍後，當他們坐在廚房桌前吃早餐時，馬汀的思緒開始不情願地運轉起來。他覺得自己筋疲力盡：因為滅火行動而力竭，因為喝下的所有啤酒而糊塗朦朧，因為和蔓蒂同睡一張床而興奮不已。他細心沖泡咖啡、品嚐了幾顆馬芬，然後吞下幾粒止痛藥，來抵禦剛成雛形的宿醉。他只想坐著，享受當下，讓他的胃穩定下來，但沒辦法阻止自己的念頭出現。「蔓蒂，昨天晚上……」

「要客訴嗎？」

「不是，當然不是，怎麼可能。」她笑了，逗著他玩。他意識到自己占了下風；是年長男人糾纏著美麗、沉著年輕女人的那種下風。但他繼續深入下去。「我不太懂。」

「哪個部分？」

「哈利．史納屈。我以為你討厭他，但是昨天晚上你看起來很感激羅比跟我救了他。」

蔓蒂許久沒說話。她的雙眼溼潤起來，眉頭皺起輕微的紋路。「我知道。很不合邏輯，對吧？」

「也不是。」

「就只是，我有時候希望事情會有所不同，就像我以前還是小女孩時夢想的那樣。」

「蔓蒂，你已經不是小女孩了。」

「我知道。你覺得我應該怎麼做？」

「說真的？」

「說真的。」

「我覺得你應該離開這個鎮。如果史納屈真的做了你母親說的那些事，那他就沒有資格當你兒子的外祖父。你還有連恩要照顧。」

蔓德蕾．布朗德一語不發。

＊＊＊

馬汀一離開書店，宿醉便反攻尋仇。他瞇著眼睛看向旱溪鎮斥責當頭的明亮陽光，頭便砰然撞裂；一踏進海伊路大烤箱，胃裡便翻攪起來。鎮上充斥樹木的焦煙氣味，感覺不再那麼親切。他的車還停在前一天停的地方，他爬進車裡。幸好車子停在商店遮陽篷早晨投下的陰影中，而且已經散熱了一整晚。前座有瓶水，馬汀吞下一大口，水流經喉嚨時的感覺舒暢，進到胃裡就開始叛逆。

回到黑狗，他站在浴室裡噴灑的水花之下，試著清除掉一直留在自己身上的煙味，想用旱溪鎮經過氯化的沼澤水把它全都洗掉。他試圖用汽車旅館提供的便宜洗髮精洗頭，總共試了三次才從那些地下水中搓出類似泡沫的東西[1]。他看著自己的手，毫不訝異地發現他的指尖這麼快就起了皺紋。不過，即便如此，雖然還在宿醉，雖然全身疲憊，此時的他卻感覺到一股過去這一年沒有的活力。和羅比進行了訪談、救了杰米・蘭德斯、從火場中生還、和蔓蒂睡覺。不知為何，在這乾涸的小鎮上，他感覺自己的血再次流動起來。他擦乾臉，端詳著在鏡中看到的景象。他的雙眼因為濃煙和酒而充血，不過太陽讓這張臉再次恢復了生氣，而逐漸下垂雙頰上覆蓋的鬍渣則讓他的下巴線條更加清晰。他試著笑了笑，覺得看起來還不錯，便又真的微笑起來。他也許已經不是過去那個瀟灑稱頭的年輕海外特派記者，但也還未成為被淘汰的平庸之人。或許，只是或許，蔓蒂對他的好感不只是因為感激。

他想著那篇文章，那篇他受命該撰寫的報導：為一年後的旱溪鎮進行側寫。他現在覺得自己應該可以做得更好，文章應該可以更聚焦；這不只是一個正在恢復中的受創小鎮，而是一個對同一個男人有著不同記憶而分裂的小鎮，他是牧師、大屠殺凶手，又背負著戀童傳聞，卻在某些人心中留下極為親愛的形象。羅比・豪斯瓊斯的訪問仍會是整篇報導，或至少是前半篇的基石，畢竟在芙蘭・蘭德斯同意接受採訪的現在，誰知道她又會說出哪些內幕？這情勢實在令人不解：史衛福特開槍殺了五個人，但仍有怪老、教堂前的男孩和蔓蒂這些人說他以前是多值得尊敬的人；而像哈利・史納屈和羅比，則對他發出了譴責。

只是，目前馬汀還不了解這一切的原因，他不懂是什麼最終導致牧師動手殺人。是因為精神病發作，還是他想讓那些指控他性侵的人永遠閉嘴，或者是某種完全不同的原因？那是一個善於交際、受歡迎，且樂於奉獻的年輕男子，喜歡射擊、喝酒和抽菸斗。但若根據達西·德佛那篇得了獎的報導，他則是個會性侵兒童的男人。也許德佛在這個情況下擅自說了什麼，但他並不打算編造出這樣的傳言，他必須有所本。所以現在說起來，這是一個活在謊言中的年輕人。但無論蔓蒂、怪老或路克都不相信那些指控傳言。還有什麼？為什麼拜倫·史衛福特要在羅比開槍殺他之前說「哈利·史納屈知道所有事情」？哈利·史納屈到底知道什麼？如果史納屈知道牧師的猥褻行為，為什麼牧師還要在殺了五個指控他的人之後，用自己的遺言指引警察去找那個老人？一切都說不通。

馬汀看了錶：早上九點三十，他還有一整天可以用。他的神智清醒，但宿醉變本加厲，而且疲憊隨溫度逐步上升。他知道自己需要休息，所以吞下兩顆止痛藥後爬上床。

十一點醒來時，他感覺自己稍微好一點了，不過天氣倒是糟糕很多。外頭的風很弱，雖然弱到不至於煽出大火，但還是一樣炎熱、一樣乾燥、一樣充滿煙塵。從灌叢荒原火場燒出來的雲被吹到了鎮上，但還無法提供任何陰影，或是幫忙過濾：太陽的熱度感覺變得更甚，而沒有降低。雖然之前把車子停在汽車旅館車篷的陰影處，但當他爬進去時，車裡還是又熱又悶。他把車開回公路上，左轉開到主大街底；街上幾間零星的店家正值兩週一次的營業時間。他在經過書店時露出微笑，接著車便轉上那座漫長的橋。

十分鐘後，他抵達前一天消防隊員集合的岔路口。塵土飛揚的路面望西北吹往灌木地帶，途中經過一團雜亂聚集的信箱群。道路右側的灌木叢焦黑且正在悶燒，左側的則大多未受波及。消防小隊就是在

1 澳洲水質偏硬，硬水比較不易起泡。

這裡壓制住火勢的側翼。他停下車，用手機拍了幾張照片，然後繼續上路。

很快的，道路兩側都是被燒掉的灌木叢，他不禁想著自己一個人跑來這裡的行為是否不太明智；他試圖安撫自己，反正這裡已經沒東西可燒了。濃煙圍繞在他四周，旋轉著。前一晚在俱樂部，有人告訴他矮小的金合歡樹叢可能會悶燒好幾個星期，甚至好幾個月，它們的根會在地底下燃燒殆盡，只在地面上留下一點點痕跡。唯一能永久滅火的方法，是讓大雨浸潤土地，而且要非常大量。馬汀抬頭看向蒼白的天空，耶穌基督都可能要比暴雨早來。大火剝去了林地上任何可能的遮蔭，黑色殘幹冒著煙，毫無綠葉。

他抵達防畜隔柵所在的位置。其中一根柱子站立如初，連漂白的頭骨都還在，另一根則只剩下焦黑的殘枝，頭骨則不見蹤影。他意識到這是往怪老家的路——他轉錯彎了——不過他還是爬出車外拍了十字路口的照片。臭味立刻朝他襲來，像上了一道做壞的烤肉。他看到了剛才在車裡沒看到的：牛隻的屍體被困在圍欄線上，燒焦了，在陽光下變得腫脹，蒼蠅蜂擁。他朝屍體走去，想要將影像拍下來，藉此消去這成堆的死亡，但胃造反了，他吐在沙土和灰燼上。他朝車撤退，又吐了一次，接著便爬進他那配有空調的庇護所裡。他用瓶子裡的水漱口，吐出門外，然後格外仔細地進行三點式迴轉，因為完全不想卡在這裡，尤其是這裡。早先因為在黑狗睡上一覺而被制伏的頭痛，又回來了。

他重新找到通往泉田，也就是史納屈家的那條岔路。他開得很慢，小心翼翼，沿著不到二十四小時前羅比才以極高速度飆過的道路前進。這裡看得出來當初拯救他們的消防隊小隊經過的痕跡，有棵倒木被鋸斷，拖離了路面。眼前的地景是單色的：黑色殘幹、灰色濃煙、白色灰燼。而在煙霧的刷洗下，連天空都更偏向灰色，而非青藍。

馬汀抵達史納屈的農莊，或者說它所剩下的部分。望右是蓄水池的壩體和一座金屬搭成的機具棚，完全沒受混亂波及，不過除此之外的其他地方便是一片受到毀滅的災後景象。那輛警用四輪傳動和史納屈的老舊霍頓已經燃燒殆盡只剩殘骸，他把車停在它們旁邊，霍頓焦黑的底盤還高高撐在千斤頂上。屋子成了冒著煙的遺跡：石階屹立，三根磚造煙囪也是，壁爐暴露在外。磚和石頭砌成的牆面大多還在，證明了它們有多堅固，不過有些地方已經碎裂、倒塌。彷彿戰場一角。

馬汀繞著外圍走。房子後方有個鐵爐還在，就在馬汀、羅比和史納屈最一開始駐腳的那個廚房，除此之外，所有不是鐵、石或磚製的東西都化成了灰燼。許多歪捲扭曲的鐵皮浪板屋頂碎片四散，有的落在廢墟的範圍內，有的毫無規則地躺在院子裡，像世界末日的五彩紙屑。除了風的聲音和鐵皮浪板瑣碎的乒乓聲外，這天極為安靜。

「史納屈？」馬汀邊喊邊往回朝機具棚走去。

他在裡頭找到他，手裡拿著扳手，上半身探進一輛引擎蓋掀起的舊賓士裡。車至少四十歲了，不過深藍色的烤漆保養良好，輪胎沒氣。

「噢，是你啊。」史納屈直起身，邊站邊一手摸著自己的下背。

「還好嗎？」馬汀問。

「坦白跟你說，普通到不行。你那裡有水嗎？」

「有，當然。」馬汀走回車上，帶了三大瓶礦泉水過來，全給了史納屈。

「謝謝。」史納屈說，然後打開其中一瓶灌了大半。「謝謝，這樣好多了。蓄水池裡都是灰。」

「車子不錯。」

「如果我能把它修好的話是不錯。」

「你開多久了？」

「不知道，三十年吧。之前是我父親的車，他五年前過世。」

「嗯，你到時候應該會需要找人幫忙。電池掛了，然後還需要新的機油，我猜變速箱跟差速器也一樣，還有新的輪胎。」

「對，我知道，我剛才只是在殺時間，看看有沒有人會跑來。我身上沒菸，你有嗎？」

「沒有。不抽菸。」

「媽的現在都沒人抽了。」

兩人離開車子，史納屈在一個拖曳機輪胎的輪框上坐下，馬汀則豎起一只老舊的木製水果箱。史納屈又灌了一大口水。他還穿著前一天的衣服，全身都是煙和他的體味，臉上則沾了黑汙和油漬，雙眼通紅，血絲一條條，整個人看起來很糟。

「謝謝你還跑過來。」

「小事。」

馬汀再次揣測起史納屈到底有多老，但真的難以判斷。他看起來像六十多歲，不過在滅火時，他移動自如的自信又像一個年輕許多的人。

「你接下來怎麼辦？」馬汀問。

「不知道，露營等到保險金匯過來吧。」

「你有保險？」

「對。讓你很驚訝嗎？」

「對，是沒錯。」

這是個老流浪漢、酒鬼，據說以前是個重罪犯，又受到鎮上居民的驅逐。他住在一間華麗的舊農莊裡，屋子保養良好還有保險，平常開著破爛的老霍頓，機具棚裡卻停著一輛賓士。馬汀環顧四周。這座棚子可不是什麼積累灰塵的遺跡。這裡有一座工作檯，和一面掛滿工具的陰影板，部分工具舊而鏽，不過其他的看起來都經常使用，也受到細心保養。

「史納屈，這棟房子——你的房子——真的滿特別的。」

「對，不過現在沒了。」

「是你家族的屋子嗎？」

史納屈注視著馬汀，思量再三，喝了一大口水後才回話。「對，泉田。一八四〇年代在這裡落腳，屋子是一八八〇年代建的。堅固耐用。我當初回來的時候這裡是空的，從那之後我一直在整修。房子沒了是我的錯，應該要把樹木清得更遠一點，也許現在還能站在這裡。」

「你在這裡長大？」

「其中一個地方。這裡跟吉隆。」

「但為什麼要留著？為什麼不乾脆賣掉，去過新的生活？」

「為什麼要那樣？這是我唯一剩下的東西了。這是我唯一留得下來的東西，是我唯一能繼續傳下去的東西。」

「傳下去？給誰？」

「你想呢？」

馬汀沒有回答，而是提起他來這裡想要討論的問題。「我昨天晚上在俱樂部跟羅比・豪斯瓊斯聊天，他那時已經很醉了。」

「也不能怪他，我自己也很想醉一下。這裡所有的酒都在大火裡燒掉了，屋頂被掀掉大概就是因為它們。」

「他重新敘述了一次拜倫．史衛福特死去那天發生的事。在羅比開槍之前，他最後的遺言是『哈利．史納屈知道所有事情』。」

「嗯，警方是這麼說的。」

「他那句話是什麼意思？」

在回答之前，史納屈使勁吸了吸氣，雙唇緊閉，顯然被惹煩了。「我完全沒概念。我跟條子已經講過幾百次了，不管是貝林頓那個叫沃克的死胖子，還是雪梨那群混蛋。我就是完全沒概念。而且我現在就可以告訴你，不用收你一毛錢，就算我那樣回答了也沒有比較好過。什麼不好查，警察偏偏就是要調查我有沒有騷擾小孩，他們花了好久才願意相信我是清白的，願意相信我完全不曉得史衛福特在說什麼。」

「不過你認識他，對吧，那個拜倫．史衛福特？」

「對，一點點。就像我那天在葡萄酒館裡跟你說的那樣。」

「那為什麼他會說那句話，說你知道所有事情？」

「不知道。我去年花了一整年在想這件事，還是沒想到任何線索。」

馬汀思考了一下，這樣似乎沒有什麼進展。「好吧，那麼，你跟警察說了什麼？你怎樣甩掉他們？」

史納屈聽了哈哈大笑。「你真的不懂條子啊，對不對，大作家？」

「你是指什麼？」

「他們拿錢辦事，負責解決案件、抓到罪犯。但在這個案子裡，犯案過程已經被解開，凶手也死了，一切結案。」

「結案？就這死了五個人的殘殺事件？」

「當然。也許驗屍官還會想把哪隻貓的屁股打開來看，揣測事情的來龍去脈，但警察不是這樣。他們才不管你，反正結案了。混蛋凶手死了，被鎮上的警長開槍打中心臟擊斃，最終高潮。」

馬汀看著史納屈的臉。他看起來歷經滄桑，沾滿灰燼和油漬，雙眼充血、溼潤。不過當他低頭看向眼前男人放在腿上的雙手，卻發現它們完全地靜止，毫無一絲顫抖。「哈利，告訴我一件事：蔓蒂・布朗德是不是你女兒？」

「不是，我不認為她是。」

「她覺得是。」

「對，我知道，她媽媽跟她說的。凱瑟琳宣稱我強暴她，然後說小蔓德蕾是那件事的結果。根本狗屁，整件事都是，但你沒辦法去怪一個小女孩為什麼要相信她媽媽。」

「如果她不是你女兒，為什麼你要幫她照顧這個地方？」

史納屈的眼中閃過某種神情——也許是痛苦？——接著他便將雙眼閉了起來。當他再次張開眼睛，馬汀可以看到其中寫滿了悲傷。

「孩子，這與你無關。」

「但你把這個地方修好了。我看過這裡本來的樣子，非常豪華。如果你不在乎的話，為什麼還要那麼做？」

「我的天啊，我看錯你了，你不是海明威，你根本是他媽的佛洛伊德。」

「而且如果她不是你女兒，為什麼你要跟蹤她？」

「我跟蹤她？她這樣講嗎？」

「她說你會從葡萄酒館裡偷窺她。」

「是這樣嗎？」

「嗯，是這樣嗎？如果她不是你女兒的話，為什麼你要那麼做？」

「你才是心理學家啊，佛洛伊德，不如你來告訴我。」史納屈直直地盯著他，彷彿想看他會怎麼回話。

「好，哈利，我跟你說我是這樣想的。我覺得你就是個傷心欲絕、心理扭曲的老混蛋。而且我覺得你從現在，最好不要再像個變態一樣從酒館裡偷看她，放那個女孩一馬，這樣懂嗎？」

史納屈的第一個反應是憤怒，馬汀可以看到那從他眼神中閃過，在那一瞬間，馬汀害怕老人也許會因此對他破口大罵。不過怒意消失的速度就跟它出現時一樣快，緊繃的情緒也跟著消逝。史納屈點頭表示同意。馬汀愉悅起來，覺得這證明了自己的威脅語氣是對的，但這也只持續到他看見眼淚盈滿老人的雙眼，奪眶而出，在他沾滿煙灰的頰上劃出清晰線條為止。

馬汀搖搖頭，起身準備離開。「靠，哈利，放鬆一點。我明天會帶酒過來給你，你沒必要哭成這樣。如果她不是你女兒，你就應該別去騷擾她。」

「不是這樣，那不是我看她的原因。」

「那原因是？」

「你不會懂的。」

「試試看。」

「因為她跟她媽媽根本是同個模子刻出來的。」

「凱瑟琳？」

「對，凱瑟琳。」

馬汀說不話來。要麼史納屈是一個清白無辜的人，苦苦思念自己逝去的愛人，要麼就是一個確實有罪的人，因為自己精心編造的事實掩蓋了本來的真相。馬汀看著他，看了很久，看得很仔細，但發現自己無法猜出史納屈這時淚流滿面的原因。不過有一點他非常清楚，對於蔓蒂所說的那個猜測，不可能史納屈和蔓蒂兩個人說的都是真的。

9・貝林頓

馬汀在回程穿過鎮上時順路去了書店一趟，只見「外出速回」的牌子掛在門上，所以他繼續開車前進，在T字路口右轉，經過消防站、小麥儲存槽和黑狗，加速離開小鎮，駛進躺在旱溪鎮和貝林頓之間寬廣、平坦的平原。車子似乎很享受這段筆直空曠的道路，不再受限於旱溪鎮的速限或灌叢荒原車痕頗深的凹凸路面。馬汀把時速拉到一百二十五公里，比速限還要高出許多。誰會知道呢？又有誰在乎？

一路上他確實也曾放慢速度，雖然慢不了多少，在經過那輛皮卡車肇事現場的彎道時。道路圍欄上的洞還在，但皮卡已經被移走了。他還在考慮是不是要停下來拍一兩張照片，車子便已帶著他錯過了。但是，他倒也不太可能忘記那天的細節。

道路朝向無盡遠處延伸。天空萬里無雲，只是一片由他身後不斷遠離的野火造成的混濁的灰。在遠方微微發光的地平線上，天空化為液態，滴漏至平原。這裡沒有樹，動物也只有死的，受夜裡往來犁過阿得雷德和東岸之間的卡車所殺。這裡沒有任何鴉群，連路殺動物的屍體也不能把牠們吸引到正午的太陽下。儀表板上的溫度計給出了外頭的溫度，四十二。

他想到旱溪鎮和發生在那的所有悲慘事件，無論大小：怪老哈瑞斯和他死去的妻小；哈利・史納屈表達對於傳聞中受自己強暴女子的愛慕之意；蔓蒂，無法關閉她母親的書店好搬離小鎮；羅比・豪斯瓊斯，無法擺脫聖雅各教堂的事件和自己殺死的朋友；芙蘭・蘭德斯為丈夫哀悼；男孩路克則是無法理解撕裂他年輕生命的那段恐怖經驗到底是什麼。這讓馬汀想起自己，為什麼在加薩的經歷讓他變得如此殘破，為什麼創傷遲遲徘徊不去。畢竟，他沒有失去任何人，也沒有受到任何身體上的傷害。相比起旱溪鎮的居民，他幾乎算是脫身得毫髮無傷。他沒辦法推結出一個滿意的答案，而他的心智則沉陷進一場白日夢、一個想像出來的烏托邦之中：在那裡，他和蔓蒂一起生活在海岸邊的小木屋裡，一起看冬季裡突起的暴雨從海上捲來，連恩則平靜地在附近玩耍。

貝林頓匆匆自平原中出現。平坦土黃的大地變成一片幾乎如虹彩斑斕的綠：葡萄與柑橘果園，受灌溉滋養出的青翠，而鎮本身便沿著墨瑞河舒展開來。他把車停進一座公園，在公廁尿尿，然後漫步去看河。河自高大的堤岸間流過，像一大片綠色玻璃，走向不受突然陷落的地勢所控制。馬汀以前曾聽說河的流速是人為的，由藏在高山中的某座巨大水壩控制。他倒不在乎；在旱溪鎮焦渴的河床之後，見到它的存在令人安心。一對笑翠鳥沙啞叫著，宣告他的到來，許多鳳頭鸚鵡在遠處嘎叫。他拿出手機，因為看到訊號強度而鬆了一口氣。文明世界。

他在樹蔭底的野餐桌旁坐下，開始讀訊息。他的編輯麥斯傳了幾封簡訊和語音留言。「嘿，大兵，跑到哪裡了？聽到你說沒有手機收訊，等收得到的時候打通電話來，讓我知道一下進度如何。掰。」他想著要打回去，但最後以簡訊代替。

一切都好，報導進展中。和當地警察做了訪問，戳中大獎，之後還約了其他人。會盡快打給你。

他為筆記型電腦接上電源，用手機連上網路。很快就找到這裡警察局的電話，並撥過去找赫伯・沃克小隊長。他們告訴他，沃克現在不在，等一下就會回來；馬汀留下自己的電話。他知道之前是沃克鼓勵羅比同意接受訪問，希望現在小隊長本人心態也能這麼樂於助人。他也找到托林尼果倉的電話和地址，就從主大街其中一條路彎進去，另外也有托林尼的住家電話。他在Google地圖上查了那支電話，就在鎮外而已，離河邊不遠，可能是家族農場。他抬頭望向墨瑞河。傑瑞・托林尼和霍瑞斯・果芬諾跑到旱溪鎮的教堂去幹嘛？只是去陪奎格．蘭德斯和那幾個紐克家的人嗎？剛剛他才親自穿越那片殘酷的平原，無法理解有任何人會毫無理由地那麼做。他搜尋霍瑞斯．果芬諾的住址，發現自己就坐在他家馬路對面。似乎是命運所為。他收起筆電和筆記本，走向果芬諾的住處，經過公園的遊樂場和一塊低矮的牌匾。他幾乎已經走開了，才意識到那塊牌匾的重要性。他倒回去，用手機拍了一張照片。

此致記憶中親愛的潔西卡和喬帝。無比懷念。

屋子由堅實的上好紅磚蓋成，種滿繡球花的花園看起來生機盎然，並有著「僅用地下水」的牌子。馬汀拍了一張照：這個鑽孔取的地下水離澳洲最長河流僅有一百五十公尺遠。他按了門鈴，屋內某處應聲響起有節奏的鈴聲。

門打開，揭曉箇妮司．果芬諾原來是個裹在花朵印花連身裙裡的胖女人，看起來就像長了腳的沙發。馬汀解釋自己的身分，還有他正在撰寫的專題報導。果芬諾太太勉勉強強，馬汀毅力堅持。果芬諾太太不怎麼情願地讓他進來了，顯然是在擔心拒絕的話會太沒禮貌。他入座後，她又堅持要替這位不請自來的客人泡茶。他在客廳等，聚精會神地坐在沙發的邊緣，沙發和果芬諾太太一樣花朵四溢，行動能力倒是只比她少一點點。沙發上蓋了頭布[1]，好保護底下的布料不受親朋好友油膩頭皮的侵害。壁爐上方檯面放了一整排相框。有孩子和孫子；一張黑白結婚照，裡頭是年輕許多也苗條許多的果芬諾太太與她的新郎；一張年代較近的彩色照片，一個臉色紅潤的男人對著鏡頭笑開：是霍瑞斯．果芬諾。透過敞開的雙開門可以看到後面的餐桌：堅固的木料，上頭頂著兩只插滿繡球花的大花瓶，一邊藍花，另一邊粉色。

果芬諾太太帶著托盤回來，上面盛放著茶壺、茶杯、茶碟、切割玻璃製的糖罐和牛奶壺，茶壺外頭還穿了一件紅藍相間的鉤織保暖套。托盤上有一盤自家做的長型蛋糕切片：椰棗胡桃口味。馬汀馬上起身，把本來大小交疊相套的小桌子分開，把其中一張放到自己面前，另一張放到果芬諾太太面前。果芬諾太太扮演著媽媽的角色，倒茶、分配蛋糕；馬汀扮演孩子，帶著謝意收下茶和蛋糕。禮節完成後，兩人對坐喝茶。

「果芬諾太太，我知道這話題談起來不容易，尤其我又是這樣突然來訪，我會很感激你願意提供的任何資訊。這段訪問的內容應該只會在最終報導中占一小部分篇幅。」

簡妮司．果芬諾點頭同意。

馬汀詢問她是否同意進行採訪錄音，得到另一次點頭。

於是他便開始了，問一些無害、不令人反感的問題。霍瑞斯是個怎樣的人？

很棒的父親，很懂得養家活口。

附近鄰里或朋友對這件事的反應如何？

很好，非常樂於提供幫助。

二十多分鐘後，霍瑞斯．果芬諾和簡妮司．果芬諾這兩人已在馬汀心中建立起無可動搖的形象：正直體面、受人尊敬、無聊至極。霍瑞斯現在迎來這樣一個異乎尋常的下場，被殺人牧師冷血地開槍斃命，幾乎完全掩蓋了他過去六十四年生活有多乏味的事實。

「果芬諾太太，你知道為什麼史衛福特牧師會想傷害你先生嗎？」

「我不認為他想傷害他，我覺得他只是一時失控，而可憐的人或許在錯的時間點出現在錯的地方，就只是這樣而已。」

1 這裡的頭布款式應該偏向鏤空雕花布料，有時也會搭配同款式的兩手扶手蓋布。

「對，看起來的確如此。你知道為什麼你先生會在那裡嗎？或者以你的話說，為什麼會在錯的時間點出現在錯的地方？他到旱溪鎮是不是為了參加教會？」

「不太可能，如果是的話就是他第一次那麼做。」

「那為什麼他會在那裡？」

「抱歉，我也說不出所以然。」

「他常去旱溪鎮嗎？」

「有時候，但不是去教會。」

「他認識任何一個被害人嗎？」

「認識，全都認識。」

「每一個？」

「每一個。」

「怎麼會？我以為其中三個人來自旱溪鎮。」

「對，但他肯定認識他們。」

「怎麼認識的？」

「他們是釣魚的朋友，釣魚和打獵。他們稱自己是貝林頓釣魚俱樂部。等我，我找給你看。」在極大的努力下，果芬諾太太把自己從本來緊緊抱住她的椅子上抬起來，豬腳般的前臂活塞似地向下推著扶手，同時伴隨一陣如風箱鼓動的吐氣聲。馬汀對於自己竟然引得對方必須這麼努力，而感到一陣荒謬的內疚。不過果芬諾太太很快就站穩腳步，走進她家中內部某處，一會兒後，帶著某隻墨瑞河淡水鱸的大頭回來。魚頭大得驚人，已經填充變成標本，安在板子上，魚嘴被拉開到誇張的地步。她把魚頭遞給馬汀，後者惴惴不安地檢查著魚。不過，實際上，他的胃裡正閃過一場小型叛亂，是早晨宿醉的最後抵抗。

「很大隻。」他不曉得還可以說什麼。

「車庫裡還有一大堆。這是霍瑞斯的其中一個嗜好，以前還會放在屋子裡，他走了之後我就全部拿出去了，希望他不會介意。」

「我想他懂的。」

「嗯，也許吧。」

「果芬諾太太，這個俱樂部——不好意思，可以再說一次它叫什麼名字嗎？」

「貝林頓釣魚俱樂部。」

「貝林頓釣魚俱樂部。這是個正式的俱樂部，還是只是一群會相約去釣魚的人？」

「還有打獵。是你後面說的那樣，就是一群朋友。他們一年會出去個幾次，在連假的時候開車到巴馬的森林那邊，釣魚、露營。霍瑞斯很愛那個活動。」

「沒有去釣魚和打獵的時候呢？他們也會聯絡嗎？」

「不太會。霍瑞斯還能在保齡球俱樂部裡碰到傑瑞．托林尼，旱溪鎮那幾個就不太見面了。霍瑞斯和我，我們和保齡球那邊的成員比較熟，其中幾個也有參加釣魚俱樂部，不過槍擊案發生那天他們不在旱溪鎮。如果你想要知道更多事情，可以去問保齡球俱樂部的連．哈汀，他大部分時間都在那邊，維持酒吧營運。不過我不確定這些事情要怎麼幫上你的報導就是了。」

「你說得很對，果芬諾太太，你說得很對，我應該要把重心拉回本來的問題上，我的編輯之前也一直提醒我這點。但是請包容我一下，讓我再問一兩題就好。」

「你要問我倒是阻止不了。」

「你剛才提到打獵。你先生和他的朋友以前曾經去灌叢荒原打獵嗎？」

「那是不是在旱溪鎮附近？」

「沒錯，是一塊沒開墾的野林，大部分屬於王室領地，就在鎮外而已。」

「對，那就是他為什麼會跑去那邊的原因，去打獵。他們在那個星期六已經去了一次，本來星期天還要再去，但我不曉得他到底跑到教堂那裡做什麼。你在這裡等等，車庫裡還有幾隻負鼠標本，可能就是在那邊抓到的。」

馬汀迅速站起。「不必不必，果芬諾太太，真的不必，真的。說起來你已經幫了我非常大的忙，請讓我再問最後一題就好，請問拜倫．史衛福特牧師是貝林頓釣魚俱樂部的一員嗎？」

「我覺得應該不是。如果是的話，霍瑞斯也從來沒提過他的名字。」

＊　＊　＊

蘇瀑咖啡館裡，坐在冷氣出風口正下方的馬汀一邊吃著總匯漢堡，一邊灌下六百毫升紙盒裝的冰咖啡口味牛奶，他感覺好極了。最後一絲殘餘的噁心感終於投降，被強大的火力震懾住。他抹去下巴上的油脂，掀開筆電，打開存了報紙剪報的那幾個檔案，找到德佛那篇獲獎的文章，快速掃過一遍。他很快就找到了相關的段落：

據了解，五名被害人彼此認識：極有可能的情況是，五人中的一人或多人發現了拜倫．史衛福特的變態行為；警方相信，這可能就是造成他們死亡的原因。其中一種推論是，史衛福特殺害他們是想讓他們閉嘴。

所以德佛之前就已經把線索接起來了，只是他沒去細談這些人怎麼認識彼此，或是他們為什麼會出現在教堂。好吧，畢竟那篇報導的重點放在牧師身上，而不是他的被害者。之前馬汀在飛往沃加的飛機上瀏覽文章時忽略了這項關聯，因為這份工作著重的是現在發生的事，而不是過往。他開始搜尋德佛的文章，想知道自己是否還漏掉其他東西，此時手機響了。他解鎖手機，結果弄髒了螢幕。打來的是這裡的警察，那位赫伯·沃克小隊長。他請馬汀立刻過去一趟。

之前哈利·史納屈稱呼赫伯·沃克為「那個死胖子」，他說對了一件事：這位小隊長的臃腫程度只比果芬諾太太少一點點。沃克的年紀看起來處於五十歲中段班，臉上的五官歪斜癡呆，坐落在一頭轉白的貓王飛機頭下方。他坐在自己的辦公桌後面，手疊在肚子上，染了尼古丁的十指交纏在一起，然後時不時便拉開手，感激似地拍拍自己的腸胃，散發一種洋洋得意的模樣。隨著兩人的對話逐漸進行，馬汀意識到那是某種表達的方式；沃克在思考時會用兩隻手輪流拍打肚子，然後在自我感覺良好或是要強調某件事時，兩隻手會一起用上。如果把他擺上證人席，他肯定會希望自己的習慣別那麼明顯。

「我一直在等你打給我。」他對馬汀說。「你遲早都會找到這裡來的。」他拍了拍肚子。

「怎麼說我都還欠你一句道謝。」

「怎麼說？」

「豪斯瓊斯警員告訴我，鼓勵他和我談談的人是你，謝謝你推了一把。」

「不客氣，他還幫得上忙吧？」

「是，他很熱心。他對槍擊案當天有非常清楚的描述。」

「我想像得到，應該都烙進他腦子裡了。他同意你可以公開談話內容？」

「對。他很願意幫忙。」

「他告訴你拜倫．史衛福特的遺言了？」

「『哈利．史納屈知道所有事情』嗎？對，他說了。那句話是什麼意思？」

「不知道。目前還不知道。」沃克的臉上出現一陣痛苦的表情，彷彿有什麼事正困擾著他。「他告訴過你躲在教堂裡，躲在門後面的那個女人嗎？聽到全部對話的那個？」

「沒有。那是誰？我可以和她談一下嗎？」

沃克搖了搖頭。「抱歉，不行。她之後會在死因審查中作證，不過我現在不能告訴你她的身分，這有違她意願。還有，別到處打聽——她是從別的州來的。」

「她是去找史衛福特說話嗎？在教堂裡面？」

「不是，槍案發生的時候，她只是剛好從廁所出來。」

「那為什麼要告訴我有這個人？」

「說得也是，這沒有關聯。」沃克把手從肚子上拿開，做了一個抱歉的手勢。「我們繼續吧。我希望自己跟豪斯瓊斯一樣，也能幫上你的忙。可是請你務必了解，這次的談話完全是私底下的，你不能引述我說的話，不能說是據警方消息指出。你可以盡量用上任何覺得合用的資訊，但那些東西絕對不能回推到我身上，了解嗎？」

「非常清楚。」

「很好。」他拍了一下他的肥肚子。

「你介意我錄下我們的對話嗎？確保正確性？」

「介意，我介意。你不能錄音。我跟年輕的羅比．豪斯瓊斯不一樣，我跟調查小組的關聯比較深。我相信你，知道會保護你的訊息來源，否則我不會願意碰面。但錄音這種東西總是會出現在錯的地方，它們會跑進警方的搜查範圍，或者會自己找路走到網路上。所以，不能錄音。用筆記吧，如果你之後需要求證，直接打給我就好。同意嗎？」

「同意。」馬汀對自己的筆記本、筆和速記能力信心滿滿。「那我們就開始囉？」

「我以為已經開始了。」他又拍了一次他的肚子。

「沃克小隊長，我之所以來這裡原是為了撰寫一篇報導，描述旱溪鎮在槍擊案發生一年後的復原狀況。現在這項主題稍微調整了一些，我對於在地居民對拜倫．史衛福特這個人的看法也有興趣。我很訝異某些人對記憶中的他頗具好感，這一點會讓你驚訝嗎？」

「如果你像我一樣當警察當了這麼多年，就會知道已經沒有什麼好驚訝的了。」

「你自己呢？你認識史衛福特嗎？」

「不認識，不熟，可能在某些場合看過他幾次。我知道老牧師山謬斯當初很高興他能夠來這裡。」

「誰是山謬斯牧師？」

「他在我們這裡當了五十幾年的聖公會聖職，後來因為太老了，沒辦法一個人負責教區事務，所以他們派史衛福特來幫他跑腿。從我的角度來看似乎是運作良好，話說這實在不應該問我，畢竟我不上教堂，你應該懂的。」

「山謬斯還在鎮上嗎？」

「不在了，史衛福特死了之後他們很快就讓他退休了。他一個人沒辦法負擔所有的工作，而且我猜他們沒有其他年輕牧師可以送來幫忙。現在這裡有個新人，一個越南人，叫堤歐。你可以去查查這個人，但他只來了四個月而已。在他之前還有另一個小夥子，填了中間幾個月的空檔。」

「了解。你說你不太認識史衛福特，那你有任何印象他是怎樣的人嗎？」

「以前我都覺得他是個非常傳統、有禮貌、條理分明的年輕人，現在就知道不是這樣了。」他繼續拍著他的肚子。

「這是什麼意思？」

「好，我們終於進到重頭戲了。記得，私下談話不公開、不能追蹤到我。」

馬汀點頭，看著眼前的警察敲打肚子、思量接下來要說的話。

「拜倫．史衛福特是個殺人凶手，這你知道。他同時是個戀童癖，這你也知道。但你不知道的是，他還是個沒有過去的人，而且身受握有權力、影響力的人保護。」他的雙手冷靜，雙眼鎖著馬汀。

馬汀讓兩人眼神的交會停留了一會，才把那段評論紀錄到自己的筆記本上。他的手有點顫抖，但這跟宿醉無關。**靠，他想，他現在要把所有事情都告訴我了。**

「好，」他朗聲說。「這幾件事我們一個一個來。殺人凶手。他在聖雅各開槍殺死了五個人。有任何證據顯示他以前殺過人嗎？」

「證據？這是個很明確的詞。證據或許沒有，但有強烈的暗示。」

「可以詳細解釋給我聽嗎？」

「當然。發生槍擊案之後，調查團隊開始去查他的過去。乍看之下很簡單，他大約在三年前被派來這裡，就在當上牧師之後。當時他人在柬埔寨，替一個基督教慈善機構工作，之前則是在伯斯受訓，內容包括梅鐸大學的神學位，但是沒有畢業。再更早是另一個也只完成一半的學士學位；然後更之前是西澳公立學校學生。孤兒一個，監護權歸於州政府。」

「所以？」

「這些全都是唬爛。的確有一個拜倫．史衛福特出生在伯斯附近，他是孤兒，監護權歸州政府所管，他的確在伯斯讀書，在許多寄養家庭之間輾轉。他進大學讀了一陣子，然後就輟學，跑到國外旅行。他在柬埔寨某間慈善組織底下工作，這也是對的，但他在那裡因為嗑藥過量身亡，得年二十四歲。但是這件事沒有紀錄。零。那份死亡紀錄已經從公開紀錄中被刪掉了。是被刪掉。現在的紀錄是，拜倫．史衛福特於去年在旱溪鎮死於槍傷。」

「那你怎麼會知道？」

「抱歉，不能說，你只能選擇相信我的話。」

「了解。繼續。」

「還有什麼可以說的？」

「如果羅比．豪斯瓊斯開槍殺死的人不是拜倫．史衛福特，那個人是誰？」

「我沒有肯定的答案，如果硬要猜的話，我覺得會是某個退伍軍人。他身上有個刺青，象徵他曾經去過阿富汗。他屬於特種部隊，空降特勤隊。之前我們調查小組裡有幾個人在考慮開棺，採ＤＮＡ。」

「他葬在哪裡？」

「就在這裡。鎮立公墓，順著路往下走就到了。」

「你覺得有可能嗎？開棺？」

「我很懷疑。」

「為什麼懷疑？」

「因為我們被警告了。調查小組裡的那幾個人已經被排除在外。」

「被誰？」

「不曉得。某個位於食物鏈上方的人。你要知道，我只是一個地方聯絡人，調查團隊的主要所在地遠在雪梨。而且，原諒我的雙關語，那裡的人對於繼續開挖深究這件事沒有什麼胃口。」

「你是說想要掩蓋嗎？」

沃克想了一下自己要怎麼回應，但沒有太久。「我覺得是。雖然有些人是抱持實用主義的態度，純粹覺得繼續調查下去沒有意義。我們知道肇事的人是誰，知道他發生了什麼事，結案。或許會進行驗屍審查來負責收尾，但沒有刑事案件。」

「這就怪了，今天早上有個人才對我說了幾乎一模一樣的話。」

「聰明的傢伙。我猜猜看，是年輕的小羅比嗎？」

「不對，不是他。我這樣問好了：如果所有警察都只對破案還有追捕罪犯有興趣，為什麼你還會想知道發生了什麼事？」

沃克嘆了口氣。「因為事情發生在我的轄區裡。我可能不是一個多厲害的警察，但我把這個鎮管得還不錯。而且，我不喜歡他這種受到保護的方式。我不喜歡有人來搞我的轄區。」

「你說他受到保護？史衛福特嗎？」

「對。」

「那是什麼意思？」

「事情經過是這樣：在旱溪鎮槍擊案發生的前兩天，我接到一通匿名電話，發話來源是旱溪鎮的電話亭。電話裡是個男孩，他說史衛福特牧師性侵了他和另一個孩子。」

「靠，結果你怎麼做？」

「我逮捕他。」

「史衛福特？」

「嗯哼，還把他關進籠子裡。」

「罪名是什麼？」

「沒有起訴，只是想要給他一個警告。然後我就開車去了旱溪鎮，想查查看能不能找到任何線索。豪斯瓊斯警員有跟你說過這件事嗎？」

「沒有。沒有，他沒說。」

「嗯，好吧，不怎麼令人驚訝就是了。他完全不相信這件事。總之，我回到這裡，想著要把史衛福特放出來，反正怎麼說也算給過他教訓了，卻發現他已經被放走了。基層的員警告訴我，是雪梨那邊的人直接打來下的命令。我打回去確認，他們毫無轉圜餘地地告訴我，絕對不可以對拜倫．史衛福特牧師進行調查。」

「跟你那樣說的人是誰？你還記得嗎？」

「記得，不過我很確定他們也只是在告知自己聽到的命令而已。我不知道命令最初是誰發出來的，但我可以肯定來頭一定不小。」

「靠，那後來怎麼了？」

「唔，我繼續追了下去。如果他們沒有故意把他彈開又命令我不要靠近的話，也許我就放手了，這種作法讓我火大。」

馬汀感覺到一陣寒顫，彷彿有塊拼圖終於歸位。「你做了什麼事？」

「羅比曾經告訴我他們那個青少年團體裡幾個男孩的名字。那天晚上我打給了幾個人的父親，就是我知道名字的那幾個，警告他們要小心別讓牧師在他們孩子身邊轉。」

「靠，我猜猜看：你打給了奎格．蘭德斯和艾弗．紐克，就在星期五晚上，然後隔天，他們和湯姆．紐克、傑瑞．托林尼還有霍瑞斯．果芬諾一起去打獵。然後星期天早上，他們想到拜倫．史衛福特會出現在旱溪鎮，就決定去找他對質。」

赫伯．沃克小隊長先用兩手輪流拍了拍自己的肚子，然後才回話。「這串推論裡面有很多的如果、但是、也許，但我想不出有什麼能夠證明你是錯的。」

馬汀呆坐了一會兒，把事情想了一遍。「這整件性侵兒童的傳聞——最一開始是從我同事達西．德佛寫的槍擊案報導裡曝光的。」

「我是這麼相信的。」

「你和德佛談過？」

「馬汀，就像你不會透露你的消息來源，我也不會透露我的聯絡人。但我這樣說吧，我對德佛的文章很失望，光是油鍋的聲音，看不到煎的香腸在哪裡。」

「怎麼說？」

「文章的重點都在講史衛福特有多戀童，但是完全沒提到掩蓋隱瞞的事，也完全沒提他被權力人士從牢裡滑出去這件事。到最後，文章講得好像是我把事情搞砸了，說得好像有證據能證明他一直在把玩小孩子卵蛋，是我和羅比．豪斯瓊斯故意忽略。我當時氣炸了。」

「現在也是。」

「他媽的當然。」

「讓我把剛才說的整理一下。你先把史衛福特關起來，結果他被放走，這是在聖雅各槍擊案的多久以前，兩天嗎？」

「沒錯。」

「所以在那之後，你有辦法確定他真的性侵兒童了嗎？還是只有那通匿名電話？」

「有，指控是成立的。兩個年輕的男孩，各自分開問話，都是當著我的面說的。你的好朋友達西主旨沒抓偏：史衛福特就是個戀童癖。」

「兩個男生是誰？」

「馬汀，這我沒辦法告訴你。這是兒童性侵案，沒有法院的命令我沒辦法擅自透露受害者的名字。」

「他們住在旱溪鎮嗎？」

「對，這我還能說。」

「謝了。那，你之前有告訴達西關於柬埔寨的事嗎？或是告訴他史衛福特可能是其他人，某個前SAS隊員？」

「讓我們把話說清楚，馬汀，我從來沒說我跟你那個同事說過話，懂嗎？不過回過來回答你的問題，達西．德佛寫那些文章的時候我還不知道這些事，它們是幾個月後才浮出來的。」

「那羅比呢？他知道史衛福特可能不是他自稱的那個人嗎？羅比跟我說他們兩個人是朋友。」

在回答之前，沃克先點了點頭，彷彿他很高興能聽到這個問題。「之前沒有，我最近才告訴他的。我幾個星期前才問他知不知道，他似乎真的很震驚。」

「你覺得他會相信嗎？」

「說實話，我覺得這件事嚇得他骨頭都在震。你應該去問他。」

「我應該會。」

馬汀有點難以整理自己的思緒，多頭馬車般同時拉向十幾個方向。「沃克小隊長——赫伯，為什麼要告訴我這件事？還有，為什麼你之前會鼓勵羅比和我談？」

「為什麼？因為這裡頭已經臭氣沖天，也該是揭露真相的時候了。」拍了拍肚子以示強調。

訪問結束後，馬汀坐在車子外頭，腦中震盪著，對高溫完全不以為意。赫伯．沃克和哈利．史納屈相信史衛福特是個兒童性侵犯，與此同時，怪老哈瑞斯和蔓蒂．布朗德卻不相信。而警官的訊息幾乎不容質疑：兩個男孩已經確認了這項指控。但是讓馬汀熱血沸騰的並不是這件事，達西．德佛早就已經揭開了牧師的變態愛好。馬汀挖到了一篇全新、未經報導的故事：史衛福特冒充身分，他其實是受到警界高層保護的前特種部隊士兵。有沒有可能，史衛福特根本是某個戀童團體的一員？

＊　＊　＊

貝林頓醫院為單層樓設計，從地面到地板由磚砌成，然後往上到鐵皮浪板屋頂之間則是魚鱗板。它坐落於墨瑞河河道一處轉彎的上方，由兩棟建築組成，中間以有頂走道連接。兩名上了年紀的病患正坐在室外的輪椅上，抽菸、凝視著緩慢流過的河水。馬汀穿過滑開的自動門，進入大廳。這裡很安靜，到處都是醫院裡會有的那種消毒劑的味道，腳下的亞麻油地氈則有一種歷史悠久建築才有的舒服彈性。接待櫃檯後方有個一臉無聊表情的女人，正全心專注在某題數獨上。

馬汀走近櫃檯。「請問杰米．蘭德斯在哪間病房？」

「那裡，左邊第三間。」她回答，眼神完全沒有離開她正在解的難題。

馬汀隱約感覺到一陣荒謬；他以前總是為了騙過櫃檯而編造出各種故事，根本完全沒有必要。

那是個頗為舒適的房間，有著挑高的天花板和大窗戶。房裡有四張床，只有兩張有人：杰米．蘭德斯坐著，盯著他的手機，對面床鋪上則睡著一個老人。

「杰米，你好。」

「你好啊。」

「我的名字是馬汀．史卡斯頓，我在車禍現場幫了你媽。」

「你就是救了我的那個人？」

「差不多啦。」

「好，那艾稜呢？為什麼你沒有救他？」

馬汀不確定自己希望對方有什麼反應——感謝吧，也許——但絕不是現在這樣。杰米看著他，怒目如一隻被栓起來的狗。

「杰米，當時我已經幫不上忙了，他被甩出車外一段距離，摔斷了脖子。他應該當下就已經斷氣。」

「嗯，好，是有多衰？」他的語調帶著指責，彷彿馬汀擁有某種能力，可以改變事情發生的過程。

馬汀一時很想點破——開車的人是杰米．蘭德斯——但還是克制住自己，在旁邊坐下。

「感覺還好嗎？」

「跟屎一樣。我在方向盤上撞斷幾根肋骨，媽的現在痛得要死，這些下三濫給止痛藥卻省得跟什麼一樣，八成是囤起來收自己口袋。」

「我會跟他們說一下，看看能怎麼處理。」馬汀說謊。

不過杰米．蘭德斯冷笑了一下。「屁，講得跟真的一樣。你來幹嘛？」

「我是記者，我在寫關於拜倫．史衛福特的報導。」

「那個賤屄，他怎樣？」

「他有戀童癖嗎？他以前會性騷擾小孩嗎？」

「我知道戀童癖是什麼意思，我他媽又不是笨蛋。」

「他會嗎？」

「當然會。你也拜託，他是牧師欸。他住在貝林頓，卻開四十分鐘車到旱溪鎮去幫還在讀書的小孩設遊樂場，當然是想要摸兩把。動一下腦筋，福爾摩斯。」

「你曾經親眼看過任何嗎？」

「沒，沒什麼露骨的。他在這件事情上太聰明。但是他根本黏著那些小孩不放，假裝要當他們朋友，抱抱啊、拍拍屁股啊，那就是他在降低他們心防。」

「他曾經試圖對你做過這類事情嗎？或是對艾稜？」

厭惡、鄙視的表情寫滿蘭德斯的臉。「我？當然沒有。我他媽又不是小孩子，他沒那個膽，會被我們收拾乾淨。」

「怎麼說？」

「我們會揍他揍個半死。」

「嗯，好，了解。所以關於他是戀童癖的傳聞，你們有通報給貝林頓這裡的赫伯．沃克小隊長嗎？」

「老兄，不是我。我不跟條子講話。」

「但你爸知道這件事。我知道沃克警告過他，說史衛福特可能會騷擾孩子。現在的揣測是，你爸爸到聖雅各教堂去警告他不要亂來，要他離你還有其他青少年遠一點。」

杰米．蘭德斯輕蔑地笑了。「幹，我不知道那個老傢伙跑到教堂幹嘛，但他媽的肯定不是為了保護我。」

* * *

馬汀到達貝林頓公墓時，斜陽正要西下，巨大的球體被灌叢荒原大火的餘煙變得血紅。長日暈疲，熱得氣力耗盡，空氣裡負累著煙塵，樹葉紛紛從枝椏墜落，連灌木叢都往回萎縮，而不是挺直指著天空。馬汀喝光一瓶礦泉水，手裡拿著空掉的塑膠瓶。

拜倫．史衛福特的墓在最側邊，是一塊樸素的黑碑。

拜倫．史衛福特牧師，得年三十六歲。唯有神知。[2]

馬汀注視良久，不敢相信上頭的銘文。**唯有神知**：這應該是為無名士兵所挑選的墓誌銘，現在卻出現在這裡，刻在一位教區牧師的墓碑上，間接證實了沃克推測史衛福特其實是位退伍士兵的主張。而且還不只如此。一束天藍色的花束躺在墓碑的頂端，雖然已因熱氣委靡，但可以肯定是今天才擺上去的。有人在悼念死去的牧師，或者說悼念他本來的真實身分，無論那到底是誰。馬汀拿出手機，紀錄下這個畫面。

返回旱溪鎮的路上，馬汀唯一能做的就是確保自己安全無傷。在暮光與逐漸聚攏的夜色中，袋鼠們

---

2 原文為Known unto God。最早是由諾貝爾文學獎得主吉卜林（Rudyard Kipling）在大英聯邦國殤墓地委員會（Commonwealth War Graves Commission）工作時，為一次世界大戰期間陣亡的無名士兵挑選的碑文，後來也會在相似的情況下引用。確切出處未有定論，有一說出自詹姆士王聖經（King James Bible）。該版聖經是英國國教會（Church of England）官方批准的第三本聖經，而英國國教會是普世聖公會的母會。

會紛紛從莫名其妙的地方冒出來，細口嚙咬著公路邊界上隨處可見的低矮小草，雙眼在車燈的照射下反射著白光。被亮光照得暈頭轉向的牠們會先往一個方向竄逃，然後又突然跑向另一個方向，跳躍路線與來車的行進方向近得只有一步之遙。

馬汀放慢車速，然後又再慢一些，下場就是淹沒在自己後方某輛Ｂ級雙櫃聯結大卡的車燈裡。卡車在低垂夜幕之中轟然奔馳，經過時幾乎要把他吹離路面。下一輛卡車接近時，他乾脆把車停在路邊，讓它先過。學乖了。

他一直在考慮是要現在就去找蔓蒂．布朗德，把自己發現的資訊告訴她，還是什麼都不說，直接繼續前一天晚上的性事。但他其實連眼睛都睜不開了，唯一還能勉強抵達的地方只有黑狗。他跌上床，感覺喀啦響的冷氣機與其說是來緩解熱度，製造噪音的能力還更強。就在他落入夢中之時，突然想通了最後的連結。將近一年前，拜倫．史衛福特在旱溪鎮的聖雅各教堂外面槍殺了五個人。同一天，在地球的另一端，馬汀．史卡斯頓爬進一輛舊賓士的後車廂裡，讓司機將他關進黑暗之中。

10・謀殺案

馬汀又回到了賓士的後車廂裡，只不過這次他感到的不是恐懼，而是厭煩。「天啊，還來。」他先是嘆了口氣，接著那個「又一次」的概念才慢慢滲入他逐漸清醒的意識裡。他意識到，自己並非真的身在加薩走廊某處，並非真的孤身困在老舊德國豪華轎車的車廂中，而是在作夢。這在他的厭煩感上激起一層惱怒的感覺。曾有一段時間，他自認為是個有創意的人，根本有創意到不穩定的地步，很能讓思考跳出既定框架，但現在他卻身在此處，連在夢中都要把自己限縮在一個非常小的方形空間裡。無趣，而且煩躁。

耳中聽見遠方某處傳來以色列砲火的炸裂聲，**轟隆**，**轟隆**。聽起來如此，但那可能只是錯認的詭術。也許那根本不是砲聲，只是誰正在用力敲擊後車廂的車蓋。煩死人了。他真應該睡得更深一點，不然就乾脆完全醒來；這些後車廂的夢境已經變得歹戲拖棚。**轟隆**，**轟隆**。

媽的那到底是什麼聲音？

馬汀從睡眠中甦醒，擺脫賓士車的束縛，進入新的一天。今天星期五，他抵達旱溪鎮的第四天。冷氣機鏗鏗鏘鏘的，裡頭某塊出問題的金屬臟器正大聲抗議：**轟隆**，**轟隆**，**轟隆**。

馬汀完全清醒；有人正在拍打黑狗房間的門。「好了，好了！」他大叫。「我來了！」

他下床，身上穿著四角褲和T恤，打開房門讓陽光爆射而入，而身在其中被刺眼的強光吞沒的人是蔓蒂・布朗德。

「哇，你怎麼了？」她問。

「什麼意思？沒事，只是被你吵醒了。」

「真的嗎？拜託你提醒我不要變成中年人。」

「謝謝，我也很高興看到你。」

「我可以進去嗎？」

「當然。上了年紀的人房間很亂，請不要介意。」

蔓蒂走進。直到她脫離銳利刺眼的陽光，進入房間之後，馬汀才有辦法好好看見她的模樣。她的雙眼浮腫、泛紅。他本來脫口要說出「你自己也不相上下」這類損人的話，不過想想改了念頭。「你還好嗎？」

「我以為你昨天晚上會過來。」

「我也以為。但是昨天去了貝林頓，回來已經很晚，一整天下來事情很多，整個人累癱。因為這樣你就哭了嗎？」

「你作夢。」她勉強擠出些許嘲諷的笑容，酒窩只露出稍微一點。

馬汀耐心等待。他知道，她會說的。掉眼淚的人不會跑出來找人，卻不告訴他們自己為什麼在哭。

「馬汀，他們逮捕了哈利．史納屈。」

「什麼？為何？」

她還在努力控制自己的情緒，所以沒有馬上回話。一滴淚盈滿她的眼角。馬汀覺得自己這輩子從來沒看過這麼美麗的人，接著便又覺得正在想這種事情的自己有多可鄙。接著她咬了咬下唇，馬汀又覺得她簡直又美上新的高度。

「發生什麼事？」他問。

「他們說了亂七八糟的東西，說他在泉田那邊殺了人。」

「誰說的？」

「其他人。所有人。」

「誰被殺？」

「他們說他打給一個保險調查員，要申請火險理賠，然後那個調查員發現了幾具屍體。那個貪心的王八蛋。你想得到有人會做出這種事嗎？自己殺了人後還打給保險業務，就只因為想要拿到錢？」

一小陣啜泣聲逃離她的掌控，馬汀走上前抱住她，試著安慰，告訴她那些話都只是嚼舌根，不代表就是真的，與此同時心裡一直猜想著那到底是什麼情況，可能代表什麼意思。

「馬汀？」她輕聲說。

「蔓蒂，怎樣？」他回應，拇指指腹溫柔地抹掉她頰上一滴眼淚。

「馬汀，去洗澡。你好臭。」

＊　＊　＊

洗完澡、補充了咖啡因——後者要歸功於他們在書店中停了一會——馬汀便回到了那輛租賃車的方向盤前。兩人開過鋃鋃鐺鐺響的長橋，橋下就是從沒氾濫過的氾濫平原，而蔓蒂坐在副駕駛座，正緊張地咬著嘴唇。鎮已落在他們身後，連恩託給了正在顧店的芙蘭照顧，很快地，就連米白與棕色錯落的田地也留在後方，兩人進入了荒原地帶單色系的世界，這裡又煙霧瀰漫了兩天。馬汀一次就找對了路，但當他們接近史納屈的泉田時，卻被一輛斜停在馬路對面的警車攔了下來。他們在路邊停下，便看到羅比・豪斯瓊斯走出警車，於是兩人便在煙塵和瀰漫的灰燼中朝他走去。

「車很帥啊，羅比。」馬汀以此代替招呼。

「從貝林頓借來的。嗨，蔓德蕾。」

「羅伯特。」

「不好意思，你們不能再往前了。我在這邊就是為了顧著。」

「誰在裡面？」馬汀問。

「赫伯・沃克和貝林頓的一個警員葛莉薇，還有史納屈那個混蛋。隊長覺得我最好待在外面，這點他倒沒說錯。」

「怎麼說？」

「否則的話我可能會親手做掉那個老王八蛋。」

馬汀偷偷瞄了蔓蒂一眼，她的情緒控制得還不錯，臉上沒有表情。

「這情形老天聽了都會哭好不好，馬汀，我們冒著自己的生命危險把那個傢伙從火場裡救出來，但是原來從頭到尾他蓄水池裡藏了那麼多屍體，難怪他那時候會不讓我把車子開進水裡。凶殘的老變態。」

開口說話的是蔓蒂，聲音異常平靜：「有多少屍體？」

「至少兩具，可能還更多。」

「你確定？」

「我他媽的當然確定。」

「天啊。」馬汀說，因為不知道還能講什麼。他們三個人站在那裡，因為眼前的重大發展而傻站著，被糾結橫生的壞事震懾得目瞪口呆，彷若三根鹽柱。最後是馬汀說道：「所以你們現在的推測是？」

「我告訴你我覺得怎樣。」羅比答道，臉色憔悴、雙眼溼潤。「我覺得凶手是兩個人，老變態和牧師。就是那個他媽的拜倫．史衛福特，我當成朋友的那個拜倫．史衛福特。說他跑去怪老家射兔子？屁，根本是去殺小孩。『哈利．史納屈知道所有事情』，他媽的當然知道所有事情。然後我只要一想到……一想到……」接下來他就說不出話了，由心裡深處滿出來的啜泣占據他整個人，全身都在發抖。最後是蔓蒂走上去，張開雙臂抱著他。

靠，馬汀心想。**受害者安慰受害者，這個鎮是怎麼回事**。

直升機逐漸接近的聲音打破了兩人的擁抱。羅比突然振作回神，彷彿擔心可能有誰正拿著望遠鏡在一旁窺視他的脆弱時刻。他們看著警用直升機在房屋上方繞了一圈，緩緩降落。「那是凶案組，雪梨來的。」羅比說。「你們該走了。」

在開回旱溪鎮的車上，馬汀朝蔓蒂瞥了一眼，她筆直瞪著前方，雙眼毫無生氣。「你還好嗎？」

「不好，我不好。每件事情都一團亂，我整個人一團亂，而且只會越來越糟。」

她的聲音裡充滿絕望和聽天由命，足以令馬汀把車開到路邊，在悶燒的樹樁殘幹間停下。煙燼在車輪的攪動下自地上揚起，包圍住他們，最終被風吹散。

「聽好，蔓蒂——有問題的是他們，不是你。你不能拿他們做的事情來責怪自己，這樣是行不通的。」

「不通嗎？但我怎麼覺得我碰過的每樣東西都會變得一團亂。」蔓蒂眼神直視前方，瞪著這片受盡摧殘的景色。「我到底有多蠢？拜倫．史衛福特殺了五個人，但是到最後不知道為什麼我還是在為他說話，說他是個好人。好人耶？還有史納屈也是。我媽指控他是強暴犯，根本不想和他有任何瓜葛，但是當你和羅比救了他的命，我卻覺得感激不已，好像我還是那個希望父母能夠和好的蠢小孩。我這麼努力了，這麼努力地想把事情做對，可是下場都一樣，無論如何都會變成受害者。我討厭這種情況討厭得要死。也許你是對的——我真的應該離開這個鎮。」

「也許你是該這麼做。」

「但是要怎麼離開？要去哪裡？我答應過我媽，說我會讓自己振作起來。她太擔心我了，包括懷孕還有其他事情。她認為一個人得在三十歲以前把自己的生活搞清楚。她以前老是在說，不管二十幾歲的時候做了什麼事，你都可以輕易地一筆勾銷，但是三十歲之後要改變就會越來越難。她是用這種方式在告訴我，人得長大。可是有時候我真的好迷惘，好像自己越活越倒退，好像我還是個青春期的小女孩。」

「嗯，你還有很多時間。你現在幾歲？」

「二十九。」

馬汀很訝異，要他猜的話，她最多應該只有二十五而已。他仔細觀察她的臉；她的雙眼周圍有細小的紋路，即便陷入如此苦惱的情緒裡，看起來還是彷彿只有二十一歲：年輕而脆弱。

「蔓蒂，不要對自己這麼嚴格。你經歷過很多糟糕的事情，現在也很努力在過生活，你經營書店、照顧連恩，這都不是簡單的事，我想你媽會以你為榮。」

蔓蒂終於轉頭看他。馬汀把這當成一次微小的勝利，彷彿自己穿透蔓蒂的絕望，碰觸到她。

「我倒沒有那麼確定。她只會看到我正在變成她，她不會為這件事高興的。」蔓蒂說。

「那樣的話，也許這就是你該尋找自己生活的時候了。在你滿三十歲以前。」

她再次轉開臉，眉頭深鎖，琢磨著自己的選擇。馬汀一陣無助，對自己關心她的程度感到驚訝。她望向外頭已成廢墟的大地，凝視幾分鐘後斷然搖搖頭，回頭看向他。「不對，馬汀，那不是答案。我已經受夠被所有事情推著跑，只是看哪裡沒有阻礙就往哪裡去。我這輩子都在做這種事。我得堅定一點才行，為了自己，為了連恩，我得丟掉那些浪漫的想法，好好去看這個世界到底是什麼樣子。」

她聲音裡的絕望已被決心取代。馬汀把這當成好現象，他發動車子，切換檔位。

＊ ＊ ＊

回到旱溪鎮，在蔓蒂為兩人打開綠洲的門時，櫃檯上的電話響起。她正要接起電話時，鈴聲就剛好停了。她轉身，聳聳肩，才剛要開口，電話又響起。她接起來，聽了好一會，然後把話筒遞給馬汀。

「找你的。」

「你好，我是馬汀・史卡斯頓。」

「你他媽的剛才是跑到哪裡去了？我們幾乎打遍旱溪鎮鎮上一半的號碼。」

「嗨，麥斯，我也很高興和你說話啊。」

「屁話少說。我們剛才聽到那裡有人被殺了。」

「兩個人，在鎮外的某個私人住家裡。我去了一趟，才剛回來。」

「真的嗎？進度這麼領先？有你的，有你的，早就知道你很強。知道了哪些消息？」

「兩具屍體在蓄水池裡。老大目前懷疑一個重罪前科的老傢伙，以前涉嫌強暴，名字叫哈利・史納屈。」

「很好。這條很大，旱溪鎮：澳大利亞的謀殺重鎮。頭版。到目前為止這是獨家，還沒有其他人知道這件事。你可以發稿嗎？」

「可以，需要知道什麼？」

「全部，全部都寫。誰是頭號嫌犯？剛剛那個嗎？」

「對，應該是。如果我轉移陣地回汽車旅館，會跟你說一聲。旅館叫黑狗。」

「那個名字是在開玩笑嗎？」

「不是。」

「那好吧。貝瑟妮．葛萊斯會從這裡追，你們兩個動作快點，知道嗎？泰芮負責協調，我會把這支電話號碼給他們兩個。那個叫史納屈的傢伙，上次判刑是什麼時候？我們去調檔案。」

「很久以前了，至少二十五年，很有可能到三十。這件事的細節還不完整，他否認了。」

「當然否認，他們每個都否認不是嗎？我們想在警察把消息告訴我們對手之前，先在網路上放東西，你馬上動工吧。」接著編輯便掛了電話。

馬汀看向蔓蒂。「抱歉，應該先問過你，我可以在這裡工作一下嗎？他們想要我發稿。」

「我已經猜到了，你該怎麼做就怎麼做吧。」她說，一臉困擾的神色。「走到最後面，你可以用那邊的辦公室，裡面有電腦和電話。網路很慢，發信可以，再多就沒辦法。我要去接連恩了。」

馬汀看得出來她心煩意亂，正對他接下來要甩向整個澳洲的新聞感到害怕。但他的心思已經被這篇報導攫住了，當他踏進那間辦公室時，心裡已容納不下其他事情。

＊　＊　＊

這天接下來的經過都變成一片模糊的殘影；第一篇報導貼上網路時，剛好趕上午餐的巔峰時刻。馬汀整理了他從羅比那裡打探到的消息——包括凶案組坐直升機從雪梨趕來這件事，再加上一點史納屈的背景——而身在雪梨的警政記者貝瑟妮・葛萊斯又彙整進她從總部和簡報檔案裡獲得的資訊。他送出稿子沒多久，貝瑟妮就接到電話，從警方內部消息來源得知了案情的最新進展。目前發現的屍體有兩具，幾近白骨，都在農場的蓄水池裡。警方現在採用的推論認為，兩人的身分是便車旅行的德國背包客海蒂・舒梅克勒與安娜・布溫，最後一次被人看到大約是在一年前的天鵝山市，當時她們上了一輛藍色汽車。馬汀問了日期，然後算了一下。一月中的星期二，就在拜倫・史衛福特發狂開始射殺自己教區居民的五天前。**這到底代表什麼意思？**無所謂，總之上報了：讓讀者自己去猜吧。

馬汀又發了一篇稿子，在主要報導裡提到了史衛福特，然後匆匆延伸出一小篇副稿，大膽推測史衛福特涉案的可能性，並列出綁架謀殺案以及聖雅各教堂屠殺案的日期。他納入羅比的推論，說牧師和受強暴指控的哈利・史納屈可能共同涉案，並且把這個說法歸給警界消息來源提供的資訊，然後在一連串紛亂的激勵、憤慨和正義之中，替讀者把線索連接起來。他一邊寫，一邊覺得能在電腦螢幕上傾吐自己的感受，對兩名惡人發洩所有的憤怒，實在令人通體舒暢。那兩個傢伙，一個活著一個死了，一個是強暴犯，另一個則是大規模殺人案的凶手，而這兩個人都在某種程度上誘騙了他，讓他去質疑他們所犯下的罪行。不過此時他的文章裡，現實世界的曖昧不明都消失了，剩下的非黑即白，沒有絲毫灰階存在的空間。文字源源不絕地湧出，彷彿它們能夠自己書寫自己：提證、總結、定罪，鐵證確鑿。他把文章夾帶進郵件，然後按下送出，自滿得意地嘆了一口氣。

他著手撰寫第三篇文章：一篇特別報導，內容關於一座曾經輝煌的小鎮，受乾旱蹂躪、受野火圍困，但此地善良的人們為了維護榮譽與尊嚴，依然奮力抵抗著不公平的命運劣勢。他描述暴力的行為與殺人犯如何侵蝕這些人的努力，而這個鎮又將如何永遠與不可言喻的邪惡連結在一起，就如某位當地鎮民所形容，成為「里弗來納地區的雪鎮」。他描寫鎮上的居民受到多麼深切的背叛，例如身為警察的羅比．豪斯瓊斯，他和史衛福特一起推動青年活動中心，最終卻必須藉由開槍殺死他，才能淨化整座小鎮。他厚著臉皮地把羅比和自己的故事也寫了進去，說他們在史納屈被逮捕的兩天前才剛冒著生命危險深入火線，把史納屈從火場裡救出來。他重新調整文章結構，把火災的故事放到最開頭，讓善良警察與瘋狂罪犯的對比更加突出，並稍微淡化自己的英雄事蹟，不過還是確保那件事有寫進去。那起事件比好聽的故事更吸引人，比有力的敘述語氣更加強大，是擁有真正引爆能量的開場白。這絕對能跌破德佛的眼鏡，讓麥斯高興得要死，並讓編輯室裡那些質疑的傢伙們統統閉嘴。他在下午結束工作，彷彿證明自己是正確的。隔天是星期六，每週銷量最高的一天，時機點簡直好極了。頭版，焦點人物，花絮報導著重在拜倫．史衛福特之間的關係，再加上一篇刊在時事評論版的特別報導。他彷彿覺得某種往日激情又回來了，某種以前曾經熟悉的緊張感，是他離開加薩後就不曾感覺到的。

他打給貝瑟妮。她心情愉悅，確信他們輾壓了同行的對手，她告訴馬汀編輯們正在爭論哪些內容要先放上網，哪些要留給頭版頭。兩人說好接下來要監控電視新聞，看還需要增加哪些內容。馬汀提到他正在寫追蹤報導，內容關於拜倫．史衛福特神祕的過去，可以放在星期天出刊；這麼做算是為了先聲明所有權，免得貝瑟妮從她雪梨的警界門路聽到這件事的風聲。接著馬汀休息了一下，起身伸展脖子。上次像這樣連續在鍵盤前坐上好幾個小時，已經是好一陣子前的事了。

蔓蒂人在廚房，連恩則被某種背帶綁著，連接彈簧固定在廚房的門框上，跳上跳下自顧自地咯咯笑著。蔓蒂彷彿受到催眠似地切著豆子，身旁的長椅上堆了一大堆。馬汀在餐桌旁坐下，給自己腦中翻騰的思緒一點時間穩定下來，重新進入當下現實。蔓蒂持續切著豆子。

「蔓蒂，你不可能事先知道這件事。」

「真的嗎？你是這樣覺得嗎？我到底有多蠢？剛要原諒他就發生這種事。我永遠都被這樣對待，永遠都是受害者，永遠都有那些該死的男人把我踩在腳底下。」

馬汀不知道該說什麼，於是站起來走到她身後，把雙手放在她肩膀上，以示安慰，但她把他甩開。

「不要這樣，馬汀，不要在我手裡拿刀的時候走到我背後。」她聲音裡的怒意貨真價實。

「好。」馬汀說，回到桌前的座位。蔓蒂繼續切著豆子。他開始質疑自己在這裡幹嘛，在這個受到命運殘忍對待的女人的廚房裡幹嘛。等到整起事件落幕之後呢，他會怎麼做？當他拿到了想要的頭條和專題報導之後，會怎麼做？開車離開這個鎮，把她留在這裡嗎？這不正是她想要，或者預期會發生的情形嗎？他開始後悔自己和她上了床。當時他正因從森林大火中歷劫歸來而飄飄欲仙，加上她也願意，但即使如此也還是……他想要說什麼，卻注意到水槽窗臺上那只花瓶裡插的一把藍花。

「花好漂亮，那是什麼？」

「你說什麼？」

「那些花。」他指著。

「你傻了嗎，馬汀，那是澤豆花啊。剛才去接連恩的時候芙蘭給我的，她店裡有賣。」

芙蘭・蘭德斯？馬汀想起她在教堂裡禱告時的情景，這位寡婦當時是怎麼替史衛福特辯護的？好像說了史衛福特善良又正直之類的。

他正想向蔓蒂問仔細一點，就被一陣門鈴聲打斷。「怎麼回事？」

「有人進到店裡。我忘記把店門關起來。幫我看著連恩，我馬上回來。」

馬汀看向胖嘟嘟的小孩，小男孩掛在吊帶上輕輕地前後搖晃，正抬頭看著馬汀，深色的雙眼裡光芒閃耀。馬汀舉起手，伸出一根指頭。孩子抓住那根手指，用小小的拳頭包覆。那是一隻空白的手，又小，又粉嫩，還沒刻上生活的罪孽。

蔓蒂回來。「是來找你的，」她說。「某個電視臺的記者。」

「靠，動作這麼快。」

「對。他們把直升機停在學校的操場上，然後偷偷摸摸地在鎮上四處晃，看到會動的東西就拍、四處敲門，想找到願意接受訪問的人。」

馬汀想了一會，走出廚房，進到店裡。他不認識眼前的男子，但記得在電視上看過他：道格．桑寇頓。電視臺的道格認出馬汀，朝他大步走來，伸長了手，像個老朋友似地和他打招呼。「馬汀．史卡斯頓，很高興見到你。」

男人有著豐厚的男中音，本人說起話來甚至比在新聞報導裡聽到的更低沉。他打著領帶，沒穿外套，袖子捲至手肘。他的臉色光滑得像上過妝，完全不見一絲汗痕。

道格毫不含糊客套。「馬汀，我們快要截稿了，還得飛到天鵝山市做報導，請問有機會訪問你嗎？以第一位報導這則新聞的記者身分？」

馬汀裝出自己不怎麼甘願但還是勉強同意的樣子。手下的人和報紙名字登上晚間新聞，麥斯會愛死這點。

道格開了一輛車，老舊的福特，是他運用電視臺的神奇支票從某個當地人手上租來的，後座還固定著嬰兒椅，車內滿是小嬰兒噗出的藍起司臭味。馬汀很想知道他付了多少錢。

這位電視臺記者載著馬汀前往聖雅各教堂，他的攝影團隊的拍攝現場。他們讓馬汀站在教堂前方，用一塊巨大的白色圓盤將陽光反射至他的眼中，隨後道格便開始訪問。不過與其說道格向馬汀提問，更像是他提示馬汀該說什麼，就像兩個同事在彼此共謀相同的利益。這的確是專業人士間的合作：道格換上了電視權威會有的嗓音，舉止間帶著恰到好處的正式感，而馬汀則讓自己充滿調查記者的神祕感，讓他看起來就像擁有不為人知的資訊來源和深廣淵博的知識。他透露自己已經投入相當長的時間在調查這則報導，插旗表明這是屬於《雪梨晨鋒報》的故事，並暗示自己在警界有人脈。他提到完整的報導會在明天見報，至少說了五六次。採訪只花五分鐘就完成了，攝影團隊開始拍一些零散的畫面供後續編輯所用，而道格則試圖繼續從馬汀身上挖出更多訊息。馬汀沒有補充任何資訊，只是繼續暗示自己已經取得警方信任，而且警方也很感謝他能表達出這些見解。團隊手忙腳亂地把道格的新報導錄到攝影機裡，但那都已經不關馬汀的事了。他最後聽到的一句話是攝影師說：「帥，這段肯定會殺得ＡＢＣ那邊人仰馬翻。」

馬汀回到綠洲時，他發現店門已經上鎖。他沒看到那塊「外出速回」的牌子。他敲門，但沒人回應。他瞄了一眼手錶，四點四十。十號電視網[1]的直升機從小學橢圓形操場上升起，朝南飛去，不久後ＡＢＣ的直升機也跟了過去。馬汀感到一小波滿足感泉湧而出。他們來這裡全是為了要追「他的」新聞。

他沿傾斜的街向下走至雜貨店。

進到店裡時，芙蘭・蘭德斯給了他一記微笑：「哈囉馬汀，來買水的嗎？」

他突然想起自己的確需要水，於是便走到貨架底端拿了兩手一公升裝的礦泉水，心裡不斷想著自己剛才為什麼不把車子開過來，要停在綠洲店外。他沿著另一排貨架走回來，確定店裡只有自己和芙蘭，然後把水放到櫃檯上。

「你聽說有警察跑到泉田那邊了嗎？」他這麼問道，當作某種話頭。

「除了這件事以外根本什麼都聽不到。整個鎮嗡嗡嗡嗡的，電視臺記者跟蒼蠅一樣，一群討厭的傢

1 二〇一七年由ＣＢＳ收購，與主角所屬報社不同集團。

伙。」

「的確是。」馬汀說。

「當然你也一樣。」芙蘭笑著說。「不過你這個人嘛，算是已經被原諒了。」她的舉止略帶調情，馬汀有點搞不清楚她是不是在勾引他。

「聽起來還不錯。所以其他人都覺得那邊怎麼了？」

嬌媚的微笑消失，她嘆了口氣。「大家都說哈利．史納屈的蓄水池裡有屍體，至少半打，發現的人是某個電力公司的電纜工人，還是某個保險調查員，不然就是消防直升機從池子裡補水的時候看到的。然後說史納屈已經被直升機送到雪梨問話了。糟糕的傢伙，根本應該永遠禁止他再回到鎮上。」

馬汀琢磨著，判斷繼續追問鎮上傳聞沒有太大意義，羅比．豪斯瓊斯和赫伯．沃克應該會是比較可信的消息來源。於是，他指著櫃檯末端白色小籃子裡的淺藍色花束問：「花很漂亮。叫澤豆花，對嗎？」

「沒錯，你滿厲害的嘛。要買一束嗎？」

「下次吧，現在沒辦法拿。它們長在這附近？」

「很多年了，河對岸的黑人潟湖周圍長了好大一片，很美。現在乾旱就都不見了，沒水。這些是我在貝林頓附近摘的。就算是在墨瑞河邊你也很難找到這些花，不過我知道它們會長在某條死水河旁邊。趁一大早太陽還在升起時去那裡，那個景象真的很美。」

「為了採花跑那麼遠。」

「其實還好——反正我每天都會去拿報紙、麵包和牛奶。」

「還順便在拜倫．史衛福特的墳上放一把澤豆花。」

芙蘭的動作停了下來，臉上的表情迅速消失。馬汀想到她跑去聖雅各教堂禱告，是為誰呢？

「沒關係，芙蘭，我不會讓你的名字見報的。不是在這種情況下。」

「那會在哪種情況？」

「解釋一下吧，為什麼你會去悼念拜倫．史衛福特？」

「他是個好人。」

「他殺了你丈夫。」

「我知道他殺了他。那件事的確非常可怕，而且無法原諒。但你不認識那些事情發生之前的他，他是一個很善良的人，很溫柔。」

馬汀點頭，咬緊牙，最後決定還是直接問比較好。「你和他外遇了嗎？」

雜貨店的老闆娘沒有馬上回話，但他可以從她圓睜的雙眼、微開的嘴巴，還有她不由自主退縮一小步的舉動中，看出答案是肯定的。

「你會把這件事寫進報紙嗎？」

「不會。就算會，也不會提到你的名字。除此之外，我現在正被編輯追殺，他們想要知道泉田以及蓄水池屍體有關的任何消息，聖雅各槍擊案週年這件事非常有可能得靠邊站了。」

「原來如此。」

「芙蘭，關於哈利．史納屈，你可以告訴我什麼事？」

「這是為了報社問的嗎？」

馬汀點頭。「但我不會提到你的名字。」

她嘆了口氣，因為話題的改變而感到寬慰。「好吧，我想這也是欠你的，畢竟你救了杰米。但是請你不要寫到拜倫跟我，杰米已經遇到太多事情了，不需要再多一件。」

馬汀點頭。「我答應你，不會提到你。用的不會是你的名字。」

芙蘭臉色不甚確定，眼神不悅。「你想知道關於哈利．史納屈的哪些事？」

「我也不知道。所有事吧，我猜。」

「嗯，坦白講能說的不多，真的。之前他突然冒出來，差不多兩年多前，然後搬進了家族的老房子裡，就是泉田，就在他父親過世後沒多久。他爸叫做艾瑞克，是個可愛的老人，真正的紳士性格。大家都說是他把哈利趕出去，只要還有一口氣在就不讓他踏進家門一步。哈利第一次來店裡的時候，我不知道他是誰。看起來人還算好，但感覺就是有某種不對勁，格格不入。後來發現他是誰了，我就不太和他說話，除非必要。我不會拒絕服務他，但也不會主動推銷。基本上他到哪都不受歡迎。我看他常到處閒晃，穿著那件破爛老外套，永遠都是醉的。」

「他到底做了什麼事情這麼糟糕？」

「蔓蒂沒跟你說過嗎？」

「不算有。」他隱去實話。「提到那件事會讓她很不開心。」

「嗯，對，的確也是。」

「你們是朋友對吧，你和蔓蒂？」

「對，奎格死了之後，她對我真的很好，幫了我很多忙。另外就是我偶爾會幫她照顧連恩。」

「我同意，她人很好。你剛才說到哈利．史納屈，為什麼他會受到排擠？」

「怎麼說，事情發生的時候我不在這裡，那是在奎格跟我回來以前的事了。傳聞是，當時的哈利是鎮上最有身價的單身漢，泉田史納屈家族的獨生子。他先是去了外地的住宿學校，然後又到別的地方讀大學。他在某年暑假回來時認識了凱瑟琳．布朗德，鎮上卡車司機的女兒。凱蒂很聰明，同時也非常漂亮；蔓蒂很顯然就是她的翻版。凱蒂當時也在大學讀書，好像是巴瑟斯特還是沃加還是哪裡。當時像她這樣中產階級家庭出身的女孩子，能上大學其實是件大事。後來哈利和凱蒂成了一對，還訂了婚，然後兩個人就離開了，回到大學裡去，要到一年之後才有人知道事情出了差錯。她在一年後回到鎮上，除了學位之外還有一個小孩，卻沒看到哈利．史納屈的人影。

「後來大家才發現，原來她告他強暴，而他已經被關進去了。當然，每個人都被嚇到了。哈利的母親羞愧而死，那個可憐的女人。他老爸則是隱居起來不與人接觸，不斷變賣家產土地。他為了某座根本沒見到影的國家公園給了政府一大堆地，然後又把其他土地給了從戰爭退下來的軍人和某些遊手好閒的傢伙，還有那個可憐的老怪咖哈瑞斯。謝天謝地他已經死了——我是說艾瑞克——想想看，要是他聽到現在這些謀殺案會有多羞愧。總之，奎格、杰米跟我來到這裡的時候，這些事情已經變得有點像是小鎮傳奇了。後來哈利．史納屈出獄，莫名其妙又在這裡冒出來。再來就是蔓蒂回來照顧凱蒂，然後他一直想跟她攀談。噁心的男人。」

馬汀的思緒因為各種可能性而活躍跳動。「你說他老爸什麼時候死的？」

「不確定，可能五年前吧。」

「然後哈利．史納屈是在他爸死後才出現？」

「嗯，對。就像我說的，老史納屈把他逐出家門，完全不想再看到他。」

「但即使這樣還是把農場留給他？」

「這我就不知道了。應該是吧，畢竟他住在那裡。」

「對——至少到星期三之前都還是。」

馬汀仔細想著芙蘭剛才說的話。真的是很離奇的故事。兩名年輕人，聰明、美麗、互訂終身，然後就消失了，表面上的理由是回到各自就讀的大學。一年之後女方帶著兩人的孩子回來，而男的確因為強暴她而被判刑。

「你還有別的問題嗎？」芙蘭問。「我得打烊了，還要準備明天的事。」

「明天怎麼了？」

「葬禮啊，艾稜．紐克的葬禮。」

「皮卡裡的那個男孩？」

「對。」

馬汀付了礦泉水的錢，把瓶子從櫃檯上拿起，接著停了下來，又問了一個問題：「芙蘭，你那天在聖雅各教堂裡禱告的時候，除了感謝上帝讓杰米逃過一劫之外，也幫奎格祈禱嗎？」

她對於這個問題感到有些被冒犯。「當然有，他是我老公欸。」

「謝了，芙蘭，謝謝幫忙。」接著他就提著水走了。

把車停進黑狗之後，馬汀發現自己不再是唯一的住客。由汽車旅館房間比鄰排列而成的建築體外停了三輛車，其中兩輛是警車，另一輛看起來像租來的。那輛租賃車停在車棚的陰影裡，有名瘦削男子正懶洋洋地靠在車子前蓋上抽菸。他身上的制服只穿了半套：外套已經脫掉，白色襯衫上沾附一層炭塵，領帶已經降半旗。那雙屬於城市人的鞋子上沾滿泥巴。

「你今天不好過啊。」馬汀說著，鑽出車外。

男人毫無畏縮地看著馬汀的眼睛。「你是誰？」

「《雪梨晨鋒報》的馬汀．史卡斯頓。」馬汀伸出手，但男人連看都不看，直接拒絕握手。

「你來得挺快的嘛。」他的嗓音裡有種蔑視的語調。

「我在這裡已經好幾天了。」

「幹嘛？」

「我來寫一篇關於牧師槍擊案週年的文章。你覺得兩者之間有關聯嗎？」

「兩者什麼？」

「兩起槍擊案，牧師的教堂案跟蓄水池裡的屍體。」

「你從哪裡覺得屍體是被槍殺的？」

「不是嗎？」

「問你啊。」

馬汀意識到自己在警界的運氣差不多用到盡頭了；站在他眼前的是一名訓練有素的凶案組警官，跟羅比那種剛畢業的警校生，或赫伯．沃克這類偏遠小鎮的超級中間人完全不同。這名警探不會主動吐露任何資訊，馬汀在他身上所能得到的最好答案就只有確認或否認。「我們會在明天的報紙上刊文章，說一名保險調查員在蓄水池裡找到兩具屍體。我們會說，你們認為屍體的身分是德國的背包客，一年前在天鵝山市遭到綁架。還有你們逮捕了哈利．史納屈。」

那個警察打量著他，彷彿在考慮是否要深入這個話題。他用力抽了最後一口菸，讓菸蒂落在地上，用鞋底捻熄。「那我就等著看報紙了。很高興認識你，史卡斯頓先生。」接著他便經過馬汀，走進了九號房。

11・獨家新聞

綠洲開張營業了，蔓蒂卻心門深鎖。她賣了一杯咖啡給馬汀，同時表明自己現在不想說話，喃喃唸了連恩怎樣怎樣。馬汀在亢奮中，完全沒注意她說什麼。他拿著自己的咖啡，往雜貨店前進。芙蘭人不在店裡，但星期六的報紙在。他買了報紙，拿到店外讀得津津有味——報紙不是雪梨出的，而是他們在墨爾本的同行。但無所謂，頭版一樣精采。他們的八卦小報對手《先驅太陽報》在頭條狂喊著「灌木林謀殺案」，底下的內容就是一攤大雜燴，都是從《雪梨晨鋒報》網站和電視新聞裡抄的。他們從十號電視網對馬汀的訪問裡拆了一段話出來，一字不漏地引用，然後再把這段話託給「某位知情人士表示」。《世紀報》是《雪梨晨鋒報》在墨爾本的姊妹報，寫得就比較漂亮，主標題〈潛伏在死亡小鎮的邪惡〉，再加上一行副標：屠殺案牧師與背包客謀殺有關。頭版頭的文章上蓋了「獨家」紅章，戳印底下就是撰稿人的署名欄：馬汀．史卡斯頓在旱溪鎮與資深警政記者貝瑟妮．葛萊斯聯合報導。他們放了一張史納屈家的空拍照，引自第九新聞臺，照片裡的農場蓄水池旁邊停著幾輛警車，還有幾個穿白色連身裝的人影。馬汀的第二篇文章，標題訂為〈屠殺案牧師恐怖再臨〉，除了有他的破欄照片和獨家戳印之外，還加上了「先驅調查報導」的字樣。馬汀露出得意的微笑：這完美的鐵三角。

他迅速瀏覽文章內容，找出幾個貝瑟妮或文稿編輯補充、修改過的地方。他跳過頭版剩下的內容，直接翻到時事評論版。插畫家和美編沒讓他的文章失望，找了幾張荒涼黯淡的圖片來搭配這個垂死小鎮的故事；如果再多給他們一個星期，成果大概也不會比現在更好了。後面還有更多文章等著上陣：他這天一早在汽車旅館房裡醒來後就睡不著了，於是把後續報導動筆寫了一半，定名為〈沒有過去的牧師〉。《太陽前鋒報》和《週日世紀報》星期天才發刊，這篇文章會是非常適合週日風格的乘勝追擊。麥斯・富勒是對的，來旱溪鎮一趟的確對他有益。

鐘聲響起時，他才剛從自己的曠世傑作中回神。手錶顯示九點三十；他以為葬禮要到十點才開始。他把報紙扔進人行道上的垃圾筒，然後往聖雅各教堂前進。他走在海伊路的正中央，感覺陽光刺在臉上。他喜歡鐘的聲音：頭版獨家新聞在手，他覺得自己根本是克林・伊斯威特，正大步瀟灑、馬刺喀啦喀啦響地穿過某個偏遠蠻荒之地，毫無懼意地前往決鬥。他是孑然獨行的槍手，混合了火藥、決心與剛直，要來強制這個世界回歸秩序。就連現在這一刻，當他一步步迎向自己的命運，心懷畏懼的鎮民們可能都正躲在海伊路遮陽篷下的百葉窗後偷偷注視著。白日夢持續了一會，然後就被緊跟在他身後的車子喇叭聲給踩在地上。他不由自主地跳了起來。「滾邊啦笨蛋！」司機大喊。

他走到聖雅各時，鐘聲已經停了。聚集在教堂對街的媒體人士數量之多，讓他嚇了一跳：架了三腳架的攝影機就排了四排；平面攝影師四處散落，紛紛低頭調整連接在相機機身和獨立腳架上的巨型鏡頭；還有一兩個電臺記者表情茫然彷彿走錯了地方。這些人就站在拜倫・史衛福特開槍那天車子群聚的地方，也就是傑瑞・托林尼的身亡地點。道格・桑寇頓又回到鎮上了，被簇擁在一小群電視記者之間，裡面有個五十多歲的男人和三名非常年輕的女子。她們的金髮蓬鬆，長相讓馬汀感覺熟悉。道格的外套後方夾了耳機，十號電視臺一定是出動了某種現場連線設備。

馬汀這時才意識到，這是一則發生在渺小鎮上的天大新聞。不管其他人怎麼想，他應該早就要知道情況會變成這樣：一月的澳大利亞是新聞界的饑荒時節，而這件大事就爆發在讓人飢不擇食的所謂新聞淡季裡。而他，就處在這起事件的中心。

隨著馬汀走近，其中一個平面攝影師脫離了人群向他迎來。嬌小結實的年輕女子穿著工作褲和卡其背心，到處都是口袋。「馬汀嗎？嗨，我是嘉莉・歐布萊恩，昨天晚上才從墨爾本開車過來。你有特別想知道哪些資訊嗎？」

「其實還好，看你能問到什麼就盡量問吧。這其實跟報導本身沒有太大關係，就只是在車禍中喪生的孩子，不過我應該還是會針對這件事寫點東西。我是那次車禍的目擊者。」

「靠，真的嗎？」

「對，我手機裡可能還有當時拍的照片，等一下找給你。」

「好。」

「然後，你順便多拍點人物照，我們可能會挑一些用在之後的報導上。你有收得到訊號的手機嗎？」

「有，我車上有一支傳檔案用的衛星電話，你真的急需的話可以用。」

「去過房子現場了沒？」

「還沒。昨天《晨鋒報》雇飛機拍了一些空拍照，我不知道為什麼世紀報沒用那些照片。有幾張看起來亂七八糟的，都放在網站上。」

「了解，聽起來還不錯。你住哪裡？」

「希望可以住到跟你同一間的黑狗。開過來之前我去了一趟，還在候補名單上。」

「那就祝你候補上了。」馬汀大概已經猜到事情會怎麼發展了。嘉莉看起來人還不錯，但他實在沒興趣和攝影師同住一間房，尤其房間裡還只有一張床。只是他也不覺得自己有辦法跑去跟蔓蒂同居，就只是為了把房間讓給某個攝影師，事情沒這麼簡單。蔓蒂今天早上還很冷淡，而且情緒起伏不定。也許他應該多跟她聊聊，向她解釋自己現在在寫哪些東西，但是，媽的，這篇報導的腳現在已經變得比蜈蚣還多，一不留神就會跑掉，也許到頭來他還是得跟嘉莉同房也說不定。至少報社派來的不是男的。

第一批鎮民正陸續到達教堂。羅比・豪斯瓊斯穿著警察制服，站在階梯上。馬汀漫步穿過馬路，享受著同行的嫉妒眼光：那個有警界人脈的調查記者。

「你好啊，羅比。」

「嗨，馬汀。」

「亂到不行啊，對吧？」

「你說什麼，現在這個場面嗎？還用說嗎，死的人已經夠多了，真的不需要你們這些人開著車在鎮上撞來撞去。」

馬汀本來打算回嘴說點什麼，但記憶裡的畫面突然湧上來：迪士尼卡通人物的擋風玻璃遮陽板落在死去男孩的屍體上。他低頭看著自己的手，沒有顫抖。

「你還好嗎？」羅比問。

「還好，還好。案子還順利嗎？」

「不知道，他們什麼都沒跟我說。不過有件事我很確定：他們還沒逮捕哈利・史納屈。他們放他走了。」羅比的聲音裡帶著些微憤怒。

「什麼？怎麼可能？屍體是在他蓄水池裡找到的，居然讓他走？」

「證據不足。顯然找到骨頭的人是他，而且他沿著公路一路走去貝林頓報案。」

「不是先來找你？」

「不是。沒來找我。」

馬汀的胃袋上瞬間開了一個小洞。他想到自己登在報上的文章，字字句句都在指控史納屈就是謀殺凶手。而且與其說是指控，其實更像宣判罪名。「靠。你看了今天早上的報紙了嗎？」

「嗯——所有人都在討論。」

「但是我寫發現屍體的是某個保險調查員。昨天我們在泉田遇到你，那時你不是這樣講的嗎？」

「我沒說。我只知道有人找到了骨頭，我還以為是直升機的駕駛員，但其實是史納屈。一定是他。」

「媽的。」馬汀頓時感覺自己赤身裸體毫無遮蔽，竟然站在教堂階梯上，離陰影那麼遠。他回頭對那群媒體瞥了一眼，有幾個攝影師正在拍他。真的糟糕了。他是從哪裡聽到什麼保險調查員的？蔓蒂嗎？他怎麼會在沒先查核正確性的情況下，把那種事情寫進報導裡？麥斯．富勒應該會滿頭火，馬汀現在就能聽到他不斷重複著C．P．史考特的著名格言：「事實是神聖的」。接著他便想起在黑狗外面靠著車子抽菸的瘦警察。「算了。你知道嗎，羅比，昨天晚上我在汽車旅館跟一個警探提過這個推論，說發現屍體的人是保險調查員，而且史納屈已經受警方拘留，他沒有糾正我的說法。那個人瘦瘦的，髮線有點高，鬍子刮完剛長出來，抽菸。他基本上沒告訴我任何消息，但是提醒一下我猜偏了準頭根本不會對他造成任何影響。那個人叫什麼名字？」

羅比沒回答，而是用一種接近惶恐的神情看著馬汀。

「怎麼了？我說了什麼嗎？」

「你別說是從我這裡聽來的，懂嗎？」

「當然。怎麼了？連名字都不能說嗎？」

「對，不能。那樣做是違法的。」

「什麼意思？哪條法律這樣定？」

「他不是警察。」

「不是警察?他媽的還會是誰?」馬汀回想起那個人的行為舉止、穿著，還有他那時的說話方式，全都透露著警察的氣息。然後他才聽懂羅比的意思。嚴格來說，暴露ＡＳＩＯ情報員的身分是違法的行為。「靠，政府的情報員嗎?」

「別說是從我這裡聽到的。」

「絕對不會。」天啊，祕密情報員?完全沒道理啊。蓄水池裡的屍體和被綁架的便車旅人，為什麼ＡＳＩＯ會對這種事情有興趣?而且為什麼來得這麼快?那個人和雪梨的警察同時到達。

羅比打斷了他奔騰的思緒。「馬汀?」

「怎樣?」

「抱歉，老哥，我必須請你回到路對面，跟其他人一樣。家屬要求了，不希望媒體進到教堂裡。」

「包括我嗎?我當時在場耶，他們忘了嗎?」

「對，我也是，但是連我也得待在外面，而且哪裡不能站，偏偏得站在這些該死的階梯上。但如果我讓你進去了，那所有人都會想跟著進去。抱歉，馬汀，這是家屬決定的，不是我的意思。」

馬汀覺得有點惱火，但還看得出來羅比只是負責傳話的人。「好吧，我沒話說。還是謝謝你讓我知道情報員的事，我會好好收在腦子裡的。」

他回頭走向一臉羨慕的同行，低著頭，彷彿正在思量著重大的新消息，但其實只是為了避開眼神接觸。他們的羨慕神情不會維持太久，一旦發現他可能誣賴了一個清白無辜的人之後就會迅速消失。還有《媒體守望者》節目上的那個傢伙，和他一票小跟班，只會躲在攝影棚裡吹毛求疵，他們之後大概會緊咬這點，死纏著他不放。另外就是，絕大多數的媒體都把馬汀文章內的指控當成事實不斷複誦，要是史納屈拿著誹謗訴狀到處撒，這些同行想當然耳不會對馬汀有任何欽佩之意。不過當他走到樹蔭下站定，終於有力氣仔細思考之後，便覺得這實在講不通。他的確好一陣子沒跟警察打交道了，但對於警方的辦案方法倒也沒忘得一乾二淨，他知道警察永遠都會把最明顯的嫌犯當成頭號目標，而且這麼做是有原因的：事實證明這麼做通常是對的。如果有女性被毆打致死，她的丈夫或男友就會立刻成為頭號嫌犯。通常法律允許多久，警方就會拘留他們多久，警察用上最大壓力，在確定不在場證明之前，盡可能從他們身上套取出所有資訊，甚至是自白。所以到底發生了什麼事？現在他們手上有個八九不離十就是強暴犯的男人，從身上刺青判斷應該曾經坐過牢，跑來舉報在自家蓄水池裡發現屍體——大火燒光了所有的遮蔽，屍體肯定會被發現，這個人再清楚不過了，而且他還等著保險調查員上門，鐵定就是主要嫌犯了吧，為什麼他們還會放他走呢？馬汀胃裡的洞又擴大了一點。這裡頭一定還發生了什麼事，但他完全沒有頭緒。有可能只是羅比搞錯了，也許警方根本還沒逮捕史納屈，但應該也不用等太久。常見的說法是：協助警方進行調查。如果他能幫上忙的話，何必現在就逮捕他，還讓人身保護期限開始倒數計時呢？馬汀慢慢冷靜下來。

聚集在教堂外的人群越來越多，攝影師們都專注地投入工作之中，錄影、拍照，相機快門此起彼落，彷彿一場祕密對話。赫伯．沃克也來了，他把羅比拉到一旁說悄悄話，芙蘭．蘭德斯則在杰米的陪伴下抵達。那個男孩瞪著廣場，臉上的表情像在表明自己有多不願意來到這個地方。蔓蒂來的時候推著嬰兒車裡的連恩，完全忽視媒體的存在，羅比幫她把推車提上階梯，進入教堂。

馬汀張望著看自己能不能找到嘉莉，但反而被某樣東西吸引目光。在媒體後方高起來的堤防上，站著一個穿著紅色T恤的孩子。那是馬汀來到旱溪鎮的第二天，在教堂階梯上遇見的那個男孩。他叫什麼名字？路克嗎？他手裡拿著一根看起來像是拐杖的棍子，在馬汀的注視下，他將長棍像槍似地舉至肩膀位置，指向馬汀。他稍微放低了棍子，用嘴型說出「砰」，然後就跑掉了，爬下堤防的另一側，留下馬汀站在原地彷彿生了根，在這悶熱的天氣之中凍住了呼吸。

＊＊＊

葬禮結束後，馬汀先去了綠洲，但整間書店塞滿了記者，他發現自己根本不可能有機會和蔓蒂私下好好說上幾句。她把咖啡機放在小推車上，推出廚房，擺在櫃檯旁邊，泡咖啡用的水乾脆裝在方形的攜帶式汽油桶裡。突然衝高的營業額沒有改善她的心情，她在拿外帶咖啡給馬汀時皺眉露出一臉怒意。馬汀猜她讀到了他的文章──或者從這一大群記者中聽到了內容──他在報導裡譴責史衛福特，也譴責了史納屈。她的態度疏離，近乎客套；他決定現在不是向她問話的好時機。

他付了咖啡錢，沿著海伊路向低處走，穿過桑莫瑟街，經過基座上的一戰士兵和商務飯店的深鎖大門。要是那間酒吧再撐六個月就好了，那樣的話，現在可以讓記者們整桶吞的就不只是咖啡了。

芙蘭又回到雜貨店的櫃檯後方，身上仍穿著專門為教堂打扮的盛裝。杰米也在店裡幫忙，一邊做事，一邊對著貨架走道間混雜了鎮民和媒體的客人們擺臉色。

「你好啊，史卡斯頓先生。」芙蘭說。「我才在想你什麼時候會來。你賣了不少報紙啊。」今天的芙蘭臉上沒有任何笑容，也找不到任何調情的暗示。

「我懂了。」馬汀把手指向某個空位這麼說，店裡的報紙平常都一小疊放在那裡。「所以你不喜歡嗎？」

「提高報紙銷量我是很高興，我不高興的是聽到你暗示拜倫跟那些女孩子的死亡事件有關。」

「芙蘭，有沒有地方可以讓我們稍微說一下話？人少一點的地方？」

老闆娘看了看店裡大群大群的顧客。「好吧。」然後她轉向自己的兒子。「杰米，我跟史卡斯頓先生要到後面聊一下，能不能幫我顧一下這裡？」

杰米碎念著同意，芙蘭便領著馬汀穿過客人，進到店面後方的門裡。她把燈打開，垂吊在天花板下方的日光燈管閃了幾下，活了過來，放射出一道生硬的亮光。這個房間完全不像蔓蒂在綠洲店後面的住家；這裡是一整個打通的大空間，沒有窗戶，擺滿了架子。架上大多是空的，四處散置裝了各種不同貨品的紙箱。比較高的架子上有蜘蛛網，但除此之外，這間儲藏室其實打理得非常乾淨。房間一角放了一張桌子，就在門的左側，桌上的電腦螢幕看起來是過時十年的那種型號。芙蘭用手刷了刷桌子後方的椅子，小心翼翼地坐下，對自己上教堂穿的衣服極其保護。馬汀在桌子另一側坐下。

他沒再去照顧什麼社交細節，而是直接繼續兩人在櫃檯時還沒說完的話。「你認為拜倫跟蓄水池那兩個女孩的死沒有關係，對嗎？」

「對。你有證據嗎？警察有證據嗎？」

「還沒有，但他們在查了。」

芙蘭怒目瞪著他。他判斷再爭論這種揣測也得不到好處：他們倆都沒辦法確定史衛福特到底有沒有涉案，而且馬汀得承擔在不必要的話題上激怒她的風險。他攤開雙手，擺出和解的手勢。

「芙蘭，我需要你幫忙。我一直在想槍擊案當天的情形，有幾件事情想不通，現在終於知道了你跟拜倫的事。」

「你說吧。」

「你先生，他不常上教堂，對吧？」

這個問題似乎抽乾了她身上所有的怒意，讓她回答時的嗓音變得收斂，雙眼避開馬汀的視線。「不常。」

「他知道你跟拜倫外遇嗎？」

芙蘭定住不動，眼神黏在空白的電腦螢幕上。最後，她點頭表示肯定。

「你是不是事先警告過拜倫，說奎格會去教堂？」

她又點了一次。

「你怕奎格會做出某件事，是什麼？」

她轉向馬汀，眼神充滿懇求。

「告訴我，芙蘭。」

一小聲啜泣不小心逸了出來，虛弱細微，轉眼即逝。「我偷聽到他們說話，在我們車庫外面，奎格和他那群朋友。就是被拜倫射倒的那幾個。他們說要殺了他，說得很可怕。我知道他們是認真的。」

「他們說了什麼？」

「奎格說要把霰彈槍塞進他屁眼裡，把兩發子彈都打進去。」

「為什麼，芙蘭？為什麼要殺他？為什麼是那個時間點？」

「我不知道。我只聽到他們說打算那麼做。」

馬汀向後靠，仔細思考她剛才說的話，並發現自己不相信她說的。但如果是這樣，她誤導他的原因是什麼？他決定直接一點。「某個可靠的消息來源告訴我，在槍擊案前一天的星期五晚上，警方特地提醒奎格，說史衛福特對孩子們性騷擾。你的意思是奎格沒有把這件事告訴你？」

「我跟你說過了，那不是真的，我根本不相信。」

「但是奎格有沒有跟你說過這件事？」

「有，我知道。」

「所以你跑去通知他？去提醒拜倫？」

「對。我跑去教堂，告訴他奎格和其他人要來殺他，我求他趕快離開。他說，他本來就打算要走了，主教的命令。他說他不擔心奎格和他那群朋友，還說他會解決他們。他要我到黑人潟湖那裡等他，我們曾經一起去過那裡幾次。」

「你相信他？」

「當然。我始終相信他。」

「所以槍擊發生的時候，你人不在現場？」

「對，我不在。他故意安排的。」

馬汀思考片刻，接著改變了詢問的方向。「你說你始終相信他這個人，那你相信他就是他自稱的那個人嗎？」

她沒有立刻回答，馬汀在她臉上只看得到困惑。「什麼意思？你指的是什麼？」

「我的意思是，他不是拜倫，他的身分是假的。可能是個退伍軍人。」

「不可能，絕對不可能。這種胡說八道，誰告訴你的？」她的憤怒取代了疑惑。

「芙蘭，你最後一次見到他的時候，你覺得他看起來怎樣？」

「很好。他看起來很好。要我說的話，很平靜。平靜，甚至可以說很高興。因為他要離開了。」她再次啜泣，雙眼溼潤，怒意被哀傷壓倒。「我不喜歡這種安排，但他很高興。」

＊　＊　＊

馬汀走在路上。白日的熱度在爬升數小時之後終於來到高峰，他滿頭汗，但體內有股行走的衝動，沒辦法只是坐著。天空幾近全白，顏色被過濾得如此澈底看起來彷彿金屬，連一絲雲都沒有。空中有股非常淡的野火燃燒的氣味，開始颳風了。又是這個「死亡小鎮」地獄般的一天。上次下雨到底是多久之前的事了？多久之前曾有過陰天呢？

芙蘭的話在他腦子裡不斷重複再重複。他反覆想著那些字句，檢查它們的漏洞、尋找可能的意義。真的有可能嗎？一名嫉妒的丈夫，因為被牧師戴綠帽早已充滿怒火，在得知同一名牧師性侵自己的獨生子後，憤而展開報復？而牧師則是在獲得偷情對象事先警告後，採取自衛行為？

不可能。那些男人也許說過要殺了他之類的話，但都沒帶武器；他們沒有任何一個帶槍赴會。也許他們只是想要揍他一頓，卻被他殘忍地擊倒。傑瑞．托林尼當時在自己的車裡，奎格．蘭德斯則是在幾百公尺外用盡全力逃命。不對，怎麼說都算不上自衛。如果是為了保護芙蘭．蘭德斯免於受到懲罰的可能呢？這也許能解釋他為什麼要對奎格．蘭德斯開槍，但其他人就說不通了；而且沒辦法說明為什麼要殺霍里．果芬諾，留下他的寡婦簡妮司一頭霧水地待在貝林頓。

所以，不是自衛，也不是為了保護芙蘭，但是這還是沒有排除赫伯．沃克打給奎格．蘭德斯的那通電話催化槍擊案發生的可能性。他在那個星期五晚上提醒了蘭德斯和艾弗．紐克，說牧師可能對他們的兒子造成不好的影響。星期六，這兩個男人碰頭了，去打獵，同行的還有其他貝林頓釣魚俱樂部的成員，整群人因為這則消息而憤怒不已。接著，星期天早晨，他們發現史衛福特人在早溪鎮舉行兩週一次的禮拜儀式，其中一人或多人提到殺死牧師之類的話，也許認真也許不。芙蘭．蘭德斯意外聽到他們的對話，立刻奔向她的情夫，以為丈夫就要去殺他了。她把沃克和奎格說的話告訴史衛福特，說沃克指控他性侵兒童。史衛福特因此開槍殺了那些人，一切合情合理。才怪。他完全沒必要殺死任何一個人，他大可以直接離開小鎮，一走了之。

公路往德尼利昆的方向有座橋，旁邊是座公園，當馬汀走到公園時，他身上的汗根本是用噴的。他的襯衫已經完全溼透，而且黏在身上。他試圖用公園裡的飲水噴頭喝水，但噴頭大概不是壞了，就是因為省水政策而早被斷水。他被圓形涼亭的遮蔭吸引，爬階梯走了上去。他現在應該要埋頭寫那份報導的，寫那個沒有過去的牧師的故事，但是前一天還在的清晰思緒已經和自信心在今天早上聯手拋棄了他。他之前還覺得拜倫．史衛福特和灌叢荒原謀殺案之間的關聯看來極為明確，今天就不那麼確定了。羅比的看法由憤怒與絕望搭建而成，但缺乏實際證據。這倒不一定會阻止馬汀繼續寫這篇報導，畢竟他已經有勾人的引子了：

警方的其中一種推測是，背棄信仰的牧師拜倫．史衛福特同樣涉入了泉田殺人事件。《晨鋒報》調查團隊現在向您揭露，史衛福特的真實身分其實並非如他自己所稱，他是一個沒有過去的人。由於他的過去如此神祕，警方內部甚至出現重新挖出他遺體的聲音，同時，ASIO也派出一名經驗豐富的調查員前往旱溪鎮。

這是一則完美的故事，一篇絕佳的星期天報章新聞，裡面包含了所有質素：謀殺、宗教、情報員、性。天啊，根本應有盡有。他到底在猶豫什麼呢？拜倫．史衛福特已經死了，死人沒辦法告你，他想把這個牧師寫成怎樣都可以，完全不必擔心反作用力打到自己。當然，他的編輯兼多年心靈導師麥斯．富勒還是可能會發飆。當年他還只是培訓學員時，麥斯就已經是辦公室主任了，他本人的威嚴以及對準確性的絕對堅持，讓報社裡所有培訓生和初出茅廬的奶狗記者們都活在恐懼之中。

馬汀仔細看著自己的手。這雙手既不勞動，也不正直。這是殺手的手嗎？專殺人物性格，而不是真的謀殺案——跟拜倫．史衛福特的手不一樣。史衛福特的雙手穩定、心臟超大顆，有本事放倒一百公尺外的人，一槍穿過脖頸。馬汀．史卡斯頓則是手柔掌軟，根本沒有心，他能從更遠的距離外便剷毀一個人的名聲，若有必要，穿墳入墓也做得到。馬汀試著想像那位年輕牧師的手是什麼樣子。跟他自己的一樣又軟又白嗎？還是跟特種部隊的士兵一樣，因為長滿老繭而厚實遲鈍？馬汀看著自己的手背，尋找著它們曾在鍵盤上犯下暴行的證據。

「哈囉。」

這聲招呼把馬汀從空想中拉了出來。是那個男孩，穿著紅T恤，手上還是拿著棍子。

「哈囉。」馬汀說。

「對不起。」男孩說。

「為什麼道歉？」

「早上在教堂的時候，我不是故意要嚇你的。」

「沒關係。」馬汀說。「你要坐嗎？」

「好。」男孩在旁邊另一張長椅坐下，就靠在圓形涼亭的邊上。

「你叫路克對嗎？」馬汀問。

「沒錯。」男孩回答。

「我叫馬汀，還記得嗎？馬汀．史卡斯頓。」

馬汀等待著。他覺得既然這個小孩出來找他，一定是因為有話想說。但男孩只是坐在那裡，偶爾看向馬汀，如此而已。也許他只是想要有人陪。於是最後馬汀主動打開話題。「路克，事情發生的時候，你在場嗎？」

男孩看起來有點不安。「誰告訴你的？」

「沒有人，只是猜測。今天早上——因為你用棍子做了那個動作。」

「我沒跟任何人講過。」路克說。

「連警察也沒有嗎？」

「沒有，他們沒問。也不必問，當時還有很多其他人在場。」

「告訴我你看到了什麼。」

「為什麼？」

「我想知道。」

「連我都看不懂了。」男孩看著棍子，努力讓它在手上保持平衡。「我那時在主大街上，看到他的車子停在書店外面。那天是星期天，所以我覺得他應該是過來主持禮拜。然後我走過去，走到教堂，在那邊等。他開車過來的時候我已經到了，我們坐在樓梯上，他告訴我他必須要離開，他不想，但是主教命令他要走。我說怎麼可以這樣，他說人生本來就不公平，然後又說了其他類似的話。」

「你現在還記得他說的內容嗎？」

「記得，全部都記得。」

「他說了什麼？」

「他說我是好孩子，說我不需要去想上帝怎樣怎樣，祂會在我需要祂的時候找到我。他說上帝才懶得去管那些太小的屁事，像是罵髒話或是說謊或是玩自己那邊。他說上帝在乎的只有我們靈魂裡面裝了什麼，知道我們是不是好人。祂就是會知道。如果我們遇到困難的抉擇，上帝會來幫助我們。要是我們做了壞事，祂也會原諒，就算是我們沒辦法原諒自己的事情也一樣。」

「他說的『壞事』，指的是什麼？」

「不知道，他沒講。」

「聽起來很像是大人和大人之間說的話。」

「嗯，他就是這樣，人很好，不會只把我們當成小孩。」

「他常提到上帝嗎？」

「很少，幾乎沒有。我覺得那天他會那麼說，是因為他要走了。我一直在想他說的話，現在好像比較懂了。」

「他還有說其他的嗎？」

「嗯，他說世界上有壞人，就算像我們這樣的小鎮上也有，所以叫我應該跟同年紀的小孩一起玩。我不確定他為什麼要那樣講。他說等他走了之後，如果我遇到任何問題，可以去找豪斯瓊斯警官，他會幫我。」

「你現在想通他那時候說的是什麼意思了嗎？」

「不知道。不算知道。」

「了解。你覺得他那個時候看起來情緒怎樣？很激動嗎？」

「不會，他看起來很平靜，有一點高興，有一點難過。這樣聽起來會很怪嗎？我覺得他會難過是因為被命令離開這裡。」

「你知道嗎，路克，有些人認為他一定是發瘋才會做出那種事，你覺得當時他看起來像瘋了嗎？」

「不像。」

「後來還有發生什麼事？」

「我們坐在那邊說話，然後蘭德斯太太跑過來。她看起來心情很糟，像是哭過了之類的。他們走到裡面說話，我就到馬路對面，躲到樹蔭底下。他要離開這件事讓我很難過。他是個好人。蘭德斯太太離開之後沒多久，其他人陸陸續續到達教堂，他出來和大家聊天，然後來了幾個男的。雜貨店的蘭德斯先生還有其他人。艾稜．紐克也跟他們在一起，所以我才跑到河上面的坡那邊，就是我今天早上在的地方。」

「你不喜歡艾稜？」

「不喜歡。他會欺負人。」

「嗯嗯。再後來呢？」

「蘭德斯太太來和拜倫講話。」

「你有聽到他們說了什麼嗎？」

「沒辦法，我太遠了。」

「他們有生氣嗎？大吼？」

「沒有。拜倫看起來像是在笑。」

「在笑？」

「對，像是他們講了笑話之類的，接著他就回到教堂裡了。艾稜走回去，進到車子裡，其他人都在和別人說話，所有事情看起來都很正常，然後——然後事情就發生了。他帶著槍出來，殺了他們。」

「只有和蘭德斯先生一起來的那些人，對嗎？」

「對。先是從貝林頓來的那個胖子，再來是紐克家的人，然後他開始到處看。他看到我在堤防上看，隨即搖搖頭，揮手要我離開。但我沒有走。走不了。我不相信自己看到的是真的，我想看到底會發生什麼事。那時候拜倫還在四處張望，突然有輛車發動了，他也看到。他又開了兩槍，對著那輛車。**砰**，**砰**，速度真的就這麼快。然後大家開始尖叫，但是他看起來還是很冷靜。我看到往街上跑的蘭德斯先生，我覺得拜倫一定是看到了我在看哪裡。都是我的錯。他走到教堂旁邊的轉角，看到逃跑的蘭德斯先生，他舉起槍，**砰**。一槍。接著他就走到樓梯上坐著等。一輛車開過去，他站起來舉起槍，對著車子裡面開了一槍。他又轉過來看我，又搖搖頭。我好想要他馬上逃跑，但是他繼續坐著。我看到豪斯瓊斯警官從馬路的方向走下來，在教堂後面，手裡拿著槍。我不曉得該怎麼辦。我不想去看他，免得拜倫因為看到我而知道他要過來，又開槍殺他。但是我也不想要豪斯瓊斯警官對拜倫開槍，所以我就躲起來了。」

路克低頭盯著棍子，心不在焉地在手中轉著。他看起來沒有那麼不高興，也許是因為那個場景在他腦中不斷重播，反而讓他習慣了。

「當時在場的其他人呢？」

「都跑了，有的躲在車子後面，有的翻過堤防跑到河床上。沒有人留下來，只剩拜倫，還有慢慢靠近的那個警察。」

「你有看到豪斯瓊斯跟拜倫對質的過程嗎？」

「有，他們講了一下話，豪斯瓊斯警官的手槍對著拜倫。我以為拜倫會投降，但他沒有。他舉起槍，把槍口指向豪斯瓊斯警官，扣下板機。豪斯瓊斯警官就對著他開槍了。四次。**砰**，**砰**，**砰**，**砰**。拜倫倒在地上，槍也鬆了。豪斯瓊斯警官走過去，用腳把槍踢開，然後很小心地把自己的槍放下。然後他就坐在拜倫旁邊，在哭。」

「太慘了，居然讓你看到那個場面。」

「嗯。」

「路克，你說在拜倫中槍之前他們聊了一下，你那時聽得到他們的對話內容嗎？」

「聽不到。」

「他們講了多久？」

「沒多久。我不知道，大概一分鐘吧，感覺像一分鐘。」

「牧師舉槍的時候，他的動作快嗎？」

「不快，動作非常慢，不是會嚇得對方出其不意的那種。」

「你現在對豪斯瓊斯是什麼感覺？」

「我覺得他感覺一定很糟。他沒有其他選擇。」

兩人的對話停了一會。馬汀在想像那個畫面，對路克來說則是重新經歷了一次。

「你想得到他為什麼要那樣做嗎——為什麼拜倫．史衛福特要開槍殺那些人？」

「不知道。我每天都在想這件事，但還是不知道。」

這並肩坐著的兩人，新聞記者和小男孩，都陷入自己的思緒裡。同樣地，這次還是馬汀先打破沉默。「路克，我欠你一句道歉。之前那天，我第一次在教堂外面遇到你的時候，我不是故意要讓你難過。」

路克點點頭，沒說話。

「你知道嗎，警方現在還是相信那些關於他的指控是真的。」

「豪斯瓊斯警官也是嗎？」

「他不信，但是那兩個男孩跟警察說傳聞是真的。」

「史卡斯頓先生，那不是真的，真的不是。他從來沒有亂摸過我，也沒有亂摸其他人。」

＊ ＊ ＊

記者、錄影人員和平面攝影師們早先已如蝗蟲般從教堂湧入綠洲書店，現在又再次大規模遷徙進了俱樂部。所有人都聚集在酒吧附近，一邊喝可口可樂，一邊吃從西貢亞洲美食買的外帶，並在筆電上瘋狂工作。而酒吧的另一側，在眺望著下方鋼製甲板和乾燥河床的窗戶邊，則坐著一群警察。羅比．豪斯瓊斯沒在那裡面，但是赫伯．沃克在，正大口消滅著牛排與啤酒。除此之外，那群人裡面還摻雜了幾個外人，要不是穿著劣質西裝就是斜紋布褲和Polo衫，全都一眼就能看出警察身分。凶案組的警探們。

嘉莉從一群嘰哩呱啦的記者中抽出身，朝他走來。

「太好了，你終於出現了。」女攝影師說著。「剛才一直在找你。你聽說臨時聲明會的事了嗎？一點的時候警方會在外面接受提問。」

「我不知道，謝了。你要喝東西嗎？」

「不用，我有了。」接著她又回到朋友之間去。

馬汀看了時間。十二點四十五。糟糕，時間不夠吃飯。他走向吧檯，用水瓶裝了一杯水，喝光，再裝一杯，然後才走到旁邊點酒。負責照顧吧檯區的是艾羅，他給了馬汀一瓶淡啤酒和一包洋芋片，收下馬汀的錢後搖了搖頭。「我實在想不懂，我們做了什麼事要被這樣對待。」馬汀覺得他指的應該是謀殺案，不是媒體。

警方的記者會在一株高大尤加利樹的陰影裡舉行。警察們的大頭穿著西裝，介紹自己是雪梨凶案組的偵緝督察莫銳斯．蒙特斐爾。他替所有記者解釋了自己的名字拼音，接著又介紹了他的同事偵緝警長伊凡．路奇，以及貝林頓警局的小隊長赫伯．沃克；除了這三個人之外，場上還有一名負責錄音的年輕女性員警，但位階不夠，還不足以報上姓名。馬汀四處張望，發現了那天在汽車旅館停車場裡遇到的ASIO警官，他在媒體後方走來走去、抽著菸。那個男人對馬汀眨了眨眼，得意地笑了一下，嘴型說著：「頭條嘛。」

蒙特斐爾督察開始進入正題。「我們可以確定的是，在旱溪鎮西北方約十二公里一處私人農場的蓄水池中，發現了兩具人類遺體。該片私人土地目前已被認定為犯罪現場，請各界媒體不要試圖進入。我們並未在初步搜索中發現其他遺體，但這必須經過更廣泛的系統性搜查才能確定。再次重複，目前沒有證據顯示該處還有更多遺體，這點與部分媒體文章內的臆測相反。遺體的腐化程度嚴重，我們相信它們已經位於該處好一段時間了。我們目前並未擁有肯定的身分證明，而辨識死者身分的過程可能會花上幾天，甚至幾週的時間。警方非常重視此案調查，但由於調查程序才剛展開，目前都還在現場蒐證階段。不過我們此時已經建立起多項線索，將會全力追查到底。有問題嗎？」

道格．桑寇頓低沉有力的嗓音響徹全場，壓過其他對手顯得次要的問題。「你把那片私人土地描述成了犯罪現場，請問你們為什麼能夠這麼肯定那些遺體不是因為一般因素而出現在那裡，像是溺斃，或者是原住民的遺骸？」

「是的，我們有非常明確的理由相信該處曾經發生過犯罪行為。我不能說明細節，但是已經有充分證據顯示這是一樁凶殺案件。除此之外，這些遺體存在的時間沒有那麼久遠，我們已經發現了部分衣物，或是服飾與個人財物的殘留物。我們正在利用這些衣物協助辨識死者身分，但就如我剛才所說，這可能要花上一點時間。」

另一個聲音發問，是一名跟道格打對台的金髮女子。「發現屍體的是誰？」

「地主。野火在本週稍早燒掉了他的住家和其他部分建築體，他是在確認毀損程度的時候發現屍體。報紙上說發現遺體的另有其人，資訊並不正確。」

馬汀身後傳來一聲細微的得意竊笑。

「地主本人受到逮捕了嗎？」

「沒有。」

「他是嫌疑犯嗎？」

「不是。他目前正在協助調查，僅此而已。同樣地，媒體對於他的揣測並沒有事實根據，也不是由警方提供的消息。」

又一陣竊笑。

道格．桑寇頓再次提問：「請問督察，也有報紙揣測拜倫．史衛福特牧師與最新的兩具遺體謀殺案有關。請問你們有任何能夠支持這項揣測的證據嗎？」

「目前沒有。謝謝你提問。目前沒有充分證據顯示他與這些案件有關，如果任何人能提出這兩起悲劇彼此關聯的證明，我們會非常樂意洗耳恭聽。」

又一陣竊笑。光是聽到其他人繼續發問，馬汀就覺得自己的怒氣不斷上升。

「遺體在蓄水池裡的時間是否超過一年？」

「我們沒辦法確定，但是有可能。」

「這些遺體有沒有可能如某些報紙文章中所說，其實是一年多前在天鵝山市受到綁架的兩名德國背包客呢？」

「有可能，但也僅是可能。」

又是一陣竊笑。

馬汀受夠了。「請問督察，為什麼警方沒辦法獨自偵查這次的犯罪案件？」

「我不太懂你的問題。警方自信能以最迅速的調查偵破這起案件。」

「那為什麼ＡＳＩＯ還會參與調查，請問他們是以什麼身分介入？」

這次笑聲沒了。

警探被問得措手不及。「呃，是的，我無權……我不確定這有什麼關聯……啊，是的：我今天在此是代表新南威爾斯州警方回答提問，如此而已。」

這次換馬汀笑了。他轉頭去看，但沒看到那個情報員。抽到一半的菸頭躺在地上冒煙。

＊　＊　＊

「剛才那真他媽帥爆了！」赫伯．沃克小隊長激動地說。「你把他拖下水的時候，真的應該看一看他臉上那個表情。丟了菸就跑了。」他想著記憶中的畫面大笑，拍著自己的肚皮以示強調。「我們現在是全面禁火，那時候真應該把他當現行犯抓起來。」這位貝林頓警局的小隊長剛才看到馬汀徒步離開俱樂部，於是載了他一程。

馬汀露出微笑。「所以他真的是ＡＳＩＯ來的？」

「他媽的當然，那個自以為優越的小人。」

「他叫什麼名字？」

「高芬，傑克．高芬。」

「他到底在這裡幹嘛？」

「我怎麼知道。就我所知，他什麼都沒做，就只是在問話的時候坐在旁邊，監視我們做了什麼，但是沒有任何補充，也沒給建議，就只是坐在那邊，像是要幫我們打分數。蒙特斐爾一定知道更多，但是不跟我說。」沃克把他那輛四輪傳動車開進商務飯店後面的巷子裡，前進到巷子的一半才停下來，避開可能的耳目。他從上衣口袋裡撈出一包香菸，點燃其中一根。他放任引擎持續運轉，讓空調不斷湧出，即便是在打開窗戶將煙霧吐進熱氣中時也一樣。

馬汀覺得自己走運了。沃克正處在某種舒暢健談的情緒裡，顯然很高興馬汀把ASIO情報員的事情抖出來。馬汀等這位胖警察又深吸了一口菸，才繼續問下去：「所以，哈利．史納屈那邊到底怎麼回事？你們要起訴他了嗎？」

「還沒，但他還在我們的名單上。路奇想要把他關起來逼一下，但是蒙特斐爾想再給他幾條絲，引他作繭自縛，他說『慢慢抓，比較快』。」

「你覺得呢？」

「我？如果他完全沒有涉案的話我才覺得奇怪。我們先講好了，剛才這些話都不能說是我講的。」

「當然不會。」

「馬汀啊，你明天打算怎麼寫？找到新的角度了嗎？」

「我們會照慣例整理出記者會和其他資訊之類的東西，不過我同時還會寫一篇專題講拜倫．史衛福特，和他模糊不清的過去——不管那到底是不是他真正的名字。」

「真的嗎？」沃克說。「真的越來越精采了。你知道哪些了？」

「坦白說，赫伯，大部分資訊都是你給的，就是之前碰面時跟我說的那些，關於他以前其實沒進過教會、懷疑他曾經是軍人、墓碑上的銘文等等，還有暗示真的拜倫．史衛福特已經因為海洛因過量而死在柬埔寨。你覺得這些夠寫了嗎？」

沃克思考著，深吸了一大口菸。「可以，但就是記得不要扯到我。然後盡量再丟一些擾人視聽的東西進去，把消息來源寫成是ＡＳＩＯ之類的——那樣肯定會把池子越攪越亂。」

「也許吧。還是我暗示他可能受到某人保護，扯出槍擊案之前警方試圖調查他卻失敗那件事？」

「很好，就是這個，之前那個沒骨氣的王八德佛一開始就應該要寫成這樣，直接去捅馬蜂窩。但是拜託，馬汀，真的，不要把我扯進去，不要提到任何會追溯到我這邊的東西，好嗎？」

「當然。不過我對一件事很有興趣，也許你可以幫我個忙。」

「什麼事？」

「槍擊案當天的情況。我跟一些人聊過，他們說那天早上在教堂時，史衛福特看起來一切正常，還在外面和人聊天，沒有任何不尋常。但後來他進了教堂裡面十幾分鐘，出來就變了一個人，開始到處掃射，我覺得這聽起來非常不合邏輯。」

「這還用你說嗎，他就是個瘋子，那天早上發生的每件事都不合邏輯。」

「嗯，但是他在那十分鐘裡發生了什麼事？就我所能查到的，當時教堂裡面應該只有他一個人。」

「所以呢？你到底想說什麼？」

「我在猜，也許他跟某個人通了電話，然後那通電話催化了槍擊事件。這是你們後續會調查的嗎？」

「如果不是的話我會很訝異。某種程度上來說，這是那種沒有疑點的案子——大白天的，他在目擊者面前開槍殺了五個人，然後被小羅比擊斃——說真的裡面沒有太多東西可以查。但是另一方面，我們都很想知道他為什麼那樣做。社會對這件案子有很高的興趣，再加上還有政治人物給的壓力，他們一直小心不讓自己在這種地方被發現沒穿褲子。我會再告訴你我怎麼做，我會去查查看能夠找到什麼。蒙特斐爾把所有檔案資料都抓在自己手上。」

「為什麼？他覺得跟蓄水池的遺體有關聯嗎？」

「對，我們所有人都這麼覺得，或者有在懷疑。但至少，我們知道不稍微信一下的話就是笨蛋。那兩個女孩在槍擊案前幾天失蹤，最後卻被發現死在旱溪鎮外的蓄水池裡，也許真的是巧合，但是沒去調查可能的關聯性的話肯定是神經錯亂。」

「所以確定是德國背包客了？」

「嗯，應該不用懷疑了。遺體本身就只剩下骨頭而已，不過我們找到了一點衣服和她們的個人物品。遺體還是得經過正式鑑定，牙齒、ＤＮＡ那類的，還有讓家屬指認才算數，但每個人都知道是她們。」

「死因是什麼？」

「頭部中彈。我們會搜索蓄水池找子彈，如果子彈可以連到史衛福特或是史納屈的槍，那就算破關了。」

「了解。但除了時間是在史衛福特發瘋前一週，而且地點距離旱溪鎮很近之外——除此之外，史衛福特和背包客謀殺案之間就沒有任何具體或有明確證據的連結了，對嗎？」

「沒有明確連結，這是確定的，但我們有新的資訊。」

「可以讓我知道嗎？」

「讓我想一下。」沃克抽著菸，仔細地盯著香菸，然後又抽了一大口，順手將菸捻熄在車門外側的門板上，蒂頭則丟在巷子裡。他把最後一口煙霧吐出窗外，接著關上窗。「好吧，你可以寫，但是要假裝是你自己找到的，不要用警方資訊那種狗屁藉口。灌叢荒原裡住了一個上了年紀的老傻瓜，認出史衛福特以前會跑到那裡打獵，抓兔子之類的，離屍體被遺棄的地方不遠。他叫威廉．哈瑞斯，大家都叫他怪老頭哈瑞斯。」

「這就是你說的新資訊？」

「對。」

「怎麼會沒在教堂槍擊案之後發現這件事？」

「好問題。就像我跟你說的，史衛福特還活著的時候受到某些人保護——這些人也想在他死後繼續保護他。總之，我得走了，要把你放在哪裡？」

「在書店，綠洲，你知道嗎？」

「當然。是要在那裡辦什麼事嗎？」

「咖啡好喝。」

「噢，是因為還有那個單身辣媽吧？她要貼上來蹭一下我也不太會介意。」

馬汀沒回話，一會之後赫伯．沃克就在書店外放他下車了。「保重啦，馬汀。我會去查電話紀錄。記得，不要提到我。需要什麼再打來。」

「當然。赫伯，謝謝你幫忙，真的謝謝。」

「不用客氣，兄弟。蜂窩捅用力一點啊。」

馬汀跳出四輪傳動車，看著沃克繼續開往公路和貝林頓的方向。他轉身走上書店外的人行道，思考著為什麼哈瑞斯的事會現在才傳到調查小組耳裡，還有為什麼羅比．豪斯瓊斯要壓住這個消息。他也是沃克陰謀論裡說的那種人嗎？試圖保護拜倫．史衛福特，掩蓋他的行跡？

馬汀想到達西．德佛。自從他們一起進入《晨鋒報》成為培訓學員，兩人就一直是競爭對手了。他們就像油和水：達西穿訂製西裝，馬汀穿牛仔褲；達西大筆花錢沉浸在高級餐廳和更高級的酒水之中，而馬汀靠外帶食物過活；達西和上流人士交際、討好管理層的人，馬汀則是竭盡所能地避開他們。他們兩人之間的關係充滿競爭、尊重和表面的友好，甚至當同期的其他人已經鬆懈下來，紛紛跌入辦公室垂簾聽政，或是受薪水和適合維持家庭的工作時間誘惑，被吸引至公關部門時，他們仍沒有改變。他們兩個同時在業界闖出名號：「文字大師」德佛與「新聞獵犬」史卡斯頓。德佛曾在倫敦喝著葡萄酒的某個晚上大聲宣布，世界上有兩種記者：「前鋒戰線型和莊園城堡型」。至於他認為誰是誰，根本也無需明說了。

但德佛一直都是好記者，馬汀不相信他會刻意掩蓋沃克對於史衛福特受到強權人士保護的指控，真要說的話，其實更像是他選擇把這則訊息保留至日後再寫，試圖先動用他在州議會的上流關係，尋找更確定的證據。這又是他們的另一個差異：達西擅長打持久仗，他會把故事、線索和聯絡管道一一儲存起來，只為了在幾週甚至幾個月後全部整合，來一次盛大揭曉；馬汀則比較像是一頭臨門公牛，總是渴望趕快刊出文章，然後繼續處理下一篇報導。也許是因為德佛一直沒辦法證明這些指控？不過現在大家又把焦點放在那則新聞上了，也許他還是會這麼做。也許，他早已把手裡的公司簽帳卡布署在雪梨的高級餐廳裡，一邊蒐集資訊，隨時準備用另一篇頭版頭搶下馬汀手上這篇旱溪鎮週年側寫的舞臺。馬汀覺得他不是不可能這麼做。

書店已經開門了，但空空如也。馬汀走過書架，推開後方的彈簧門，把頭探進去。「哈囉？」他大喊。

「在後面。」蔓蒂回話。

他在廚房旁邊的浴室裡找到她，正在幫兒子洗澡。「嗨，你好。」她說。

「嗨。」

「我可以再借你辦公室工作嗎？警察開了一場臨時記者會，我得把稿子發出去。」

她吸了一口氣才回答。「可以啊，如果你沒其他選擇的話。」同意是同意了，但聲音裡帶著勉強。

「謝了，蔓蒂，晚點再找你聊聊，可以嗎？」

「先不要。馬汀，今天晚上不行。」她跪在澡盆旁邊，背對著他，手裡抱著小男孩。

「你還好嗎？」

「當然，怎麼會不好呢？但今天事情太多，我已經累癱了。」

「有什麼我可以做的嗎？」

「說實話。」

「這是什麼意思？」

「拜倫。他沒有殺那兩個女孩子。」

「這你沒辦法確定。」

「你才沒辦法確定是他。」

馬汀不曉得要說什麼。他可以聽出她聲音裡的銳角，來自於已經壓抑下來的怒意。「也許我應該回汽車旅館工作。」

「對，也許就該這樣。」

12・寓言故事

星期天早晨，馬汀・史卡斯頓在海伊路的寧靜中走著，心中感到極為明確的不安。他朝雜貨店的方向前進，經過商務飯店空殼外那座站哨守夜的士兵雕像。他完全感覺不到前一天早上那樣的生氣盎然或自信，當時他的報導看起來還那麼理所當然，而他的切入角度也還那麼清晰透徹。他這次不是走在大馬路上，而是轉而擁抱商店遮陽篷下的陰影，任疑惑騷擾不去。兩名背包客死了，死了整整一年，被哈利・史納屈在自家農場的蓄水池裡發現。鎮上的牧師，拜倫・史衛福特，還有他的五名受害人也都死了，死在十二個月前，已然下葬。除此之外的一切都難以捉摸。沒有人能夠明確說出為什麼史衛福特要槍殺奎格・蘭德斯和他貝林頓釣魚俱樂部的朋友們，沒人知道殺了兩名德國背包客的凶手是誰、動機為何，同時也沒人知道這兩起死亡案件之間到底有沒有關聯。八個人被槍殺身亡，連解釋都沒有。或者就算真的能解釋得通，除了他在頭版頭裡寫的那樣之外，他也想不出其他可能性。也許他不該獨自去解這場謎，而是要多注意那些比他擁有更多資訊的人。

他知道自己能遇上羅比・豪斯瓊斯和赫伯・沃克也算是走了運，這兩個人都因著信任而把不應該告訴記者的消息給了他。馬汀很看重這一點。羅比之所以信任他，是因為他們兩人建立起了某種默契；馬汀起先救了杰米・蘭德斯，後來又和羅比一起從泉田大火中死裡逃生。除此之外，也許還有別的原因。羅比和拜倫・史衛福特曾經是朋友，這些日子以來，他一定反覆說服自己接受他在教堂的階梯上開槍殺死拜倫這個事實，同時腦中又百思不得其解為什麼這個朋友會突然變得如此凶殘。而且就在幾個星期前，赫伯．沃克又告訴他，史衛福特的身分也許是冒充的。沃克說，這個懷疑完全讓年輕的警察慌了陣腳。

這些心情羅比會向誰傾訴？他要從誰那裡得到慰藉和支持呢？絕對不是沃克，這點倒是非常清楚。孤獨一人在這樣的小鎮裡，背負這那樣的重擔，他怎麼受得了？就馬汀所知，他沒有情人伴侶、沒有親密的朋友，是完完全全的獨行俠。也許羅比在馬汀身上看到了同類人的特質。或者，也許他希望馬汀能夠找出史衛福特的動機，並確定他的真實身分。馬汀想知道這名年輕的警察會如何看待今天早上的報紙，如何看待他為那位沒有過去的牧師所寫的專題報導。

馬汀走到雜貨店時，雖然過九點好一陣子了，店卻還沒開。馬汀看了營業時間：週一到週六，八點；週日，九點三十。好吧。他在陰影裡的長椅坐下，開始等待。

赫伯．沃克的動機就似乎比較容易理解。一年以前，他是掌握所有案件的老大，是這座小池塘裡的大魚。但是當他開始查拜倫．史衛福特可能性侵兒童的指控時，卻被更大池塘裡更大尾的魚插手干擾了，在聖雅各教堂大屠殺後他甚至被降級成為調查團隊的助手。於是他把資訊透露給了達西．德佛，確保兒童性侵的指控暴露在輿論之中。好樣的。不過他沒有停在這裡，他開始深入挖掘史衛福特的過去，於是發現他根本不是真的拜倫．史衛福特，但又在提議把牧師開棺驗屍時碰壁。而現在類似的情況正在重演。沃克對雪梨凶案組的警探們幾乎沒什麼能抱怨的，畢竟，他也就是個鄉下警察。但那個ＡＳＩＯ情報員傑克．高芬的出現，肯定讓他心裡惴惴不安，尤其是高芬對沃克三緘其口，完全不告訴沃克自己來這裡幹嘛，卻又在他的管區裡湊著鼻子嗅來嗅去。沃克是為了保護自己的領地，這也解釋了為什麼他願意對馬汀開口。

這讓馬汀的念頭轉到傑克．高芬。ＡＳＩＯ的人到底來這裡做什麼？沃克也沒有頭緒。照這位貝林頓老鳥警察所說，高芬並沒在積極調查，純粹只是監視警方的行動。馬汀很想知道高芬和蒙特斐爾處得怎樣，他們會在夜裡對坐，比較著彼此的筆記和作戰模擬策略，還是蒙特斐爾會像沃克那樣，對高芬充滿埋怨。也許蒙特斐爾會願意開口談談，就算不提調查，或許也能講講那個ＡＳＩＯ的人。或者有沒有可能，真的是警方要求ＡＳＩＯ提供協助呢？似乎不太可能；政府的情報員對凶殺調查其實也幫不上什麼忙，至少這件案子沒辦法。不管怎樣，高芬兩天前來到旱溪鎮，跟凶案組搭直升機過來是同一天。最有可能的情況是，他跟他們一起飛過來；馬汀想起在黑狗的停車場第一次遇見他時，他鞋子上的泥土和衣服上的炭灰，在在暗示著他曾和蒙特斐爾、路奇、沃克還有法醫一起去過泉田的現場。

但是，為什麼呢？那兩個死掉的背包客，一個十九，一個二十，都是中產階級的德國學生，她們就跟其他那麼多年輕的外國孩子一樣，正在環遊澳洲的旅途上，來到墨瑞河區是為了應徵季節性的水果採集工。從她們的身家背景或是身亡案件中，完全找不到任何一絲可能對澳洲造成國家安全威脅的跡象。除此之外，如果高芬和蒙特斐爾的團隊一起搭機過來，當時死者的身分根本還沒獲得確認。所以可能的結論只有：高芬來到旱溪鎮，是為了預防蓄水池裡的遺體被以某種方式連結至拜倫・史衛福特在聖雅各教堂的發狂事件。但是怎麼連呢？教堂凶殺案和蓄水池遺體之間怎麼會有關聯？難道史衛福特先殺了那兩名背包客，然後又跑到教堂前面大開殺戒嗎？聖雅各教堂那場大屠殺又和國家安全有什麼關聯？有個煩人的念頭冒了出來：高芬來這裡是為了要找出更多關於牧師和那場殺人狂歡節的新資訊，還是為了壓下那些消息？沃克在想的就是這件事嗎？

馬汀奔騰的思緒在芙蘭・蘭德斯抵達時被打斷。她熟練地停好那輛紅色旅行車，對準人行道的邊緣弧度迅速倒退，並在只剩幾公釐的距離時剎住。她下車，對馬汀皺了眉，便走到車後拿從貝林頓載來的牛奶、報紙和麵包。

馬汀起身。「早啊，芙蘭。需要幫忙嗎？」

「不用，馬汀，你做的已經夠多了。」

「怎麼說？」

「我不只是會賣報紙，也會讀。」

他寫的神祕牧師專題。靠。他走下人行道，站在她旁邊。「芙蘭，對不起，但這是我的工作。我的職責就是告訴大家發生了什麼事。如果你覺得那篇文章裡有任何錯誤，請告訴我。我想做的就只是這樣而已：告訴大家事情的發生經過。」這些話在他自己聽起來，也都過於奉承而且虛偽。

她帶著敵意回答：「即使會傷害到本來就已經受重傷的人，你還是會這麼做嗎？」

「芙蘭，你知道不是這樣的。我找到了拜倫．史衛福特假冒身分的證據，其實是某個退伍士兵假冒自己是史衛福特。我問你這件事，記得嗎？你應該能夠理解我不可能什麼都不說，對吧？這是很大的新聞——人們有知道的權利。」

「如果這則新聞這麼重要，為什麼你要花那麼大力氣去查他的感情事？」

「因為那能讓讀者知道他的為人。當然，我寫了他和某個有夫之婦偷情，但也就點到為止而已，而且是在文章內容的後半部，編輯還想拉到最前面。我本來可以說出你的名字，但我沒說。」

她厭惡地看著他。「還真是謝謝你喔。可你還是一樣在重複他是戀童癖什麼什麼的屁話，根本就是垃圾。」

「對，就是垃圾，不是嗎？那件事情早就已經公開了，我相信你一定記得我們報社一年前對這件事做了多大文章。而且警方跟我說過，有幾個男孩——就是早溪鎮鎮上的男孩子——已經向他們證實了那個指控。」

「什麼警方？你說那個忙著騷擾拜倫，根本沒心去找那幾個可憐女孩的胖警察嗎？」

「你在說什麼？」

「我說貝林頓的沃克小隊長。」

「對，我知道你在說誰，但是為什麼要提到那兩個女孩子？她們的遺體是現在才被發現，他在一年前根本不可能知道她們的事啊。你到底在說什麼？」

芙蘭看了他一會，神情明顯疑惑。「你都不讀自己的報導的嗎？」

「什麼意思？」這次換馬汀一臉問號。

芙蘭傾身探進後車廂，拉出一份報紙，《週日世紀報》，遞給馬汀。頭條標題橫過整個頭版，令人絕對無法錯過：〈警方忽視謀殺事件密報〉。文章旁配了一張彩色照片，兩個漂亮的女孩子坐在咖啡桌旁，帶著大大的笑容朝相機舉杯。是那兩個德國背包客。看到署名欄時，他覺得內臟都要翻出來了。**資深警政記者貝瑟妮．葛萊斯與旱溪鎮的馬汀．史卡斯頓聯合報導**。媽的。這一次，「獨家」的紅色戳記所激起的是驚慌沮喪，而不是驕傲自豪。

新南威爾斯警方在兩名德國背包客失蹤後收到報案，指稱這兩名年輕女性已遭到殺害，並棄置於里弗來納區域某農場蓄水池中，但新南威爾斯警方卻選擇漠視以對。

犯罪防治熱線收到這則匿名通報後，便已轉告墨瑞河區域貝林頓鎮的當地警方，但該警局卻從來未對蓄水池進行搜索。

與犯罪防治中心關係密切的知情人士表示，中心接獲這則密報時德國背包客海蒂．舒梅克勒和安娜．布溫已失蹤三天，兩人最後一次受人目擊是於天鵝山市進入一輛藍色轎車。同時，接獲密報的兩天後便發生了旱溪鎮拜倫．史衛福特牧師的瘋狂屠殺事件，五名當地居民遭槍擊喪命。

貝林頓鎮警官赫伯．喬瑟夫．沃克拒絕對此事發表意見……

後面還有，長長一篇，但馬汀完全沒辦法靜下心去讀。**赫伯．喬瑟夫．沃克**。簡直狗屎撞上磚。文章裡會用上那位警察的全名不是編輯的失誤；這種指名道姓的方式通常是用在出庭罪犯身上，貝瑟妮故意用這種格式，就是因為她知道這一點。沃克應該也知道這是什麼意思。

馬汀轉向芙蘭．蘭德斯，後者剛才一直饒富興味地看著他的反應。「芙蘭，我可以借用你的手機嗎？這很重要。」

也許是因為感覺到他的焦急，芙蘭點了頭，她從車子的發動鎖上拿下鑰匙，打開雜貨店的大門。馬汀衝向櫃檯，拿起電話。

「謝謝你的幫忙啊。」芙蘭一邊說著，一邊把報紙搬進店裡，在雜誌架前一塊比較低矮平坦的位置攤開放好。馬汀忽略她諷刺的語氣。他拿出筆記本，撥到沃克的辦公室，但電話轉進答錄機。

「赫伯，我是馬汀．史卡斯頓。我真的很抱歉今天報紙的文章內容變成這樣，真的。我事先根本不曉得。決定那樣做的人是我同事，貝瑟妮．葛萊斯，她是從雪梨那邊拿到的消息。我會再打手機給你，希望你能接到。」

「靠。靠，靠，靠。」他一邊撥著那組手機號碼，一邊喃喃自語。

電話直接進入語音信箱。馬汀被迫再次留下那段尷尬的否認。

「靠。」他對自己說著，然後掛上電話。他轉向芙蘭，她正把車上另一批貨拖進店裡。「芙蘭，謝謝你的電話。我得走了。晚點找你。我會想辦法補償你，之類的。我保證。」

「嗯啊，當然。」她說，此時他已經衝過她旁邊，奔向店外。

當馬汀推開綠洲店門時，道格．桑寇頓和他的攝影團隊全都攤在老舊扶手椅上喝咖啡、讀報紙。其中一名攝影師把連恩抱出嬰兒圍欄放在膝蓋上，一邊上下抖腳逗他玩，一邊做出各種愚蠢的表情，引得小男孩高興地咯咯笑。

「看看誰來了，」道格熱情地說。「我們的當紅炸子雞。」

「嗨，道格，」馬汀回答的語氣冷漠。「你們的報紙哪裡拿的？」

「貝林頓。我們住在河畔水療渡假村，游泳池、酒吧、無線網路、手機訊號。那裡有幾間餐廳還算可以，你應該換到那邊住的，開車只要四十分鐘。」

「謝謝建議，我考慮看看。蔓蒂在嗎？這間店的老闆。」

「在後面。在烤吐司。你剛好錯過警察了，他們剛才來買咖啡。」

「媽的，他們有說什麼嗎？又被臨時攔下來訪問嗎？」

「沒，沒說什麼，不過對你的文章沒什麼好印象就是了。」

「我想也是。」

「哎呀，管他們去死。」道格口氣隨意，充分流露新聞工作者的團結心。「我們又不是來幫他們忙的。這是頭條新聞，真希望當初是我拿到，我的人一定躍躍欲試。」

「嗯，我想也是。沃克有說什麼嗎？」

「那個貝林頓的警察嗎？沒有。我問他能不能受訪，你也知道，就給個機會讓他解釋一下自己的立場，但他就只是看著我像在看大便。這都老套了：警察想要宣傳的時候就塞消息給我們，但要是他們搞砸了，馬上翻臉不認人。」

「一直都是這樣。」馬汀說著，考慮自己是該等蔓蒂出來，還是要直接到店後面找她。

「那個，馬汀，」道格說。「你有時間讓我們訪一下嗎？現在所有新聞都被你的報導推著跑，我們可以在今天還沒太多事情的時候趕快把訪問搞定。」

馬汀現在最不需要的，就是被人看到在電視上對著貝瑟妮的獨家新聞沾沾自喜；沒什麼會比那畫面更令沃克生氣了。「晚一點吧，道格，我還要確定幾件事，今天傍晚也許會再有其他進度。」

「真的假的？」道格說，他的新聞雷達大響。「你還有更多消息可以報？」

「我們的消息永遠源源不絕。」馬汀話一出口就對那自以為是的語氣感到後悔。每次遇到電視臺來的傢伙自己的脾氣就控制不住，到底怎麼了？

這時蔓蒂端著好幾個裝了烤三明治的棕色紙袋從店後方鑽出，成了這尷尬場面的救星。道格．桑寇頓付錢，確定蔓蒂給了收據之後，便把袋子分給團隊其他成員。攝影師動作溫柔地讓連恩回到圍欄裡。

「我們得先走了，」道格說。「很多事情要做，我們自己也找到幾條大的線索要去追，晚點見。」

電視臺的團隊離開了，留下馬汀和蔓蒂和整間書店的沉默。

「早上這麼忙。」馬汀說。

「滿忙的。」蔓蒂說。「賣了很多咖啡。」她的態度疏離，沒有笑容，但至少看起來，過去幾天那種不發一語的憤怒已經散去。也許她已經接受了事實，知道他對於要不要報這則新聞實在沒什麼選擇。

「你有很多留言。你在雪梨的記者同事，貝瑟妮，至少留了五六次。」

「今天早上？」

「昨天下午跟晚上。她沒找到你嗎？」

「沒有。她打來應該就是要跟我說今天的文章。」

「嗯，我看到了，那個瘦瘦的電視記者給我看的。那個胖警察也留了紙條要給你，他們剛才到店裡買咖啡。在這裡。」她給了馬汀一張摺起來的紙。

馬汀接過紙條打開，讀了上面寫的訊息：**我也去你媽的，好兄弟。**

「壞事嗎？」蔓蒂問。

「壞事。」他把紙條給她看，激起她些許微笑。

「我大概沒辦法說得更貼切了。」她說。

「嗯，真的是謝謝。」

「你在報紙上的文章——全寫錯了。」

「你說沃克嗎？那不是我寫的，都是貝瑟妮的傑作。」

「不是那篇。」

「那是說史衛福特的專題？哪部分錯了？他真的就是一個沒有過去的人。至於兒童性侵那部分的指控早就是公開消息，警方也確認過。」

「不是，不是指那個。」蔓蒂平靜地看著他，不帶任何怨恨。

「那是哪部分？」

「你們全都一口咬定他殺了那幾個女孩子，那兩個背包客。」

「那是警方的論點，文章裡有寫，他們說他以前會去灌叢荒原打獵。」

「對，這一點是事實。」

「你知道這件事？」

書店裡一片沉默。只有聽到櫃檯上的流水裝置滴滴答答，天花板吊扇緩慢運轉。蔓蒂看著馬汀，等著他說話。

「蔓蒂，告訴我吧。」

「馬汀，拜倫沒有殺那些女孩。」

「你昨天也這麼說，但是你怎麼能確定？」

「我查過了。她們在天鵝山市被綁的那個晚上，他人在這裡，跟我在一起。整個晚上都在。」

「拜託，你和拜倫．史衛福特？」馬汀的腦袋開始高速運轉、重新校準，吸納這意外的資訊。「你確定嗎？我是指時間的部分？」

「確定，我把時間寫下來了。我有寫日記的習慣。抱歉。」

「抱歉？為什麼抱歉？」

「你的文章。很抱歉你這次又出錯了。」

當然了，她是對的。馬汀前一天幾乎就要定哈利．史納屈的罪了，今天的他則繼續跟拜倫．史衛福特失之交臂。但他此時關心的是她，而不是自己正確性堪慮的文章。他往前走了幾步，為填補兩人之間的鴻溝而搭起橋梁；他把手放在她的肩上，心裡一部分也覺得她會把他推開。但相反地，蔓蒂朝他走近，讓他將自己抱進懷裡。一瞬間，彷彿什麼都不重要了。但也就一瞬間而已。

「你應該知道，我們不能壓著這個消息吧？」他說。

她點點頭。「你要把事情寫出來嗎？」

「我必須寫。但是在那之前，我們得先告訴警察。他們現在的調查方向認為拜倫．史衛福特涉入這起殺人案。」

「你說得對。但是我應該不用把日記給他們看吧，要嗎？」

「應該要。你不願意？日記裡有什麼你不想讓他們讀的嗎？」

「當然有。」

「是違法的事嗎？」

「不是，只是私事。」

「這牽涉到八條人命，他們會想看你的日記。」

討論突然被打斷——兩名記者和一名平面攝影師衝進店裡，要求買咖啡。馬汀問蔓蒂能不能借用電話，她點頭表示同意後便開始沖咖啡，而他則向店後方的辦公室走去。他打給貝瑟妮的手機，她在鈴響第三聲時響起。

「喂？馬汀嗎？」

「對，是我。」

「你看到報導了嗎？我昨天下午跟晚上一直在找你，你收到我的留言了嗎？」

「沒有，我沒收到。是我的問題，雖然我真的很希望能事先知道。」

貝瑟妮停了一下才回答：「馬汀，對不起——我是說，如果那個警察是你的情報來源的話。但最後決定的人是麥斯，他說我們不能壓著不寫。」

「了解。我應該要去查看留言的。」

「你還是住在黑狗吧？」

「對，不過我那時候應該是出去散步了。」

「最好是啦，你找到了更有趣的事情了，對不對？」她笑了起來。「又是那個墨爾本來的可愛平面攝影師嗎？」

「嗯，是就好了。聽著，我們遇到了幾個問題。根據我剛剛才知道的新訊息，拜倫．史衛福特在背包客命案裡的涉案嫌疑看起來是可以直接排除了，或至少能消除掉他參與綁架的可能性。」

「靠，警察跟你說的嗎？他們還願意給你消息？」

「不，不是警察說的。但我得把這件事告訴他們。」

「所以問題在哪裡？」

「就是那個再顯眼不過的小問題：我今天早上的文章一直在暗示史衛福特可能殺了那兩個女孩。」

「這怎麼會是問題呢？那個人都死了，也不可能爬出來告我們，再說，他的確奪走了五條人命。等你把消息跟警察說，我們明天就又有材料可以寫了。」貝瑟妮模仿起新聞主播說話的方式。「《晨鋒報》再次領先業界，在里弗來納地區德國背包客雙命案的調查中，為警方提供了關鍵的新線索。」她又換回本來的聲音。「總之，你今天晚一點再跟他們說，可以嗎？警方現在討厭我們討厭得要死，我不想要他們把這件事拱手送給其他報社。」

馬汀忍不住笑起來。「哎，說得對。我只是不喜歡出錯，只是這樣。麥斯也是，你也知道他有多要求準確。」

「嗯，關於這一點，我有好消息也有壞消息要告訴你。」

「聽起來這麼可怕。怎麼了？」

「這樣說好了：對我們有利的事情是，研究人員一直在幫我們挖資料。我們跟一個在柬埔寨認識拜倫．史衛福特本尊的人談過，對方說他們兩個是不同人。你在報導裡說他是沒有過去的男人，這點完全正確，這也是我昨天晚上一直試圖找你的原因之一。不知道你有沒有發現，我們在你的專題裡又多加了幾個基礎，讓整篇論點更穩固一點。」

「謝謝告知，真心感謝。所以壞消息是什麼？」

「研究人員沒有找到任何關於哈利．詹姆士．史納屈因強暴罪名被起訴、判刑、逮捕或調查的紀錄，至少過去三十年內沒有。沒有法庭紀錄，舊的報紙檔案裡也沒有報導。事實上，他沒有任何被定罪的紀錄，在新南威爾斯或維多利亞都沒有。我們正在查昆士蘭跟南澳。」

「天啊，他們確定嗎？他身上還有監獄刺青耶。雖然警察還沒起訴他，但我們現在在某個程度上已經指控他謀殺那兩個女孩了，而且還說他是強暴疑犯。麥斯知道這件事嗎？」

「嗯，他已經在抓牆壁了，你不會想要跟他說話的。」

「但我之前告訴麥斯，史納屈否認自己被判過刑。」

「真的嗎？你確定？麥斯跟我們說，史納屈否認的是犯下強暴，而不是否認被判刑。」

「什麼？」

「我很確定。他說我們可以朝這方面寫沒有問題，只要記得寫是『據傳』就好，直到我們真的能確定是強暴罪，而不是性騷擾或其他什麼的。」貝瑟妮停了一下才又繼續說。「聽起來像是你們彼此誤會了。」

馬汀覺得整個人被掏空。現在的情況看起來，他不只是沒查證好自己手上的事實，甚至還把麥斯拖下水。

「不管，算了。你先壓住他，可以嗎？反正史納屈揹著這些指控傳聞活了這麼多年，也沒採取什麼法律行動。媽的。然後你看能不能讓麥斯冷靜一點，不然下批稿子就要來了；看到我們澄清拜倫．史衛福特其實跟背包客案無關，他肯定不會多高興。」

「讓我應付他吧，馬汀。只要《晨鋒報》的新聞還跑在前面，他會沒事的。」

「嗯，應該吧。」

「還有其他事嗎？」

「有，你那篇報導，關於犯罪防治中心的情報，我猜應該是你從雪梨警方得到的消息？」

「沒錯。毫無疑問就是在推卸責任，好確定接下來要揹黑鍋的是沃克，不是他們。」

「你知道那些人是誰嗎？」

「不知道。是透過警方公關轉過來的。」

「所以就是上層丟下來的命令？說要抹黑沃克？」

「有可能。但這件事就你跟我知道，好嗎？我沒辦法承擔惹到這些人的風險。」

「當然。」

「好。那麼從現在起，我們都要確定彼此都清楚對方的進度。」

「絕對，必須。我今天晚一點會主動和總部聯絡，沒有收訊這件事已經要搞死我了。」

「不用說，我懂。」

他們又講了一點時間，確定聯絡時間跟電話號碼，然後才掛斷。

回到店裡，記者正在付咖啡的錢。馬汀等他們都走了才開口。「你還好嗎？」他問蔓蒂。

「嗯，沒事。他們告訴我，警方今天都會待在旱溪鎮警局，找人過去問話。警察局外面已經有電視臺的人跟攝影師在站崗了。」

「警察要找哪些人？有人知道嗎？」

「嗯，說要找住在灌叢荒原的居民，想確認他們有沒有看到什麼。」她停頓了一下，咬著下唇。「我們能不能晚一點再去找警察？現在電視臺的人在那邊，我不想這時候過去。」

「當然。」馬汀回答。他感覺鬆了一口氣——他和貝瑟妮都想要讓她晚一點再被警察問話——但又隨即感到慚愧；現在蔓蒂需要幫忙，但他卻只想到自己。「如果警察的人晚一點還在，那我再過去問他們能不能到這裡來找你。我會說是因為你還要照顧連恩。」馬汀看著小男孩，男孩躺在地板上玩著自己的手，彷彿它們是玩具。還不到一歲。**拜託，蔓蒂和拜倫？**「蔓蒂，芙蘭知道你跟拜倫的事嗎？」

「對啊。」

「然後你也知道他跟芙蘭？」

「對啊。」

「天啊。」也許他應該把格局想大一點；不管專題了，這故事根本可以寫成書。多奇葩的鎮啊：要麼讓對方躺上床，要麼讓對方躺進太平間，難怪人口數直線下降。馬汀甩開這個念頭，覺得自己這樣想也是有問題。「我之前沒發現你跟拜倫．史衛福特有這麼……你知道的，這麼親密。我在今天的報導裡說他是退役軍人，而不是他宣稱的那個人，你覺得這可能是真的嗎？」

她點頭，說的時候看起來不是太高興：「嗯，我猜應該是吧。」

「你之前就知道？」

「不知道。我剛才的意思是，我猜他應該當過軍人。他身上有刺青。但是我完全不曉得假身分的事，我以為拜倫．史衛福特就是他的本名。你確定他不是叫那個名字？」

「滿確定的，我們確認過，真正的拜倫．史衛福特已經死在柬埔寨。」

「天啊。你覺得這和他為什麼會做那件事有關嗎？為什麼他要在教堂外面開槍殺死那些人？」

「我不知道，也許吧。」

兩個人沉默對立，迷失在各自的思緒中。馬汀想像蔓蒂被史衛福特迷得暈頭轉向，知道他和芙蘭．

蘭德斯有染的同時自己也跟他上床。現在蔓蒂知道他冒用了別人的身分，同時欺騙了她們兩個，她心裡怎麼看待史衛福特這個人？顯然，她還是很尊重他；她還願意為他說話，讓警方看她的日記，澄清史衛福特綁架背包客的嫌疑。她現在還愛他嗎？

「你感覺怎麼樣？」馬汀問。「對於他假冒身分這件事？」

她皺起眉頭、下唇顫抖，雙眼流露著痛苦。她搖搖頭，彷彿還不敢相信。她開口，只說：「不是很好。」

馬汀握住她的雙手，表示同情和支持。「相信我，我真的很想解開這個謎團，找出他對那些人開槍的原因。我記得第一天到旱溪鎮時你所說的那些話，你是對的：這會是非常有料的報導。你願意幫我嗎？」

她點頭，神情認真。「可以，只要我做得到。」

「那好，我們坐下吧，我想錄音。」

「好。你想在警察問我話之前先訪問，對嗎？」

馬汀想知道自己的動機是不是真的那麼明顯。「對。」

「你會把拜倫和我的事情寫出來嗎？還有拜倫和芙蘭？拜託不要。就算不看在我的份上，也看在連恩的份上。」

馬汀再次望向那個嬰兒。「蔓蒂，連恩的父親是拜倫嗎？」

她抬起頭，眼神和他對上，並無愧意。「是他。但是馬汀，拜託，不管怎樣，請你都不要寫到這件事。連恩不應該被烙上他父親的罪名。你先答應我這件事，我才幫你。」她臉上的神情極為真誠、話又懇切，於是馬汀答應了。他怎麼可能拒絕呢？

兩人的談話又被打斷。一名電視臺記者來買咖啡。蔓蒂替她沖了咖啡，便把休息的牌子掛上門，上鎖。「好了，我們繼續吧。」

馬汀左右為難。一部分的他想要保護蔓蒂，成為她和她兒子的後盾，另一部分的他卻想要對她詳細質問，搾出她所知道的一切，寫成故事，述說這位浪蕩牧師如何以愛橫切過整個里弗來納地帶，一路闖入所有寂寞芳心之中。只要加進性愛的元素再加以攪動，本來就與眾不同的故事將會提升到驚天動地的程度。年輕時的馬汀不會猶豫，他會把所有事情都寫進去：用上蔓蒂和芙蘭的本名，揭露連恩其實是拜倫・史衛福特的私生子。他還是可以這麼做；等那篇週年報導送印的時候，他早已離旱溪鎮不知多遠。他可以想見自己凱旋重返編輯室的情景，受同事欽慕，受編輯祝賀。他的事業將會回到正軌，他甚至可能獲得授獎、加薪。但代價是什麼呢？在情感上摧毀芙蘭・蘭德斯和蔓蒂・布朗德。地毯上的小男孩玩得興高采烈，雙眼閃閃發光，馬汀看著他，就知道自己不會那樣做。以前那個能讓麥斯・富勒隨手喚來寫下任何新聞的通訊記者已經不存在了。一去不返。世界上有些事要比困在後車廂裡更糟糕。

「怎麼了？」蔓蒂察覺得到他的不安。

馬汀搖了搖頭。「沒事，不重要。但是你聽我說，如果我要公開報導這件事，並且正確描述拜倫・史衛福特這個人——無論他到底是誰——我真的有可能完全避開他同時和兩名本地女性有情感關係這件事嗎？我已經寫了他和一位有夫之婦偷情，之後多少還是得提到這件事。我不會說出你和芙蘭的名字，也不會提到連恩的存在——我可以盡量混淆視聽，譬如把你寫成住在貝林頓之類的，但我真的想不到辦法完全繞過這件事不提。你覺得呢？」

出乎意料地，蔓蒂笑了。「沒關係，如果可以那樣處理的話，那你就應該把這件事寫進去。我完全同意。」

「真的？你確定？我以為你不想要我提到這件事？」

「我不想要你說出我們的名字，但你不應該漏掉這件事情。你還沒看出來嗎？這個人的性生活完全正常。他和我上床、和芙蘭上床，天曉得是不是還有其他人，你還覺得他有可能是戀童癖嗎？你聽過幾個兒童性侵犯能和女人有這麼多糾葛的？還能和成年的女人維持情感關係？我都快三十，芙蘭也四十幾了。」

馬汀對她回以笑容，他的兩難解決了。「了解，我會在文章裡提到這件事。」

「對，你也的確該這麼做。」

他們坐在靠近書店門口的扶手椅上。馬汀準備好錄音程式，把手機擺在其中一張矮桌的書堆上，然後拿起筆電；但認真說起來，他覺得蔓蒂可能已經把最重要的資訊說完了。蔓蒂從地上撈起連恩，讓他坐在大腿上，與其說是讓兒子舒服一點，其實更像是在安慰自己。

「蔓蒂，跟我說一點關於他的事。他是個怎樣的人？」

「很迷人。如果看好的那一面，他很有趣、體貼、有魅力，讓人想要跟他相處。」

「有魅力？這滿特別的。」她之前用過這個詞，羅比·豪斯瓊斯也是。

「對，但是有點不一樣。一個人魅力會讓你喜歡那個人，拜倫則會讓你喜歡你自己。這樣講會很奇怪嗎？你也知道，乾旱讓生活變得很難過，有他在鎮上，即使一週只來一兩天，都會讓我們愉快一點。他和羅比成立了青年活動中心，我記得這件事讓我媽有多振奮，她說這證明了這個世界上還有好人。」

馬汀在椅子上稍微動了一下。極富個人魅力的牧師和偉大的生平事蹟，在和這樣的人談了感情之後，蔓蒂還有可能看上一個充滿創傷的二流記者嗎？「你說這是他好的那一面，意思是他還有別的面向嗎？」

「我覺得有。說實話，他是個非常自我中心的人。這不是在說他自負，我的意思是，當你和他在一起的時候，你可以擁有他的全部，就像他整個宇宙都以你為中心，讓你覺得自己非常重要。但是當我不在他旁邊，我不覺得他會花任何心思在我身上。這是他最迷人的地方，也是他最大的弱點。他活在當下，至少在我看來是如此。」

「他曾經有任何暴力行為嗎？」

「沒有，對我不會。」

「對其他人？」

「有可能。」

「那是什麼意思？」

「他揍過奎格・蘭德斯。」

馬汀停下筆。「你說什麼？為什麼？」

「這你就得去問芙蘭了。」

「奎格發現他們的事嗎？他跑去質問他？」

「我不知道，問芙蘭吧。」

「所以他揍了他一頓？揍她老公？這件事對奎格的羞辱一定很深。」

「我想是吧。」

「聽起來很不像牧師該有的行為。」

「對。我記得拜倫對此感到懊悔，那件事情之後花了很多時間禱告，尋求原諒。」

「這滿有趣的，他在事後會禱告。所以他真的有信仰，不是演出來的？」

「噢，不是，他真的信，很虔誠。甚至不只是虔誠——而是全心敬畏。他時不時會停下來，閉上眼睛，低著頭，說幾句禱詞。對他來說是再自然不過的事。他從來不會對我傳教，他不是那種試圖改變別人宗教信仰的傳教者。他會說上帝會在適合的時機找到我，而沒有信仰的人生只算活了一半。他告訴我，上帝隨時都和他同在，無論他當下在做多重要或多不重要的事，祂都在，然後說這件事造就了現在的他，是他一切的重心。他就是這樣說的：他一切的重心。他有個刺青，在胸口的這個位置，一個十字受難像——就在他的胸口上。」

馬汀皺著眉。「他聽起來像是化身博士。前一分鐘是個全心敬畏的虔誠牧師，看顧著底下的羊群和鎮上孩子，然後下一分鐘就開始喝酒抽大麻，到處亂搞，還會拿槍東射西射。」

他話還沒說完，蔓蒂就已經在搖頭了。「不對，不是這樣，他沒有人格分裂。不管他是在禱告還是跟我一起喝醉上床，他都還是那個冷靜而且有自信的人。你有辦法相信我說的嗎？」

「說真的，不怎麼相信。他聽起來太過夢幻，不像真的人。」

「也許他真的不是。」

「你那時候愛他嗎？」

「愛，我愛他，就算知道他沒打算跟我結婚，我們不會登記成為伴侶也一樣。」

馬汀有些不安，她這段對史衛福特的愛的宣言聽起來非常肯定、平淡、就事論事。「但你不在乎這點？不在乎他並不愛你？」

「也不是這樣。怎麼說，我知道他並不只愛我一個人，但我想他的確對我有愛。」

「即使他同時也愛芙蘭．蘭德斯，或是其他天曉得存不存在的人？」

「對。如果是你，你會在意嗎？」

這個問題令他稍微坐立不安。「我想會吧，因為他要不是個完全的大騙子，要不就是世界上最神聖的人。」

蔓蒂沒有回話，只是直直地看進他的雙眼。他沒有閃避。他在那裡面看到的是什麼呢？蔑視嗎？質疑嗎？他稍微停下對話，試著搞清楚自己想像中的史衛福特是怎樣的人，但發現這個男人難以捉摸、難以界定。

「這不會讓你覺得矛盾嗎？他在這裡宣導要愛所有的動物，要學會容忍和原諒，然後自己卻又跑到荒郊野外，在灌叢荒原殺生、打獵。你質疑過他這一點嗎？」

蔓蒂沉默整整十秒沒說話，只是深深望進馬汀的眼裡。他沒有退縮，平穩地回應著她的視線。最終，她開口了，聲音非常非常輕，音量不比耳語大多少，彷彿告解。「他說那讓他感覺更靠近上帝、靠近自然，說那就像是同時用他全部的身心靈在祈禱。他說那就像某種冥想，是宗教性的經驗。他說那麼做能讓他感覺和自己合而為一，和整個宇宙合而為一。」

蔓蒂將頭垂至自己的雙手中。馬汀看著她，感覺寒意爬上脊椎，頸後汗毛直豎。他想起剛抵達旱溪鎮的第一天，蔓蒂向他描述起自己的故事，說她不小心在墨爾本懷孕，是史衛福特拯救了她。這完全都是編出來的。

「蔓蒂，他那時候知道你懷孕了嗎？」

「知道。槍擊案那天早上，他去教堂之前打了電話過來。他告訴我敬拜結束之後他要離開了，說是主教下的命令。所以我就告訴他了，並說我想要跟他一起走，但他說沒辦法，情況不允許。」

「他說了為什麼嗎？」

「沒有。也許跟他其實不是真的拜倫．史衛福特有關吧，但這件事我也是到今天才知道。」

「所以那時候你就接受了？接受自己不能和他一起離開？」

「我沒有什麼選擇。」

「他那時感覺怎樣？有任何跡象顯示他可能會做出後來那件事嗎？」

「完全沒有。」

馬汀停頓，試圖消化這些新的資訊。男孩路克說看到史衛福特的車停在書店外，蔓蒂的話證實了這點。

「芙蘭後來到教堂找拜倫，她說拜倫要她到黑人潟湖等他。她似乎很相信他們兩個人會一起離開。」

「應該比較像是他不想要她看到接下來發生的事。」

「也許吧。所以你不覺得他有可能帶她一起走，是嗎？」

她臉上的表情在前一刻還那麼無動於衷，此時卻因為馬汀影射史衛福特可能比較喜歡芙蘭而逐漸激動起來。「我不覺得。他為什麼要選她而不是我呢？我懷了他的孩子耶。」

蔓蒂試著讓自己鎮定下來，兩人之間一片安靜。馬汀試圖想像在那個關鍵的早晨，年輕的牧師會是怎樣的心境。赫伯・沃克指控他性騷擾孩子們，於是他決定離開小鎮，或者受令離開；他這麼做要不是為了逃離性侵指控，就是擔心警方的調查可能揭穿他其實假冒了拜倫・史衛福特。那時候的他有打算搬到其他地方，拋棄拜倫・史衛福特這個身分，把自己重新塑造成其他人嗎？這樣的確可以解釋為什麼他不願意帶蔓蒂一起走，但為什麼是芙蘭？

「蔓蒂，我剛到這裡的時候，你騙我說連恩的爸爸是某個會家暴的混蛋，你為什麼要那麼做？」

她嘆了口氣。「你應該知道，我沒辦法告訴你事實。那時候的我不認識你，我們才剛碰面而已，對我來說，你只是另一個會不擇手段追求新聞的記者，你會立刻把這件事丟到你們那份抹布般的報紙頭版上，寫得淫亂又噁心，完全違背事實。槍擊案發生之後我人就在這裡，我還記得記者誇大了每一件小事，任何事都能斷章取義，無聊小事也越說越大。我那時在你身上看到那些東西，你覺得我會讓我兒子去面對這種事嗎？」

「你其實可以什麼都不說，為什麼要編出一個故事？」

「因為我需要你幫忙。我想要你去找出他實際上是個怎樣的人，找出他為什麼要做那件事。」

「找出他實際上是怎樣的人？所以你之前就已經懷疑他的真實身分不是拜倫了嗎？」

「不是，不是那樣。但他身上有幾個刺青，某種程度上暗示他曾經待過軍隊，加上他的個性和生活方式之間有那麼大的矛盾。在他死了之後，剩下我跟連恩，我想要更了解他這個人。我以為我能夠說服你替我找出更多線索。」

「說服我？怎麼不說是在操縱？」

她再次變得急躁，不喜歡自己的話受到質疑。「隨便你怎麼說吧。」

「在墨爾本因為一夜情而懷孕這件事，你是當下才想到的嗎？立刻脫口而出？」

「當然不是。那是我懷孕之後對鎮上其他人說的藉口，我不想讓他們知道拜倫是連恩的爸爸。」

「為什麼？」

「你覺得呢？只因為我父親是強暴犯，我小時候就要面對一大堆狗屁事情，如果現在整個世界都認為連恩的爸爸是一個殺過人的瘋子，你覺得這對連恩公平嗎？」

強暴。馬汀能在她臉上看到激動的熱情，看到她的愛和信念，但她馬上就要受警方訊問了，他可能找不到其他機會能告訴她這件事。他吞了口口水，把話題往前推進。

「蔓蒂，針對哈利·史納屈所受到的強暴指控，我們找不到任何紀錄。我們的研究人員一直在挖舊檔案，但是看起來，他並沒有被判刑。」

她表情震驚，圓睜的眼中充滿著不敢置信，接著那肯定的態度就又回來了。「這不代表事情就不是真的。」

「對，不代表不是真的。」他斟酌著自己的語氣，盡可能地表達同情。「你不覺得這有可能是你母親編出來的嗎？」

「才不會。她為什麼要那麼做？」

「我不知道，也許她有她的理由。我們第一次碰面的時候，你編了一個故事騙我，好去保護連恩，你說你有自殺衝動，說拜倫救了你，觸動了你的靈魂。」

「但遇見他時我真的非常迷惘——某種程度上，故事裡的本質都是真的。就像寓言故事。」

13・旅館

馬汀坐在蔓德蕾・布朗德的辦公室裡，試圖寫稿，但沒有任何進展。他的每日新聞只寫了一半，而那篇關於旱溪鎮如何看待殺人牧師的專題報導正在電腦螢幕裡嘲笑他。他感覺一股怒意逐漸膨脹，打從心底對拜倫・史衛福特反感。這個殺人凶手、可能的潛在戀童癖，毫無疑問還會在女人脆弱時趁虛而入，加以剝削利用。蔓蒂・布朗德，孤身一人住在旱溪鎮照顧即將走到生命盡頭的母親，還有誰比她更容易受誘惑了呢？他雖然無意帶芙蘭・蘭德斯離開，卻讓她到黑人潟湖等著；同時又告訴剛懷孕的蔓蒂，說她沒辦法和他同行。這還只是在旱溪鎮。貝林頓那裡還有多少女人也落在他的魔爪之中？在其他鄉村小鎮，他還播了多少種，又遺棄多少？他之所以假冒身分就是為了隱瞞這種骯髒的祕密，逃離一大票等著他認親的孩子嗎？可是即便如此，即便是現在，這些女人、這些受害者，卻仍在為他辯護。老天垂憐。史衛福特到底是怎麼說服自己的：他能夠誠實面對自己掠奪般的行為嗎？還是會將一切合理化，認為自己只是給予需要的人安慰和幫助？

又一次，馬汀被迫審視自己的行為：他對於帶蔓蒂離開這個小鎮的念頭，明明沒比拜倫・史衛福特強多少，卻也還是和蔓蒂上了床。而在一兩個小時之後，他就要陪著她走到警局，送她進去，連同她的日記、她的戀愛關係、她的孩子。來自每日新聞以及全國最大案件的截稿壓力全踩在他頭上，但這都得等到他告訴警方那本日記的存在之後，他才有真正的進度可寫；難怪他沒有辦法專心。他想到蔓蒂，美麗又脆弱，注定要在這個世界上和拜倫・史衛福特、和馬汀・史卡斯頓攪和在一起。最後馬汀覺得自己盯著螢幕已經夠久了，決定要到外面走走。

熱氣在戶外虎視眈眈。他已經不再對此感到受侵犯或訝異了，那就只是一個公認存在的常數，壓迫如生活的重擔，是他理所當然應該承受的一切。他沿著商店遮篷的陰影前進，來到那尊毫不受影響的士兵銅像所在的十字路口。兩名毛髮花白的機車騎士乘著嘈雜坐騎，緩慢地轟隆而過，如入無人之地。桑莫瑟街上一輛汽車往西，經過士兵像、經過河岸，緩慢前行直到最後停止，駕駛在警局對街斜著角度倒車，加入其他車輛的隊伍中。馬汀看到一小群媒體聚集在警局對面一棵樹的樹蔭下，他剛才本來是打算過去看看情況，這下子便考慮是不是應該右轉，直接到俱樂部去找東西吃。

還沒決定該往哪個方向轉，他乾脆站在原地。他掏出那支毫無用處的手機，從人行道上拍下那座士兵雕像的照片。他環顧雕像四周。士兵站在底座上，成為旱溪鎮的中心。而商務飯店就坐落在這個十字路口最精華的地段，從士兵身後望著他，外表仍如關門那天一樣嶄新。酒吧飯店在海伊路街上與班迪戈銀行相對，十字路口斜對角的另一端則是紅磚築成的舊鎮議會。雕像士兵面朝議會。最後一個路口轉角由貞寧斯布品雜貨行占據；現在是星期天早上，沒有營業。馬汀朝店走去，往窗裡窺看：衣服、五金、居家用品、小型電器、一些玩具，什麼都有，就是沒有食物和會腐敗的東西。

有個構想在馬汀腦中逐漸成形。他應該可以在專題報導中留下一點描述篇幅給旱溪鎮，去捕捉這個小鎮沒落的光景。他可以從這個十字路口開始，陣亡士兵紀念碑與破產的酒吧，然後走下海伊路，經過慈善二手店令人感覺哀傷的櫥窗，經過倒閉的髮廊，最後到達那座葡萄酒館，陳舊淒涼的內裝與積滿灰塵的游魂。馬汀走出貞寧斯的遮陽篷，步入正中午的明亮陽光下。天啊，真的有夠熱。他迅速拍了一張貞寧斯店面的照片。他注意到，在遮陽篷與尖屋頂中間的抹灰牆面上，有浮雕字體寫著「貞寧斯布品雜貨行，成立於一九二三年」。棒透了。他在心裡默默記下，告訴自己要找一天營業日來訪問貞寧斯家族的新生代成員。

他望向十字路口另一端的班迪戈社區銀行，也得到同樣的啟示。那是一幢由混凝土建成的堅實建物，入口門框以石塊砌成。整座建築體外觀有著該銀行標誌性的紅褐色與金色塗裝，但遮陽篷上方的鍛鐵大字依然透露出了它的前身：澳洲商業銀行。這間銀行之所以還繼續營運，是因為這裡的人在班迪戈銀行的大傘下組成了社區銀行；母公司集團早已無法從這裡賺取足夠的利潤。

馬汀拍了更多景物，越拍越有心得。他穿過桑莫瑟街走向鎮議會，議會建築的邊緣沒有對齊街邊，而是稍微退縮進去一點，坐落在一大塊空地上。這次承載了故事的是一塊牌匾：**從一九二二年到一九八二年，這棟建築物一直是旱溪鎮鎮議會的所在地，直到鎮議會於一九八二年併入貝林頓郡議會。一九九一年六月十二日，由旱溪鎮末任鎮長艾羅・萊丁開放給公眾使用**。馬汀歪著嘴笑了，拍下更多照片。門上有個牌子敘述了這座建築目前的功能：旱溪鎮美術館暨藝術工作室。開放時間：星期二、四上午九點至下午一點。馬汀腦中浮現畫滿尤加利樹的牆面，以及展示褐釉陶器與手紡羊毛的架子，全都積滿灰塵。大門旁的牆上掛了一面社區布告欄，彷彿是要向這座建物的市政歷史致敬。他在布告欄上讀到一則議會通知，其中公告了嚴格的用水限制；一張黑狗汽車旅館的自製傳單；還有一張廣告，宣傳某個叫葛萊迪絲・奎克的人的保姆服務。廣告最下面有葛萊迪絲的電話號碼，重複印在許多細長的紙條上，讓可能成為客戶的人能夠撕走。沒人撕下任何一條。馬汀又拍了一張照。幾個人在找走丟的寵物：一隻叫萊西的牧羊犬和一隻叫貓貓先生的混種貓，都附有照片。貓貓先生的飼主提供了一小筆獎金給找到貓的人。布告欄上還有販賣老爺車以及推薦收成承包商的廣告。有張通知單上寫著，因為期末考而暫停的橄欖球隊將從三月起於小學操場繼續練習。

馬汀回到十字路口中央，再次看著那名銅製士兵。他滿喜歡那個姿勢的。這個士兵並非一臉英勇，也沒有凝視遠方地平線或眺望燦爛的未來。相反地，他垂著頭，眼神望向下方，正在哀悼陣亡的戰友。馬汀往後退幾步，以舊酒吧為背景，又拍了幾張紀念碑的照片。

他把手機放回口袋，突然間商務飯店環繞門廊上某個東西動了一下，吸引住他的目光。他眯起眼努力聚焦，試圖抵禦雙眼不受陽光影響。沒錯，有東西在動。一抹顏色晃過，像穿格子襯衫的人，黃黑相間，彷彿從門廊走進室內時所留下的殘影。老酒吧裡有人。馬汀輕輕笑，也許史納屈搬進去了，總算晉級大眾酒吧。

馬汀走完剩下的距離，越到十字路對面，在飯店門廊下獲得遮蔭。位於轉角的大門緊閉，掛了掛鎖。門上的招牌寫著：商務飯店，艾弗立．佛斯特，旅館業登記證號：22631。門上的小窗戶裡掛著紅色的「休息中」告示牌；牌子翻到背面肯定是綠色的「營業中」，毫無疑問。馬汀朝吧檯那邊走去，停下來把臉壓在窗戶上，用兩手摀成望遠鏡的形狀，希望能降低馬路反射的眩光。他大約能認出是個大眾酒吧的模樣，桌椅靠窗，吧檯邊放了高凳。吧檯後方沒有任何酒瓶，但倒置的玻璃杯還整齊地擺在部分架上。除了沒有酒瓶之外，這個地方看起來就像是週末休息，等著星期一繼續開張營業似的。馬汀心想，不知道艾弗立．佛斯特的營業登記證失效了沒，還是已經賣給城郊某間啤酒穀倉。

馬汀突然意識到，他這是刻意在分散自己的注意力，浪費時間，拖延自己走到警局去面對赫伯．沃克的時間，這場對質本來就無可避免。但即使如此，他也沒停下來。酒吧後方開了一條小巷，從桑莫瑟街延伸至泰晤士街，穿越了整個街區。前一天赫伯．沃克就是把車子暫時停在這裡。馬汀沿後巷走進去，直到遇上一對鋼製的五桿柵門和相連柵欄，門上有鍊封著。鋼柵門的用意是為了防止車輛進入酒吧後方一小塊碎石停車場，大小差不多夠容納三、四輛車。裡頭有一塊低矮的門廊，沒有扶手，是專門設計來讓貨車倒車卸貨的小平臺。一旁躺著幾塊木棧板，藍色的表漆磨損、脫落，還有輛車，其中一只後輪已經扁了，另一邊的輪胎則正往同樣的狀態邁進。他猜想著酒吧關門這件事可能發生匆促，或許老闆生病了，連車都丟著，整間旅館留在原地，幾乎原封不動。

馬汀看見通往舊酒窖的彈簧門，以及向上爬升至頂樓客房層的木製階梯。他以最快的速度爬過高度及腰的柵門，盡可能將跟金屬接觸的時間降至最低，門桿燙得可以。他走上水泥階梯，站上卸貨平臺，發現後門鎖著。酒窖門上的掛鎖看來頗為堅固，可以不必費心。他爬下平臺，走向木梯，開始向上爬，途中經過一個標誌：嚴格禁止非住客進入。木梯扶手的綠漆在陽光襲擊下早已皺褶起泡，馬汀把自己的手管得很好。

樓梯頂端是一小塊平臺，和一扇門，門的上半部裝了窗。窗戶左下方靠近門把的地方被打穿一個洞。馬汀試著開門，沒鎖，可以向外拉開。走入室內，他還在等雙眼適應光線，腳下便踩到碎玻璃發出嘎吱嘎吱的聲響。眼前的通道很短，在他前方五公尺左右就撞上另一條走廊。他猜，走廊和門之間的這條通道應該剛好切過兩間客房中間。空氣聞起來混濁陳舊、充滿霉味。馬汀走至兩條廊道交會處。主廊上排列著飯店客房的房門，都是開的，陽光從門中灑出。走廊左轉後只前進了幾公尺，就結束在一道關起的門，並用老式的金色油漆寫著「私人區域」。門上吹噓似地裝了三道看起來事態嚴重的鎖：果然非常私人。馬汀推測那是飯店老闆的個人公寓。他走過去，試著開門。門是鎖的。

回頭轉向另一個方向，左側是飯店各間客房敞開的房門。走廊在底端向右轉了九十度，轉角處立著一扇打開的門，通往整間旅館最高級的客房，轉角邊間。房間裡有張雙人床、盥洗臺和小書桌，還有一組專屬的法式門就在門廊正上方。床墊裸露沒有床單，有人睡過，毯子堆在床尾，床頭櫃上的菸灰缸裡滿是菸屁股。地板上有瓶空的波本，旁邊散亂放著許多色情雜誌。馬汀拿起其中一本；他以為在這數位時代它們應該都消失了才對。雜誌上的圖片毫無含蓄的意思，粗暴、呆板、沒有感情，正面打光直截了當，不留一絲想像空間，不知道這些雜誌是不是剛才穿格子襯衫的人所有。

離開房間，馬汀沿著走廊轉過房間突出的九十度角。走廊在此稍微寬敞了些，連接的樓梯鋪了厚重地毯，用黃銅棒固定住，一路往右下延伸至一座轉折平臺，然後再從那裡轉向反方向，通往旅館正面。樓梯對面有條通往門廊的寬敞走道，走道一側放了外表裝飾華麗的矮櫃，另一側則掛著描繪英式獵狐活動的田園畫。馬汀繼續沿著主廊前進，左手邊有著更多敞開的房門，而右手邊的門則通往房客休息室。舊沙發與歪斜的扶手椅，面對一臺嶄新的平面電視。這裡也有人來過的痕跡。另一只爆滿的菸灰缸、空啤酒罐、髒咖啡杯。

飯店這一側的味道變得更難聞了，不只是有霉味而已。走廊底端有兩間共用浴室，一間男性，一間女性。馬汀完全不想靠近那裡。飯店的最後一間房間也在那裡，但這次門卻是關著。馬汀慢慢朝房間靠近，氣味一波一波朝他襲來：是死亡的氣味。他一陣反胃，半是因為惡臭，半是因為害怕自己可能在房間裡發現的東西。他忍住呼吸，推開門，咬牙撐住。

整個房間溢滿臭味。他先用食指和拇指捏住鼻子才進去，幾乎沒有勇氣去看床上有什麼。但床是空的。沒在床上，那在哪裡？他繞到床的另一側就看見了，是一隻貓的屍體，攤在地板上，身上爬滿蛆蟲和蒼蠅。馬汀一陣作嘔。應該是貓貓先生吧，他猜，被關在了房間裡，無處可跑。可憐的小東西。馬汀往房門口退，但突然又停了下來。他再次緩慢地向前窺視。是了，貓的尾巴被釘在了地板上。

＊　＊　＊

馬汀頹靡地坐在旱溪鎮警察局櫃檯前的長椅上，想著沃克不知道今天會不會願意見他。負責櫃檯的漂亮年輕女警帶著馬汀的名字進了辦公室，然後帶著口信回來：「如果『先生』願意稍候的話，沃克小隊長一有空檔就會和他詳談。」所以馬汀就坐下來等，雖然心中懷疑沃克只會讓他整個下午泡在這邊。長椅旁有個木架，擺滿小冊子：鄰里守望、動火許可、如何取得駕照等等。

四十分鐘之後，退伍軍人傑森從裡頭一間房間鑽出來，離開了警局，完全沉浸在自己的思緒裡，顯然沒注意到馬汀的存在。又過了幾分鐘，赫伯．沃克出現了。馬汀馬上站起來。沃克鄙夷地看著他：「最好別浪費我時間，你這雞巴臉。」

「赫伯，謝謝你願意見我——」

「我要抽菸才出來的，不是為了讓你見。走吧。」他從一扇門走了出去，通往警局後方的停車場。走到室外，體重超重的警察小隊長從卡其色的菸盒裡抽出一根香菸和拋棄式打火機，點燃，深吸進一大口煙，接著心滿意足地緩慢吐出。直到這時，他才正眼看向馬汀。「這樣好多了。」他說。「我們現在審問這些混蛋，已經連在他們臉上吐口煙都不行了。」

「赫伯，我只是想讓你知道，我一直到今天早上才發現那篇文章——」

沃克舉起手來，掌心朝外，制止馬汀繼續說下去。「我真的非常希望你不是為了這件事才來這裡。」

「不是，但還是值得說一下。」

「真的嗎？所以假設你事先知道了，你會為了幫我而把文章撤掉嗎？」

「不會。但我會提前警告你，然後問你這邊的意見，確保我們寫的內容盡可能客觀。」

警察又深吸了一口菸。「所以你到底有什麼事情這麼急著要告訴我？說快一點，你只有一根菸的時間，這根抽完我就要進去了。」

「拜倫．史衛福特不可能殺死那兩個女孩子。至少，他不可能綁架她們。」

沃克挑起眉毛。「這麼有趣。你怎麼知道？」

馬汀告訴警察關於蔓蒂紀錄下綁架當晚拜倫和她在一起的事，解釋了她願意和警察詳細說明，但不希望被媒體抓出來遊街示眾。

沃克專心聽著，以超長一口氣把最後的菸抽完，然後將菸屁股捻熄在自己的黑色靴底。

「所以這件事情明天就會見報？」

「對。沒有理由不寫，對嗎？」

「你是在要求我的同意嗎？」

「不是。」

「嗯，我想也是。你和她上床了嗎？」

「這跟這件事有什麼關係？」

「是沒什麼關係。」沃克歪嘴一笑。

「赫伯？」

「是，馬汀，怎樣？」

「你查到了嗎？他在開槍之前有沒有從聖雅各教堂打電話出來？」

沃克看著馬汀，像是在思考要不要信任他。「有，兩通電話。撥了一通，然後接了一通。」

「你有號碼嗎？」

「還沒。」

「查到的話你會告訴我嗎？」

「也許會吧，如果我需要你幫忙的話。如果不需要，那你就自己想辦法去浪費你的時間吧。不過，現在，你用掉的時間已經比那根菸擁有的還久了，我得回到裡面去。你告訴蔓德蕾・布朗德小姐，我會和她聯絡。」

「赫伯，最後一件事：今天的新聞，貝瑟妮寫的那篇，關於犯罪防治熱線接到蓄水池遺體的線報——那是怎麼回事？」

「滾吧，史卡斯頓。」

＊　＊　＊

一直到要離開警局了，馬汀才想起來，他沒告訴沃克關於那隻死掉的貓。他本來想說的，以防萬一這件事有什麼重大意義。一陣冷顫竄過他的脊椎，幾乎就要壓過沉悶的熱氣。這個小鎮有問題，彷彿熱到變了質，像太陽底下曬到結塊的牛奶。

他走到對街，看到嘉莉正和其他人有說有笑。道格・桑寇頓的攝影師看到馬汀走來，便對他打了招呼。「有新消息嗎？」他問。「他們會接受臨時訪問嗎？」

「我是沒聽說。」馬汀回答。「道格呢？」

「他在找你啊，想讓你再做一次訪問。」

「這樣啊，那他人呢？」

「你覺得呢？就和其他懶得要死的記者一起在俱樂部裡打混。」

「我會告訴他你愛他的。」馬汀往一旁走了幾公尺，嘉莉也跟過去，讓彼此能私底下討論。

「我已經把所有東西都拍爛了。」女平面攝影師說。「除非接下來發生某件事，或者你有其他想看的，不然我真的不曉得還要拍什麼。你覺得我們看得到他們逮捕人嗎？」

「不曉得。警察現在什麼都不跟我說，不過貝瑟妮和我已經找好明天的材料了，他們那邊會需要照片。你有拍警察嗎？」

「有，有幾張不錯，是今天早上他們聚在一起講話時拍的。有人伸手指著對方，看起來像是他們為某件事起爭執。背景除了幾輛警車之外就是樹，其他什麼都沒有。場景設在哪裡都可以，犯罪現場或是任何地方。」

「你在哪裡拍的？」

「軍人俱樂部外面。你看，就這些。」她在相機機身的螢幕上滑出那些照片，但即便他們現在在樹蔭下，陽光還是太強，看不出太多細節。

「看起來不錯。他們那時候在吵什麼？」

「不曉得，我用的是長鏡頭，根本聽不到。搞不好是在講早餐要吃什麼。你覺得我還需要在這裡待多久？」

「不知道。他們要是逮捕了誰，會想要來鏡頭前面晃一晃的。但說真的也沒人肯定會不會發生。為什麼這麼問？你要趕回墨爾本嗎？」

「我是不介意回去。我昨天晚上睡在車上。」

馬汀頓時對自己的汽車旅館房間感到愧疚。「這挺糟的。你其實可以來跟我擠。」

「謝了，馬汀——這樣邀我的人也不是只有你而已。」她挖苦地說。

「聽著，十號電視網那群人住在貝林頓某間旅館裡，聽說還不錯，要不你搬到那邊去？」

「你確定？」

「當然。那邊收得到手機訊號，如果有急事的話，我會隨時打給你。」

「成交。」

＊＊＊

等馬汀終於走到軍人俱樂部時，第一件事就是先去湯米的西貢亞洲美食報到。過去這個星期裡，他已經把這份令人困惑的菜單都試過了一遍，了解自己大概會喜歡哪些東西，又有哪些是該避開的地雷。他今天點的是炸雞肉排和薯條，加上炒菠菜當配菜。湯米是移民第二代的越南裔澳洲人，澳式口音硬得可以拿來切玻璃。他收下馬汀的錢，說了聲「謝了啊老哥」[1]，然後給了馬汀一塊小小的塑膠圓盤，圓盤會在馬汀的餐點準備好時亮起並振動。付完錢後的馬汀才真的走進俱樂部裡。

在離吧檯不遠的地方，一小群記者凝固似地圍繞在某張桌邊。他們其中一些人試圖在筆電上工作，正咒罵著理論上存在的無線網路，其他人則悠悠哉哉地在一旁聊天。

道格．桑寇頓朝馬汀打招呼，沉而有力的嗓音裡充滿溫和的善意。「馬汀．史卡斯頓！大明星！過來聊一下吧。」

馬汀舉手回覆，面帶微笑地拒絕對方。「也許晚點吧。」他走向吧檯，發現又是輪到艾羅值班。

「嘿，老弟，想喝點什麼？」

「嗨，艾羅。一杯淡啤酒，謝了。」

---

1 原文為「No worries, mate」，是澳洲人常用的兩個詞，直譯的意思是沒關係、不用擔心，但澳洲人會在各種情境下使用。

「矮瓶裝的可以嗎？」

「當然。」

艾羅拿出一瓶熟悉綠色瓶身的塔斯馬尼亞啤酒。馬汀給了他二十塊鈔票，但艾羅沒立刻往收銀機那裡走去。「下面那邊有發生什麼事嗎？」

「下面哪邊？」馬汀問。

「警察局。聽說他們在找人問話，找住在灌叢荒原那裡的人。」

「對，我才剛從警局過來。在我看來都是例行公事，不過他們態度滿嚴謹的。」

「他們覺得是牧師做的，對嗎？」

「這應該會是最主要的推論，你覺得呢？」

「我？一團模糊，完全沒頭緒。不曉得你們這些人為什麼一直問我這個問題，好像我會知道一樣。」

說完艾羅便走向收銀機，拿要找給馬汀的零錢。

馬汀拿了啤酒往其中一張桌子的方向走去，刻意離那一大群記者好一段距離，不過他可以看到道格・桑寇頓和其他人一直往他這邊打量。他現在最不想做的就是被電視臺記者訪問，雙手獻上他們想要的新聞快報，於是他沒在桌邊停下，而是拿著啤酒和塑膠呼叫器繼續往前，走到外頭的甲板露臺上，俯瞰河面。

雖然有半透明塑膠天篷提供遮蔽，但經過俱樂部內的冷氣洗禮後，室外的熱度變得如此令人窒息，幾乎難以承受。他把啤酒放在小桌子上，背對俱樂部的透明玻璃窗，撈出太陽眼鏡以抵禦刺眼的光線。他能看到眼前河床中綿長、緩慢轉彎的動態。不對，不是緩慢，而是根本沒在移動；裡頭已經完全沒有水了。樹木垂掛著，即使有那麼一點微風，它們也無動於衷。空中還聞得到煙味，星期三大火之後徘徊至今。他能聽見遠方某處傳來的蟬鳴。身旁突然傳來一陣咳嗽，他四處張望想知道從哪發出來的。原來甲板上不是只有他一個人。哈瑞斯坐在其中一根屋頂支撐柱後面，抽自己捲的菸。

「你好啊，怪老。介意我跟你一起坐嗎？」

「想坐就坐，孩子。」

馬汀拉過一張椅子，在這位前銀行經理身旁坐下。老人拿菸草包給他，不過馬汀婉拒了。

「你那塊地還有東西留下來嗎？」

「部分，但也沒剩幾樣。」

「保險呢？」

「有一點，賠償柵欄跟水。房子逃過一劫。大概連火也覺得不值得花力氣去燒。」

「你那些牛呢？」

「不知道。肯定是有幾隻活下來了，但也可能只是老天在跟你玩。」

「什麼意思？」

「怎麼說，那裡本來就沒剩多少飼料可吃，本來撐過乾旱活下來的那些植物，現在大概已經被火燒光了。在那樣的火災之後，如果下雨的話，整塊地會綠得像是英國的肯特。牛會肥成你有生之年看過最肥的模樣。但是如果沒下，牠們就會餓死，不然就是我得開槍殺了牠們。」

馬汀盯著自己的啤酒。這情形沒有他置喙的餘地。

「說到這件事，應該不是你去跟警察打小報告，讓他們把我找過去的吧？」

「你指的是什麼？」

「他們把我叫到那裡去耗了大半個早上，問我史衛福特跑到荒原打獵之類的事，想要知道所有事情。

你告訴他們的嗎？」

「也不算我說的。他們知道是因為我寫的一篇新聞稿，我說史衛福特會到荒原打獵，但我沒說是你那邊。鎮上有幾個人本來就知道這件事，我聽過的就至少有一個人曾經跟羅比·豪斯瓊斯提過。」

「你說在這裡人很好的那個警察嗎？難怪他撐到現在才不情不願地把事情說出來。」

「我倒是覺得原因沒那麼複雜。」馬汀說。「發生教堂槍擊案之後，很多事情都無所謂了。史衛福特已死，他之前做過什麼事情不重要。但後來找到泉田蓄水池裡的屍體，這件事就突然間又變重要了。」

「所以就是在保護自己嘛。」

「你是指什麼？」馬汀問。

「嗯，你知道的——死了五個無辜的人，再加上牧師。『豪斯瓊斯警官，事先有沒有任何預兆，或是任何方式可以預測或避免這件事呢』，『報告長官，沒有。他住在貝林頓』。但是當那兩個女孩被人從史納屈家的蓄水池裡拖出來，招供的時候到了。『報告長官，我有新的資訊，希望有用』。如果我遇到他的狀況，我就會這麼做。」

馬汀緩緩點頭。怪老也許看起來老，但他的腦細胞還燒得頗為旺盛。「所以警察想知道有沒有誰跑到你那邊打獵？」

「嗯，差不多。我是不習慣在背地裡打其他人的報告，但警察說了，這不只是超速罰單而已，而是謀殺案。」

「所以除了牧師之外，還有誰去過灌叢荒原打獵？」

「我也說不準，那塊地方很大。唯一可以確定的就是奎格·蘭德斯還有紐克家的人，還有他們的朋友，大概一年會去個一兩次。」

「貝林頓釣魚俱樂部的人？」

「他們叫自己那個名字嗎？那就是吧。不過他們一直以來都沒惹什麼事，去我那裡之前都會先問過，要離開了還會來說再見，給我一兩隻兔子，有一次還給了兩隻鴨。」

「沒有別人了？」

「肯定是還有別人。偶爾還能聽到槍聲，有時候白天，有時候晚上，但不管是誰，全都沒來徵求過我的同意。一群古怪的傢伙，至少某一些是啦。」

「怎麼說？」

「他們有時候會射我的牛，然後直接把牛剖了，把內臟都拉出來之類的。我猜是想拿肉質最好的部位啦，但還真他媽的浪費，殺了整頭牛就只拿那一、兩公斤重的牛排。」

「你確定這是他們的原因？」

「不然還可能因為什麼？」

「我也不知道。單純為了刺激感也有可能，你覺得呢？」

「天啊，年輕人，腦袋得壞到某種程度才會做出這種事情吧。」

「怎麼說，殺害兩個年輕、漂亮的背包客，事後把遺體丟進農場蓄水池——會做出這種事的人腦袋肯定也是非常糟糕。」

「唔，嗯，這倒是真的。他們越早把史納屈那個王八蛋關起來，對大家越好。」

「你相信是他做的？」

「對，搞不好殺我牛的人也是他。他們家以前擁有那邊所有的土地，他現在還是覺得那些地屬於他。他自己那塊地上就已經一大堆牛到處亂晃了，還要跑來殺我的，這可憐的王八蛋。」

馬汀喝光剩下的啤酒；在炎熱的露臺上，酒已經變得有點微溫。「你現在住在哪裡，怪老？住在那間老酒吧的人該不會是你吧？」

「我？不是。我是不介意啦，但那個地方已經關起來了。我現在是跟艾羅．萊丁擠。那個艾羅，好人一個。我明天會坐公車去貝林頓，看能不能買到一輛破車，可以的話我就能回家了。」

「我覺得我今天早上看到有人在酒吧的門廊上，本來覺得那個人是你，但看來應該不是。也許是老闆吧，回來拿東西。」

「我是覺得不太可能，年輕人。」

「為什麼？」

「他已經死了。轟了自己的腦袋。那個城市來的傢伙，投進自己所有的退休金把那個地方重新改建，想開一間小酒館。總之後來他老婆受不了就跑回城市，然後乾旱越來越嚴重，他錢也燒乾了。他在這裡沒認識幾個人，沒有人能聽他說話，最後就用一把短獵槍轟了自己腦袋。在這裡，這種事情比你想像中還常發生，真不曉得為什麼我還沒把自己也轟了。」

14・血月

最後馬汀的新聞是在軍人俱樂部裡寫的。他本來想回書店，但店是關的，門上掛著「外出速回」的牌子。他猜蔓蒂在警察那裡，正被嚴刑逼供關於拜倫・史衛福特和日記的情報。可憐。但她也許可以替調查小組釐清方向。無論如何，她大概不管怎樣都會成為這次的新聞重點，他對這件事也無能為力。

針對德國背包客海蒂・舒梅克勒和安娜・布溫受到殘忍謀殺一案，《雪梨晨鋒報》調查團隊在搜索凶手方面獲得了突破性的進展，而警方也根據這項進展所提供的新資訊再次調整了偵查重點。《晨鋒報》蒐集的證據證明了警方的頭號嫌犯「殺人牧師」拜倫・史衛福特與本案無關……

在開始寫稿之前，馬汀起了憐憫之心，在道格・桑寇頓和其他對手的訪問裡給了自己對現況的評論，但完全沒提到他最新的觀點。幸運的是，他們後來便走了，前往貝林頓的度假村，留下馬汀安靜地在俱樂部裡工作。他獲得了足夠的無線網路頻寬，讓他能把稿子發出去，接著他便用俱樂部大廳的電話分別打給貝瑟妮以及麥斯。

「對，好，馬汀，我收到了。看起來不錯，寫得很好。貝瑟妮會再補充一兩個小地方，不過的確是新的切入點。」

「感覺你沒什麼熱情。」

「說老實話，我真的沒有。」編輯說。

「你只是在開玩笑對吧？《晨鋒報》的進度領先警方耶，還有比這更好的嗎？」

「你說得對。抱歉，老弟，只是我最近為了這條新聞要處理一大堆屁事。編輯部那邊反應過頭了，他們現在要求每件事都必須合法並且經過事實查核。他們堅持自己必須主導現在的狀況。」

「怎麼會？連續三天頭版頭條，這樣他們還不滿意嗎？麥斯，這條新聞是屬於我們的。你去看今天的晚間新聞，幾乎每一臺都提到我：來自《晨鋒報》的專業人士。他們還想要什麼？」

「正確性吧，顯然是這樣。」

「媽的，麥斯，這句話什麼意思？」

「嗯，我們先是在很短的時間內發出報導，說哈利．詹姆士．史納屈是謀殺案的主要嫌犯，並且可能以前是強暴犯，但這兩點都沒有任何實質證據。接著我們信誓旦旦地把謀殺嫌疑放在史衛福特牧師身上，如果你沒忘記的話，那是你在今天報紙上寫的。今天啊，馬汀。然後明天的頭版頭則是史衛福特可能是無辜的。坦白說，上面有些人已經在懷疑你到底行不行了。」

馬汀沉默一陣，被自己受到的指控嚇了一跳，接著便感覺有股防衛性的憤怒不斷膨脹。

「你覺得呢，麥斯？你也這樣覺得嗎？」

「不，我沒那樣想。我對你充滿信心，而且完全信任。」麥斯的回話立即而確實。

馬汀深深吐了口氣，部分憤怒已經消散。麥斯這老傢伙，記者中的記者，編輯中的編輯。

「謝了，麥斯，謝謝你這麼想。但我真的是盡我全部所能在對這條新聞做即時報導，這也是為什麼警方不敢公開太多資訊，他們也不曉得案情會怎麼發展。在現在這個新消息出來之前，他們根本全押拜倫．史衛福會是可能的嫌犯——我對這一點的報導百分之百正確。我知道他們還沒完全排除史納屈涉案的可能性，事實還是有可能證明我們從一開始就是對的。」

「好吧，繼續努力。你覺得你還需要在那邊待多久？你已經過去一個星期了。」

「什麼意思？需要多久就待多久。這是全國最大條的新聞，而且我還想寫那篇專題，本來最一開始的那篇。那篇是為了下個週末準備的，槍擊案週年。至於這些每日新聞，誰知道呢，警方的調查可能虎頭蛇尾就消失了，但也可能突然展開。」

「好吧。不過，馬汀，我們到目前為止做的已經很不錯了，不一定非得每天都上頭條不可。」

「這是什麼意思？」

「意思是你不需要刻意去證明什麼。不用對我，也不用對其他任何人。你不需要把自己逼到極限，不用對每一則新聞都這麼做。」

馬汀為這段話難過了一下子。「你擔心我判斷失準嗎？」

「不是的，老弟，你的判斷能力沒問題。不過，我確實擔心你。你現在狀況還好嗎？」

「非常好，我覺得我又恢復成以前的自己了。你是對的，離開辦公室到現場跑一跑的確有幫助。」

「很高興聽到你這麼說。如果需要任何意見，隨時打給我，我們別給上頭那些坐高級辦公室的傢伙有話可說的機會。」

「謝了，麥斯。謝謝。」

馬汀向吧檯買了一瓶紅酒，在湯米店裡點了外帶，然後拎著走回書店。書店門是關的，不過當他繞到街區另一端的後巷，可以聽見音樂從蔓蒂家的紗門裡傳出。他敲門，聽到嬰兒發出一陣高興的咯笑，隨即蔓蒂便開了門。

「嗨，馬汀。」她說著，長長嘆了一口氣。她看起來披頭散髮、筋疲力盡，而且美。但沒那麼渴望看到他。

「我帶了談和的禮物。」他說，同時舉高裝在棕色紙袋裡的葡萄酒，以及塞滿外帶食物的白色塑膠袋。

「那就快點進來吧。」

連恩正坐在高腳嬰兒椅上，吃某種從攪拌機裡倒出來的橘色泥狀物。嬰兒椅單獨立在廚房的正中央，而馬汀看得出來原因何在：連恩每放一大匙食物到嘴裡或嘴巴附近，就會有另一大團被他彈射到嬰兒椅周圍；看到食物噴濺在地上，他便高興地咿咿呀呀。蔓蒂看著他皺眉，拚命搖頭。

「謝謝你帶食物來，馬汀，今天這樣一搞我真的也沒力氣煮飯了。」

「談得不順利嗎？」

「不順利。的確可以說是不順利。」她的聲音裡帶著鋒銳的惱怒。

「想跟我聊聊嗎？」

「想開那瓶來喝嗎？」

她找來兩個玻璃杯，馬汀開了酒；他啜飲一口，她則是當水在灌。馬汀本來想耍聰明說點東西挖苦她來緩和氣氛，但此時腦海裡浮現的都不怎麼高明，於是索性向蔓蒂舉杯示意。她沒有回敬他的動作，而是轉身開始擺設盤子。馬汀邊替兩人分配食物，邊等著大壩潰堤。倒也沒等太久。

「那些愚蠢的傢伙。」她開始抱怨。「這項訊息是我自願提供的，我並不是非得這麼做，只是想讓他們的工作順利一點，結果他們全都坐在那邊對我說三道四，好像我是鎮上的公車還是怎樣。」

馬汀沒說話，試圖讓自己在替食物裝盤時盡量投射出同情的氣場。湯米店裡所謂的亞洲菜是偏離正軌的相似物。炒飯裡面似乎加了玉米粒、午餐肉跟切成小丁的甜菜根，全是罐頭裡倒出來的。

蔓蒂喝乾手上的酒，繼續說：「你懂嗎，馬汀？你應該分得出來這樣到底對不對吧？我說出他們需要知道的事，告訴他們拜倫那整個晚上都待在我這裡，他們問我怎麼確定，我就把日記拿給他們看，之後他們就沒收了日記，在我要求看搜查令的時候只是笑笑帶過。他們真的可以這樣做嗎？」

「我猜可以吧。那屬於謀殺調查物證，你可以要求他們歸還，但我很肯定他們應該會申請法庭命令繼續保留。」

「不管怎樣，在我看來就是濫用職權。」

「對，我想你是對的。」馬汀把自己真正想說的話壓下去。

「但這還不是真正惹到我的地方，而是他們問了一大堆關於我以前的事。你懂嗎，我跟多少男人睡過、我跟奎格・蘭德斯有多熟、店裡生意怎麼樣。『店裡生意怎麼樣』？有沒有搞錯！我跟誰交朋友、我比較常跟哪些人碰面、我有事的時候誰幫我照顧連恩，到底問這些做什麼？」

「為了把他們自己的屁股擦乾淨。」馬汀肯定地說。「他們之前搞砸了調查，把背包客的謀殺罪嫌釘在史衛福特身上，然後你卻跑出來證明他們走錯了路，所以他們現在要確定自己沒漏掉任何東西。」

「所以這些事情最後都會上法院嗎？」

「看不出有這種必要。」

「他們還問了一大堆關於你的問題。這又有什麼關聯？一年前你根本不在這裡，他媽的你怎麼可能跟這些案子有關？」

「他們問到我？」

「對，貝林頓來的胖警察和滿臉鬍渣的瘦子，讓人覺得很討厭的那個。」

「高芬。他姓高芬。他問了哪些事？」

「奇怪的問題。像是你這個人可不可信，或是我會不會覺得你在誘拐我，好從我這邊挖訊息。」

「那你怎麼說？」

「當然有，我說你故意勾引我，還說你要做什麼我就做什麼。」

馬汀笑了出來。「真的嗎？你這樣回答他？」

「當然不是。我說你跑來跟我混不太可能是為了從我這邊撈資訊，因為直到今天早上，你根本不曉得我手上有任何資訊。我告訴他們，你就只是一個被年輕女人迷昏頭的中年魯蛇。他們覺得說成這樣鐵定是真的了。」她獻上一抹淺淺的笑容。

「天啊，謝了。」

「隨時開口別客氣。」笑容再次消失。可惜，他喜歡她笑的樣子。

連恩在這時放了一聲響屁，以他的個頭來說等級頗為宏大，並且夾帶令人不安的液態質地。幾秒鐘後，一股臭味在餐桌上散開，彷彿化學武器攻擊，湯米店裡買的外帶餐點頓時失去任何僅存的吸引力。

「睡覺時間到了。」蔓蒂故作自然地宣布，接著便將兒子抱下嬰兒椅。她輕輕地抱著他，試著不去壓到尿布。「馬汀，我今天晚上只想和連恩在一起。你回汽車旅館可以嗎？」

「當然。」

她手裡抱著連恩朝馬汀走來，慷慨地在馬汀唇上留下一吻。那股味道簡直臭得難以置信。

「謝謝你來找我，也謝謝你的晚餐。還有聽我說話。」

受到逐客令的馬汀從店門口走了出來，進入夜晚的平靜之中。太陽已經落下，星群正要浮現，鐮刀刃似的血紅月亮高掛在西邊的天空。海伊路上空無一人，有輛車停在雜貨店外，店裡是亮的。馬汀沿著坡道走下去，希望買得到水，卻發現那是杰米．蘭德斯，正垂頭喪氣地坐在店外的長椅上，懷裡像是抱著半瓶龍舌蘭的東西。年輕的男孩盯著天上的月亮。

「介意我坐這裡嗎？」馬汀問。

杰米抬頭看著他，神情一片茫然，完全看不到在貝林頓醫院那時的凌人盛氣。「隨便。」

馬汀在長椅坐下，杰米把手中的酒瓶遞過來，他喝了一小口。他是對的：龍舌蘭。

「你覺得怎麼會這樣？我是說月亮？」

對街的店面現在只看得見輪廓，和兩人頭頂的遮陽篷包夾住一條狹窄的天空縫隙。從他們坐的地方看上去，月亮剛好落在這道縫隙中，看起來比在開闊天空中還要大上許多。

「被灌叢那邊升起的煙燻到，才會變成紅色。」

「我知道，但就是問一下。」

他們沉默地坐了幾分鐘，直到杰米再次開口：「關於那天在醫院，抱歉我有點混蛋。都是因為艾稜，他居然那樣死了，我很難過。」

「完全可以理解。」

「很蠢，對不對？一點意義也沒有，他明明從聖雅各那件事中活下來了。他看到史衛福特開槍殺了他爸和他叔叔。史衛福特殺死傑瑞．托林尼的時候，他就坐在托林尼旁邊。他被噴得全身是血，但還是活下來。現在卻走了，就這樣，說走就走。」年輕人彈了一個響指，強調那有多瞬間。「沒有任何意義。他媽的一點也沒有。」

馬汀沒說話。

「我讀了你的報導。」杰米說。「你覺得你快要查出原因了嗎？為什麼他會突然發瘋，殺了所有人？」

「有時候會那樣覺得，好像自己就要解開了，但下一秒就又回到原點。」

「嗯，反正，至少警察會願意聽你說什麼。我猜他們不聽也不行。」

「怎麼說？」

「因為他們不夠聰明，沒辦法自己解決。」

馬汀笑了出來。「這種話就讓你自己跟他們講了。」

「當然，沒問題。」

他們再次停下，盯著月亮。

「嘿，杰米，你爸爸死的前一天，拜倫·史衛福特對他開槍前一天，你有跟他們一起去打獵嗎？」

「沒有。艾稜去了，他喜歡槍之類的東西，我還好。我覺得跟那些老男人在一起太無聊了。」

「那你有跟你爸說話嗎？那天早上？」

「有，當然有，他根本就是瘋的。說什麼警察告訴他史衛福特有戀童癖，還說他如果碰我的話他就要對他動手。」

「對他動手？」

「開槍。」

「那你說什麼？」

「就和我之前跟你說的一樣，他沒碰過我。他沒那個膽。」年輕人的話中沒有怒意，甚至說不上有任何情緒；若真的要說，也許帶著無奈。更多沉默降臨。馬汀覺得他幾乎可以看到月亮在移動，朝向馬路對街店面的輪廓邊緣下沉。他轉頭看向杰米，打算問他更多問題，這時他注意到眼前這個青少年身上的襯衫：黃黑相間的方形格紋。

「杰米，你跟艾稜以前會去那個老酒吧嗎？到它樓上去？」

從馬汀坐下之後，杰米．蘭德斯第一次將視線拉離月亮，轉頭正視馬汀。「你發現那隻貓了？」

「我發現貓了。」

「幹，我忘記這件事了。我應該把牠清掉的。」

「那是怎麼回事？為什麼會變成那樣？」

「噢，都是艾稜。那個死變態，吃了快速丸整個人就飛得跟風箏一樣。」

「艾稜？」

「對。教堂槍擊案之後他就變了，那件事把他整個人完全搞垮。」杰米轉開視線，繼續看著月亮，喝了一大口龍舌蘭。「不過現在都無所謂了，對吧？怎樣都無所謂了。」

「我想是吧。」

馬汀留杰米繼續沉思，開始沿著海伊路向上走。他的車還停在軍人俱樂部那邊，不過決定不去開車，直接走回汽車旅館就好。這座鎮上的每個地方都彼此相距不遠。當他剛到這裡的時候，還會被旱溪鎮緊湊的街景深深吸引，現在則覺得這裡幾乎要令人產生幽閉的恐懼，這麼小，淹沒在遼闊的平原中彷佛一圈太平洋環礁，邊緣海岸不斷受逐步上升海平面侵蝕。在旱溪鎮待了快一個星期，他開始覺得自己認得這裡的每一棟建築和每一張臉孔。他抬頭看向商務飯店，沒有任何人活動的跡象。生活在這個鎮上到底是什麼感覺？如果當你還那麼年輕，卻又住在這裡呢？每天都充滿令人窒息的熱，充滿無所遁逃的相似性，一切事物皆可預期，簡直讓人意志消磨。相比於貝林頓，那裡有水、有商店，閃爍著誘惑的光芒彷彿散落平原的海市蜃樓。到底是什麼東西吸引了他的注意？為什麼他如此在意？這就像是參加了詭異的道路認養計畫，只不過以這裡的情況來說，更像是地獄一角認領計畫。算了，又有何不可？

馬汀在這些念頭間想得出神。他沿著海伊路直走，浸潤在詭異的橘色光芒中，即使月亮投下的影子在路面逐漸蔓延，熱氣依然不停從地面向上竄升。一輛農用卡車從他身邊經過，車子的頭燈光芒泛黃，糟糕的消音器吵雜地響著，以至於當它在T字路口左轉，再次澈底留下馬汀獨自一人站在旱溪鎮的主大街上時，更襯托出此時有多安靜。馬汀又回到書店前門，店門深鎖，而且裡頭漆黑一片。接著，就在他轉彎準備返回汽車旅館時，一陣閃爍的燈光吸引了他的視線。他搜尋對街商店，但除了黑暗之外空無一物。他開始覺得只是自己的幻覺，是疲勞和龍舌蘭加乘的結果，接著又看到另一陣閃爍。是葡萄酒館。他穿過馬路，爬上突起的防雨路緣，將視線探進擋了木板的窗戶。蠟燭、陰影、玻璃杯反射光芒。是史納屈。

巷子漆黑，馬汀打開手機上的手電筒，穿越滿地碎酒瓶和四散報紙後走至側門，轉動門把，聽著門板被推開時鉸鏈所發出的刺耳抱怨。哈利．史納屈沒在吧檯，而是坐在某張桌前，桌上放著書、酒，一盞掛在老舊鐵絲衣架上的煤油燈從頭頂房椽低垂至桌旁。他抬起頭，以手遮眼擋住檯燈的光線，試著看清是誰侵入了他的聖域。

「啊，大文豪海明威。歡迎歡迎，自己拉椅子坐。」

馬汀走進光線之中，在桌旁坐下。史納屈刮了鬍子、洗了頭髮，整個人年輕了好幾歲。也許是因為檯燈柔和光芒的修飾作用，此時他看起來年紀不比馬汀大多少。

桌上有兩只玻璃杯——都是平底的矮酒杯，一杯斟滿，一杯是空的——那瓶酒則裝在棕色紙袋裡。史納屈將紅酒倒進第二只玻璃杯，酒液看起來又深又稠。「喝一杯吧。」史納屈說。「我想你遲早會找來這裡。」

馬汀試探性地抿了一口，意外發現這杯酒還不難喝，至少比杰米．蘭德斯的龍舌蘭好多了。

被逗樂的史納屈發出一聲哼嗤。「不然你以為會是什麼？貓尿嗎？」

「上次喝的就是。口味怎麼換了？」馬汀伸手越過桌子，拿出紙袋裡的酒瓶。果然，「奔富酒莊」。

史納屈咧嘴笑開彷彿頑皮的小男生，又年輕了好幾歲。「老弟，就算是流浪漢也還是會有品味。」

「但我想你應該不能算是流浪漢吧，哈利，不是嗎？我看過你的房子，還記得嗎？在它被大火燒掉之前。」

史納屈露出微笑，顯然被逗樂了。「告訴你吧，馬汀，在我認識的人裡面，倒是有幾個肥到流油的屁股。有錢的人渣啊，我們學校以前滿滿都是這種人。」

「你說的是哪間學校？」

「吉隆重點中學[1]。」

「這就難怪了。可以解釋你為什麼口音這麼優雅，用字遣詞這麼高級。」

史納屈再度笑了起來，喝下一大口紅酒。

馬汀切入重點。「那兩個背包客的謀殺案，為什麼你不是嫌犯？」

「因為我有鐵一般的不在場證明。」

「怎樣的證明？」

「我人在墨爾本的醫院裡，住了兩個星期。肺炎。我錯過了所有事，牧師對自己的教眾降下神聖的報應，還有某個混蛋把屍體丟在我的蓄水池裡。時間點真糟啊。連續好幾年什麼事都沒發生，然後等到終於出事時，我人卻直挺挺躺在墨爾本，淹沒在證人之中，明白登記在案。」

1 原文為Geelong Grammar。Grammar School，在臺灣多譯為文法學校，但這樣的名稱容易引起困惑。現代意義的Grammar School由二戰後的英國確立，是與Secondary modern school相對的概念：Grammar School著重升學，Secondary modern school著重就業技能培養。

「這是你說的。」

「也是警方毫無疑問已經確認的事實。如果你想找出殺了那些女孩的凶手，我應該會是你最後一個想到的人。」

「聽起來是件好事，不過我不太會把你歸類成可靠的證人。」

「你上次來這裡的時候，我就滿可信的。我告訴你我沒做任何不對的事，我告訴你我沒進過監獄。我們在泉田的時候，我還告訴過你，我沒有強暴任何人。但你還是自顧自地把所有東西放上了報紙。把事情寫成大條，印在頭版變得更大條。你應該要聽進去我說的，但你沒有，也許這次會了。」

馬汀仍震驚於史納屈的正面對質。他的胸口一陣空，剛才還覺得優美宜人的紅酒已然變得索然無味。「所以你打算怎麼做？」

史納屈直視著他，看起來已經不再是流浪漢的模樣了，更像個獵食者。「嗯，我也許會想把你們告到屁滾尿流，包括你、你的報社，還有任何和你的誹謗行為有任何關係的人，無論你們的關係多淡薄。也許我下半輩子不愁沒有高級紅酒可以喝了。」

「那就祝你好運。」馬汀故作勇敢地說。「民事案件的舉證責任跟刑事審判可不一樣，再說你的名聲早就已經死透了，而且我們有很好的律師團。」

但史納屈只是帶著如狼般的笑容，向後靠上椅背，嘲笑馬汀的企圖。「真的嗎？你跟我一樣清楚那沒有屁用。就算真的出現奇蹟，他們發揮了作用，也只是救回幾張本來會在文件往來中被浪費掉的紙而已，救不了你。你寫了新聞，你搞錯了事實，你死定了。」

馬汀感覺自己正落入一場賭注太高的牌局，困在這間老舊葡萄酒館的檯燈燈光裡。他讓自己拿了一手爛牌，而現在已經不得不出牌。

「哈利，我救了你的命——我和羅比．豪斯瓊斯救了你的命。」

「屁。是我救了你們的命，那個笨蛋本來還想把車開進蓄水池裡。不管有沒有你們我都會活下來。」

「你想要什麼？」

「我想和蔓德蕾和解。」

「但就像你自己在泉田說的，她不是你女兒。」

「她不是。」

馬汀消化著資訊，史納屈的視線完全沒離開過馬汀臉上。史納屈占了上風，有本錢等著看馬汀下一步怎麼出招，他知道自己有辦法應付。

「那些又怎麼說？」馬汀點了點頭，示意史納屈手上那些模糊的藍色監獄刺青。

史納屈笑開了。「這些怎樣？」他伸出左手讓馬汀看個仔細。「你以前看過類似的東西？還是你認得哪個標記？」

馬汀看著它們。史納屈手上都是歪七扭八的線條、字母，也許還有個希臘的奧米加符號，但沒有任何意義。他的視線又回到史納屈臉上。

「你真的想在法庭上拿這些當證據？」史納屈問。

馬汀認真地看著他好一會，想知道他是不是在虛張聲勢，但除了決心之外什麼都沒發現。「好吧，你想要我怎麼做？」

「跟蔓德蕾說我的事，說服她我不是她想像中的禽獸。」

「說起來比做簡單。她媽媽宣稱你強暴她，而且蔓蒂也相信了。我要怎麼說服她去信相反的說詞？」

「那是你的問題。說服她，不然我們法院見。」

馬汀向後靠，思考自己該如何說服蔓蒂。他甚至短暫考慮是否該採取最誠實正直的策略：打給麥斯，辭職，承認自己犯了錯。但當他看著史納屈，那個男人臉上的堅決讓他意識到，這麼做也沒辦法帶來任何好處。如果馬汀不設法安排他們兩人和解，史納屈鐵定會提告，不只是為了要錢，而是為了從法律上證明自己不是強暴犯，證明給蔓蒂看。

「好吧，哈利，我會去試。但是請你告訴我，到底發生什麼事？如果你沒有強暴凱瑟琳．布朗德，為什麼她會那麼堅決宣稱你強暴她？還有，為什麼你沒受到調查或起訴？」

史納屈替馬汀倒酒，然後斟滿自己的杯子。馬汀將這視為緩和氣氛的表示，這場談話就要進入下一回合。

「這樣好多了。不過我是認真的，馬汀，幫我達到我想要的結果，不然我就告你。我會讓你的職業生涯就此結束，懂嗎？如果你幫我，我會是你這輩子遇過最好的朋友。」

不知為何，馬汀突然覺得史納屈並不是這種手段的新手。「這聽起來跟威脅沒兩樣。」

「有嗎？隨便你怎麼說。」

馬汀口乾舌燥。他又喝了幾口酒。

史納屈點了點頭，顯然對於強迫馬汀接受自己的條件感到滿意。「那是很久以前的事了。凱瑟琳確實曾經指控我強暴她。一個當地的警察查過這件案子，然後就排除了我的嫌疑。如果曾經有任何紀錄的話，也早已經被清掉了。我父親以前非常有錢，影響力非常大。這附近的人印象中的他是貴族般的大善人，但他在墨爾本的形象不是這樣。跟金合歡的根一樣強悍：商場無情，待人冷酷。他對員工跟對狗屎一樣，看不起男人，用盡女人的好處。說到底他根本就不在乎我怎樣，但他不能容許家族的名譽受到玷汙，所以他動用了一些關係，你就算連初步調查的報告都找不到。」

「連報紙上都沒提？一篇都沒有？」

「只要他是貝林頓週刊老闆，就不可能。而且別忘了，沒有逮捕、沒有起訴、沒有審判，因為根本沒有強暴這件事。讓我逃過一劫的不是我父親的影響力，而是事實，他只是讓媒體不去碰這件事。」

馬汀笑了，享受這送上門來的小小勝利。「嗯，這麼做還真有用，你到現在還是鎮上的賤民。」

「凱瑟琳很受歡迎，很多人相信她說的話。」

「所以後來發生了什麼事？」

「我可以告訴你，但這件事不能見報，馬汀，你聽清楚了嗎？你已經身在洞裡，別越挖越深。」

「當然。」

自從馬汀這天晚上進入酒館以來，史納屈第一次從馬汀臉上別開視線，望向酒館暗處。「如我之前所說，我的家族在一八四〇年代定居泉田。」他開始敘述，嗓音渾厚低沉。「我們擁有所見的一切，幾千英畝的矮灌木叢。那是整個區裡最惡劣的一塊地，不適合耕種，難以清理，毫無土壤可言。其他拓荒者都是這麼想的，所以他們選擇把自己的作物種在平原上；他們每個人都抱持著這種想法，直到第一次大乾旱來臨。實務上來說，泉田那塊地非常好，因為我的祖先夠聰明，不會在那塊土地上硬是強種英國作物。他們不花一毛錢就拿到那片地，也幾乎不對土地本身做什麼事，只是在上面放了幾群牛，拿它當放牧地，而不是田。他們甚至沒花力氣去設籬笆，那種事留給需要把自己的地圍起來的農夫就好，需要圍欄的是那些人，好把我們的牛擋在外面。但是平原上沒有木頭，所以我們看準這點行動，製造圍欄的欄柱，然後賣給他們。金合歡的木質持久不壞，比鋼還耐用。他們付錢給我們，買我們的圍欄，好讓我們的牛不會進入他們的土地。你說這事有多好？我們變有錢了，而大屋旁的蓄水池，就算在這種旱季裡也都是滿的。你有注意到這件事嗎？『受泉餵養之地』。所以才有那個名字：泉田。我們永遠都有水。

「等到我出生的時候，我們已經是最後剩下來的占地貴族了[2]，既屬於鎮的一部分，但又無法融入。十歲那年，我被送到吉隆，偶爾放長假時會回來，也許騎馬，等我年紀夠大了，就到酒吧狂喝。對我來說那地方是家，某種地基，但並不屬於我。我的世界在外頭，在地平線另一端，在倫敦在紐約，我會從墨爾本管理家族事業。泉田對我父親很重要，他想要讓它也對我很重要，但就是沒辦法。旱溪鎮只是一個中繼站，是旅途上的註腳。然後我遇見一個女孩。是我從未見過、所能見到、只想見到的最美麗的、最好的女孩，凱蒂．布朗德。你見過蔓德蕾了，是啊，但是她媽媽還要更美，由內而外，非常不簡單。

「我們馬上就打得火熱。那時候我在墨爾本讀大學，我爸要我去念牛津，跟他以前一樣，但我不懂那有什麼用，墨爾本對我來說就很好了。我告訴你，馬汀，當你年輕、有錢、可以到處玩，那樣的日子真的很好。我住在大學裡——就跟住在寄宿學校一樣，只不過男女同校——沒有規則、喝很多酒、一直上床。要一直到那樣的時光過去了，你才會意識到那種生活有多美好。當我遇到凱蒂之後，我就想和她在一起，於是墨爾本就成了中繼站。在那之前我交過女朋友，但我對她不一樣，非常不一樣。那是愛。這個字短短小小，意義卻很重大，但是當你經歷過之後就知道，再也沒有別的字了。一切都很完美。『我們』彼此完美。長時間分隔兩地讓一切變得更加細膩優美。我會飛到雪梨，租車或借車，然後開到凱蒂當時讀書的巴瑟斯特去過週末。我們沉浸在愛裡，然後我們訂婚，然後——嗯，然後所有事情就都變成狗屎。」

「發生了什麼事？」

「她懷孕了。一開始我很興奮，直到我把事情想了一遍。時間點不對，孩子不可能是我的。」

「你確定嗎？」

「當然確定。她一直背著我外遇。」史納屈的聲音裡帶著痛苦。還有憤怒。

馬汀沒說話，等著史納屈繼續。

「我那時還是愛她，還是想娶她，但是我要知道孩子到底是誰的。她不肯告訴我。我們陷入僵局好幾天，然後我開始喝酒，生氣，整個人發飆。事情變得很嚴重，我對她下了最後通牒：她必須告訴我孩子的爸是誰，否則所有事情全部免談，而且我會讓整個鎮都知道她對情人不忠。她對我大罵，我就更大聲罵回去。到最後，我罵她婊子。事情就無法回頭了。當我說出那個字，一切就結束了。等我一回頭，就被她指控強暴。」

「我沒辦法確定自己相不相信你說的。」馬汀說。

「為什麼不信？」

「要汙衊自己的未婚夫強暴自己，她拿這件事情當報復的手段也太誇張了一點，尤其是她對不起你在先。」

「你們就是會這麼想，不是嗎？我猜她是因為太害怕被揭穿，太害怕被貼上濫交和出軌的標籤，才在恐慌之下做出這種行為。我覺得她想要讓我退讓、娶她、視那個孩子為己出，讓其他的事情過去。但是當她找上警察的時候，那個選項就消失了。當然，後來警察還了我清白。他們找不到對我不利的證據，最終會跟其他人一樣衡量繼續追這件事情能有什麼好處。

「我離開鎮上，回到墨爾本的大學裡，試著把一切拋在腦後。旱溪鎮本來對我來說就沒多重要，發

2 原文為squattocracy，結合蝸居（squatting）和菁英、貴族（aristocracy）兩個字而成，算是澳洲特有的詞彙，指一開始圈地開墾時占地納為己有，後來因此發達的家族。

生那件事之後我就完全受不了這個地方了。但是凱瑟琳待著，對每個願意聽的人抹黑我的名字。到了最後，我父親介入了。他替她開了書店、給她零用錢，答應幫助她和孩子也就是蔓德蕾的生活，前提是她停止指控。事情就這樣結束了。我從來沒再回到這裡，而我媽無法承受這些事情，整顆心都碎了，一兩年後過世。在那之後，我只在墨爾本跟我爸碰面，從來沒再回到這裡。」

「你結過婚嗎？」

「在那件事之後嗎？沒有。我後來的關係都沒超過三個月。我已經無法再全心相信任何人了。你不會知道她到底傷我多深，將我對人的信念踐踏得有多澈底。對，我沒有結過婚，也從來沒有孩子。」

「那為什麼還要回來？」

「因為我忘不了她。」

史納屈又喝了一點酒。他瞪著黑暗，彷彿他還能看見他令人迷惑的年輕未婚妻，還能在黑暗中瞥見她的身影。馬汀沒說話，而史納屈最終又開口繼續說下去。

「當人老了就會這樣：過去往事在你身上越疊越重，直到有一天你發現自己活在那之中的時間比活在現實還多。晚上，她會在我的夢裡。不是每次，但夠頻繁了。我時不時就會看見她，出現在那裡，從我的潛意識釋放出來：我最初認識的那個凱蒂，完美、耀眼、容光煥發，那樣的她會再次占據我的心，於是當我醒來的時候會想著，我依然愛著她。那種日子最痛苦。我會跑出去喝酒，讓自己醉到不能再醉，把那些夢驅逐出我清醒時的腦中。就跟以前那些會來葡萄酒館的可憐老兵一樣，活生生的行走的傷口。但這種方法從來沒真的有效，所以最後我又回到了這裡。

「當然，她不肯見我，那股僵化的厭惡已經扎得太深、太根深蒂固。但我找到了這個地方，我的藏身處。流浪漢的身分很適合我——反正不需要花太多力氣掩飾，我本來就已經朝那個方向前進。這個身分給了其他人一個無視我的理由，讓他們不想靠近我，我可以坐在這裡，偶爾看她來來去去。她老了，這是當然，但又還沒那麼老。老朋友、往日情人、和你一起年輕過的人，這些人都有種特質：當你許多年後再次見到他們，你看到的不是他們現在的樣子，而是以前的模樣。你會看穿發福的體重和皺紋，看穿朦朧混濁的眼神和下垂的下巴，看到他們年輕、充滿活力時的樣子。我可以看到那樣的凱蒂，彷彿她還是這一切分崩離析前的那個她。當她走出書店，在我心裡，她便又回到二十歲。然後有一天——有一天我看到那個女孩，我看到蔓德蕾，大學畢業回來，她看起來就跟她母親以前一模一樣。我被那個景象震懾住，坐在這裡哭。

「到了最後，我還是跟她說到話了，跟凱蒂。那時她人在貝林頓的醫院裡，蔓德蕾也在，但不讓我進病房，以為見到我會讓她母親不高興，不過當時牧師在場，他懂。後來，他讓我進去看她。凱蒂對我說：『我們不要去講那件事，哈利，不要說話，握住我的手就好。』所以我照做。我們坐在那裡，握著手，看著彼此的眼睛。她那時看起來很糟，很憔悴，但是那雙眼睛還是沒變，閃閃發光。而且她很高興看到我，馬汀，充滿喜悅，沒有任何譴責。一個星期之後她就過世了。我沒辦法參加葬禮，但沒有關係，我們談和了。但她從來沒撤回她的指控，至少我沒聽說過，所以我還是那個不受歡迎的人，還是這個鎮的怪物。」

他停頓下來，重整情緒，喝了些酒。「而現在，我覺得我真的必須走了。房子已經沒了，而警察就算能還我清白，這裡的人也還是會相信把那兩個可憐女孩丟進蓄水池的人是我。可惜啊，泉田對我來說才剛開始感覺像個家，像我小時候應該要感覺到，卻一直沒有得到的那樣。而且我喜歡待在這間酒館裡，可以坐在這裡，在黑暗中，去想這一切可以有多不同。」

馬汀開始同情起這個老人，但還沒到能夠忘記史納屈剛才的威脅。所以當開口提問時，他盡可能讓自己的聲音不顯示出任何同情的暗示。「如果蔓蒂不是你女兒，為什麼你還想和她和解？」

「因為我老了，我有我的遺憾。醫生們不怎麼喜歡我對自己的肝所做的傷害，我也沒辦法長命百歲。我常坐在這裡，思考如果當初我沒那麼堅持，如果我娶了凱瑟琳，並守住她的祕密，那現在的情況會有多不同。蔓蒂會以我女兒的身分長大，凱蒂和我也可以有我們自己的孩子，每件事都會變得非常不一樣。蔓蒂是重拾那種生活所剩下的最後一絲可能性了，也是我唯一能挽救的部分。」

「哈利，我看不出我還能怎麼做。她愛她母親，她不會讓你、我或任何人說的話破壞這一點。」

「我要你說服她做ＤＮＡ測試。」

「你說什麼？」

「為了證明我不是她父親。你告訴她，如果她同意，無論結果為何，我都會離開旱溪鎮。」

沉默充斥兩人之間，史納屈的提議掛在空中，懸而未決。

「哈利，你跟其他人說過這些事情嗎？」

「老弟，沒有。從我回來之後就沒有了。只有你，和拜倫．史衛福特。」

「拜倫．史衛福特？」

「馬汀，他是牧師。」

兩人安靜坐著。馬汀喝完杯中的紅酒，站了起來。「好了，哈利，我會想想看能怎麼做。」

就在他快要走到門邊時，此刻看起來已經沒那麼老的老人叫住他：「馬汀，謹慎一點。我知道她很美，我知道她很聰明，但她同時也是那個女人的女兒。不要逼得太用力、太快，不要趕。我已經等了三十年，必要的話我可以再等久一點。」

15・自殺事件

馬汀坐在雜貨店外的長椅上，瞪著《世紀報》。第五版。他的報導居然刊在第五版。就連《先驅太陽報》都把文章放在頭版，更別提他們的文章根本沒有新聞成分可言，只是混亂堆砌許多舊的事實和新的瞎猜，把毫無根據的揣測包裝得彷彿真的發生過一樣，竟然還說那兩個德國人在中槍身亡之前曾受到強暴和虐待。他重新讀過自己的文章，想找出他是否哪裡做錯了才被放逐到這麼裡頭的版面，但最後一無所獲。頭版登了一籮筐二流新聞，主文在寫墨爾本房地產，新聞照片是某個電視名人拋妻棄子去加入邪教的故事。馬汀想起之前和麥斯・富勒的對話，麥斯再三保證身為編輯的他不只信任馬汀，也對馬汀有信心。但麥斯是《雪梨晨鋒報》的編輯，他個人的忠誠無法限制《世紀報》的同事想怎麼做。馬汀感覺身體裡開了一個大洞。有事情不對勁。

回到黑狗，他打電話到雪梨，最終接通他的編輯。

「早安，馬汀。」

「第五版？是在開玩笑嗎？」

「那是《世紀報》。一群軟腳蝦。你在《晨鋒報》是第三版。」

「我應該要高興嗎？這是昨天晚上所有電視臺的主新聞，連《先驅太陽報》那邊都拿來當頭版頭了。」

「拜託別這樣，馬汀，文章能刊已經是我去爭取來的了。」

「怎麼會？麥斯，為什麼？到底發生什麼事？」

「說真的，我也完全不懂。但我很高興你打過來，我有壞消息——他們把你從這條新聞裡拉掉了，要你回到雪梨。他們說一個星期已經夠久，不想要你在這條線上做過頭。他們會派德佛去接手，《世紀報》也會派自己的記者莫提．朗。」

這些話彷彿重錘落下，震得馬汀說不出話。他看到自己的職業生涯濃縮成了一個畫面：砸破的玻璃，碎落滿地。同時另一個畫面浮現：他坐在新聞室邊緣的某張桌前，一蹶不振。憤怒湧了上來：「你說的『他們』到底在指誰？你的意思應該是『我們』吧？把我拉出這條新聞的人是你，派德佛過來的人也是你，至少也承認自己下的決定。」

「不是，馬汀，事情不是那樣——」

「很好，不是這樣，那你就去爭取，你要堅持這條新聞屬於我。你必須這麼做。」

「馬汀，聽著——我也被踢出來了。他們把我砍了，今天是在職最後一天，之後會有人接替。」

重錘再次砸了下來。「你說什麼？為什麼？」

「沒有為什麼。我在這位置待了七年，大部分的編輯根本只做得到一半的時間。發行量在減少，廣告在減少，革新的時候到了。」

「麥斯，那都是屁話。發行量跟廣告本來就一直在減少。你不能讓他們這麼搞，你是我們有過最好的編輯。」

「謝了，馬汀，謝謝你這麼說。不過事情已經決定，我不再屬於這裡了。但是別擔心，他們安排了完整的降落傘計畫。薪水一樣，特約撰稿，本地加海外。幾乎讓我充滿期待。」

「天啊，麥斯，失去你是很大的損失。」

「謝了。他們也會幫你安排好後續職位的。他們想要你暫時別做報導，但是他們知道在加薩那件事之後，報社必須負起照顧的責任。再加上，你是我們文筆最好的撰稿者之一。他們覺得你可以負責寫頭條，或是改寫稿子，外加培訓和輔導的工作。等你準備好了，你想再繼續做報導記者也可以。你會沒事的。」

* * *

馬汀掛上電話，坐在黑狗的房間裡。旅館客房，這曾經代表了他的生活。豪華飯店的豪華客房：紐約皮埃爾酒店、羅馬格蘭德酒店、耶路撒冷美國殖民地大飯店，套房一間接一間。還有差勁旅館的噁心房間：巴西那間地板髒得要死的小木棚、柬埔寨農村裡的妓院，他還曾在海牙某間毫無特色的商務旅館裡待了三個星期。然後是現在，這裡，他的最後一間房間：這是一間冷氣會不斷發出悶響的狗籠，有著尤加利樹圖案的量產壁紙，以及能讓世界衛生組織拉稀屎的水質。在那麼多努力之後——那些腎上腺素、那些野心、那麼多字，幾百萬個字——這就是盡頭的結局：黑狗汽車旅館六號房。他看著自己的手。這雙手，曾經握過總統、政要、海盜和赤窮貧民的手，曾在數十部鍵盤上創造奇蹟，無論平凡或重要的新聞都曾經歷過。這雙手很快就要受令沉默了，或者被徵收去修飾二手的文字與二手的思想，或者生產不比辦公室內部備忘錄更重要的文章。這雙手終究還是如此平凡。

電話響起：這個沒耐心的世界，這麼急著撲上來，連讓他好好傷心的時間都不給。

「馬汀．史卡斯頓！哈囉，老哥，我達西．德佛啦。你現在是大紅人了耶，我寫的東西根本上不了版。我只是想說——」

「達西，你等我一下。」馬汀沒掛斷電話，而是把話筒輕輕擺在床上，然後走向浴室。洗澡時間到了。他轉開水龍頭，脫掉衣服，走進旱溪鎮水質令人質疑的自來水柱底下。

＊＊＊

馬汀想去綠洲，一吐心中的重擔，告訴蔓蒂自己發生了什麼事，尋求慰藉。在這個垂死的小鎮上，她是他唯一的朋友：他的愛人，運氣好的話可能也是他的紅粉知己。但是，此時的他卻沒辦法去見她。相反地，他只是坐在公園的圓形涼亭裡，反覆思考自己的選擇。史納屈的威脅籠罩在他頭上：說服蔓蒂進行DNA測試，否則老傢伙就會提告。如果馬汀拒絕，他的事業就真的要化成歷史了，任何捲土重來的機會都會消失。史納屈會把他榨得一窮二白，《晨鋒報》則會把他推到窗外風乾；報社會想盡辦法減輕他們自己的責任，說他們一發現他的報導有不正確的可能性，就立刻將他抽離這條新聞線。他們會將他描述成一個流氓記者，藉此來彰顯報社的品格，甚至出於榮譽和對事實的輕忽，作證表示他們在史納屈威脅起訴之前就已對馬汀進行內部處分。也許這就是為什麼上頭這麼快就找達西和莫提來代替他的原因：那些連辦公室的傢俱都貴人一等的律師們也許不懂新聞業怎麼運作，但絕對是找替死鬼、推卸責任和自我保護的高手。

所以他會考慮說服蔓蒂進行DNA測試，告訴她結果並不重要：無論她是不是史納屈的孩子，她都能一勞永逸地擺脫這個人。但是他知道，測試的結果的確重要。史納屈一定對最後的答案很有自信，否則怎麼願意賭這麼一把大的？他說的應該就是事實：他不是她父親。如果真是如此，無論發現真相後會有多痛苦，她不都該有知道的權利嗎？這不就是他身為記者的責任，也是他整個職業生涯所追求的核心價值——說出真相嗎？難道他不是該揭穿所有卑鄙謊言、公關推託和隨意編造的故事，即使事實可能帶來麻煩甚或傷害，都要將真相告訴大眾？那又怎能昧著良心，不把史納屈的提議告訴她呢？

但如果她同意接受測試，並且最終證實史納屈是對的，又會發生什麼事？她母親在她心目中的地位將無可避免地崩塌，她生命的基石將被摧毀。蔓蒂之前是怎麼說的？拜倫．史衛福特和她母親是她這輩子所認識唯一正直的兩個人。先是史衛福特忽然成為一名殺人狂，現在又來了個馬汀．史卡斯頓告訴她，他媽媽是個病態的騙子，不只編造出虛假的幻想來維護自己的名聲，更連帶摧毀了自己宣稱愛過的那名男人的人生。馬汀有辦法做到嗎？走進她的書店，走進那座凱瑟琳．布朗德化身的神聖殿堂，推垮蔓蒂的世界？

他看著自己的手，那雙平凡無奇、毫無用處的手，不曉得該怎麼做。

他沒辦法再繼續坐在這裡，沒辦法繼續忍受和自己相處，於是起身離開公園，開始散步。但那些念頭跟了上來。或許他這麼做也是在幫她一把。史納屈會離開這裡，蔓蒂母親的祕密也將隨他遠去。或許一開始蔓蒂會因此覺得受傷，這點倒不必懷疑，不過最終也將因此獲得自由：不再受往事綑綁，或覺得自己對旱溪鎮還有未竟的責任。她可以帶著連恩離開，在其他地方重新開始生活。畢竟，她才二十九歲，她不需要也不會想要他——他只是史納屈的共犯，某個年屆四十的平庸傢伙，職場走下坡的中年魯蛇。但是，坦白說，這對她或許真的不是壞事。

她的年紀對他來說似乎已經是很久以前的事了。二十九歲的他是個怎樣的人？自以為是、千杯不倒，某個帥得要死的萬人迷。那時他已經是資深特派員，是麥斯派往麻煩地方的第一人選。他有如傘兵空降，勾引當地女子，寫下加油添醋的故事，然後彷彿出征歸來的英雄似地再度凱旋回到辦公室。他享受生活，也享受活在夢想中的快感，瞧不起那些追求平凡職位、過著傳統生活的人。毫無疑問，以前的他驕傲自大，對於其他同事的建議、埋頭苦幹進度緩慢的同行，以及辦公室裡的勾心鬥角全都不屑一顧。也許他們現在都正策畫著各自的復仇。

他還記得以前讀書時同屆的一個傢伙，史考特，腦袋很聰明，一頭金髮蓬鬆，臉上隨時堆著笑容。史考特一心想成為牙醫，跟他爸一樣，常在解釋這份工作能賺多少錢，而且不只能賺錢，還能提供人生保障。馬汀還記得自己心裡有多鄙視，近乎憐憫。但是反觀現在，他就要往四十又一邁進，不知道史考特現在怎麼樣了，不知道他人在哪裡。他很清楚這個問題的答案：史考特會擁有一間大房子，郊區綠樹成蔭，妻子美麗大方，兩個孩子則都進了私立學校；他會有間海邊渡假小屋，假期去滑雪，手裡握有大把股票投資組合，並且，早早就已規畫退休生活。馬汀想到蔓蒂，那麼年輕、美麗、脆弱，而自己居然和她上了床，他到底在想什麼？他知道他遲早會離開這裡，離開她，就像他一直以來那樣。麥斯的空降記者，執行最後一次任務，彷彿突擊隊員般快進快出，混蛋一枚。

他決定了。他得離開這裡；他要回到黑狗打包行李，然後退房登出。德佛抵達的時候，他不想在這裡。但他還是得和蔓蒂告別，他不能賊似地趁夜摸黑溜走。他該怎麼說？**抱歉我還是了無新意地變成了滿腦子只想做愛的變態中年人，總之，謝謝你和我上床。**這樣嗎？還是：**你對我變得越來越重要了，來雪梨吧，讓我帶你和連恩離開這一切。我不是史考特，但是我在薩里山有一間單房公寓。**天啊，他到底該說什麼？他又該怎麼交代哈利．史納屈的事？

他沿著公路走，持續糾葛自己該怎麼處理現在的情況、該怎麼面對蔓蒂。此時，羅比．豪斯瓊斯開著車在他旁邊猛然停下，完全省略斜角倒車那一招，而是直接將警車甩至與人行道突起邊緣平行的位置，也沒熄掉引擎，便探出車窗和馬汀說話。柔潤的男中音裡帶著緊張和嚴肅的語調：「馬汀，終於找到你了。」

「怎麼了羅比？」

「赫伯・沃克，他自殺了。」

馬汀一句話也說不出來，只能張嘴圓瞠。

「就在貝林頓鎮外的河裡。他把自己淹死了。」

「自殺？你確定？」

「他留了遺書。我現在要過去。」

「我可以跟你去嗎？」

「不行，馬汀，你不會想跟這件事扯上關係的。」

「什麼？為什麼？」

「遺書有點把責任怪罪到你身上。你在報導裡說他收到蓄水池裡有屍體的線報，卻沒有展開調查。他說他一直都很盡忠職守。」

馬汀只是看著羅比。沃克死了。自殺，並把責任歸咎於他。媽的。他本來還以為今天最糟的時刻已經過去了，現在根本連九點半都還不到。

「我得走了，馬汀。但如果我是你，我會想辦法把自己藏起來。發生這種事，沒有人會想知道你怎麼想。」

羅比切換警車檔位，在馬汀一語不發的注視下，朝貝林頓的方向駛離。

* * *

回到黑狗的房間，馬汀打給人在雪梨的貝瑟妮・葛萊斯。接起電話時，她聲音裡還帶著雀躍：「你好，我是貝瑟妮。」她還不曉得。

「貝瑟妮，是我，馬汀。」

「噢天啊，馬汀，怎麼會這樣，我不敢相信他們居然把你拉出這條新聞。他們那些人全都腦子裝大便，你根本不該為我們的報導受到任何批評。」

「貝瑟妮，接下來我受到的批評會變得非常多，可能你也是。」

「發生了什麼事？」

「赫伯・沃克，貝林頓警局的小隊長，他自殺了。」

「怎麼會？」

「他在墨瑞河投河，就在離貝林頓不遠的地方。而且看來他留了一封遺書，說是我們的報導逼他這麼做的——就是宣稱他忽視蓄水池裡屍體線報的那篇。」

「那篇報導的內容是正確的，他也從來沒否認。」

「對，但他這個人夠聰明，他一定是猜到你從哪裡得到消息：上頭的人把他當成代罪羔羊，丟進狼群嘴裡。他的職業生涯已經泡湯了。」

「那不是我們的錯。」

「貝瑟妮，我認為那不是重點。我們在這次的新聞上把其他報社甩得遠遠的，現在他們的機會來了，他們會直攻要害。而且說真的，我們也沒有什麼上級大腿可以抱，不是嗎？」

「媽的。我們該怎麼做？」

「首先你需要通知麥斯，或者任何接了他位子的人，並跟他們解釋接下來要把我們全部捲進去的糟糕情況是怎麼一回事。」

「接手的是泰芮・普斯威爾。」

「很好，她夠硬。盡快告訴她，問她想要誰寫這篇報導。」

「她正在開會。」

「無所謂，打斷他們，他們需要知道這件事。」

「當然。」

「你搞清楚怎麼回事之後回電給我，我會待在黑狗。」

「靠，馬汀，我覺得好愧疚。」

「嗯，不必愧疚，你沒有做錯任何事。你找到一條很扎實的故事，而我們把它報導出來。抬頭挺胸，不必道歉。」

「謝了，馬汀。你也是，懂嗎？」

「當然。你有進展就打給我。」

「我會的。祝你順利了。」

電話在四十五分鐘後響起，馬汀還在留在原來的位置上，完全沒移動半步。一陣刺耳的噪音把他徘徊在某處的思緒拉了回來。

「馬汀嗎？我是貝瑟妮。抱歉要讓你做這件事，但是今天中午警方要在貝林頓開記者會，地點在警察局，而達西要到晚上才會到那邊，他們想要你先替他採訪。抱歉。」

「媽的，壞事真的是一件接一件。我盡量看能怎麼做。」即使心中有股恐懼不斷湧出，他仍試圖讓自己的聲音聽起來輕鬆一點。

「謝了，馬汀。等你回來我請你喝一杯。應該說請你喝一桶。」

「謝謝，我應該需要不少酒精。我之後再從貝林頓打給你。」

通話結束後，馬汀想起自己先前給貝瑟妮的建議：**抬頭挺胸，不必道歉**。說得真他媽太對了。他最後決定先不退房。他為手機和筆電接上充電線，好在前往貝林頓之前充飽電力。手機在那裡會有用，他可以在開車途中繼續充電。沒有必要太早過去。他按下筆電電源，打開那篇還沒完成的專題報導，〈旱溪鎮：一年之後〉。他讀了起來，不久，他便在鍵盤上瘋狂輸入。就像以前那樣，報導裡的故事把他拉了進去，將他全部吞噬，他所有的個人危機都暫時被隔離在思考之外。

＊　＊　＊

他在開往貝林頓的途中思考沃克自殺的原因，重新回想他們兩人最後一次在旱溪鎮警察局後方見面時的談話內容。那時的沃克積極而且有些惱火，並沒有沮喪或心煩意亂的樣子，行為舉止完全看不出任何他可能正在考慮自殺的暗示，相反地，他看起來很想要繼續調查拜倫・史衛福特。不過馬汀意識到這一點其實沒有任何意義，從他們談話到沃克死前這段期間，還是有可能發生其他事，例如高層決定針對未追查蓄水池棄屍案密報進行懲處，可能是降職或公開譴責。沃克自豪於能泰然統治自己的領地，也許他光是想到自己將會受到羞辱便已承擔不住，雖然這件事在貝林頓居民心中的重要性永遠不會像他想的那樣。當一個人在三更半夜被自己的思緒追趕進漆黑暗巷，失去洞察能力時，誰知道他會深陷怎樣陰暗的念頭，又會對哪些事耿耿於懷？

加薩事件後的幾個月，同樣的恐懼也糾纏了馬汀好一陣子，到最後連用藥誘發的睡眠都來得如此不情不願。心魔紛紛降臨，馬汀與之搏鬥，但有太多時候他都感覺它們就要贏了，自己根本沒有打這場仗的必要。他曾經一步失誤，向當時其中一位輔導員提到這件事，結果危險訊號一路擴散，搞得全《晨鋒報》都曉得。但那種螺旋下墜又重新振作的過程需要好幾個星期的形塑，沃克真的在幾個小時內就從反抗和憤怒跌落至毫無未來可言的絕望中嗎？這有可能嗎？也許沃克還被其他事情困住了，幾件不為人知的麻煩事，而他最終選擇撒手不管，讓怪罪《晨鋒報》變得更容易。只是也許。

對向一輛車迎面高速與馬汀錯過，迫使他暫時回神專心開車。眼前的平坦大地像根單色的骨頭，在多年乾旱中濾去所有色彩。放眼望去沒有任何會動的物體。昨晚剛被過路車撞死的動物屍體散在馬路邊緣。馬汀想尋找地平線的位置，但眼前模糊一片沒有形體，天空與大地閃爍的邊緣融化為一體。有一瞬間，他在一週前強迫自己看到的幻象突然不請自來：他的車似乎靜止了，移動的是大地，在他身下以一百二十公里的時速旋轉。他甩頭，爭回自己的正常視線。

某個不安的念頭擠進馬汀的意識中。如果今天某具屍體被沖上墨瑞河岸，而讓某個晨跑的傢伙或倒楣漁夫發現那是馬汀的話，會發生什麼事？也許他就不用寫遺書了。加薩創傷事件所帶來的壓力、一系列錯誤報導、沃克之死造成的重擔、被摘除報導職務的羞辱，驗屍官不會多加思考，警方則是想都不會去想，肯定自殺。貝瑟妮和麥斯會一起合作完成一篇簡短的訃聞，達西會在他的守靈儀式上演說得振振有詞，可憐的羅比．豪斯瓊斯則會不停猜想下一個會是誰。一陣哆嗦竄過馬汀背脊，抗衡著這片荒涼平原的炎熱溫度。最後，液態狀的遠方終於出現第一條綠線。貝林頓。馬汀對於離開平原感到欣慰，幾乎像是他樂於抵達此地，去面對接下來要發生的一切。

貝林頓警察局是一棟專為警局打造的堅固紅磚建築，此時已有十數家媒體守在外面。攝影人員已經挑好各自的位置，在陰影裡立起三腳架，並在地上放了一張白色卡片，標示出他們想要警方人員站定的位置。隨著馬汀走近，本來稀鬆如常的談笑聲漸漸削弱成一片沉默。通訊社記者老吉姆．賽克李還願意禮貌上跟他打一個勉強的招呼，但除此之外沒有任何人想和馬汀說話。《先驅太陽報》的記者為馬汀缺乏智慧的出席決定搖了搖頭。道格．桑寇頓假裝自己沒看到他，不過手下的平面攝影和影像攝影師們就毫無歉意，拚命用鏡頭捕捉這位沒有道德的同行。**抬頭挺胸，不必道歉**，他默默提醒自己。

警方不久後便出現了，除了蒙特斐爾和路奇，還有羅比；年輕的小警察看到馬汀站在媒體群最後方，皺了一下眉頭。蒙特斐爾東調西整，還在找正確的站位，就在他問著是不是已經開始錄影時，馬汀突然感覺有隻手放在自己肩上。是那個ＡＳＩＯ探員，高芬。那個男人冷笑了一下，然後點點頭，什麼都沒說。這應該要是什麼意思？對他表示關心嗎？

「各位先生女士，早上好，」蒙特斐爾說道，對著電視臺的攝影機讓他說話的態度變得僵硬、正式不少。「我知道州長和警察部長稍晚會在雪梨發表評論，所以我在這邊只會進行簡短的聲明，不接受提問。下列聲明只針對事實進行陳述。今天早上大約六點二十分左右，一位當地居民在貝林頓西北約五公里一處墨瑞河淺灘，發現一名當下判斷已經死亡的男性。該處是在下游。我們已證實該名男性死者的身分為新南威爾斯警察局的赫伯．沃克小隊長，並確認這起死亡事件並無可疑情形。

「沃克小隊長領導貝林頓區警務工作已經超過二十年，本鎮與鄰近地區居民以及新南威爾斯地區警察團隊全體同仁，都對他感到深切懷念。沃克小隊長是位非常出色的警察，這點無庸置疑，他同時也是偉大的人民公僕。我在過去幾天有幸能與沃克小隊長密切合作，親身了解他是一名非常專業的警官，不僅為執法工作投入了畢生心力，同時也全心為本地社區服務。」

蒙特斐爾本來一直正視著眾多攝影鏡頭的筒狀鏡身，此時卻稍微偏離視線，看著馬汀。「赫伯．沃克在我們最需要的時候竭盡心力服務當地社群人民，他應該擁有比這更好的結局。」警官重新注視著攝影機。「謝謝各位，我的聲明至此。祝各位有一個愉快的早晨。」

警官們轉身走向警局，攝影機還對著他們的背影徘徊不去，媒體維持了一陣短暫靜默。接著，所有的攝影機都被摘離三腳架，推至馬汀面前，捕捉他的回答。那些鏡頭大開，像飢餓的嘴，而道格．桑寇頓宏亮的嗓音朝他壓來。

「馬汀．史卡斯頓，你對赫伯．沃克小隊長的死有沒有什麼話要說？」

其中一架攝影機的頂端有盞補光燈，攝影師把燈打開時，馬汀畏縮了一下。

「我衷心對他的離世感到遺憾，他是位非常好的警官。」

「你會對他的家屬道歉嗎？」

「道歉？為哪一點道歉？」

「你不斷糾纏這位警官，將他逼得結束自己的生命，現在卻不願意對他傷心的妻子道歉？」

「我很抱歉他走了，這是當然的。」

「你承認自己先前的行為是可恥的嗎？」

這時馬汀懂了。桑寇頓早已經決定好報導的角度，在馬汀承認自己做錯某件事之前，他都會一直追問下去。**好啊，管他的**。「我們沒有做錯任何事，我們所報導的都是新聞事實。赫伯．沃克的死並非我的責任。」

「新南威爾斯的州長說你是最惡劣的記者類型，毫無道德，會為了爭奪頭條而出賣自己的靈魂。」

「好啊，如果真的是這樣，為什麼你還要繼續訪問我呢？你知道你這樣算什麼嗎？就是個偽善的下流寄生蟲。」

這些話一出口，馬汀就後悔了，完全不需要桑寇頓臉上自鳴得意的笑容來提醒他這一點。媽的。桑寇頓已經得到他要的了，提問結束。

他們在那之後放任他獨自離開。他朝河邊走去，在一排白楊樹蔭裡的長椅坐下。炎熱的氣溫讓這裡的居民都待在家裡，謝天謝地。他應該打給貝瑟妮。他知道自己應該這麼做，卻沒力氣去撥那串電話號碼。手機響的時候他簡直鬆了一口氣，從採取主動的壓力中被釋放。

「馬汀？」是貝瑟妮，她的語氣壓抑、不確定、充滿擔憂。

「嗨，貝瑟妮。」

「你還好嗎？」

「再好不過。」

「我們剛才看到貝林頓那裡的片段了。」

「嗯，大概不是我最有風度的狀態。」

「聽起來像是你在罵赫伯．沃克是下流寄生蟲。拜託告訴我你沒那樣說。」

「什麼？怎麼可能。絕對不可能。我說我對他的死很抱歉，然後說他是個很好的警官。」

「所以下流寄生蟲是在說誰？」

「道格．桑寇頓，十號電視網的那個王八蛋。」

電話那一端鬆了一口氣，發出一陣簡短同時感覺強迫的笑聲。「嗯，這點倒是說對了。」

「貝瑟妮，你盡量低調一點，知道嗎？這場戲的祭品會是我，沒必要連你也扯進來。你們那邊資料都有了嗎？需要引述哪些內容嗎？」

「不用，我們有警方提供的逐字稿。他們這次轉稿速度史上最快。不過如果你有錄到你跟桑寇頓之間的對話，那就把錄音檔傳過來，我們可以想辦法推這條替你辯護。」

「貝瑟妮，謝了，很高興和你一起共事。」

掛斷電話，馬汀看著寬廣河面，思考為什麼自己會答應接這場警方記者會。畢竟，逐字稿已經發了。同時他也想知道為什麼報社堅持要他過來，怎麼說他都已經正式放手這條新聞了。但是，天啊，他真的還沒準備好成為負責寫逐字稿的平凡記者。

他的手機再次響起。是麥斯。

「靠，麥斯，他們還是連自己打給我的膽子都沒有嗎？」

「顯然是沒有。你還撐得住嗎？」

「我不確定。你看到臨時記者會了嗎？」

「每個人都看到了臨時記者會。天空新聞現在不斷重播片段，影片是十號臺給的。我想你應該沒有真的罵那個警察是下流寄生蟲。」

「沒有，當然沒有。我那是在讚賞十號電視網那個卑鄙小人桑寇頓。」

「嗯，看起來我們電視臺好兄弟的報導不是這個路線。幸好澳聯社的賽克李對這件事的態度正確，現在ABC也朝這個方向去走，挑了比較有道德的角度，抨擊十號臺刻意煽動報導。」

「所以我還算有點希望囉。」

「不對，馬汀，你沒有了。」

「什麼意思？」

「我打電話就是為了說這件事，你被開除了。這個決定跟我無關，我只負責傳話。公司會付你所有應得的福利，不過你的工作已經結束了。我很抱歉，馬汀——比你能想像的還要抱歉。」

有那麼一會，馬汀完全說不出話。當他終於能開口說話，便是安慰他的老朋友和人生導師。

「這群傢伙根本沒卵蛋，麥斯，派你來做這件事。不可原諒。我永遠也不會原諒這件事。我永遠沒辦法原諒他們。」

「謝了，馬汀，但是不必擔心我，好好想想你自己吧。你回到雪梨之後打給我，我們去喝一杯，討論有哪些選擇。我已經有幾個想法了。」

「謝謝，麥斯，你夠朋友。」

「馬汀？」

「怎樣？」

「別做蠢事，好嗎？不要冒險。」

16・逃犯

十號臺播出的新聞比馬汀預期中更糟糕。他獨自坐在黑狗汽車旅館六號房裡，用老式的映像管電視機看新聞，畫面布滿雜訊。新聞主播話中帶著深切的憂慮：「針對發生在本州西南方的背包客謀殺案，警方的調查過程有了令人非常不安的發展。調查團隊中一名職務重要的警官今日身亡——據傳讓他不得不結束自己生命的原因，是媒體同行不負責任的惡劣報導。請看十號臺的道格・桑寇頓在旱溪鎮為我們帶來的資訊。」

這則合成報導以數張警界英雄赫伯・沃克的褐色照片開場，並搭上大提琴配樂。無恥的「專題」兩個字霸占著螢幕右上角。道格厚實的男中音充滿同情與不捨：「這個小鎮的居民先前已失去許多重要的親人，但今天晚上，他們卻再次蒙受打擊——當地警官同時也是小鎮英雄的赫伯・沃克小隊長離開了。」

接著畫面突然切到一位中年婦女，並且加上字幕表明這是貝林頓的鎮長。「赫伯・沃克是我認識最善良、最勤奮的人之一，是我們在地人的支柱。」

畫面再次跳切，這次出現的是羅比・豪斯瓊斯：「對，我想在某個層面上，他對我來說是如導師般的人物。」

畫面切至桑寇頓，他站在墨瑞河岸邊，隨著鏡頭緩慢推進一邊闡述自己的觀點：「昨天晚上，赫伯・沃克小隊長就是在這個地方，決定拋下這難以承受的現況。他以無比勇氣與正直深入調查旱溪鎮大屠殺及背包客謀殺案，但在這個地點所找到的遺書內容卻暗示他了結自己性命的原因，是因為無法接受報紙媒體錯誤報導的汙衊。」畫面切換成一段《晨鋒報》和《世紀報》頭版的蒙太奇拼貼。桑寇頓的聲音轉為旁白繼續，但已不再帶著哀悼或同情，而是逐漸激起正義的控訴。「這三天來，費爾法克斯旗下媒體不斷以煽動聽聞的方式報導旱溪鎮背包客謀殺案，且內容時有錯誤。這些報導先是隨意指控好幾個人為犯罪凶手——但指控都受警方證實並非屬實——接著就在昨天，該報指責赫伯・沃克將近一年來掩蓋自己知情背包客謀殺案一事。」

畫面切換成州長，真誠的化身。他站在州議會的後院，身後跟著警務部長、檢察總長和警察局長；那三個人全都神情嚴肅地盯著州長的後頸，因為衷心同意州長所言而紛紛點著頭。「我與我的政府團隊是言論自由最大的維護者，但這件事的發生已超出可接受的範圍。就為了一道卑鄙的標題，就為了多賣幾份報紙，一位好人為此付出了性命。」

警方在貝林頓召開記者會的遠景畫面。桑寇頓專注聆聽記者會的畫面。桑寇頓的旁白再度響起，語氣裡再次點綴著同情：「赫伯・沃克的警界同事將帶著失去沃克的傷痛，繼續進行調查。」

蒙特斐爾：「赫伯・沃克在我們最需要的時候竭盡心力服務本地社群人民，他應該擁有比這更好的結局。」

接著就是馬汀的畫面，因為攝影機刺眼燈光而眨著眼睛想離開的他，看起來極為鬼祟。桑寇頓帶著殺意湧上：「但是該為這起事件負責的報紙記者馬汀・史卡斯頓卻毫無悔意。」接著是馬汀說著：「就是個偽善的下流寄生蟲。」

「十號新聞臺的道格・桑寇頓，旱溪鎮報導。」

畫面回到新聞主播，他的前額因收到新的事件資訊而皺起：「我們收到一則消息，或許能為沃克小隊長悲傷的家屬和貝林頓鎮民帶來些許慰藉《雪梨晨鋒報》今晚發布道歉聲明，同時宣布即刻開除該名負責報導的記者。」

馬汀關掉電視聲音，瞪著發著光的電視機。控訴、審判、定罪，全在簡潔的兩分鐘電視報導中一次完成。吊高，拉緊，分屍。「殺了我吧。」馬汀大聲說著，幾乎要為整件事的荒謬程度覺得有趣。所以現在要怎麼辦？他剛才本來還想著要去俱樂部找東西吃，喝上一杯，現在顯然想都別想。去找蔓蒂呢？不行，那樣做等於在害她。在這麼小的鎮上，只是因為認識就會被牽連成共犯，會是非常可怕的情況。他最好的選擇應該是立刻退房，然後開往某個遙遠、遙遠的地方，反正那輛車還掛在公司帳上。去伯斯吧，要不達爾文。

此時一陣敲門聲響起。是誰？如果說是因憤怒而上門尋仇的鎮民，這敲擊的節奏又太緩慢了一點。馬汀輕輕拉開一條門縫，同時用腳用力頂住門後，以防萬一。

是高芬。這位ＡＳＩＯ探員一邊提著一手玻璃瓶裝的啤酒，另一邊則握著一瓶蘇格蘭威士忌。「我覺得你應該會需要喝一杯。」

馬汀打開門，讓他進來。

高芬看到電視上正安靜無聲播著十號臺其他新聞。「所以我想你已經看到了？」

馬汀點頭。

高芬先是舉起啤酒，然後又舉高了威士忌，讓馬汀選。

「啤酒，謝了。」

馬汀坐上床，讓高芬占據那張唯一的椅子。他們扭開瓶蓋，發出細小的氣泡聲，然後安靜地灌下幾大口。

「警方相信那是自殺，我就沒那麼確定了。」ＡＳＩＯ探員看著馬汀的眼睛這麼說。

這突如其來的聲明有點出乎馬汀意料。他思忖著其中的意思，想了一下才回話。「為什麼這麼說？」

「就當作是我容易起疑心吧。我不自覺就會這樣。」

「嗯，當然，我也希望你是對的。」

「告訴我，馬汀，你會對赫伯．沃克的死感到愧疚嗎？」

「不會。」雖然沒料到對方會問出這個問題，馬汀還是毫不遲疑地給了答案。「不會，我沒有那種感覺。你覺得我應該要愧疚嗎？」

「也不算是。所以你是什麼感覺？」

「生氣，覺得委屈，有點沮喪。不管怎麼想，我都想不通自己哪裡做錯了，竟然要落到如此下場。」

馬汀停了一下，灌下更多啤酒。酒液滑下喉嚨，感覺冰涼且舒服。他為什麼會跟這個人、這個間諜、這個祕密的化身吐苦水呢？因為把這些情緒倒出來感覺真的很好，而且他現在也沒其他人可說了。

「我承認，我們可能在拜倫．史衛福特和哈利．史納屈的事情上出錯，但那都不是刻意的。至於赫伯．沃克的事，那根本和我無關，那些情報是我在雪梨的同事從她的警界關係人那裡知道的。我甚至要等到在報紙上讀了文章，才知道發生了什麼事。」

「所以你也覺得那篇報導的內容不妥當？」

「不對，不是這樣，我不會那麼說。如果報導所說的內容是事實——實際上看起來也的確是——那他在一年前的確有機會去調查那個蓄水池。我們有什麼理由不這麼報？」

「因為他是你的資訊來源？」

「不對，提供資訊不代表能得到豁免權。」

「我還以為你去找他道歉了，就你們昨天在警察局見面的時候。」

「你只說對一半。如果我事先知道貝瑟妮的消息，那我會親自把事情告訴他，想辦法訪問到他那一方的說法，但我不會要求這件事不能公開，至少我覺得自己不會那麼做。而且這也不是我昨天去找他的主要原因。」

「嗯，我猜也是。蔓德蕾．布朗德聲稱擁有拜倫．史衛福特的不在場證明。」

「聲稱？」

「警方不相信她說的話，他們把那本日記送去做證物分析了。」

「真的嗎？你覺得呢？」

「不知道，我對這件事還沒有定論。」

高芬遞給馬汀第二瓶啤酒。馬汀根本沒意識到自己已經把第一瓶喝完了；他扭開玻璃瓶的瓶蓋。

「高芬探員，你到底來這裡做什麼？」

「首先，我叫傑克。還有，我們不會稱呼自己為『探員』──美國人才那樣叫。」

「好，那，傑克，你到底來旱溪鎮幹嘛？」

高芬的表情幾乎算得上是傷心。「抱歉，馬汀，我不是來交換訊息的，我沒辦法多說為什麼我會來這裡。你在全國電視上用那麼戲劇化的方式揭穿我的存在，這點已經讓我的上司很生氣了，我自己也不是很喜歡那樣的發展。」

「那為什麼還來找我？」

「因為赫伯．沃克。你昨天和他說過話。你和你們報社曾經搞過他一次，他對你很生氣，所以他面對你可能比較不會像面對警界同事那樣掩飾自己的情緒。你也知道，那裡頭的文化不太鼓勵人表達自己的脆弱情緒。」

「他看起來很正常。在生氣沒錯，但跟憂鬱或絕望完全扯不上邊，如果你指的是這個。」

「放棄呢？」

「對什麼事情放棄？」

「你知道的，他的職業生涯已經玩完了，這些事情全都得由他承擔，這時候掙扎也沒有任何意義。」

「不是這樣，剛好相反。」

「怎麼說？」

啊，問題出現了。馬汀就著手上的啤酒又喝一口。這個ASIO的人，馬汀很佩服他的技巧，把他引導到了這一點上。他要配合嗎？把自己知道關於沃克的資訊都告訴他？有何不可？他失業，沃克死了，高芬也許是唯一一個想繼續追查下去的人。他又喝了幾口啤酒，然後說道。

「我不覺得他有那麼失望，蔓蒂．布朗德的日記激起他很大的興趣。而且他還是很想查清楚是什麼讓拜倫．史衛福特在聖雅各教堂展開大屠殺，他對這件事的決心很堅定。」

高芬的頭一動也不動，因為專注而面無表情，雙眼盯著馬汀：「拜倫．史衛福特和聖雅各教堂？你知道他的調查進展到什麼程度嗎？」

馬汀點點頭。「我之前有機會和其中一名槍擊案證人說話，是警方沒問過話的人。他告訴我，拜倫．史衛福特在發生槍擊不久前看起來還很高興，而且從容，還走到教堂外和比較早到的教眾聊天說笑。史衛福特甚至和其中一位受害者奎格．蘭德斯說話，完全看不出心懷怨恨。然後他進了教堂，推測是去為禮拜做準備，五到十分鐘後走了出來，開始開槍。」

「繼續說。」

「所以教堂裡發生了什麼事？我認為史衛福特要不是和教堂裡的某個人說了話，就是和誰通了電話。

之前赫伯・沃克就試著調查，教堂在那天早上有沒有接到或是撥出電話。」

高芬點點頭。「嗯，然後調查落空。我們知道這條線索，因為我們也查了同樣的事。那天早上從教堂撥出的電話只有羅比・豪斯瓊斯在槍擊案發生後打到貝林頓的兩通，分別是打給沃克跟叫救護車。還有其他的嗎？」

「不對，沃克說他的確有查到東西。我昨天在警察局跟他碰面的時候，他說還有另外兩通電話，一通撥出，一通撥入，時間都在槍擊案發生前。他那時說他還在試著追查號碼。」

高芬一語不發，沉默了整整三十秒，甚至更久。他看著馬汀，但這位ＡＳＩＯ情報員的思緒顯然已經跑到其他星球上忙碌運作。

「哪一通電話先？他有說嗎？」

「沒說。也許是史衛福特打了電話，然後接到對方回電。」

「有可能。還有別的嗎？沃克還有提到其他事情嗎？」

「沒有。如果你沒忘的話，我們那個時候的關係並不怎麼好。」

「謝謝你，馬汀，你提供的這項訊息可能會非常有用。非常、非常有用。你跟其他人提過這幾通電話嗎？你的同事？或是蔓德蕾・布朗德？」

「你覺得這些電話很重要嗎？」

「有可能。我們之前查的時候，它們根本不在通話紀錄上。」

「有人竄改了通話紀錄？」

「也許吧。不管怎麼說，這都很奇怪。你還有跟其他人提過這幾通電話嗎？」

「沒有，只有你。」

「很好。請不要跟其他人提起這件事，連警方也別說。尤其是別跟警方說。如果我之後要證明你跟沃克自殺無關，那現在就不能讓其他人知道這件事。懂嗎？」

馬汀頓時感到希望，伴隨著一陣腎上腺素湧出。「你能證明我跟他自殺無關？你做得到這種事？」

「我不確定。我不應該激起你任何空泛的期望，也許最後根本辦不到。總之，電話的事情你自己知道就好了。」

「你說了算。不過，這些資訊能讓我獲得什麼回報？」

「你是說除了在沃克自殺這件事上還你清白之外嗎？」高芬笑了起來，接著又轉為嚴肅。「的確有一件事。你登在《週日世紀報》的文章，說史衛福特是沒有過去的人那篇——那篇的確沒說錯。」

「你可以證實這一點？」

「可以。你的報導是正確的。真正的拜倫．史衛福特是孤兒，監護人是西澳政府。他在伯斯的大學讀神學，後來中輟，去了柬埔寨為慈善組織工作，負責在泰緬邊界提供發展援助。他在五年前死於海洛因過量，而他所有的紀錄，至少大部分，都曾受到竄改。後來是我們認識的拜倫．史衛福特頂替了他的身分。」

「你知道他真正的身分嗎？我們的史衛福特？」

「知道。」高芬停頓，在心中一陣計算之後才又繼續說下去。「馬汀，我現在要把事情告訴你，反正之後的調查過程也很可能會發現這件事。」高芬再次停頓，彷彿正在衡量這項決定，然後再次開口說道。「你可以試著在那之前把事情寫出來，但無論任何情況，都請你不要提到我的名字，或者提到ＡＳＩＯ。你可以寫來自某個可靠消息來源或其他什麼的，隨便。」

「說這些可能也是白說，我寫了也沒有地方可以刊。」

「你會找到地方的。」

「好吧，說吧，我答應你不暴露消息來源。」

「他真正的名字是朱立恩．弗林，是個逃犯。」

「逃犯？我以為他是退伍軍人。」

「他的確是。特種部隊狙擊手，去過伊拉克和阿富汗。據各方面說法，他是個非常厲害的士兵：天生的領袖，無畏、充滿魅力。直到他被塔利班俘虜，囚禁八個月，期間受到刑求、汙衊、羞辱。他後來被釋放，在通過所有心理狀態檢測後，被判斷可以繼續服役無礙。這是個很大的錯誤。錯得非常嚴重。他看起來完全沒事，一切正常，沒有受創跡象。但是有一天，差不多在一年之後，某次他在聖戰組織營區內和敵人交火時，突然抓狂了。對方是兩名女人和她們的小孩，沒有武器，已經舉手投降。總共五個人，而他冷血地把他們全部殺掉。軍方將他羈押，等待審判。某些人想以謀殺罪名起訴他，另外一些人則替他辯護，歸咎是戰場情報不明。而那些曾經授權讓他回到前線的，只想讓他直接消失。後來他的確消失了，從拘留中逃跑，隨後以戰爭罪受到通緝。後來有些情報顯示他回到伊拉克，擔任私人保鑣，相關單位循線追查過去時，收到的消息是他已經死在一場埋伏攻擊中。這個結果滿足了每個人的需要，於是他們就把案子結了。不過，如我們現在所知，他其實沒死。他在某個時間點回到這裡，用的不是自己的護照。他變成了拜倫．史衛福特。」

「怎麼可能會有這種事？」

「的確非常神奇。」

「你來這裡就是為了這件事嗎？為了調查拜倫．史衛福特？」

「我無權透露相關訊息，馬汀，這就留給你自己去聯想了。不過關於朱立恩．弗林的故事，你覺得你有辦法公開給大眾知道嗎？」

「應該可以，這故事還不錯。」

「還不錯？你到底懂不懂我剛才說了什麼？他是因為戰爭罪而受到通緝的澳洲軍人，你們這些曾經跑過中東新聞的記者應該要知道這些事，但你聽過他的名字嗎？」

「沒有。」

「那你覺得這是為什麼呢？」

「我不曉得，你說呢？」

「首先，軍方不想要這個案子曝光，特別是因為他明明應該接受療養，他們卻把他又送回戰場上。如果所有人都忘記他，他們會非常高興。再來是海關和邊境管制。他到底是怎麼回到國內的？然後是警方。他開槍殺死了五個人，他們卻根本沒想到要去查他是什麼身分？有沒有搞錯？沒有人想讓公眾知道這件事。我跟你說的這些事牽連範圍有多大，你現在懂了嗎？」

「所以你在暗示什麼？某個結構龐大的陰謀論？」

「我還真希望是那樣，但實際上應該更像是一連串出包跟掩飾，每個人都想著把責任推給別人，拚命否認自己有罪。」

「所以你要我寫出來？」

「對，寫完公布，讓我們看看能不能把其中幾個逼出來。」兩個男人相視而笑。除此之外，馬汀感覺他們之間還有了別的默契，某種對彼此的理解。「你想喝點威士忌嗎？」高芬問。

馬汀已經喝完第二瓶啤酒了。「靠，當然。為什麼不喝？」他在浴室裡找到兩個髒的平底杯，用水仔細沖過；畢竟它們不只是發出氯和腐敗的味道而已。他走回來，看到高芬已經打開酒瓶的蓋子，便遞出玻璃杯。高芬倒出兩大杯酒，兩人碰杯。馬汀心想這個動作不曉得包含了什麼意思。他回到床上，品嚐著酒液裡的泥煤與煙燻味。他上一次喝威士忌已經是很久以前的事了。

「馬汀，我真的沒辦法跟你詳細解釋我的任務，這點你應該懂，但是我可以告訴你警方的調查內容。」

「為什麼？」

「我覺得這是你應得的。」

「很好，我洗耳恭聽。」

「沃克的死看起來幾乎就是教科書上會有的自殺範本。他的屍體今天早上在墨瑞河被發現，死亡時間大概在午夜。淹死的。他在口袋裡裝滿石頭，然後從橋上跳下去，地點在貝林頓外有點距離，在那裡做這件事比較難被中途發現。他在自己的車子裡留了遺書。對警方而言，看到遺書之後大概就沒什麼好說的了。」

「上面寫了什麼？」馬汀吞進一大口威士忌，有點太大口了，喉嚨深處感覺燒了起來。

「很短，很簡單。『我一直都善盡職守，沒有做錯任何事。媒體都是騙子。我最在乎的就是名聲』。」

「就這樣？」

「就這樣。」

「靠。」又是一陣沉默。電視上，幾個嬉皮正圍著圈跳舞，應該是在介紹某個邪教。「那為什麼你不認為那是自殺？」

「如我所說，習慣質疑。」

接著兩個男人便安靜喝酒，交換著無關緊要的閒聊。七點，他們轉了頻道去看ABC新聞。頭條是政治新聞，然後是邪教和那個電視節目主持人的事，馬汀被排在第三。得了個銅牌。ABC的報導相當溫和，比桑寇頓的平衡許多。而且更正確。他們播了馬汀和道格．桑寇頓兩人對質的畫面，拍攝的角度不同，畫面看起來比十號臺的更遠。「**……你是最惡劣的記者類型，毫無道德，會願意為了爭奪頭條而出賣自己的靈魂。**」桑寇頓說。「**好啊，如果真的是這樣，為什麼你還要繼續訪問我呢？你知道你這樣算什麼嗎？就是個偽善的下流寄生蟲。**」馬汀回答。桑寇頓看起來像個惡霸，馬汀看起來像耍脾氣、不懂得關心別人的學生，而ＡＢＣ則比他們兩個都更公正，且更有道德。但至少講得很清楚，他那句下流寄生蟲是正在罵十號臺的記者，而不是死掉的警察。對小惠知足——麥斯的另一句格言。

看過新聞後，馬汀把電視關了，他和高芬兩人聊運動、聊政治，聊那些在其他事情太難面對以致不好說出口時而被拿來填補聊天空檔的話題。

再後來，當太陽西沉，高溫開始再次因夜晚降臨而從地表散去，他們兩個便坐到戶外，而高芬抽了幾根菸。馬汀自己可能也抽了一根，但他不太確定。高芬不知道在幾點偷偷溜走，剩下馬汀自己一人，和酒、血月以及大片燦爛的銀河作伴。

＊＊＊

威士忌對他的作用就像其他烈酒一樣：讓他的頭一碰到枕頭就陷入昏迷。接著在一段時間之後，清晨時分，遂又將他拉回半清醒狀態。他沒辦法繼續睡，思緒不斷翻攪，也無法好好整理，真實和想像的焦慮雙雙對他蠶食鯨吞。也不是說他需要花費多大的想像力才能達到這種狀態。白日的片段回來騷擾著他。他和桑寇頓那場對質有三種不同的觀看角度：十號臺的、ＡＢＣ的，還有他自己的，全都不甚美觀。那個場景不斷重複播放，一次又一次，彷彿板球比賽中一名狀態失常的打擊手揮出球板將球擊離守門員，卻看到球如砲彈般直衝向三門柱，而這個片段最後落得在轉播比賽的當下不斷重播。不同的角度、慢動作、快動作、動畫特效分析，最後的結局永遠都一樣：打擊手腳步吃力地緩慢走向場邊球棚，眼神低垂，投手則興奮地捶著自己的拳頭，並和隊友擊掌。他和高芬的對話也在重播的行列；赫伯・沃克的死在他腦中重現，自殺遺言上的字句迴盪，還有身為士兵的朱立恩・弗林在阿富汗的塵土中射殺婦孺的畫面。

但當長夜將盡，黎明的光芒穿過淺薄窗簾從內裡透出，頭痛從一絲承諾轉化成為陣陣搏動的現實時，他躁動不安的心智從這煩亂一日中萃取出來的只有簡單一句：**警方不相信她說的話，他們把那本日記送去做證物分析了**。蔓蒂・布朗德，她到底做了什麼？

＊　＊　＊

他在七點到達綠洲，離營業時間還有好一陣子，他逕自繞到後門，拍著門板，斷斷續續不停，直到大約五分鐘後，他終於聽見裡頭傳出某些動靜才停下來。又過了一兩分鐘，蔓蒂把門拉開一小條縫。

「是你呀？」

「是我。」

「拜託一下，馬汀，小孩還在睡。」

「我可以進去嗎？」

她看起來有點被惹毛了，但還是打開門，讓他進屋。「天啊，你看起來很糟糕。」

「感覺起來也滿糟的。昨天晚上喝了威士忌，那些酒對我不是很友善。」

「這就好笑了。」

她穿著T恤和短褲，外頭罩了一件絲質薄袍。她頭髮亂蓬蓬的，眨著雙眼想擺脫殘存的睡意，但青春魔杖的祝福仍在，維持了她的美麗。他突然感覺自己衰老外表的重量：他的魅力就跟一只麻布袋差不多。還是有口臭的麻布袋。

「要喝咖啡嗎？」她問。

「你真是我的救命恩人。」他說。

「你太常需要被救了。」

她備好咖啡機，讓機器接手濾泡，然後加入坐在餐桌邊的馬汀。「所以什麼事情這麼急，讓你太陽才剛出來就要跑到年輕少婦家敲門？」

「你聽說我發生的事了嗎？」

「你說被開除嗎？」

「對。」

「我看不出來那為什麼是你的錯。那個警察是自殺，你沒殺他。如果每次報紙一寫錯就有人把自己掛掉的話，半個國會的人應該都要抓狂了。」

馬汀忍不住笑起來。當整個世界都在追殺你的時候，能遇到一個站在你這邊的人感覺實在很好。接著他想起史納屈的最後通牒，笑容便消失了。

「你來這裡就是為了這件事？告訴我你被開除了？需要借個肩膀哭一哭？」

「不是。我來是因為擔心你。」

「擔心我？」

「對。蔓蒂，你之前告訴警察，背包客被綁架那天晚上拜倫．史衛福特和你在一起。」

「是這樣說沒錯。」

「你覺得他們相信你嗎？」

「你相信嗎？」

「相信。」馬汀回答，但這兩個字一邊說出口，他就意識到自己在說謊。昨天晚上，哪個ASIO男子說的話已將毒液滴進他的心裡，餵養灌溉懷疑的種子。他想要相信她，但實在無法確定自己是否能夠這麼做。

「很高興有人願意相信。」她說。「不過，不，我不覺得他們相信我說的。」

「為什麼？你怎麼知道？」

「因為他們懶得要死又沒有想像力。如果他們把謀殺案賴在拜倫身上，整個案子就可以結束了。不過是殺人牧師又殺了兩個無辜的受害者，沒必要逮捕誰、沒必要開庭，所有人都可以開開心心回家。包括某個神經病可能正坐在某處搓著手，知道自己殺了兩個可憐的女孩卻逃過一劫，不管他在下手之前還對她們做過什麼事也都一樣無所謂了，甚至還可能規畫起下一次行動。」

「蔓蒂，我想幫忙，告訴我，日記是真的嗎？你沒有修飾過裡頭的內容吧？」

她沉默地看著他，綠色的眼睛如冰柱般冰冷清澈。

「那天晚上他真的在這裡嗎，蔓蒂？整個晚上？你也在？」

當她終於發出回應，那些字句細微得像悄悄話，乾燥如大旱裡的風，令人萎枯。「滾出去，你這混蛋。現在就滾，永遠不要再過來。」

17・起訴

冷清的旱溪鎮。街上空無一人，沒有任何動靜。馬汀看了錶：七點二十。相對涼爽的夜晚氣溫已要消失殆盡，就要再次熱起來的念頭幾乎跟即將來臨的現實一樣令人鬱悶。黎明的繽紛色彩已被逐漸上升的太陽沖開，從天空中褪去，只留下夏季漂白後的藍。馬汀只希望能有雲，因為他放眼望去完全沒看到任何蹤跡。

他坐在商店遮陽篷陰影底下的長椅上，以自己的存在，單方向這座小鎮發起挑戰。他告訴自己，除非看見這座小鎮有人居住的證據，否則他就要在這裡一直坐下去；有車從路上開過、人行道有人走過、小孩騎著腳踏車，怎樣都好。小鎮冷冷地瞪著他：沒有流浪狗，沒有鳥，連在他初來乍到時便出來迎接的那隻蜥蜴都不在。空無一物。最後，在透著藍光穹頂高空中，馬汀發現一架閃爍銀光的噴射機，正從坎培拉或雪梨向西朝阿得雷德或伯斯飛去，蒸氣雲在機後逐漸融化。但小鎮依舊無動於衷，對他毫無退讓。

馬汀覺得自己在這個地方能得到的東西，大概只剩這種在太陽轟炸下形成的空虛。僅此而已。沒有工作、沒有人生目標。蔓蒂・布朗德是他在此唯一建立起關係的人，而他成功疏遠了她。她對他下了驅逐令，將他趕回空虛之中。在那片空虛中，有急於和他交朋友的ＡＳＩＯ探員傑克・高芬、代替整座小鎮去面對惡魔的年輕人羅比・豪斯瓊斯，以及杰米・蘭德斯和怪老哈瑞斯，同時沉浸在各自哀悼中的一老一少。除此之外還有芙蘭・蘭德斯，雖然還欠馬汀救了她兒子的這份情，但說實話應該更希望馬汀從此消失不見；另外就是哈利．史納屈，非要馬汀幫忙解開他和蔓蒂之間的誤會。看看這件事還剩多少機會。馬汀認識這些人，他們也認識馬汀，但說到底彼此都是陌生的。他們可能是盟友，可能是敵人，但沒有任何一個能分擔他承受的重擔。沒有人。這個鎮上沒有，他此生也不曾遇見。他沒有戰友，身處無朋無友的虛空。

他看向自己的雙手，癱軟無力、缺乏目標，一隻落在長椅的扶手上，一隻跌在椅面。它們既不激動，也並不為其他事情準備，就只是休眠著，彷彿被某個遙控器關掉，處於待機狀態，等候進一步指示。他一直是個獨來獨往的人，交友緩慢，結盟結得勉勉強強，始終抗拒承諾——這到底是他在人生中犯下的重大錯誤，或者是個性裡最本質的缺陷？當然了，他有麥斯，不只是良師，更是真正的盟軍，或許還是他的朋友。麥斯看到了他的潛力，把他當成解決問題的第一人選，先是讓他報導外地新聞，後來更派下海外任務。但是，麥斯到底在他身上看到了什麼？一個好的記者、好的撰稿人，同時是能獨立運作的個體，一個不想要或者不需要普通後備支援系統的人；一個與熟人分開時，總是能保持最快樂的心情，甚至能激勵出最佳表現的記者，可以空降投入任何情況，設法結識人物、招募消息來源，並且在報導結束後毫不遲疑地離開。他曾經是這樣角色的完美人選。或者，因為麥斯曾覺得他是這樣的完美人選，所以馬汀也跟著覺得。但現在他就不太確定了。

終於，在高高的公路上，有輛卡車轟隆駛過，從貝林頓的方向來，往東，朝文明世界破浪而去，毫無停下之意，只是勉強降低一點速度，算是給旱溪鎮一點面子。馬汀瞥見它時，它正經過海伊路頂端的那個T字路口。已經夠好了；馬汀站起身。他的腦袋陣陣發脹，胃則不斷提醒著他昨晚的過分行為。他知道的事情不多，但他很清楚自己不想在氣氳再次成為一種懲罰時，繼續待在毫無遮蔽的空曠處。他想去雜貨店買水和阿斯匹靈，但還沒到營業時間。於是，他改而穿過馬路，朝著葡萄酒館的方向前進。

也許史納屈在那裡面，為了趕走宿醉而呼呼大睡。

但葡萄酒館裡一片死氣沉沉：灰塵中的足跡，乾在矮胖平底碎酒杯底部的酒印，空酒瓶躺在皺巴巴的紙袋旁邊。史納屈的離開時間可能是五分鐘前或星期天晚上，或者是這兩者之間的任何時間，根本不可能分辨。

馬汀走到酒館正面，街道上的光線穿過封了板的窗戶，切進這片陰暗中。窗前有張高腳椅。他在椅子上坐下，從一條用來偷看的縫隙朝外面望，視線直接穿過馬路，投至對街的綠洲書店。史納屈到底有多常坐在這裡，偷窺他的前未婚妻及她的女兒？他腦中流過哪些回憶，心中藏著怎樣的希望？每日將盡，當她走到店外收進展示架時，他是否會感到一陣興奮的激動？她曾不曾抬頭，將視線瞥向馬路對面，對坐在巢穴裡的跟蹤狂打招呼？當她回到店裡，因為營業時間結束而將店門鎖上，並且關掉燈光之後呢？該是他坐回其他桌子旁，向酒瓶以及幻想中同伴尋求慰藉的時候了嗎？他會和那些死去的退伍軍人聊天、解釋自己的動機嗎？

馬汀離開遮蔽的窗前，走到他和史納屈最後一次對話時的那張桌旁坐下。馬汀覺得對自己來說，緊關在未營業書店中的蔓德蕾·布朗德就像她母親之於史納屈那般遙不可及。她很美，美得令人痛苦，這點毫無疑問。她也很聰明，思緒敏捷、古怪、獨立。她年輕，且深陷困擾，盡是些根本不應該由她面對的煩惱事。但話說回來，深陷困擾中的總是年輕人；老人就只是可悲而已。當你年紀漸長，稜角便慢慢鬆脫：思考會自我合理化，心會讓步，靈魂會放棄抵抗。我們每個人都會老、會變得脆弱，內外在皆然。仇怨、否認、合理化——反應的扭曲會變得根深蒂固，性格裡的特質變得永久。而我們學著與它共處。當人還年輕且誠實的時候，總是比較不安。凱瑟琳·布朗德堅持教女兒必須在三十歲前讓自己的心魔安息，也許就是因為她學到了什麼。

一想到封閉在書店裡的女子，馬汀就感到良心作痛，連帶蔓延出一片懊悔。她要不是她父親強暴她母親的結晶，就是在她母親背著未婚夫出軌時懷上的。帶著強暴指控傳聞的汙點長大，被無知的當地人霸凌，並受到正陷於自身沉默戰爭中的強硬母親所保護。最後，她逃離了旱溪鎮，但又從未真的逃開，在墨爾本虛度掉她的青春，只為了再次被母親的疾病召回這個小鎮。回來受到拜倫．史衛福特掠奪，敗於他的外貌、他的魅力、他的自私索求。拜倫．史衛福特溜上她的床，溜進她雙腿之間，提供她慰藉與逃避之地，讓一切安排正中他下懷。這個在阿富汗殺了人的凶手，冒充成別人，然後在自殺的意圖中亡於槍下，讓可憐的羅比．豪斯瓊斯獨自承擔愧疚。而蔓蒂，懷了孩子、被拋棄，最後獨剩她一人撫養襁褓中的兒子，同時又要看護垂死的母親。就算這樣，她還是愛著史衛福特，即使知道他對她造成了多少的傷痛也所謂。她愛他，愛到足以在他死了一年之後，仍為他向警方辯護；這是為忠誠付出重大犧牲的展現，如果這真能這麼算的話。接下來她又遇上了誰？他，馬汀．史卡斯頓，另一個趁夜摸入的床賊，是與葡萄酒館孤獨相伴的會員候選人，資格十足。他給了她什麼？些許陪伴，些許悲傷，旱溪鎮寂寞夜裡些許渺小的友誼。

馬汀揀起其中一只玻璃杯，心不在焉地將杯子往唇邊放，然後才突然意識到自己在幹嘛。他放下酒杯，覺得自己這樣有點蠢。但是為什麼呢？這裡也沒人看到，連鬼都沒有。他對著自己笑，是一個因為嘲諷而走調的笑容，缺少幽默，裡頭包含的同情成分稀疏。拜倫他媽的史衛福特。殺人牧師，戰爭罪犯，穿梭於里弗來納地區寂寞女子間的精液噴灑裝置。芙蘭．蘭德斯、蔓蒂．布朗德，天曉得貝林頓裡還有幾個，甚至在這之前還有多少。簡直是澳洲荒野版的拉斯普欽[1]。蔓蒂知道他在教堂殺了五個人，

1 Grigori Yefimovich Rasputin，十九世紀末、二十世紀初的俄羅斯東正教「神僧」。受到當時皇后極大信任，以生活荒淫出名。

為什麼還要帶著自己的日記去找警察，試圖澄清他沒犯下那兩名背包客的謀殺案呢？因為她覺得後者的罪行比前者更可恥嗎？好像聖雅各教堂發生的大屠殺只是某種精神病發作，因為當下臨時想到就執行了，但綁架、謀殺背包客，以及這之間可能發生的強姦就屬於預謀、殘忍以及邪惡那邊？她想維護的到底是什麼：是她已經死去情人的名聲、她對他躊躇遲疑的信念，或是要留給兩人兒子的傳承遺產，好讓連恩在未來某天當得知真相時，對自己親生父親的看法會比蔓蒂對她母親好上那麼一點點？媽的。馬汀環顧四週。一瞬間，儘管腦袋還在陣陣作痛，他發現此時的自己一點也不介意在這灰塵飛揚的陰暗地方找到某瓶未開的酒。

所以，她的寓言故事又該怎麼解釋？那個說她在墨爾本一夜情時不小心懷孕的事？對馬汀來說，其中原因倒是再清楚不過：她不想告訴記者自己曾是凶手的情人。她不想讓這種事情抹滿所有報紙版面，這是為了她自己，更是為了她兒子。她不想讓連恩像她當初那樣長大，成為……她會怎麼形容呢？醜聞的後代。但何不什麼都不說呢？因為她想讓馬汀查出她所不知道的部分：拜倫．史衛福特到底是誰？她故意說出那個故事，誘導他，希望他能找出牧師的過去。她追求的到底是什麼？是為史衛福特找出某種潛在理由，去辯護他搞大她肚子、拋棄她、冷血開槍殺死五個人，並將他們兩人的兒子置於羞辱與臭名之中嗎？

馬汀想起沃克，想起是沃克發現牧師其實是個沒有過去的人，並想到自己那篇登上週日報紙的文章，以及高芬揭露弗林所犯下的戰爭罪。這就是答案嗎？蔓蒂愛拜倫．史衛福特，卻不知道自己愛的人真正的模樣？所以她為了自己和兒子，才想知道他的真實身分和過去？至少，馬汀現在知道了。他知道這個所謂的史衛福特是誰，知道他可恥的過往：一名戰爭犯。只是，他能告訴她嗎？她聽得進去嗎？還有哈利．史納屈的事該怎麼解決？他對於ＤＮＡ測試的結果那麼有自信，認為那會澄清他的罪名，並證明蔓蒂的母親是個懷恨報復的騙子。馬汀哪有可能提起這種可能性？那樣他就真的會被她永遠驅逐。

他的胃裡一陣攪動，腦袋彷彿受到重擊。他意識到自己正在失去她，他在今天清晨那樣指控她，而且他又身懷重要資訊彷彿抱著一顆未爆彈，兩人和解的機會著實渺茫。總有一天，他會把高芬說的故事發表在某個地方，告訴全世界史衛福特的真正身分其實是戰爭罪犯朱利恩・弗林，到時候，她就永遠不會再和他說話了。他將只剩下自己心裡對她的疑惑。都是高芬種的因：那本日記是真的嗎？還是後來偽造的？是不是又是她編的故事，另一則寓言呢？馬汀坐在葡萄酒館裡，認真思考自己的生活是否已經淪為電視上那種荒唐的遊戲節目：他要選哪邊呢？是獎金還是神祕箱，是報導還是女人？

房間突然變得明亮。一片陽光射進酒館，掃開陰暗憂鬱，細微的灰塵飛舞。太陽已經升至對街那排商店的頂端，高度正好足夠將海伊路灑滿陽光，但又還沒高到會被酒館的遮陽篷擋住。馬汀走到窗戶擋板的隙縫前，調整著自己視線的角度，避開直視升起的太陽。但沒有用，綠洲的輪廓消失在黎明異常潔淨的光焰之中。一片火紅閃過，一陣車聲；芙蘭・蘭德斯從貝林頓帶著牛奶、麵包和澤豆花回來了。還有今天的報紙，繼續爭論著火星上有沒有生命。

＊　＊　＊

但是芙蘭沒心情說話，在店裡忙進忙出，把自己的待客禮儀壓在最低的程度，於是馬汀便買了報紙、幾瓶水、一瓶冰咖啡口味調味乳、一塊貝林頓來的丹麥麵包，和幾顆效果低劣的止痛藥。

他坐在店門前的長椅上，小口喝著牛奶，表情痛苦地讀著星期二的報紙。他已經從《世紀報》上消失了，驅逐流放，所有他曾經存在的痕跡都已抹消殆盡、重上粉飾，彷彿晚年的托洛斯基[2]。報導刊在第三版，署名由達西・德佛在貝林頓報導，而在文章的最後面，彷彿事後才加上似地寫著：貝瑟妮・葛萊斯補充報導。文章本身充滿德佛的風格，雖然短但是行文優美，上頭頂著標題，〈河區小鎮為逝世警官哀悼不已〉。報導中只間接地交代了赫伯・沃克的死亡緣由，並沒把這件事和背包客謀殺案扯上關係，同時也完全沒提到馬汀・史卡斯頓、道格・桑寇頓或其他事情。相反地，這是一篇讚詞，稱頌這個必須在急迫時機點上完成艱辛工作的善良好人。德佛的手法是選擇不去報導這則新聞的全貌，上頭的管理階層會對此感到滿意。這則報導已成報社裡的雷區，現在交由德佛處理，費爾法克斯集團將能安全無慮。他總是羨慕他的對手這一點：無論任何時候，德佛都保有這樣的洞察力。馬汀嘆了口氣。該是離開這個鎮的時候了。

他喝完手中的冰咖啡牛奶，吞下幾顆藥錠和水，此時便看到羅比・豪斯瓊斯態度堅定地從靠近銀行旁的轉角走出，身旁跟著其中一名雪梨凶案組警察，路奇。兩人無疑剛從警察局過來。他們穿過馬路，筆直朝他走來，沒有交談。他的心跳瞬間因恐懼加快：他們是要來逮捕他嗎？為什麼？那兩人最後的確走到了馬汀面前，但並沒有要拘捕他的意思。

「早安，馬汀。」羅比說。

路奇面帶不屑地看著馬汀，連點頭示意都沒有。

「早安，羅比。怎麼了嗎？」

「跟你沒有關係。」路奇說。他留下來站在馬汀旁邊，羅比則走進了店裡。羅比在一兩分鐘後出來，身旁跟著面露焦慮的芙蘭・蘭德斯。

「馬汀，」她看到坐在這裡的他。「可以幫我個忙嗎？幫我顧一下店，我幾分鐘就回來。」

「沒問題。」馬汀回答。他知道自己也沒有更重要的事好做。

他看著三人組沿街走遠，消失在飯店的轉角，並未朝警察局的方向前進，而是相反。他坐在雜貨店外，等著。一名農夫開著破爛卡車在店前停下，馬汀跟著他走進店裡。男人買了一公斤培根、一條白麵包、兩公升裝的牛奶和一包菸草。放錢的小抽屜鎖著，於是馬汀收了男人的現金後，把錢擺在收銀機旁邊。交易的過程幾近沉默，男人惜字如金，以咕噥代替溝通，只在表示自己想要哪個牌子的菸草時才說話。馬汀跟在他身後走出店外，看著他爬進那輛卡車，開回來處。

不久後，馬汀看到兩名警察從隔壁街區的一間商店裡走出。另一陣恐懼湧起：是書店。果然，就在警察等待時，蔓蒂也出來了，三人一起過了馬路，彎過舊議會前的轉角，消失在銀行後方，朝著警察局的方向而去。三個人都沒看向馬汀。

芙蘭推著嬰兒車回來時，他還坐在長椅上。嬰兒車裡的連恩吸著奶瓶，置整個世界於不顧。

「芙蘭，發生了什麼事？」

「他們帶蔓蒂到局裡偵訊，我幫她照顧連恩。他們說可能需要幾個小時。」

「他們要問她什麼事？」

「我不知道，馬汀，他們沒跟我說。」

「她還好嗎？」

「我覺得還好。但有點放棄掙扎的樣子，好像她本來就預期這件事會發生。」

「了解。」

---

2 Leon Trotsky，蘇聯政治家，晚年流亡海外。

馬汀不確定接下來該怎麼做。離開鎮上似乎是最顯而易見的選擇，但他哪捨得？他感覺自己應該對蔓蒂負責。他和她上過床，還把她對拜倫・史衛福特的不在場證明告訴沃克，她對他有好感，他卻或多或少指責她參與謀殺。而現在呢？手洗一洗就直接離開這裡嗎？讓她自己去面對接下來發生的所有麻煩事？晚間六點的道格・桑寇頓大鍘、文筆精美的達西・德佛短劍，最後還讓蒙特斐爾和其他警察當成代罪羊，高掛譁眾？

他繞過轉角，朝警察局走去。影像和平面攝影師們的混戰理所當然已經開始上演。現在都還不到九點。要不是這些昔日同行都展現出難能可貴的勤奮態度，從貝林頓開四十分鐘的車來為自己的職責盡一份心力，不然就是他們都照著警方事先提供的消息前來參加遊行：帶著嫌犯走進警局，再帶著她走出來，讓她遊街以搏澳大利亞偉大公眾的歡心，昭告天下警方已有所進展。

馬汀非常清楚，這件事將依循琳狄・錢伯倫和榭珮爾・寇比的優良傳統[3]，發展成一則完美的夏日新聞。混合了謀殺、宗教和性，極為振奮人心。一旦蔓蒂的日記不可避免地流出之後，便還多出一枚可以餵養攝影機的蛇蠍美人，同時還為這篇故事帶來可說是最重要的元素：神祕感。為什麼拜倫・史衛福特要開槍？謀殺了年輕美麗背包客的凶手到底是誰？那兩名背包客真如其他報紙上所說，受到強暴和虐待嗎？澳洲全國上下，從路邊烤肉架到酒吧、從咖啡店到美食街、從美容院到計程車，每一個人和他們的狗都會不斷發展著自己一知半解下揣測出的理論，爭相辯駁事件的真相以及誰應該負責。電臺裡的談話性節目將會全體動員，網路也將產出同樣大量的愚蠢笑話和陰謀論，而且他會是其中許多則的主角。但即便如此，他也不得發出怨言：因為他，馬汀・史卡斯頓，比任何人都更努力將這則新聞推上頭條，比任何人都更努力將它推進全國人民的視線中。一想到這點，他的胃便翻騰起來，騰至他必須坐下的地步。他應該從此戒掉威士忌。

＊＊＊

回到黑狗時，他感覺甚至變得更糟了。汽車旅館外停了一輛電視臺的衛星連線車。這則新聞就要開始進入直播狂飆了，二十四小時毫無間斷。而且只要一家電視臺這麼做，其他臺就會被迫照做。媽的。而且他現在對這種發展根本無能為力。他經過接待處，往自己的房間走去，腦中不斷想著即將成形的媒體風暴，此時汽車旅館女老闆的頭從櫃檯後的門裡探了出來。「史卡斯頓先生？方便說句話嗎？」她和馬汀差不多同個時間走至櫃檯內外兩端。他發現她把頭髮剪短了，還染了髮，原本參差不齊的金色長髮和灰色髮根被整齊一致的棕髮取代。貝林頓的優雅時尚。

「不好意思，史卡斯頓先生，我接到你公司打來的電話——你的前公司——他們今天取消了你信用卡的消費授權，說想要把你的房間轉給另外一位先生，呃，叫做……」

「德佛。」

「原來是這樣唸。德佛先生。他現在和你在一起嗎？」

「沒有。」

「了解。總之，要請你將房間空出來，我好替這位先生做準備。」

「那個——抱歉，我忘了你的名字。」

「費莉西蒂．柯比。我和我先生吉諾是黑狗的老闆。」

「好，柯比太太，我現在還沒看到德佛本人，不過我有感覺他應該不會住在這裡。大部分媒體都住

3 Lindy Chamberlain和Schapelle Corby，兩位都是澳洲史上有名的女嫌犯，在媒體上轟動一時。前者已確定為誤判。

在貝林頓，我想他們應該比較喜歡住在河邊。」

「史卡斯頓先生，那只是因為我們這裡滿房了。」

「當然，柯比太太，當然也是。不過即便如此，就算你們變出一間閣樓給德佛，他這個人大概還是會選擇待在貝林頓。」

「史卡斯頓先生，請問你是在說笑話嗎？」

「恐怕是的，柯比太太。」

「真的啊？你還真風趣。現在把鑰匙交出來吧，這樣我們兩個都可以認真笑開心一點。」

「這樣吧，柯比太太，也許我們可以用另一種方式處理，對彼此都好。」

「有話快說，親愛的，我沒一整天可以耗。」

「讓我留下房間，我會用自己的信用卡付。」

「了解。但是你確定另外那個小夥子可以接受？我已經跟他們說會把房間留給他了。」

「相信我，他的品味只存在那些有點高級的東西上。」

「聽起來像個王八蛋啊，史卡斯頓先生。」

「你說的，柯比太太，不是我。」

「好吧，那就這樣。先預付一個星期的費用，在那之後每天結帳。」

「還要預付一個星期？我都已經在這裡住七天了。」

「不同信用卡，不同帳單。」

馬汀聳聳肩，正要簽字時就發現房價已經漲到一晚三十塊。「柯比太太，現在連在旱溪鎮通膨壓力都這麼大嗎？」

「這是經濟學基本原理，史卡斯頓先生。太多的錢追逐太少的資產，再加上現在是學校放假的旺季。」

馬汀下筆寫起信用卡授權，以及一張新的旅館入住登記表。

「噢，對了，差點忘記——你的編輯昨天晚上有打來。不對，前天晚上。」

「謝了，不過現在可能已經不重要了。」

「他留了話。」她在桌上四處翻找，給了馬汀一張便利貼，上面寫著一組電話號碼，是市內電話。

「他說這是新的號碼。」

噢，可憐的麥斯，他們甚至不讓他留下本來的電話號碼。

馬汀填完表後交出，微笑著說：「髮型很好看，柯比太太。」

「是齁，謝謝你啦，史卡斯頓先生。」

在汽車旅館房間裡等著他的是一陣猶豫不決的心情。它擁抱住進入房間的馬汀，將他甩至沒鋪整齊的床上。他剛才是把自己又丟進這個地獄火坑裡一個星期了嗎？或者，更具體來說，他現在到底應該做什麼？他之所以還在這裡，是因為他不想放任蔓德蕾·布朗德獨自一人去面對命運，但另一方面，如果他這時真的跑去守在警局外頭，也只是提供無情的媒體巨輪更多轉動的燃料，對她來說一點幫助也沒。更別提今天早上她還根本不想看到他。

他思考起她到底想要什麼，她可能渴求哪些事物。她和他上了床，這是真的。但也就那麼一次，很難說她是不是真的對他抱持著那麼深的好感。是什麼事情促使她在那天晚上帶他回家？感謝史納屈活了下來？感謝馬汀也逃過死劫？因為操縱他而感到愧疚？或者，也許她只是寂寞。或無聊。或只是想要分得一點那天的刺激感。她要的並不是男人，這點倒是很明顯。在發現自己懷孕以後，她唯一想做的就是和史衛福特一起離開這裡，但在那之前，雖然她說她愛上他了，卻倒是不介意和芙蘭共享這個男人。當然，她從未說過她愛上馬汀之類的話，而且大概也不太可能這麼說了。畢竟，他的報社詆毀了史衛福特，而他自己在今天清晨也影射她做了什麼。她那時是怎麼說的？**現在就滾，永遠不要再過來**。他看著自己的手，這雙可悲的手，意識到一直渴望著情感連結的人是他，不是蔓蒂。是他需要去幫她，而不是她需要他的幫忙。

所以他該怎麼做？也許他應該回到雜貨店，和芙蘭．蘭德斯還有連恩一起在那裡等；當警方釋放蔓蒂時，那會是她第一個去的地方。他可以和她說到話、貢獻自己的協助、道別，帶著無昧的良心離開。但他暫時不太想動，不想像個傻傻的小男生那樣，被獨自留在雜貨店外坐上好幾個鐘頭。他頭痛，天氣又太熱。在《晨鋒報》放他隨水漂流的現在，他知道自己應該好好想想未來，考慮該怎麼處理往後的生活和工作，而不該迷戀某個難以追求的年輕女子。他以後還能當記者嗎？畢竟這個產業也在萎縮，正在經歷屬於它自己的經濟旱季。他這時應該抱著電話，為朱利恩．弗林的故事找一個願意刊行的人。

他看著寫有麥斯新號碼的紙條，也許這位往日編輯能給他一點指引，建議有誰會願意刊出這篇報導？馬汀拿起房間裡的市內電話，撥號，但電話沒撥出去。相反地，他聽到一則語音訊息：「您撥的電話已停止使用。」好極了。

他的手機在這缺乏收訊的旱溪鎮上，剩下的功能只跟一臺電子通訊錄差不多。他拿出手機，找到麥斯的手機號碼，用旅館的電話撥出。

「你好，麥斯．富勒。」

「麥斯，是我，馬汀。」

「噢馬汀，兄弟，你現在在哪？」

「還在旱溪鎮。剛把幾件沒收尾的事情處理好。」

「了解。找我有什麼事？」

「你前天晚上有打到這裡找我嗎？打到黑狗？還留了一組電話號碼？」

「不是我，老弟。號碼多少？」

馬汀把數字唸給他聽。

「拜託，馬汀，那根本不是雪梨的電話號碼。那是從你那裡打出來的，前四個數字跟你現在用的這支電話一樣。」

馬汀看向一旁的床頭櫃，上面放著湯米的外帶菜單，白底紅字的「西貢亞洲美食」旁邊寫了電話號碼。麥斯說得對，前面四碼是一樣的。有事情不對勁。「我是笨蛋，麥斯。抱歉打擾你，搞錯了。」

「馬汀，你還好嗎？」

「再好不過，我回雪梨之後打給你。」

「等你電話。」

掛上電話，馬汀安靜地盯著話筒。會是費莉西蒂·柯比搞錯了嗎？誰會從旱溪鎮鎮上或附近打給他，還假裝是他的編輯？對方是試圖掩蓋自己的行蹤嗎？但只是為了留下一組已經停用的電話號碼？除非……**噢天啊，是沃克**。是和聖雅各教堂通話的號碼。馬汀看著電話，此時突然傳來一陣敲門聲。他感覺有股驚慌湧了上來，不確定自己該不該應門。

敲門聲再度響起。「馬汀？你在嗎？」

是傑克·高芬。馬汀打開門，讓ASIO探員進來。

「你看起來跟鬼一樣。」高芬說著，算是打了招呼。「看來今天早上不是只有我感覺自己撞進泥巴裡，知道這點我就高興了。」

馬汀在這個人臉上完全看不出任何受到後遺症影響的痕跡，他的雙眼顯然跟平常一樣清澈有神。馬汀回頭坐在床上，高芬關門之後繼續站著沒動。空氣裡有一絲菸味。

「你知道發生了什麼事嗎？」

「什麼事？不知道。」

「你還好嗎？」

「不好，我在宿醉。還不都是你。」

「他們逮捕了蔓蒂．布朗德，要起訴她。」

「什麼罪名？」

「企圖妨害司法公正。」

「因為日記？」

「因為日記。」

「媽的。」馬汀停了一下。「鬼才知道她到底為什麼想拿那本東西去說。」

「有想法嗎？」

「我？沒有。你呢？」

「沒有。」

「所以日記有什麼問題？」馬汀問。「真的變造過嗎？」

「不確定。你知道我們現在的對話完全、絕對是私下交流，對吧？」

「就像我之前說的，這都只是假設性的空談，我現在還是沒有可以發表文章的地方。」

「的確是這樣。但我不要你把事情轉給其他人，所以，請不要給達西．德佛線報。」

「我一言九鼎。」

「那就好。總之就我了解，警方懷疑至少有一行內容是在事後才加上的，雖然如此，但那本日記的問題不在變造了什麼訊息。真正的問題在於有幾頁不見了，被她撕掉。」

「她大概只是想保護自己的隱私。」

「也許吧。但如果這是真的，她就太不了解警察了。這件事對他們來說就像骨頭之於狗。你沒辦法想像他們之前受到多大的破案壓力，她這樣出現等於把自己盛在盤子裡端上。」

「但這實在說不過去。如果她跟謀殺案有關，怎麼還會自願交出日記？她在這件事發生之前根本也不是嫌犯，不是嗎？」

「就我所知不是。」

「所以他們要指控她也沒那麼簡單。」

「別這麼肯定。沒有證據的話，他們的確沒辦法證明她是否涉入謀殺案，但現在是以企圖妨害司法公正這條罪名起訴，這招不錯。日記裡詳細記載了主要嫌犯拜倫・史衛福特在德國背包客受到綁架和謀殺，以及他在聖雅各教堂進行大屠殺前後幾天的部分行蹤，但她卻銷毀了一部分的潛在關鍵證據。她這下問題大了。」

「媽的，所以接下來會發生什麼事？」

「這就是我來找你的原因。她正在申請保釋，想要照顧自己的孩子。警方在阻撓這件事。他們打算把她載到貝林頓讓地區裁判官審判。」[4]

4 原文為The magistrate，又稱治安法官、地區法官等，此處為了與法官（judge）區隔，譯為裁判官。地區裁判法院是為了減輕上級法院負擔而於一九九九年增設，由裁判官獨立審理交通違規、刑事輕罪、小額民事等案件。

「貝林頓有裁判法院？」

「沒有。不算有。他們要把裁判官從德尼利昆載過來。」

「那為什麼不乾脆載來這裡？」

「想聽我怎麼想嗎？大概是因為媒體主要集中在貝林頓。」

「靠。你在開玩笑嗎？」

「沒有。」

「就只是因為這樣？」

「我覺得你應該會想過去一趟，她可能會需要精神支持。」

「從我這裡？」

「從所有人身上。」

＊＊＊

一組規模頗長且組成奇特的旅行車隊正以高速橫越旱溪鎮到貝林頓之間的灼熱平原。那是一支由期待與畏懼、野心與絕望組成的護衛隊，每輛車都受不同目的驅使，傳遞著不同的情感。領在前頭的是警方的車隊：羅比・豪斯瓊斯開著赫伯・沃克的四輪傳動車、莫銳斯・蒙特斐爾和高芬則開著租來的車子，另外有一輛公路巡邏車，外表噴漆刺眼炫目，負責載送蔓德蕾・布朗德和伊凡・路奇。媒體跟在他們之後：3AW電臺開著一輛外表噴飾過的卡車，配色幾乎能與前方的公路巡邏車媲美；後面跟著許多白色租車、兩輛私人轎車，各電視網的團隊則開著各自成對的旅行車與SUV。車隊以一百一十公里的精準時速前進，警方嚴守時速限制，媒體也不敢開得更快或更慢，遂隊形完美地跟在後面，繫緊了安全帶，以一致的速度掩飾各種矛盾心態，同時往貝林頓、河畔，以及這齣全國注目大戲的下一章全速衝去。開至平原半途，車隊經過那輛笨重的衛星連線車，每輛車的司機都在不減速也沒改變方向的狀態下，無視來車地開至對向車道；他們勤奮地閃爍方向燈，並脫離隊伍，接著又頻繁閃著燈地回到隊伍裡。

馬汀是整個車隊的最後一輛車，他不再屬於這篇報導的先鋒部隊，而是守車；不是頭條，而是註腳。有那麼一會，他想要直接追上，超過前方的租用車，以最後的反抗姿態輕巧掠過他的前同事們和警方，冒著被閃光燈捕捉的危險，挑釁其他人，看他們敢不敢跟上。但這個念頭最終委靡了；他現在沒那種心力。於是他仍順從地待在車隊裡低賤的地位中，開始思考為什麼在這個其他人都不想和他來往的時刻，傑克·高芬卻在二十四小時內兩度找上門來。這無庸置疑是為了獲得資訊、培養資料來源、誘出事實。他那時怎麼說？**我不是來交換訊息的**。但現在看來，他們在那個晚上做的就是這件事：高芬透露拜倫·史衛福特其實是朱利恩·弗林，還詳細描述這名退伍軍人的來歷和罪行。ASIO探員也主動告知馬汀其他資訊：日記中消失了幾頁，並可能加了一兩行。馬汀則對警方的動機提供了意見。高芬的動機？絕不是為了讓馬汀能把報導發出去。為了蔓蒂·布朗德？這麼說就合理多了。高芬知道她和史衛福特接觸親密，並且認為馬汀可能是贏得蔓蒂信任的管道。想到這裡，馬汀笑了一下。高芬和史納屈，兩個人都將他視為通往蔓蒂的途徑，但比較可能發生的情況是，她或許永遠也不會再和他多說一句話。

他想著是否該把電話號碼的事告訴高芬。那組撥自旱溪鎮的電話號碼。也許有哪個能反向追查電話號碼的網站能告訴他，號碼的擁有人是誰。也許貝瑟妮幫得上忙。或者，也許他該直接相信高芬就好。那個人應該有資源能找出號碼的擁有人，並找出史衛福特在開槍之前，到底從聖雅各教堂裡打給誰。但如果高芬查出來了，他會願意把這則資訊告訴馬汀嗎？只是，馬汀又有多少選擇呢？只要高芬能在聖雅各槍擊案或背包客謀殺案任一項上取得進展，就能減輕蔓蒂許多痛苦。或者，他也可能找出能對她提起公訴的證據。天啊。這種可能性的排列組合簡直是對馬汀的頭痛火上加油，直到當貝林頓灌溉果園形成的綠帶從地平線上浮出時，才令他稍微緩解。前方車隊的剎車燈接連亮起，將車速降至每小時六十公里；每一位司機都是奉公守法的好公民。等到馬汀開進主大街時，他已經下定決心：必須把那組號碼的存在告訴高芬。

＊＊＊

保釋聽證會為閉門舉行。地區裁判官把自己鎖在貝林頓警局內，並勒令所有媒體人員不得入內。記者們帶著滿腦子迫不及待與揣想等在外頭，急迫地對著麥克風報導：「警方逮捕了當地女性蔓德蕾．布朗德……」，彼此的聲音都彷彿帶著吸引的重力。其中某個人說蛇蠍美人，另一個說鴛鴦大盜，第三個則說是世紀之罪。很快地，所有人的說法趨於一致。道格．桑寇頓對著電視臺攝影機的鏡頭展現權威似的低沉嗓音，在重溫舊消息的同時幻化出新的訊息。這則新聞海潮似地席捲全國：警方已取得新的進展，我們正在等待最新消息，請不要走遠、隨時留意，無論如何都別錯失近況更新，別轉臺，我們休息一下馬上回來，本臺不容錯過。不過，儘管如此興奮，當這群媒體暴民看到馬汀走入警局時，仍頓時安靜下來，接著才又恢復本來的熱切，渴望、急迫地對這個畫面發表評論。一句新的稱呼從這群記者向外流行至全國下上：辱職記者馬汀．史卡斯頓。

不過馬汀今天沒有進入警局的特權，這次沒辦法，因此被要求和媒體一起在局外等待。他照做了，掉頭走回昨天災難的事發現場。他的往日同行要不對他的出現感到震驚就是充滿疑惑，或者兩者都有。

賽克李困擾地搖了搖頭，但仍不失禮地對他打招呼，說自己對事況的發展感到抱歉。一名ＡＢＣ的記者重中自家電視臺在前一晚的新聞為馬汀大力辯護，理應有權要求馬汀接受訪問，馬汀拒絕了。已暫時完成目前轉播工作的道格．桑寇頓堅定地拒絕與馬汀有任何眼神接觸，但明明他的攝影團隊正毫不客氣地拍攝馬汀的一舉一動。

「馬汀。」一個低沉自信的聲音叫住馬汀。是達西．德佛。「沒想到你會出現在這裡。事情發生之後你還好嗎？」

「嗨，達西，歡迎來到馬戲團。還不算太糟。警方說了什麼？」

「非常少。他們逮捕了書店老闆，顯然她認識那名牧師，拜倫．史衛福特。」

「對，他們認識。」

「你的好朋友桑寇頓話說得挺重的。他說警方懷疑她和牧師是共犯，說他們一起殺了那兩個背包客。」

「聽著，達西，別報這件事。我說真的，等到你親耳聽警方講了什麼再說。」

「你有其他消息？」

「我不太確定我的到底算什麼消息。但我之前推這條新聞推得那麼用力，你也看到我現在是什麼下場。就算是我也不會報這件事，時候還沒到。」

達西還在思考馬汀的話，此時警局裡鑽出一名穿著灰西裝的細瘦男子，臉上滿是鬍渣。「ＡＳＩＯ。」一陣細語響起。

高芬看到馬汀，揮著手要他過去。他走到高芬身旁，兩人一起進入警局，馬汀幾乎可以感覺到攝影機的注視就要在他背上鑽出洞來。

「希望你錢領好了。」高芬說。

「為什麼？」

「你也許需要付保釋金。」

裁判官坐在一張極大的書桌後方，面色通紅，看起來衣衫有些凌亂，而且不是太開心。事實上在場沒有任何一個人是開心的：怒目注視裁判官的蒙特斐爾、瞪著羅比．豪斯瓊斯的路奇，還有試圖不與前面兩位凶案組警探對上眼的羅比，沒有人是高興的。坐著的蔓蒂看起來體型嬌小，她身穿白色襯衫和藍色牛仔褲，手上戴著手銬。她抬起頭看馬汀，對他露出微笑，眼神充滿希望。他的心跳加快，心裡想著不知道她是不是已經原諒了自己今天清晨對她的指控。

「馬汀．史卡斯頓？」裁判官問。他的雙眼充滿血絲，馬汀還能聞到酒味。

「我是。」

「我了解你打算為布朗德女士做擔保，對嗎？」

「是的，法官大人。」

裁判官嗤了一聲，嘆口氣，搖搖頭。「史卡斯頓先生，我是地區裁判官，不是法官。我不是任何人的大人。」說完後，他還多打了個酒嗝。「失禮了。」

馬汀點頭示意。沒有人大笑，沒有人露出任何笑意。裁判官喝醉了，但所有人都板著一張臉。

裁判官的聲音還算穩定，但手勢就有些過度熱情。他繼續說道：「好了。我現在面對兩難，史卡斯頓先生。非常兩難。需要用上所羅門王智慧的那種抉擇。這位蒙提探長表示這項罪名程度重大，因此反對保釋；另一方面，這名年輕的基層警員也告訴我，布朗德女士是一名未滿足歲嬰兒的唯一照護者。你認為這項陳述屬實嗎？」

「報告長官，是的。」

「非常好。你得過痛風嗎？」

「報告長官，沒有。」

「非常好，能躲盡量躲吧。」又一個酒嗝。幾位警官的臉色仍保持毅然肅穆，而蒙特斐爾已經把眼睛閉上。「我的提議如下：如果你願意提供保釋金的話，我就核准保釋。呃，金額該訂多少？一萬五千元？嗯，這數字聽起來差不多，就一萬五吧。你交得出這個金額嗎？準備好成為擔保人了嗎？」

馬汀看向蔓蒂，所有的疑慮一掃而空。她看著他，眼中充滿對連恩的擔心。他怎麼可能拒絕她呢？

「報告長官，可以。我可以在貝林頓這裡的銀行提款。」

「非常好。那麼保釋條件如下。布朗德女士，你必須每天向旱溪鎮警方報到，時間是每天中午之前。如果未告知警方並獲得他們同意，你不得離開鎮外方圓五公里以內的範圍。還有就是……你不得與史卡斯頓先生或任何其他媒體，討論與起訴相關的任何資訊。不過，我強力建議你和律師討論這些資訊。這些條件的效力會持續到你接受預審聽證、起訴受撤銷，或是我做出其他決定為止。或是發生其他進展。這樣你了解嗎？」

「是的，長官。」蔓蒂輕聲說。

「史卡斯頓先生，對於把被告移交給一名記者擔保人這點，我其實有很多疑慮。坦白說，我對你的評價並不高。無論如何，你將不得與布朗德女士討論起訴內容、她的日記或日記相關內容，同時你也不得報導與這次起訴的相關訊息。這樣你了解嗎？」

馬汀驚訝地眨了眨眼。等同將他的報導能力上了口銜。但當他再次看向蔓蒂，這個問題隨即解開。

「了解。」他對裁判官說。

「這樣你仍願意繳交保釋金？」

「願意。」

「那就這樣定了吧。布朗德女士將交由警方拘留直到返回旱溪鎮為止。史卡斯頓先生，請你去取得銀行支票，並自行前往旱溪鎮警察局。另外，史卡斯頓先生？」

「長官？」

「盡你所能避免奢華的饗食，那是所有罪惡的源頭。就這樣吧，祝各位今天平安。」接著他打了另一個酒嗝，比先前的都要更大、更響、更長。

18・保釋

車隊已失去本來的凝聚力，在開回旱溪鎮的路上，馬汀發現自己放眼望去不見車影。但他並非獨自一人，他身旁坐著搭便車的ASIO調查員，傑克・高芬。兩個男人在車程中一路沉默，陷入各自的思緒裡。馬汀剛才去了銀行，填好了銀行本票。支票正收在他的襯衫口袋裡，輕如鴻毛，但同時帶著沉重的責任。馬汀知道在前方某處，這張支票存在的目的——蔓蒂・布朗德——也正橫越這片平原。她坐在公路巡邏車的後座，仍然掛著手銬，仍是囚犯。蒙特斐爾和路奇也正在馬汀前方，策畫著他們的下一步。馬汀心想，不知道羅比・豪斯瓊斯是否也在他們這組迷你車隊裡，還是他正落在後方遠處，刻意和他來自雪梨的上級保持距離。

某種程度上，馬汀或許算是跟在警方屁股後面跑，但他倒是比還在貝林頓發稿的媒體們早了一步。馬汀可以想見他們此時的情況：道格・桑寇頓會對著攝影機鏡頭滔滔不絕，不留情面地把自己的觀察從衛星連線車向外傳至整個澳大利亞；電臺記者則會語速飛快地描述蔓蒂・布朗德在一陣相機閃燈的風暴中離開警局，講到自己上氣不接下氣；至於報社記者，他們會充分發揮貝林頓的連線能力，透過網路拚命將所有稿子傳回報社，實際內容寥寥無幾的新聞快訊、描述這天戲劇性發展的敘述報導，以及大膽宣稱這一切發展代表什麼意義的個人評論。但無論哪種媒體風格和媒介，在每一篇報導核心吸引全國注意力的都會是不同版本的同一幅景象：一名有著空靈美貌與不可思議綠眸，雙手被手銬束縛的年輕母親。那些記者很快就會完成手上的工作，然後穿越毫無收訊的沙漠來到旱溪鎮，急切地想要報導這部小鎮傳奇的下期連載。這則由謀殺、宗教和不倫組成的故事頓時支配了這輪夏日新聞，而故事的發展完全圍繞著一對容貌上相的情侶打轉：已經死去的拜倫．史衛福特，和身負罪責的蔓德蕾．布朗德。前往旱溪鎮的路程才到半途，第一組媒體就以高速超越馬汀的車，時速至少飆到一百六十公里。車裡是一名平面攝影師，應該是在警察局外迅速上傳照片之後，不顧租來的車況，狂踩油門，只為領先競爭對手一步，提早占好下一集大戲的觀看位置。馬汀看著那輛車飛速衝向遠處，在高溫中蜷曲、變形，接著完全熔化一片。

馬汀試著專注開車，但說真的幾乎沒什麼可以專注的目標：道路平坦、筆直又缺乏車流，一道瀝青從視野中央劃開車前這片漠然、不帶任何評價的地景，彷彿畫在地圖上的經線。他開始懷疑起自己剛才到底答應了什麼：對一名失業的記者來說，一萬五是筆很大的數目，尤其是他還被噤聲於全澳洲最大的新聞之外。真正困擾他的其實不是錢——他不認為蔓蒂．布朗德會打算潛逃——而是他並不曉得她可能會做出什麼事。或是她已經做了哪些事。自己保釋她，完全是出於正直和騎士風範——真的是這樣嗎？難道不是為了獻殷勤，或他對兩人之間和解的渴望？或是因為他的自身利益？因為虧欠他人情的蔓蒂肯定會原諒他，願意再次和他說話，屆時他就能為哈利．史納屈辯護，說服她接受ＤＮＡ測試，然後避開史納屈提告誹謗的威脅。他是不是一直在騙自己，會不會這才是他真正的動機？不管怎樣，他跟她在公眾眼中都將變得密不可分；就算不是現在，那也絕對會在今晚電視新聞交出各家判決之時。她的綽號已經定了：正如他是記者馬汀．史卡斯頓，從現在起，她就會成為「警方頭號嫌犯蔓德蕾．布朗德」。而且他將被困在這裡，困在旱溪鎮，與她命運相連，別的不說也至少相連了一萬五千元。另外，地區裁判官還禁止他撰寫案情相關報導，一個字都不行。他對於事情的未來發展完全沒有頭緒，不過至少很清楚接下來第一件事該做什麼：他必須先把蔓蒂保出來，然後恢復自己與她之間的關係。他腦中突然浮現記憶中某個畫面：只穿著寬鬆T恤的蔓蒂站在廚房裡，正遞給他咖啡。他搖了搖頭，把回憶壓了下去。

他看著遠方的地平線在刺眼陽光下閃爍光芒、難以辨認，太陽的作用應該是掃除所有陰暗不明，但此時卻模糊了世界的邊界，讓地平線變得如此值得商榷，以至於分不清大地與天空的界線。是誰殺了那兩個背包客？為什麼拜倫・史衛福特會突然暴走？蔓蒂從日記裡撕走的那幾頁上到底寫了什麼？眼前的地景空白一片，路面於遠處融化，陽光當頭潑灑而下。

傑克・高芬打破沉默：「馬汀，我需要你幫忙。」

「我猜也是。」

「我想和蔓德蕾・布朗德談一談。跟她本人，沒有警方在場。」

「這就是你來和我套關係的原因嗎？為了接近她？」

「坦白說，是。很大一部分是。」

面對高芬如此坦白，馬汀哈哈大笑。「好吧，讓我思考一下。這麼做對我有什麼好處？」

「很可能什麼都沒有，但這也許對她會很有幫助。如果日記會把她牽扯進案子裡，她怎麼還會主動交出來，這實在說不通。我也許有辦法幫她撤銷告訴。」

「這件事律師也做得到。」

「所以你不願意幫忙？」

「我可以幫，但是你要先告訴我你怎麼知道史衛福特的真實身分是弗林，同時你還要告訴我你來這裡的真正目的。」

高芬沒有立刻回答。馬汀之前就注意到這名情報員有這樣的習慣：他似乎永遠沒有立刻給出答案的壓力，總是在需要想通箇中牽連時從容思考。他再次開口時語氣嚴肅：「好，我能說什麼盡量說。這些內容不能見報，現在不行。也很可能永遠都沒辦法。」

「你說了算。」

高芬停頓一下，權衡自己的選擇，接著嘆了口氣，彷彿放棄抵抗。

「整件事開始於一年多前的一次情報行動。你不必知道太多細節。當時我們在某個小地方突然獲得兩個名字：一個是史衛福特，另一個是旱溪。我們當時以為指的是內陸河，但這對我們來說沒有特殊意義[1]。直到哈利．史納屈出現在ＡＳＩＯ總部，給了我們拜倫．史衛福特的密報，指認他就是朱利恩．弗林。」

馬汀轉過頭，一臉不敢置信地看著高芬。他傻看著他，時間久到車子幾乎要衝出這條直到不能再直的道路。

「你再說一次。」

「告訴我們史衛福特其實是弗林的人，是史納屈。」

「我還是不懂。你能不能解釋一下這是什麼情況？」

「他在一年前出現在坎培拉，到處散播說他鎮上的牧師是個持槍的身分竊盜，只要有人願意聽，他就會把故事重述一次。當然了，沒有人想聽這種故事，警方、媒體、我們都一樣，沒人有興趣。他最後會找上我，完全只是因為他提到那兩個名字，史衛福特和旱溪鎮。說實話，我當時以為那是他不切實際的空想，名字會出現只是巧合，所以我也沒太當一回事，純粹想把工作做齊。但後來我發現他莫名地非常有說服力，當他開始把事情一件一件托出，整個故事聽起來就越來越像真的。他說史衛福特喜歡打獵，還是個退伍軍人，說他身上有看起來像是彈孔和軍隊刺青的痕跡。

「我聽他說完之後把他送走。出於謹慎，我讓分析人員查了那個名字，然後就中了：她查出拜倫．

史衛福特已經死於柬埔寨。就這樣，我們突然之間有了線索。史納屈那時還待在坎培拉，於是我重新把他找過來，拿了一本前特種部隊士兵的照片集讓他指認，他一看到照片就認出哪個人是他說的朱利恩・弗林。我不認得朱利恩這個名字，但當我把名字丟進檢索系統，各種警報就不斷響起：未定罪的戰爭罪犯、逃犯，理應在逃亡途中便已死於伊拉克。」

「你為什麼沒逮捕他？我是說史衛福特。」

「太晚了。那時已經接近星期五傍晚，我們在星期日早上開了一次緊急會議，把各方人士拉進來處理這件事。我們還在討論，新聞就報了：史衛福特在教堂開槍殺了五個人，然後被一名當地警員當場擊斃。我們太晚了。」

「靠。你說那個時候史納屈還在坎培拉？」

「對，這就是為什麼他有辦法證明自己與背包客謀殺案無關。那整個星期他都在坎培拉，和警方談話、和我們談話。沒有比這更扎實的不在場證明了。」

「他告訴我他那時在墨爾本，因為肺炎住院。」

「他那樣說？他這個人，真的很有說服力吧？」

「所以他跟你說了什麼？為什麼他那麼急著把史衛福特的事說出來？」

「他說是因為擔心他女兒。」

「蔓蒂？」

1　原文為「We thought it was two words: river's end or river send. Didn't mean anything to us.」，純粹英文字詞拆解，如原文所說沒有特殊意義，對每天需要面對大量資訊流通的情報組織而言，便是無法深究的遊戲。

「對。他懷疑史衛福特可能是假冒的，可能很危險，所以不想要她和那個傢伙糾纏不清。」

馬汀想了一下，這個理由聽起來還算可信。「史納屈這個人呢？你們有沒有查過他的背景？」

「有。他也算頗為神祕，在國外待了很長的時間，但沒什麼特別的地方。」

「你有查到他手上怎麼會有那些圖案嗎？看起來很像監獄刺青。」

「沒查到。沒有相關訊息。但我可以很確定地告訴你，他沒進過監獄。」

「所以也沒有強暴或性騷擾的紀錄？」

「沒有，有的話我們會發現。」

兩人回歸沉默，各自思考，平原奔馳。史納屈早就知道史衛福特是弗林，卻選擇不把這件事告訴馬汀。如果他這麼急著想要削弱史衛福特在蔓蒂眼中的形象，馬汀想知道為什麼他選擇不說。他之前很快就在傳頌兒童性侵案的指控了，那為什麼不直接提弗林的真實身分呢？因為高芬會知道馬汀從哪裡得到的消息，並且追究於他嗎？還是因為蔓蒂可能會有的反應？如果她發現史納屈曾在史衛福特死前試圖揭穿他的身分，她可能會把槍擊案的責任怪在史納屈身上，那麼他們兩人和解的希望便會真的永遠消逝。就只是因為這個原因嗎？史納屈到底在打什麼算盤？

「傑克，我告訴你，拜倫．史衛福特告訴羅比．豪斯瓊斯的死前遺言是：『哈利．史納屈知道所有事情。』史衛福特知道自己被史納屈盯上了嗎？」

「這就是讓我覺得麻煩的地方，ＡＳＩＯ上頭對這一點比我更在意。我們還沒有實質證據，但我們一直懷疑ＡＳＩＯ有內賊；史衛福特不曉得從哪裡得知，史納屈指認出了他的身分。面對這種疑慮，我們總是很慎重。」

「但這樣說起來，這很可能就是促使他殺死那些人的因素。」

「對。但是，馬汀，你不能寫這件事，現在還不行。如果有適合的時機，然後你也遇上那個時機，到時整個故事都是你的。獨家報導。我可以答應你這件事。」

專業騙徒的承諾，馬汀對此一笑。

「謝了，傑克——我也有消息能告訴你。」

「什麼事？」

馬汀把黑狗汽車旅館老闆娘給他一組神祕電話號碼的事告訴了ＡＳＩＯ情報員。告訴他自己懷疑這可能是赫伯．沃克假扮成他的編輯，而那組號碼可能就是史衛福特在槍擊案之前，從聖雅各教堂裡撥出的電話。

「你現在帶在身上嗎？」

「當然，在我外套裡。你握一下方向盤。」

高芬傾過身，用右手抓住方向盤。馬汀讓腳持續踩著油門，車子向前飛衝，然後把手伸向後座找自己的外套，並翻出費莉西蒂．柯比給他的那張寫了電話號碼的便利貼。他把紙條交給高芬，然後重新拿回車子的控制權。遠處，旱溪鎮那幾座小麥儲存槽的頂端出現在視野中，漂浮在被熱氣扭曲的平原上。

「你查得出號碼屬於誰嗎？」馬汀問。

「當然，小事。」

馬汀放慢車速，行過廢棄加油站和黑狗後轉進海伊路，直接往警察局的方向開去。警局外只有一名平面攝影師，就是他們離開貝林頓時從旁疾駛而過的那個瘋子。攝影師拍了幾張照，還開朗地對馬汀揮手。如果當馬汀和蔓蒂一起從警局裡出來時，他還是一個人在這裡的話，他肯定會再更開朗一點：到時那幅價值連城的照片就能由他獨享。

警察局裡人影寂寥，只有從後面辦公室裡傳出些許模糊的談話聲。他按了按櫃檯鈴，蒙特斐爾副手路奇的臉從櫃檯裡的門框旁湊了出來：「不好意思啊，朋友，我們沒辦法保她，得要那個小警察來做才行。如果他有膽出現在這裡的話。」路奇露出一臉幸災樂禍的笑容，在馬汀回話之前又把頭縮了回去。

高芬出於同情地聳了聳肩，手裡拿著一份文件，便走向外頭的車子。馬汀一屁股在長椅上坐下，兩天前，他在這裡等著和赫伯・沃克見面。所有的擺設都沒變。同樣的小冊子仍待在同樣的架子上的同樣位置，鄰里守望、動火許可、如何取得駕照，彷彿整個世界因為被誰宣告必須不斷重複同樣的循環而沒前進過。旱溪鎮，像是神祕之城布里加東的邪惡雙胞胎，被封鎖在時間之外。[2]沒有一絲變化。連他看不出歲月痕跡的手也一樣。

羅比・豪斯瓊斯從外頭走了進來。「嗨，馬汀。」

「嗨，羅比。」

「你來保釋蔓蒂？」

「對。」

「我去處理一下，不用太久。」年輕的警察從容走進櫃檯後方，似乎頗為鎮定自若。

但是等他再次回到櫃檯，已經是一個小時後的事了。他身後跟著蔓蒂以及馬汀兩天前在這裡遇到的那個年輕女警。蔓蒂・布朗德的笑裡帶著感激，朝櫃檯前的馬汀照耀不已，剛才等待的時間彷彿立刻蒸發不復存在。

「抱歉，馬汀——剛才得先處理一些事。」羅比說。「我需要你們兩個簽幾份文件，基本上就是確認裁判官設下的條件。馬汀，你有帶錢嗎？」

馬汀遞出支票，羅比簽發收據，他們還另外簽了幾份文件。最後女警——她叫葛莉薇——解開了手銬，說：「可以走啦。」

蔓蒂正要走出櫃檯，但先轉向羅比，抓住他的手、踮起腳，像個小妹妹般在他臉頰上輕輕一吻。

「羅比，謝謝你幫我說話，我不會忘記的。」

羅比點點頭，一陣輕到不能再輕的紅暈軟化了他臉上的嚴肅神情。

「準備好了嗎？」馬汀問。蔓蒂．布朗德點了頭，於是兩人挽著手，走進一陣由相機閃光燈與記者們大喊所組成的風暴中。這張照片應該還是價值不斐，只不過已經非獨家。

平面攝影師和攝影機組人員彷彿一群堅持不懈的矮叢裡的蒼蠅，跟著他們一路移動，經過銀行，經過永遠清醒照看這座小鎮的士兵銅像，經過那座倒閉的酒吧。這段路程中，兩個人完全沒說話。身處瘋狂追趕、旋轉的鏡頭群裡，馬汀除了一些陳腔濫調的敷衍之外，什麼也說不出來。媒體對於拍攝「警方頭號嫌犯」以及「辱職前記者」的胃口，一直要到兩人抵達雜貨店前才終於得到滿足，攝影師們在此融化散去。兩人進入店內，櫃檯後不見人影。

「芙蘭？」蔓蒂大喊。「芙蘭？你在嗎？」

他們猜也許老闆娘為了照顧小連恩而待在店後，於是馬汀跟著蔓蒂穿過貨架走向後方。

「芙蘭？」

芙蘭．蘭德斯鑽了出來。她手上戴著橡膠手套，頭戴浴帽，身穿圍裙，應該是正在清理某種東西時被打斷，臉上表情困惑。「蔓蒂？感謝上帝你終於出來了。還好嗎？」

---

2 布里加東的原文為Brigadoon，一九五四年改編自同名音樂劇的音樂電影，描述布里加東這個每一百年才會出現一次的神祕城鎮。

「我來接連恩，他在哪裡？」

「噢，不在這裡，杰米帶他回綠洲了。他說你回來了。」

「好，謝了，那我回去找他。」

「他過去多久了？」馬汀問。

「大概一個小時吧。」芙蘭說。「他看到警車回來。我們聽廣播說你被釋放了。」

「好。」蔓蒂說。「他還好嗎？」

「連恩嗎？很好啊。你兒子真的很愛玩。」

「謝謝你，芙蘭，我欠你一次。」

蔓蒂和馬汀朝書店走去，想和兒子重逢的蔓蒂顯得心急。他們走店後小巷，一路穿越，避開公眾眼光，同時也猜杰米應該會在店後的屋內，而不是店裡。馬汀打破沉默：「你知道的，蔓蒂，裁判官下令我不能寫，也不能發表任何關於今天清晨的意見。但我真的很想知道到底發生了什麼事。」

她給了他一個笑容，純粹、毫不矯揉造作。「我懂，馬汀。我可以把我知道的告訴你，但某些事情只能我們兩個知道而已。」

他們走到書店後側，但發現屋內沒人。

「可能在前面等。」蔓蒂說。

兩人穿過窄小的側巷，蔓蒂打開大門，走到海伊路上。還是不見杰米和連恩的人影。

蔓蒂看起來有些焦躁。「媽的，」她說。「到底在哪裡？還是他帶他去公園了。」

「我跟你去。」馬汀說。他本來還想說什麼，但話被一陣噪音淹沒。九號電視網的直升機低空掠過小鎮上方，ＡＢＣ緊跟在後，接著兩架雙雙撤離，往各自在貝林頓或天鵝山市的供稿基地飛去。看來，揣測今天晚間新聞會用哪篇新聞當頭條已經沒有多大意義了。

就在此時，他看到了那張手寫的傳單，A4大小的紙張用膠帶貼在燈柱上，上頭的照片一閃而過：「尋找寵物，貓貓先生，找到有賞」。他整個人被釘在原地。

「靠。」馬汀說。

「怎麼了？」

「靠。」

接著他馬上掉頭，用盡全力往十字路口跑去，邊跑還邊試圖說服自己不可能會有這種事。他經過那座盲目、無用，盡是守著一個褪色神話的Anzac士兵雕像，然後繞到酒吧後方。雖然只跑了不到五十公尺，但馬汀停下來時仍喘到不行，汗水在午後的高溫中不斷自他體內噴出。因為感染了馬汀突來緊張情緒的蔓蒂緊跟在他身後，她年輕，體力可能也比他更好。但無論如何，兩個人此時都停了下來，因為眼前殘酷的畫面而當場愣住：一輛空蕩且無人看顧的嬰兒車就停在木製階梯的底端，半遮掩在那輛輪胎漏風的車後。

蔓蒂看到嬰兒車就要脫口大喊兒子的名字，馬上被馬汀制止。他瘋狂地揮舞著手勢，以嘶啞的耳語對她說：「跑去找羅比，叫他快點過來。叫他帶槍。」

蔓蒂張著嘴愣了一會，試著跟上馬汀的邏輯，接著下一秒便跑走了，衝過來時的柵門，跑進巷子裡不見蹤影。

「好，現在……」馬汀低聲說著，試圖喚起自己的勇氣。羅比過來只需要幾分鐘而已，他應該等，他知道自己應該等。但不遠處空蕩蕩的嬰兒車正不斷對他發出挑戰、譴責、誘引脅迫。

在下定決心之前，他的身體便已行動。他經過那輛嬰兒車，抵達樓梯底端，一階階向上。他的感官變得異常敏銳，後頸汗毛高聳如船艦雷達桅桿，他的手滑過扶手上剝落的綠漆彷彿在尋找線索，感受從已經化為漆粉的塗層中散發出的烘烤炙熱。有道階梯在他的體重壓迫下發出嘎吱聲響——或者那其實是小男嬰發出的求饒聲？

他加快動作，衝至樓梯頂端的平臺，看見玻璃窗上被捶出的那個洞。門是關的，但沒鎖。他推開門，走進去，還記著要盡量別踩到地板上的玻璃碎屑，從熱辣辣的陽光下走進黑暗之中。轉進主廊前，他先停了一下，讓眼睛適應。他沒聽到任何不尋常的聲音，也沒看到奇怪的地方，但整個五臟六腑都在翻騰，警告他這裡絕對出了什麼事。

然後他就聽到了：一陣哭聲，被摀住的那種。離自己有點距離，不是很近。他的腦袋頓時活躍起來，不斷翻索上次來時的印象。他猜聲音要不是從滿是空啤酒瓶和菸灰缸的房客休息室裡傳來，就是從有死貓的那間房。他再次迅速移動，沿著主廊前進，完全沒停下來察看便直接繞過九十度轉角，順著酒吧的正面向前。他躡手躡腳走著，接著便聽到另一種聲音。他再次停下。有人在唱歌。晚安曲嗎？天啊。各部位的內臟不斷威脅著他，彷彿就要散掉化水，他重新收拾好，召喚出殘存的勇氣，繼續走入眼前的走廊。他的目的地明確，沒有絲毫停頓。

那二十五公尺到底花了他多久時間？彷彿短短幾秒，又彷彿半輩子，很難說得準。他經過向下通往酒吧的那道樓梯，看見地毯上的黃銅棒，注意到那幅獵狐畫中溼氣濃厚的英國冷陽，同時也看見從通往外頭門廊的法式門中射進來的炙熱澳洲烈日。他還看見了其他東西——吊在樓梯上方華麗但滿滿積塵的水晶吊燈、古董矮櫃上的貼皮板以非常小的弧度向上翹起，還有一幅山景畫，藍色山脈上方壓著的夏日風暴積雨雲重如鐵砧。各種氣味向他湧來：煙塵和血和樟腦丸和香菸。還有恐懼。那是他在加薩某處被拋下的殘破黃色賓士的後車廂裡，必須忍受三天三夜和往後無窮無盡時光的氣味。它跟隨他飄洋過海，在里弗來納地區這間倒閉的旅館裡找上了他。但他沒有因此停下，此刻沒有什麼擋得住他，他走進那股氣味裡，如涉入水中，奮力穿越。歌聲導引著他該往哪裡前進，將他帶往那間有死貓的房間。

他走進去，放輕腳步，但並未試圖隱藏自己的動作。杰米·蘭德斯坐在靠窗的椅子上，腰部以下不著一物。他停下歌聲，手裡正握著一把刀。刀身頗長，尖端溼潤且紅。連恩躺在床上，一隻手臂和另一邊的腳分別被綁在床柱上，嘴裡塞了東西，他眼睛因恐懼而圓瞠，臉上全是淚和鼻涕。連恩身上沒穿衣服，小小身軀上沾滿胸膛傷口流出的血。

「所以是你呀，記者先生。我還在想會是誰。」

「杰米，你不能這麼做。你得放他走。」

「沒關係的，記者先生，我下手會快一點。你也知道，他們都撐不久。小隻的都這樣。你的話就會撐久一點了，老傢伙，我可以保證這一點，絕對比他們久得多。」

馬汀緩慢往前推進，雙手大開，彷彿這樣能對杰米的刀刺做出某種反擊。羅比一定已經在過來的路上，非得這樣不可。

杰米站起身，臉上拉開一抹笑容。「所以你想看我下手嗎？看生命熄滅的那一刻？那畫面真的挺美的。」

馬汀整個人僵在原地，不曉得該怎麼回應，此時只見一陣模糊的身影從他左方經過，往前衝去。那個身影參雜著藍白，動作非常敏捷，以一股迅速且毫無畏懼的力道擊中杰米·蘭德斯的胸口，杰米連將手中的刀轉向的時間都沒有。蔓蒂·布朗德將杰米猛推撞牆，震得他頓時難以呼吸，手中的刀子也被搶走。

「蔓蒂，不要。」馬汀的聲音彷彿是從別的宇宙傳來的懇求，遙遠而無形，且完全沒有用。她根本聽不進去。她瞥了一眼自己的兒子，感到一陣掙扎、苦惱，接著便直直瞪向眼前青少年那雙瘋狂的眼睛。杰米臉上的笑容已經消失，鼻息聞到的全是恐懼的氣味，而且只有他聞得到。她舉起刀，尖端輕觸他的脖子。她緩慢移動刀身，拉出一道血痕。「我現在就在這裡把你整個人剖開。」她輕聲說，但他投降高舉的雙手令她有些遲疑。此時羅比・豪斯瓊斯破門而入，手裡握著槍。

19．已成往事

幾個小時過去，馬汀又回到了警察局裡。同個櫃檯，同批小冊子，同一雙無用的手。他看著自己的手，仔細研究。這是一雙屬於旁觀者的手，是負責紀錄的手，沾染時光的印記，但提及成就倒是毫無痕跡。

他曾有幾次機會，在亞洲和中東，見證了幾次戲劇化事件的發生，成為了歷史的速記員。但說真的，這種崇高的地位其實很少出現，而且並非真的屬於他；即使他不在，那些事件也還是會以同樣的方式呈現在世人面前。除了這幾次機會之外，他職業生涯或者說人生的其餘時刻，都只是在寫歷史的註腳，無法決定敘事的走向。他一直都很客觀，被這個職業授了權，能夠同時在場也不在場，站得遠遠的，躲在攝影機和頭條的後方，而不是它們前面；他是手拿筆記本的偷窺者，是房間裡透明的鬼魂。他一直都是如此，直到他在加薩爬進那輛賓士的後車廂，被迫成為新聞而非新聞的傳達者；他成了事件的一部分，不再只是一旁的紀錄。而現在，同樣的事情又發生了，他再次深陷其中，即使無心，也還是占據了大量的版面。他在火場中救了一個男人，一個彷彿痲瘋病患般鎮上無人想靠近的男人，然後又從車禍裡救了一名青少年，一個殺人凶手。他被指控把一名警官逼上自殺絕路、在全國電視上受到公開羞辱，接著還保釋了一名被控妨害司法公正的女人。而現在，他又救了一個孩子的命。他曾是一位公正冷靜、客觀的記者，現在的他處在那身分的對立面。不知怎麼回事，他似乎在無意間讓自己介入了事件的正中心，陷入這則重大新聞的漩渦之中，頓時得到全國關切，牽動所有叩應節目、推特貼文和衛星連線車，龍捲風似地將它們拉到這片空曠平原上。

麥斯派他來這裡，是要他和自己的過去和解，讓他從加薩的創傷中復原、重新找回自己的動力。但他的過去卻朝他悄悄逼近：人生的真相存在於邊緣地帶，總是看著、總是在紀錄，從未參與其中。他想起一個女孩，一個很久以前在大學認識的漂亮女孩。她愛過他，他現在懂了，卻也疑惑自己為什麼得花上二十年才能意識到這件事。畢竟她曾親口向他說過那幾個字，但他從未回應，後來兩人便各奔東西。她現在在哪裡呢？應該過得很幸福，這點無庸置疑。結婚生子，愛與被愛，或許還嫁給了牙醫史考特。而馬汀又在哪裡？地球盡頭最後小鎮裡的小警察局，沒有家人、沒有朋友、沒有工作。他想到蔓蒂。他腦海中閃過一個畫面，就潛藏在他的意識底下，他想起第一次在綠洲遇見的她：美麗、單身、轉瞬即逝。順從、脆弱、隨時可拋。他發現自己真的是個混蛋，是一個極不完整的男人。他來旱溪鎮逃避自己的過往，但真正令他不斷逃開的並不是他的過往，也不是這個當下，而是他內心深處缺乏的東西。他並不需要逃離它，而是需要正視它的存在。他看著自己的手：又衰老又年輕，骯髒而無邪。

警方的問話一開始既草率又充滿火藥味，警探們急欲釐清事情的來龍去脈，深怕又有什麼疏漏被人事後翻開。「到底發生了什麼事？」蒙特斐爾急切地問，臉上洩露了他的疑惑、慌張、期待和憤怒。他們已經聽過羅比的說法了，年輕的警察抵達現場時，正好看到蔓蒂準備要將杰米．蘭德斯開腸破肚。於是馬汀屏除個人情緒把情況從頭說了一遍，以可靠、熟練的證人身分描述他和蔓蒂去芙蘭西絲．蘭德斯的店裡接連恩，爾後兩人回到蔓蒂的家和書店尋找連恩和杰米．蘭德斯，接著他看見尋找貓貓先生的傳單，直覺便往商務飯店衝去。

問話的氣氛在此急轉直下，警方質問起馬汀為什麼沒把找到死貓的事情告訴他們。他們的意圖非常明確：他們想在文字上留下確切紀錄，表明他們因為受到隱瞞而未獲得重要證據。這讓所有人都不能指責他們錯漏任何情報、線索或密報，無論這些線索有多隱晦，無論它們是否能讓他們預先注意到在離旱溪鎮警察大本營只有一百多公尺的地方可能發生的凶殘行為。當馬汀發現他們的意圖時，一瞬間感受到一陣突來的誘惑：他大可以說謊，說自己曾經把這件事告訴赫伯．沃克，事實上他本來也的確想這麼做。屆時責任會落在已經死去的警察身上，而馬汀將獲得赦免。但當那個瞬間轉眼逝去，誘惑也馬上隨之委靡。沃克的家人已經承受了夠多的譴責，此時的馬汀實在沒理由只顧及自己的顏面，畢竟，孩子安全獲救了、瘋子已經受到拘捕，而蔓蒂也不再被每位母親最懼怕的事情折磨。所以他最終配合警方的說詞，擔下責難，表示自己曾想把虐貓的事情告訴警方，但這個想法在後來一連串事件發生下被遺忘。他向他們坦承，自己對一年前案件的執著是個錯誤，聖雅各教堂槍擊案、拜倫．史衛福特的神祕過往，以及後來兩位德國年輕人的綁架謀殺案。說起來，警方不也是一樣嗎？他之前沒意識到，事情還沒結束，還在進行當中，而他們真正需要擔心的不是過去，而是現在。

當他將罪責從警方的頭上挪開之後，這場審問就成了訪談。問題中不再充滿指責，只是純粹想獲得資訊。他繼續不帶感情地敘述飯店發生的一連串事件，從他和蔓蒂在柵門旁看到嬰兒車，一直到羅比．豪斯瓊斯衝進房間逮捕杰米．蘭德斯為止。馬汀發現自己能以驚人的清晰程度喚回每個片段、每一句話：酒吧外嬰兒車的所在位置、那幅獵狐主題的畫，和杰米．蘭德斯小刀上的血。他帶領他們重新複習了一次，每分每秒，彷彿一部逐幀放映的電影。警探們不再插話，而是專心聽著，最後，當馬汀說完，仍無人打破在場沉默的氣氛，直到蒙特斐爾開口和他重複確認證詞。

「依照他的言行舉止還有你的所見判斷，你認為有其他原因導致杰米．蘭德斯不必為綁架和囚禁連恩．布朗德負起全責嗎？」

「沒有。」

「你到的時候他已經傷害那名嬰兒了？」

「對。小男孩身上有血，刀子上也有血。」

「他想殺死那個小男孩？」

「對，無庸置疑。他甚至邀請我——用他的話來說——『一起看生命熄滅的那一刻』。」

「然後他也想殺了你？」

「對。他揮舞著刀子朝我過來，說我會撐得比孩子更久。」

「你認為他的意思是……？」

「他想要折磨然後殺死我。」

「就像他之前殺害那兩名背包客那樣？」

「抱歉，他沒有提到她們，就只有暗示我會撐得比那個小孩更久。」

「從蔓德蕾．布朗德的行動來看，你認不認為是她救了你和她兒子一命，讓你們不受更多傷害？而她在杰米．蘭德斯身上造成輕傷有其正當理由？」

「我同意，非常確定，就是如此。」

整場會面變得越來越像團隊聚會，而馬汀多少算是其中一員，受邀前來協助確認一系列事件的前因後果。這種感覺在羅比．豪斯瓊斯進來打斷他們時達到頂點：羅比說，杰米．蘭德斯想要供認謀殺兩名背包客的罪行，他想把所有事情全盤托出。馬汀仔細觀察蒙特斐爾的臉，他臉上的壓力已經消失，取而代之的是一片笑容，起初小而克制，但隨著羅比說出蘭德斯已經告訴他的部分而漸趨綻開，最終滿布他整張臉，高興到連嘴都合不攏。蘭德斯和他的朋友艾稜．紐克一起把那兩名背包客誘拐進一輛車裡，虐待、強暴然後殺了她們，後來他這位同謀共犯的死黨紐克，卻在往貝林頓的公路上被甩出車外，死了。

蘭德斯說，他很害怕，感覺被拋下，只剩自己一個。他受夠了，他知道自己想法有多不正常。他想死，去找他的好朋友，但他也想贏過牧師，做出一件真正令人痛恨入骨的事，這時彷彿命運的安排，有個機會送到他面前。他宣稱自己沒特意去找連恩．布朗德，是有人將那個孩子交到他手中。他已經殺了一隻貓，在灌叢荒原開槍殺了幾隻牛，算是獻給他死去的朋友以及他們一起對那兩個德國女孩做的有趣事情的某種獻祭儀式。把連恩當成下一個目標，不僅感覺是老天註定，更是完美的選擇。

在極端旁觀的角度下，馬汀意識到這幾位警察之間出現了某種欣然愉快的氣氛。這樁謀殺案破了，一口氣衝到了終點。這樁吸引了全國目光，到今天早上都還感覺難以拆解的案子，這樁案子讓蒙特斐爾的團隊承受莫大壓力——從州長一路向下壓往警察部長然後是凶案組長然後是蒙特斐爾——這個案子就這樣解決了。現在有了凶手，調查小組的工作就剩下收尾和準備調查報告而已。

「但這還是無法解釋為什麼拜倫．史衛福特會失控。」馬汀插話。

蒙特斐爾哀傷地看著他，搖了搖頭。「的確，但誰在乎呢？我們之所以來到這裡不是為了那件事。」

「蔓蒂．布朗德現在怎麼樣？我可以看她嗎？」

「我們會盡快釋放她。她現在跟她兒子在一起，在看醫生，等孩子包紮好就能走了。」

「日記還有妨害司法公正的事怎麼辦？」

「忘了吧，老弟，都已成往事。現在我們知道殺了那兩個背包客的凶手是蘭德斯和紐克，不是拜倫．史衛福特，事情過了就過了。」

* * *

馬汀還在旱溪鎮警察局的接待櫃檯外等蔓蒂．布朗德釋放。他完全無法控制思緒，腦海裡不由自主地重複上演今天稍早發生的事件：酒吧樓上對峙場面中的杰米．蘭德斯，前一刻還神智瘋狂且沾沾自喜，下一刻卻已驚恐著求饒；蔓蒂和他到處尋找連恩和杰米，對商務飯店樓上正在發生的事毫無所覺；開車跨過無邊平原，只為了站在貝林頓警局外，那個他受電視處刑的斷頭臺。畫面全都混在一起了，隨機跳播，他的腦袋胡亂扔出各種場景，彷彿想獨自努力替這天的發展理出邏輯。他無法理解為什麼自己此刻這麼迷惘，明明沒發生什麼真的可怕的事，小男孩沒事，凶手也已經被捕。

貝林頓來的漂亮年輕女警葛莉薇不斷替他倒茶，提供言語安慰。葛莉薇是她的姓，名字叫莎拉，人如其名[1]。為了分散馬汀的注意力，她還打開架在櫃檯旁邊牆上的電視，上頭正在播某個馬汀看不懂的遊戲節目，規則過於複雜，太多閃動的燈光、太多白閃閃的牙齒。雖然心思早已飄遠，一次又一次地仔細篩檢這天的所有經過，最終他的視線還是被電視畫面吸引，釘在上面。

道格．桑寇頓那張偶像般的帥氣臉龐、悅耳嗓音和真誠的語氣，突然把馬汀拉回這個時空之中。遊戲節目結束了，電視上開始播報新聞，馬汀根本沒意識到兩者間的過渡。畫面上的桑寇頓站在貝林頓警察局外，馬汀只跟上他開場介紹的最後一句：「……**裁判官在貝林頓召開聽證會，而警局外的場面一度相當混亂。**」畫面跳轉至桑寇頓的合成報導。報導以今天早上走入警局的蔓蒂拉開序幕，攝影機因為搶奪拍攝位置而晃動，桑寇頓的旁白語氣急迫：「**這是有著『金髮自殺女』稱號的蔓德蕾．布朗德——她因妨害司法公正受到起訴，目前也是兩名德國背包客謀殺案中的主要嫌犯，涉嫌殺害海蒂．舒梅克勒和安娜．布溫。**」

旁白停頓；攝影機繼續推擠爭位，此時羅比．豪斯瓊斯正試圖在媒體群中清出一條路來。桑寇頓斜擠在蔓蒂肩膀上方，把一根火雞腿大小、漆滿十號臺華麗塗裝的麥克風塞到她鼻子下方，然後對著她的耳朵大吼：「**你有沒有話要對赫伯．沃克的太太說？**」報導沒等她回應，便直接切至一張影片截圖畫面，停在她直望向攝影機鏡頭的臉。

桑寇頓的旁白繼續說起：「**蔓德蕾．蘇珊．布朗德已正式受到涉嫌妨害司法公正的起訴，她被指控破壞證物，讓警方無法證明殺人牧師拜倫．史衛福特可能涉入無辜背包客綁架謀殺一案。**」鏡頭緩慢地朝畫面中她的雙眼推進，速度慢到幾乎無法察覺；這能讓觀眾看到他們想要看到的東西：困惑，或愧疚，或桑寇頓的旁白所暗示的任何情緒。

此時畫面切回站在墨瑞河畔的桑寇頓。「**十號臺新聞為您帶來獨家消息，布朗德現在又與另一樁死亡案件有所關聯——即是受人尊敬的貝林頓警局小隊長赫伯．沃克之死。**」畫面上出現一位中年女人，灰髮上沾染著藍光，螢幕上的介紹欄裡寫著：貝琳達．沃克——英雄的遺孀。「**他一直說她是個麻煩人物——永遠只有壞事的份。**」畫面跳接，這次出現另一個充滿權威的新角色，達西．德佛的嗓音一如往常流暢柔和、充滿自信：「**她是這篇故事裡的蛇蠍美人。我現在還不能透露太多，不過已經可以說蔓德蕾．布朗德在接受警方問話時，從根本上撒了謊。**」畫面現在切至蔓蒂和馬汀手挽著手離開旱溪鎮警局時，穿越混亂媒體群的畫面。「**我們可以推測，就像之前操控了殺人牧師拜倫．史衛福特一樣，蔓德蕾．布朗德應該也用同樣的方法操控了這個辱職的前記者，馬汀．史卡斯頓。**」這則報導以一幕慢動作播放的蔓蒂特寫鏡頭作結，旁白漸弱，充滿肅穆的魅力：「**我是道格．桑寇頓，十號臺新聞在旱溪鎮報導。**」

馬汀聽到警察局深處傳來一陣毫無克制的大笑，但新聞還沒結束。光鮮亮麗的主播回到畫面中，她身後的背景圖是一張毒品吸食用具的照片，上頭印著幾個大字：冰毒大流行。她轉身直視攝影機，皺著

1 Sarah這個名字源自希伯來文，有公主、高貴的意思。

眉：「這一波吸毒像瘟疫般迅速席捲了澳洲農村地帶，但在細說這則新聞之前，先帶您了解背包客謀殺案的重大突破。我們連線人在里弗來納區的記者道格‧桑寇頓，請他為我們帶來最新消息。」

桑寇頓出現在畫面上，一如往常完美，不過領帶有些歪，臉上也有些溼亮、脹紅。他的聲音低沉厚實，口齒咬字卻有那麼一點點含糊：「謝謝梅根，是的，十號新聞臺能向您證實警方相信——我們的消息來源能證實案情有了重大進展。我們相信警方即將展開拘捕，但依法規定，我們不能在此時透露被告的身分。不過，我們可以確定嫌犯並非蔓德蕾‧布朗德，我再重複一次，並非蔓德蕾‧布朗德，她在本次事件中扮演的角色還有待釐清。再為您重複一次，旱溪鎮背包客謀殺案的案情有了重大發展，警方將在近期逮捕至少一名嫌犯。」

主播梅根看起來嚴肅而專業，但她接下來追問的問題裡卻藏著一絲毒意：「謝謝道格。關於之前被你加上金髮自殺女名號的這位女子，請問你怎麼從現在的進展去看待她受到的指控呢？」

桑寇頓將重心換到另一隻腳。也許是因為衛星延時時差，總之有那麼一瞬間，他看起來就像被獵人用手電筒照到的袋鼠，整個人愣在原地。不過他的回應倒還不錯：「梅根，我認為我們可以這麼說，面對這麼特殊的案子，隨著案情細節逐漸曝光，我們會發現其中的許多要素有多麼糾纏……其實都彼此關聯。如同費爾法克斯集團的記者達西‧德佛稍早所說，蔓德蕾‧布朗德是這一連串事件的中心人物。」

主播點點頭，雙唇緊閉。「謝謝道格‧桑寇頓來自里弗來納地區的報導，讓我們能掌握案情最新發展。」

警局內部傳來更多笑聲，接著羅比‧豪斯瓊斯從裡頭走了出來，臉上堆滿笑容。他抬頭看著電視。

「你聽到那個笨蛋剛才說了什麼嗎？」

馬汀點頭。

「你想要的話，可以用櫃檯的電話打給雪梨的前同事，那個叫貝瑟妮什麼的。她這次總算有點真的東西可以報一下。」

「裁判官的命令怎麼辦？你忘了嗎，我沒辦法做任何報導。」

「我的話是不會去管他啦，他在科羅瓦酒駕被抓到，被我們關起來了。這給你。」羅比遞過一張對摺的紙條。

「什麼東西？」

「你的銀行支票。看在老天的份上，收好。」

馬汀用櫃檯裡的電話打給貝瑟妮，她接起電話時的聲音有點大，顯然正在某種壓力邊緣。

「貝瑟妮，我是馬汀。」

「馬汀？你人在哪？」

「旱溪鎮。」

「很好。所以你知道現在到底發生了什麼事嗎？ABC宣稱他們七點新聞會有重磅消息，所有的商業電視臺都一頭霧水。泰芮．普斯威爾現在一直對我大吼，就差沒衝上來用胸部撞我，偏偏我的消息來源沒接我電話。德佛說他追到新聞了，但又不跟我說到底是什麼事，然後現在連他也不接電話。」

馬汀不慌不忙、有條不紊地說出真相：殺了背包客的凶手是杰米．蘭德斯和他的友人艾稜．紐克，杰米．蘭德斯已經坦承犯行，目前受到拘留，而且沒做出任何否認。馬汀告訴貝瑟妮，蔓蒂．布朗德的嫌疑已經洗清，請她忽略商業電視臺的報導，這名年輕的單親媽媽才剛經歷一場可怕的衝突，自己孩子的命差點就要斷送在杰米．蘭德斯手中。

貝瑟妮很尊重馬汀排整事實順序的能力，她全程專心聽著，只在幾個不清楚的地方發問釐清。直到最後，貝瑟妮才開口尋求馬汀的意見，問他這則報導該怎麼架構。

「馬汀，我應該把你放進報導署名那欄，你覺得怎樣？」

「不要，那樣做只會讓你跟上頭槓上。你完全不要提到我的名字，真的有需要的話就說我是可靠來源就好，不要寫名字。然後拜託幫你自己一個忙：在七點前發稿，這樣大家都會知道這是你的新聞——但是等德佛看到ＡＢＣ的消息和稿子之後，就把他的名字也掛上去。你之後會需要他站在你這邊，別讓他難看。」

電話那頭沉默了一陣。「馬汀，我討厭這樣。」

「是啊，還用你說。好了，你快點動工吧，快六點半了。」

「馬上。馬汀，謝了。」

馬汀一個人坐在鄉下警局的前廳，想像著雪梨新聞編輯室裡的瘋狂場面：貝瑟妮大叫著她得到消息了，所有的編輯全擠了過來，頭版逐漸成形。這會是一篇非常優秀的新聞，他最好的作品之一，也絕對是他經手過最重大的新聞之一，即便署名不是他。

他很清楚，自己會想念這一切。在這令人摸不著頭緒、混亂不已的一天，以及同樣錯亂的一週中，將自己親眼見證的事件報導出來的當下，是唯一讓他思緒清楚、目標明確的時間，先是對報社，然後對警方，現在則是對貝瑟妮。最後一次了，這即將逝去的緊張與興奮。晚上七點，他還坐在本來的位置上，ＡＢＣ開始播報新聞。這是從雪梨發出的全國轉播，每個州都在接收同樣的訊號，這則新聞現在就是這麼大條。電視上的主播嚴肅、急迫、專業：「ＡＢＣ**為您帶來背包客一案的重大進展……**」

報導中說警方逮捕了一名嫌犯，是旱溪鎮當地的青少年，並預計在今天晚上以謀殺兩名德國籍背包客的罪名將他起訴，不過完全沒提到艾稜．紐克，連恩．布朗德，或者發生在商務飯店的衝突場面。新挖掘出的事實是這份合成報導開頭的重點，不過數量稀少又缺乏脈絡，而報導剩下的時間都在重複這天發生的事件，他和蔓蒂再次被困在相機與攝影機的閃光燈風暴圈中，旁白內容則改口為蔓蒂脫罪。不過就在整則報導的最後，在記者報上名號告退之前，報導又來了一記回馬槍：「**據信警方之前受到隱瞞，無法獲得關鍵資訊，因此延誤了今天晚上的逮捕行動。**」就這樣了，警方已經準備好要朝痛處下手。

一個小時後，當蔓蒂從警局裡出來時，馬汀還是坐在原位。她看起來虛弱、身心俱疲。她緊緊抱著連恩，即使他已經睡著了還是不停安撫。然後蔓蒂轉向馬汀，眼神裡已沒有任何隔閡與矯飾，他能看見她的痛苦，也看見她的解脫。

「馬汀，」她輕聲細語，伸出手握住他的。「謝謝你，真的非常感謝。」然後她露出的微笑是如此純粹、乾淨而毫無心計，令他屏住呼吸。「我今天晚上得照顧他，但是你答應我，明天來找我吧。」

「當然，沒問題，只要你願意。」

她又笑了，他的靈魂被照射得更亮。「當然願意。」她手上抱著兒子，迅速給了他一個吻。他感覺肩膀頓時輕了許多，在一段很長的時間以來，他第一次感覺一切都正在好轉。

他正想提議陪她走回家，就看到傑克·高芬從後門走進來，臉上堆滿焦急。看來這個晚上還沒結束。

20・盜墓者

高芬一直等到蔓蒂和連恩在葛莉薇的護送下走出門外後，才來和馬汀說話。他的聲音低而急迫：「那支電話號碼，馬汀，電話已經停話了，但我找到一個旱溪鎮這裡的地址，在海伊路，登記在某個叫艾弗立・佛斯特的人名下。」

「酒吧老闆。」

「你怎麼知道？」

「他的名字就寫在門上，在營業登記證上。」

「但他不是死了嗎？」

「對，自殺。六個月前。」

「媽的。」高芬的語調已經沒那麼急迫。「那他也沒辦法告訴我們多少消息了。煩死了。」

「聽我說，傑克，也許還有機會。」馬汀開始解釋自己第一次進入商務飯店時，在走廊底端看到的上鎖房間，房門上還用金色的油漆寫著：**私人區域**。「你覺得我們該去看一下嗎？」

「當然。」

「門上有鎖，兩三道。」

「我會帶開鎖的工具。」

「你知道怎麼做？你會開鎖？」

高芬看了馬汀一眼，表情像在看笨蛋。「我是ASIO的人，記得嗎？開鎖是我們的基本訓練。」

他們兩人離開警局時，夜色已幾近全黑。西方地平線的邊緣沾染了血色，鮮紅的月亮懸掛其上；空氣中有種木頭煙燻和荒涼的氣味。三隻碩大的蛾繞著警局的招牌盤旋，但看起來懶洋洋的，沒精打采，似乎在歷經一天高溫之後，早已提不起力氣繞著藍白相間的燈火轉。不過警局外那群散亂的記者們就沒這麼昏沉了，他們受到警方逮捕嫌犯的新聞引誘，再次橫越平原，四散在警局周圍。他們亂哄哄地，充滿活力，對警方的案情進展充滿報導的渴望，迫切想要重新補上這則不知道用什麼方式躲過他們，自行傳進首都編輯室耳裡的新聞。ABC的報導給了所有人一記警鐘，立刻衝出貝林頓，一路視速限如無物，並與袋鼠對賭俄羅斯轉盤。現在，他們終於到了這裡，卻發現能做的事已所剩無幾：在攝影機上有一段沒一段地拍，或是把鏡頭對向建築物，彷彿它們犯了罪。蒙特斐爾的團隊會花上好幾個小時盤問蘭德斯，趁這年輕人還願意開口時從他嘴裡勾出任何一絲細節，否則等他和辯護律師談過之後，態度只怕會一百八十度轉變。對他們來說，滿足媒體的胃口是此時最不要緊的雜事。那名費爾法克斯的平面攝影師嘉莉在馬汀和高芬離開警局時拍了幾張，她的相機閃光燈顯得突兀而堅決。她帶著歉意聳聳肩，然後又再拍了幾張。馬汀可以看到媒體中混了幾名當地人，不過除了警局之外，這座小鎮今天的營業時間已然走到盡頭，緩緩將壓抑已久的熱氣發散進清澈的夜空中。

飯店外觀看起來沒有太大差異，唯有後巷入口處垂掛的警方封鎖條稍稍暗示這裡似乎出過什麼事。高芬毫不猶豫地拉起封鎖條，從底下鑽過，並繼續舉著，讓身後的馬汀也能跟上。高芬一手拿著手電筒，另一邊則揹著一只小後背包。馬汀用手機上的手電筒走在前方，領路趨向外側樓梯，並進到漆黑的室內。門上小窗破掉後掉落一地的玻璃碎屑在他們腳下嘎吱作響。這裡的空氣沒有變，密閉的空間裡飄溢著跟下午一樣的味道：塵土、疏忽和殘留的恐懼。馬汀肌肉緊繃，頸後的汗毛再次豎起，他提醒自己別忘了要呼吸。他將燈光照進走廊，往酒吧轉角的方向射去，不過那裡空無一物，只有黑暗。

「走這裡。」雖然知道這幢廢棄的建築物裡只有他和傑克．高芬兩個，他還是把音量壓低至近乎耳語。他領著高芬走向那間上鎖的套房，然後用兩人的燈替ＡＳＩＯ探員打光，看著他解開第一個鎖，然後第二個，然後再一個。高芬開鎖用的時間少得驚人。

「這就像騎腳踏車一樣，學過就不會忘。」高芬的聲音清晰可聞。如果說馬汀很緊張，那高芬幾乎可以說是樂在其中。「這給你，戴上。」他遞給馬汀兩隻橡膠手套，然後又從背包裡抽了一雙給自己。

走進去，整間套房像墓穴，空氣凝滯又乾燥入骨。因為毫無溼氣，房裡的一切都木乃伊化了：一隻乾掉的虎皮鸚鵡毫無生氣地躺在鳥籠的底部，像霍里．果芬諾眾多戰利品其中之一，毛羽無缺，鳥喙大張；咖啡桌上放著半碗吃剩的義大利麵，麵體本身已經回復還沒煮之前的狀態，碗邊躺著幾片麵包，粉脆脫水，完全沒有發霉或腐敗的跡象。房裡還有一盆植栽，現在只剩光禿的莖幹，放在窗臺上，被一圈褐色的枯葉包圍。馬汀手機燈光下的傑克．高芬看起來就像霍華．卡特，到此掠奪圖坦卡門的墓室[1]。馬汀突然有種強烈的感覺，像是自己非法擅入了什麼地方，未經邀請就闖進死者領域的他們彷彿帝王谷裡的盜墓者。

「天啊，」高芬說。「這裡完全沒人動過。」

兩個男人進一步探索房間：小廚房裡堆著未洗碗盤，臥室裡的床鋪凌亂，浴室地板丟著內褲。還有間書房，桌上滿是文件，椅子向後推離桌邊，彷彿有人正在此辦公，只是剛好離開去泡茶，馬上就會回來。

「你看。」馬汀說。一張裱了框的證書釘死在牆上，內容表彰隸屬１ＲＡＲ[2]的艾弗立．佛斯特上尉於阿富汗的服務與奉獻。「他當時也在那裡。是步兵，不是特種部隊。但他人在那裡。」表揚證旁掛著另一張裱框證書，這張是由喀布爾中央孤兒院頒發，感謝艾弗立・佛斯特的支持與慷慨解囊。

「滿有趣的。」高芬一邊細看一邊說著。

「這代表什麼意思？」

「還不知道。」

書桌上散亂放著發票、訂單、付款通知、帳單、寫了客房預訂資訊的行事曆和銀行對帳單。高芬在桌邊坐下，開始篩選文件，最後將它們分成兩疊：一邊平凡無趣，一邊值得留意。

他停下動作。「你說他是自殺？」

「別人告訴我的。」

「奇怪了，照現場狀況來看，一定是非常衝動下的決定。你知道他為什麼自殺嗎？」

「我聽說是因為錢——酒吧欠債累累。」

「誰跟你說的？警方？」

「不是，就是個當地人，一個叫怪老哈瑞斯的老人。他可能也是重複從其他人那裡聽來的內容。他告訴我佛斯特是舉槍自盡。」

「他有說在哪裡嗎？」

「沒說，我不記得提過。」

「嗯，我對錢這件事有點懷疑。你看這裡。」高芬遞給馬汀一張「里弗來納飯店與餐飲有限公司」的

1 Howard Carter，英國考古學家和埃及學先驅，於一九二三年發現古埃及新王國第十八王朝法老圖坦卡門的墓室。

2 全名為1st Battalion, Royal Australian Regiment，指澳大利亞皇家步兵團第一營。屬於澳洲陸軍，曾於二〇〇六到二〇一五年間部署於阿富汗。

銀行對帳單，餘額有八千多元；算不上太有錢，但離見底也還有一段距離。

兩人繼續搜索，高芬負責書桌，馬汀則回到狹小的客廳。客廳裡有個書架，架上的小說很少，只有一兩本驚悚類的機場小說，其他大部分都屬於歷史和傳記，還有一些軍事書和幾本教科書，心理學和社會學。書架的最底部放了一系列相簿，其中最引人注意的是一本有著勃根地紅色外皮的專業婚禮相簿。馬汀翻閱起相簿，自己正在違法的感覺越來越強烈。新郎是個英俊的年輕男人，髮色漆深，雙眼明亮，新娘是個美麗的年輕女人，微笑閃閃發亮，整張臉因為自信而充滿光彩。這對新人身著婚服，從過去的時光裡看著相簿外的馬汀，他們對自己以及兩人的未來充滿自信。第一批照片裡只有他們兩個，站在某座湖的湖畔，一旁枝葉翠綠，水面又藍又遼闊。好多、好多的水。往後還有更多他們與其他人合照的照片，伴郎伴娘、家長、兄弟姊妹、小花童。婚禮本身的照片也羅列好幾頁，戒指、新婚之吻、笑容與祝福。在相簿的最後一頁，習俗空下留給下一代的地方，夾著一張喜帖，「誠摯邀請您參加艾弗立．佛斯特與黛安．韋伯的婚禮，一起分享這份喜悅」。白色卡片燙了金邊，內文是打凸的黑色草體字。馬汀翻回第一張相片。這是艾弗立．佛斯特，在生活還沒出錯以前。

他抽出另一本比較樸實的相簿。軍旅的回憶。還是同個人，是艾弗立．佛斯特，只是更年輕，穿著軍禮服的畢業照。他頂著偽裝、黑臉，手中端著步槍已做好射擊準備，從臉上的笑容可以看出這只是練習，並非真正戰鬥。有些在澳洲拍的照片，也有在海外拍的。接著照片中出現一些令馬汀熟悉的顏色，棕與米白，是屬於阿富汗的配色，偶有散落點綴綠色山谷。佛斯特前往戰地駐營，和許多同事合照。某張裡佛斯特穿著軍服，一手搭著另一位同袍，兩個人都對鏡頭笑。馬汀注意到兩人制服有些許差異，便仔細去看他們的軍牌。右邊那個男的是朱立恩．弗林嗎？

他把那本相簿拿到書房給高芬看，那個ＡＳＩＯ調查員還坐在桌前，向後靠著椅背，手裡拿著一捲鈔票，全是百元大鈔。他抬起頭看向馬汀。「大約五千多，用膠帶黏在桌子底下。如果艾弗立・佛斯特真的是自殺，也不是因為缺錢。然後你看這個。」他遞給馬汀一張收據。「買墓碑的，在史衛福特死後那週。」

「我看過那個墓碑。」馬汀說。「他葬在貝林頓，墓誌銘是『唯有神知』，就是無名士兵用的那句。給你看這個。」馬汀把相簿翻到那兩名軍人合照的那頁，拿給高芬看。「左邊那個男的是艾弗立・佛斯特，看起來是在阿富汗拍的。」

「右邊的是朱立恩・弗林。」傑克・高芬毫無遲疑。

「他們在阿富汗是戰友。所以這是什麼意思？你覺得是佛斯特幫弗林偷渡回澳洲，然後在貝林頓替他打造一個假的身分跟避風港？」

高芬沉默了一會，接著便點了點頭表示同意。「聽起來比其他推測合理。」

「所以聖雅各槍擊案那天的情況是，史衛福特準備永遠離開這裡，他從教堂打給了佛斯特，後來佛斯特又打回去給他，接著史衛福特就跑到教堂外開始掃射。」

「而佛斯特在六個月後自殺。」

兩人安靜站在原地，馬汀的腦海裡狂奔過各種揣測。死去酒吧老闆的住所裡一片死寂。

「阿富汗現在幾點？」高芬最後開口問道。

馬汀看了一下錶，在心中默算。「剛下午。」

「很好。走吧，我要打幾通電話。」

21・法外之徒

馬汀又回到加薩走廊的賓士車廂裡，但他已經不再那麼煩躁不安。他知道援兵已在路上，很快就會到了，而他終將獲救。坦克鏗鏗鏘鏘前進時的轟隆聲響傳進耳中，而直升機從頭頂飛過的聲音如此親切。於是他躺在黑暗中，享受最後安靜的時光，直到車廂再次被打開，新的一天又要開始。正這樣想，外頭便響起一陣撞擊聲，不是大砲或迫擊砲，而是有人正在敲打黑狗汽車旅館六號房的房門。他張開眼睛，完全清醒，起床、開門。

「馬汀，好兄弟，大家的獨家新聞製造機。」是道格・桑寇頓。

「滾開，道格。」

「但你是新聞啊。你也抓緊機會利用一下吧，讓我們訪一下，順便幫你自己洗刷冤屈！」

「滾去旁邊等死吧。」他說，連聲音都懶得起伏頓挫，然後把門甩上，讓那隻電視新聞界的鬣狗吃羹。

另一陣敲門聲響起時，他剛洗好澡。「馬汀？馬汀，你在裡面嗎？」這次是傑克・高芬。馬汀讓他進房，同時搜索停車場有沒有媒體記者的身影。

「沒事的。」高芬說。「我跟他們說蒙特斐爾臨時要開記者會，他們就全衝去警察局了。」

「真的嗎？」

「遲早的事吧。」高芬笑著說。「他們已經抓到人了，接下來就是要讓大家知道那是他們的功勞。」

馬汀也跟著笑了。兩個人都能感覺到彼此關係的進展和那股前進的動力：他們變得更親近了。

「穿衣服吧，」高芬說。「我想去抽菸。」

＊　＊　＊

室外，原本蓄積在停車場的熱氣已被旱溪鎮昨晚的晴朗夜空清掉大半，不過早晨的陽光再次降臨，已經強烈到馬汀覺得需要戴墨鏡的程度。陽光打在裸露皮膚上的力道明顯。今天又是凶殘的一天。

「有消息嗎？」

「滿多的。我昨天打給我們在喀布爾的人，今天早上接到回電，才剛和他們講完電話。」他抽了口菸，看起來一副很享受的樣子。「聽好了，在阿富汗的時候，艾弗立·佛斯特不只是認識朱立恩·弗林，還是他的心理醫生。佛斯特是部隊的隨行牧師，同時也是領證的心理學家，在弗林被塔利班俘虜那件事情之後，開出證明說弗林可以繼續待在軍隊執行任務的人就是他。」

「這就對了，傑克——這樣說就通了。因為弗林殺了那些女人和小孩，佛斯特覺得自己對那件事情有責任。」

「我也這麼覺得。我不確定幫助弗林逃出阿富汗或回到澳洲的人是不是他，但我可以確定，是他讓弗林得到按立[1]並派到貝林頓。」

「你確定？」

1　「按立」語出聖經，即任命為牧師（或祖父母等）；授予聖職之意。

「對，我問過奧伯立的主教，他說史衛福特最主要的贊助人就是身為前軍隊牧師的佛斯特，之後佛斯特在史衛福特按立的時候也給過支援。」

「你挺忙的嘛。」

「不是我的功勞，是我們在喀布爾的團隊很強。他們還查了那間孤兒院，是真的，營運得還不錯，現在院裡要照顧六個小孩。整間孤兒院對外表現得很世俗化，與宗教無關，這點很明顯，不過喀布爾的團隊推測裡頭的重要職員應該都是基督教徒。孤兒院的負責人說她認識佛斯特，說他還在阿富汗的時候就很幫忙他們。還有一件事，孤兒院一直收到來自澳洲的無名人士捐款，贊助的金額在大約一年前變少，六個月後完全停止了。」

「我懂了，」馬汀說。「史衛福特一年前死的，六個月後換佛斯特，所以是他們在捐錢。」

「看起來應該是這樣。」

高芬心滿意足地抽了一口長長的菸。兩個男人看著遠方，馬汀腦中奔過各式念頭，許多點連接成線，有的推論往前邁進，有的駁翻消失。

高芬房裡傳來鋸齒般的電話鈴響切開兩人間的沉默。他踩熄香菸，對馬汀抬了抬眉毛，表達自己的期望：好好看著這裡。

高芬將房門在身後帶上，馬汀開始思索目前為止獲得的訊息。杰米．蘭德斯和艾稜．紐克綁架並殺害兩名背包客，事情發生的時候史衛福特和蔓蒂．布朗德在一起，所以可能跟那樁案子沒有任何關係。那兩個死掉的德國女生和聖雅各槍擊案之間唯一可能的關聯，是史衛福特可能在灌叢荒原看過蘭德斯和紐克的犯罪證據，僅此而已。這兩起案子應該是各自獨立的，唯一的共同點只有時間和地點。但即便如此，其中還是有許多馬汀不解的疑點。匯到阿富汗的錢是史衛福特和佛斯特一起捐的，但在這乾旱之地，他們哪裡來那麼多的百元大鈔？另外，赫伯．沃克認為，史衛福特性侵兒童的指控已獲得兩名旱溪鎮的受害者證實。提出指控的人到底是誰？他們說的是真的嗎？而這又能否解釋史衛福特之所以射殺五名貝林頓釣魚俱樂部成員的原因呢？

高芬一從汽車旅館的房間出來，馬汀就知道有事出錯。高芬的步伐已經失去原本的輕快，眼神愁雲慘霧，他沉重地跌坐在塑膠椅上，伸手拿出香菸點燃，雙眼沒有移動過，彷彿進入自動駕駛模式。他吸入第一口菸，毫無喜悅，彷彿連自己正在抽菸都不知道。

「怎麼了？發生什麼事？」

「壞消息。」

「你想告訴我嗎？」

高芬看向馬汀，仔細看著他。馬汀可以從這位情報員的眼神中看到他正在評算決定，要信任這個人嗎？還是不要？兩人間的情誼已經消失，算計重新歸隊。最終，高芬嘆了一口氣：「我請坎培拉那邊查了佛斯特的電話在槍擊案當天早上的通聯紀錄，不是很好。」

「你們有錄音檔？」

「沒有，當然沒有。沒有內容，只有帳單上的資料而已。就是中繼資料，哪支電話在什麼時候打給哪支電話多久之類的。電信商必須保留這些資料兩年。」他抽了另一口菸，又進行另一次評估。「槍擊案那天早上十點四十五分，聖雅各教堂撥了電話到艾弗立．佛斯特在商務飯店的套房，那通電話進行了大約一分鐘，十點五十四分佛斯特打電話回教堂，一樣講了一分鐘。在第二通電話之後——而且幾乎是那通電話一結束——史衛福特就衝到外頭開始掃射。」

「對，」馬汀說。「這跟我們從沃克的消息裡得到的結論差不多：史衛福特打電話給某人，然後那個人又打回來。所以那個人就是艾弗立．佛斯特。」

「對。」高芬說。「但這還不是全部。在那兩通跟教堂的電話之間，佛斯特還接到另一通電話。」

「真的？誰打的？」

「沒有確切號碼。電話掛在某個總機底下，地點是坎培拉的羅素丘。」

「羅素丘……國防部嗎？」

「不是，比較可能是ＡＳＩＯ。」

「ＡＳＩＯ？」

「當時史納屈在星期五指認出史衛福特，星期天早上，我們在ＡＳＩＯ總部找了一組人來開會，是一組八個人的危機處理小組。裡頭有警方、司法部的人，還有一個國防部來的聯絡官。有人打給了佛斯特，通風報信。」

「所以是真的，ＡＳＩＯ有漏洞。」

「看起來應該是。那間會議室裡的人都通過了安全檢查，但其中一個打給了佛斯特。」他搖搖頭，還在想接下來該怎麼講。「馬汀，你不懂，這件事像手榴彈一樣，等我向上面報告之後會整個炸開。到時候會有各式各樣的內部調查，要揪出誰是內賊，真的跟女巫審判沒有兩樣。如果他們找不到戰犯，當時那間房裡的所有人，包括我，我們的履歷會永遠留下一個充滿疑問的灰色地帶，陰險毒辣、難以處理。」

高芬抽完手上的菸，便將它用腳捻熄在停車場的碎石地面上。他踩得如此澈底，以至於最後菸蒂完全消失在他的鞋底。

「那個國防部的聯絡官呢，可能是那個傢伙嗎？」

「所謂的『那個傢伙』是女的。我也猜是她。」

「傑克，等一下，哈利．史納屈那時候在哪裡？」馬汀問。

「史納屈？會議室外待命，以防萬一我們需要他的資訊。」

「嗯，你沒發現嗎？ASIO沒有漏洞，打給佛斯特的是史納屈。他打給佛斯特，然後佛斯特又打回去給史衛福特。我還記得史衛福特跟羅比．豪斯瓊斯說的遺言，『哈利．史納屈知道所有事情』。一定是他沒錯，你們沒事。」

但是傑克．高芬臉上沒有鬆一口氣的神情。他不斷搖著頭，一臉沮喪。「媽的，你可能是對的。這下更糟糕了。」

「更糟？怎麼說？」

「你不懂嗎？如果你說的是對的，那他就是在玩我們。他耍了ASIO。他來坎培拉不是為了提供消息——他是來獲得消息的。他來坎培拉是因為他知道我們能幫他指認弗林的身分。你是記者，你一定知道空降特勤隊成員的身分——無論是過去或現況——都屬於機密資料。史納屈從一開始就沒有要幫我們的意思。」高芬把臉埋到手中，垂著肩膀。「幹，馬汀，我在ASIO算是玩完了。」

「也許吧，但我們還有一口氣在。」

「你說起來容易，今天要被炸掉的不是你的工作。」

「對，不是，謝謝你噢，我的工作早就已經炸了。」

這次高芬無話反駁。

「好吧，我們重新把整件事想過一遍。為什麼史納屈要打給佛斯特，還有，為什麼這通電話這麼重要？佛斯特早就知道史衛福特其實是弗林，史納屈的資訊對他而言已經不是新聞了。」

高芬露出痛苦的表情，重新回到討論之中。「我懂你的意思。所以史納屈虛張聲勢，把槓桿做大。

他可能會說：『我知道史衛福特就是弗林，我知道他是逃犯，而且犯了戰爭罪。照我說的做，否則我就揭發他的身分。』不對，這不對，他那個時候已經揭發他了。」

馬汀點頭。「或許他跟我們說的一直都是實話，也許他只是想把史衛福特趕出鎮上，讓他離蔓蒂遠一點。所以，也許他打給佛斯特，要他『把史衛福特弄走』。也許他想幫佛斯特一個忙，讓佛斯特躲開火線。」

高芬皺著眉。「但是史衛福特本來就打算離開了，不是嗎？」

「對，但是史納屈不知道這件事。他那時都在坎培拉，並不知道沃克的兒童性侵案調查。」

「真的很諷刺，史衛福特本來已經要走了。」又一個痛苦的表情。「但這還是幫不了我。」

「而且也沒解釋為什麼史衛福特會開槍。」

「天啊，每次只要我們有點頭緒，下一刻就又覺得跟真相擦身而過。你會有這種感覺嗎？」

「有。」馬汀說。「你聽我說事情的可能經過。史納屈打給佛斯特，告訴他ＡＳＩＯ盯上了史衛福特，所以史衛福特必須離開，不過他有辦法讓佛斯特躲過一劫。」

「你說勒索嗎？」

「就是勒索。史納屈對我做過類似的事。」

「什麼事？」

「他威脅我幫他跟蔓蒂和解，否則告我誹謗。」

高芬在回話之前好好想了一下。「他要我、勒索你，然後強迫艾弗立・佛斯特答應他的要求。這傢伙他媽的就是個小人。」

「是信守諾言的小人。佛斯特的名字完全沒出現在這些事件裡。在昨天晚上之前，我從來沒把他跟史衛福特連在一起。你呢？」

「我也沒有。所以他同意了史納屈的要求？但史納屈向他要什麼？」

「要錢。問我的話，我會猜是好幾捆百元鈔票。」

「我從來不覺得史納屈像手裡有錢的人，」高芬反對。「他就像個流浪漢。」

「他那時在重整家族祖宅，錢是從某個管道來的，我猜就是佛斯特。」

「但是哪來的錢？這種破地方哪裡可以讓佛斯特挖出那些錢？」高芬起身比著四周，彷彿在強調「旱溪鎮藏有那麼多錢」這個念頭有多荒謬。

「聽我說，傑克，我已經丟了工作，你也快失業了，我們就直接開誠布公了如何？不要再隱瞞了，畢竟最慘也就是這樣而已。」

高芬看著他：評估、計算、定奪。他聳聳肩：「好，你想知道什麼？」

「你來這裡的目的。為什麼你會在蓄水池的屍體身分確認之前就和警察一起過來。」

高芬又聳了聳肩。「好，這其實不是什麼大事。」他重新坐下，掏出另一根菸，想了一下又放回去。「我們現在大部分的工作都跟恐怖主義有關，以前冷戰都在反諜，持續監視老共。現在還是有反間諜行動，很多網路安全措施之類的，只是恐怖主義這塊的比例一直在增加。我的團隊負責監視澳洲激進分子和中東聖戰主義者之間的聯繫，特別是聖戰士和澳洲資金的動向。在聖雅各案發生的幾個月前，我們追蹤到有錢從澳洲轉往杜拜然後消失，我們懷疑那些錢被用來資助伊斯蘭國或塔利班，或是其他任何一個極端主義組織。我們在那一片混亂之中找出兩個關鍵字：其中一個是史衛福特，另一個就是旱溪鎮。我之前跟你提過這點，這也是為什麼當史納屈出現的時候，我會覺得他說的事情是真的。」

「了解。」馬汀說。「只不過那些錢不是流往穆斯林激進分子，而是給了某間基督教孤兒院。」

「對，現在看起來就是如此。」他又聳了聳肩。「我們都會犯錯。」

「但你為什麼一年之後，在泉田的屍體被發現之後才過來這裡？」

「史納屈報警的同時也打了電話給我，就在他發現屍體之後。我不知道為什麼，也許是想要我替他擔保。我立刻想到這件事可能跟史衛福特的屠殺案有關，或許也跟錢的流向有關。我當時其實有點希望那些屍體的身分是某個莽撞的年輕穆斯林，或是告密的線人，或是其他什麼人。當然，我絕對沒想到是德國來的水果工。」他們兩人安靜坐著，各自沉思琢磨。「我覺得我們應該去追史納屈，」高芬說。「他是我們的關鍵。」

「我同意，但是我們有能耐嗎？」

「什麼意思？」

「怎麼說，他能夠控制你，讓你利用ASIO的資源幫他查出某個前特種部隊軍人的身分，他也還威脅要告我，毀掉我在新聞界所剩無幾的可能性。」

高芬搖搖頭。「他想要得到某個東西。要是我知道那是什麼就好了——這樣我們就能反過來用這點要脅他。」

「雖然我們兩個都查過，但我敢肯定他手上那些刺青一定是在監獄刺的。蔓蒂的媽媽指控受他強暴，可是我們什麼都找不到，沒有紀錄，沒有證據。」

沒什麼好說了。兩個男人愣在原地，心中的沮喪隨日頭攀升而逐漸沉重。天氣變熱了，停車場很快就會變得令人難以忍受。高芬點燃另一根香菸。五六隻鳳頭鸚鵡自空中飛過，嘶啞地叫著，大肆抱怨又是一天無雨的殘暴日子，又是這新南威爾斯火爐似的一日。現在，一股新的聲音占據鸚鵡們離開後的寂靜，那是在聽聞前便能感覺得到振動，一陣近乎雷聲、發自喉嚨深處的嘶吼。

「那是什麼聲音？」高芬問。

「摩托車。」馬汀說。

噪音越來越近，他們兩人站起來，看到四名車手兩兩並行，沿著公路緩緩經過。彷彿末日四騎士，到里弗來納渡假。噪音朝各個方向彈射，充滿整座小鎮。馬汀和傑克．高芬看著他們經過，騎遠，然後僅憑聲音就能辨認出他們調低檔位轉進了海伊路，引擎的低吼在店面間迴盪。高芬等到聲音往遠方退去才開口說話：「這些摩托車騎士，就算在這種地方，沒想到還是挺像樣的。」

「嗯，我之前看過他們，時不時就會出來跑一趟。」

「真的假的？這裡這麼偏僻，為什麼要跑到世界上景色最無聊的地方騎摩托車？」

「我怎麼會知道？」

「你說你之前看過他們，知道是誰嗎？」

「我沒跟他們聊過，如果你是要問這個。他們好像叫死靈幫還是死神幫，我拍照片了。」馬汀在手機上滑動，找出幾張模糊的照片，是那天騎過海伊路那幾名車手。「你看。」

「靠，是死神幫。」

「就是這幾個騎摩托車的邋遢傢伙，很重要嗎？」

高芬搖搖頭。「不是這樣，馬汀，死神幫不只是騎重機的傢伙而已，這群人不是鬧著玩的。他們是非法幫派，更像是犯罪組織。他們的大本營在阿得雷德。毒品、恐嚇取財、持械搶劫。他們在這裡做什麼？你知道他們住在哪裡嗎？」

「不知道。根本不曉得他們是不是真的會待在這。這附近唯一一個看起來像摩托車手的住在灌叢荒原，叫傑森，是個退伍軍人。他有車，打扮也像，但我沒看出有什麼值得注意的地方。」

「知道他姓什麼嗎？」

「不知道。他有個女朋友叫莎莎。莎倫。為什麼問，發生了什麼事？」

「不知道。給我一兩個小時，我要打幾通電話。」

傑克．高芬回到自己的房間，把門在身後關上，留下站在原地的馬汀，聽著機車在遠處轟隆作響。

放在房裡的手機響了，聲音刺耳而不協調。

他回去接起電話。「我是馬汀．史卡斯頓。」他試探性地答道。

「馬汀，我是蔓蒂。你可以過來書店一趟嗎？我需要幫忙，有點緊急。」

22・三十

馬汀避開海伊路，走廢棄超市和加油站之間的小巷到綠洲。蔓德蕾・布朗德在店的後門迎接他，她的笑容燦爛。她抱著連恩來應門，接著輕輕地將小男孩放到腳邊，然後向馬汀伸出手，吻他，給他一個擁抱。

「馬汀，我真的非常謝謝你，你救了他的命。你知道的，對吧？」

馬汀不確定該如何回應：該將這視為感謝還是感情上的喜愛？「我也救過杰米・蘭德斯。」

「別這樣講，這兩件事情沒有關聯。」

「他還好嗎？我說連恩？」

「出乎意料地好，他是個強悍的小不點。傷口很淺。謝天謝地，也不用縫，只要盯著他別把擦上去的藥抹掉。」

地板上，男孩已經把自己推向馬汀的腳邊，正在拉他的鞋帶，被鞋帶的複雜程度迷住。蔓蒂彎腰將他抱起。「進來，我想讓你看一個人。」

她領在前方，穿過住宅，進到書店。他看得出來，她很快樂，腳步輕快得像漂浮。這讓他也覺得愉快。

書店裡，靠近日式屏風旁的一張扶手椅上坐著一位打扮正式的女人，正小口喝著茶。她看上去是個老婦人，可能已經七十好幾，但身著的裙裝就像專業人士，髮色染過，姿勢挺拔。半月形的眼鏡讓她外表看起來像個圖書館員，只不過鏡框太過價值不斐。

「馬汀，這是溫妮佛．巴比肯。她是律師。」

「你好，史卡斯頓先生。」女人說，維持坐姿和馬汀握手。「請坐。是這樣的，如果你願意的話，我們想請你當幾份文件的見證人。」

馬汀看向蔓蒂，想知道該怎麼做，只看到她散發著光芒的微笑。他坐下，蔓蒂也是，然後把小男孩放在腿上。

「我是萊特．道格拉斯．芬寧事務所的合夥人，我們是墨爾本一間律師事務所。萊特．道格拉斯．芬寧事務所長期為泉田的史納屈家族提供法務顧問服務，這點自我有記憶以來便是如此——事實上可以說是任何人有記憶以來，這樣算的話就更久了——我們從十九世紀起就是他們的法律代理人。」

「了解。」馬汀回答。雖然他其實不懂這是在說什麼。

律師繼續說道。「在幾週之後，蔓德蕾將滿三十歲，屆時她會繼承泉田一地以及一筆規模可觀的投資組合，包括股票、債券和房地產——其中也有許多間房產位於旱溪鎮，例如我們所在的這裡。簡單來說，她會繼承一筆非常大的財富。」

蔓蒂聳肩，表現出她對這樣的變化也感到驚訝，她的雙眼因為命運轉折而亮了起來。

「請問你願意當她的文件見證人嗎？」溫妮佛．巴比肯問道。

「當然，我願意。」馬汀說。「請問這筆遺產的贈與人是誰？艾瑞克．史納屈嗎？」

「沒錯。」溫妮佛把第一批文件放在他們之間的咖啡桌上，馬汀用她的高雅鋼筆簽了名，寫上日期。

「那哈利．史納屈呢？他是艾瑞克的兒子，不是嗎？」

律師的表情難以捉摸。「他會獲得一筆生活費，絕對足夠，金額比失業補助多上很多。」

她把更多文件放上桌面，不過馬汀卻向後靠上椅背，筆還在手，好奇心活躍過來。「凱瑟琳・布朗德知道蔓蒂會獲得繼承嗎？蔓蒂說她母親一直催促她在三十歲以前要擁有自己的房子，她一定多少知道這件事。」馬汀看了蔓蒂一眼，她的笑容已被專注的目光取代。

「嗯，不是從我們這裡知道的。」溫妮佛說。「艾瑞克・史納屈希望這件事情能夠保密，他對這點非常堅持。但也許他在死前跟凱瑟琳說了什麼，這我就不曉得了。」

「他是在過世前不久才改的遺囑？」

「沒錯。」

「為什麼要保密？」

「我不清楚。也許他擔心蔓德蕾那時太年輕、太沒有定性，還不適合知道自己將會得到一大筆錢。也許他只是不想要哈利知道。」

「但哈利一定問過吧——我是說在他父親過世的時候。他沒有問過你或事務所那些房地產會怎麼處理嗎？」

「經常問。」

「你們怎麼跟他說？」

「不說。」

蔓蒂的情緒不再平靜，把連恩抱近自己。「巴比肯小姐——溫妮佛——請問那件事是真的嗎？哈利・史納屈真的是我父親？他真的強暴了我媽？」

有那麼一會，溫妮佛・巴比肯臉上那道專業的表象消失了，露出藏在底下的人性，她的雙眼寫滿同情。但就只在那雙眼裡；她的話語仍然保持專業：「親愛的，抱歉，我們代表艾瑞克・史納屈和他的家族處理很多事務，而律師對客戶有保密義務，所以我沒辦法回答這類問題。」

「所以我永遠也不會知道了？」蔓蒂低聲說。

律師似乎不確定該如何回答，於是馬汀把話插了進來，抓住這意外的空檔。「蔓蒂，我之前沒說，不過我跟哈利．史納屈談過。他否認你們有親子關係，也否認強暴。他想找你一起做ＤＮＡ測試，讓真相一次把事情解決。」

蔓蒂看著他，然後看向溫妮佛．巴比肯，想要尋求建議。馬汀對自己有些惱怒。他這是在幫蔓蒂，還是企圖滿足史納屈，好消除他的誹謗威脅？他真的需要學學傑克．高芬，說話前多想一下，三思那些言詞。

溫妮佛．巴比肯回答：「我不確定自己能對這件事做出什麼建議，不過請放心，無論ＤＮＡ測試的結果如何，都不會改變艾瑞克．史納屈遺囑的效力，也不會給哈利．史納屈任何試圖改變遺囑內容的機會。泉田以及所有附屬的財產，都是屬於你的。你想不想進行測試都沒關係，決定權在你手中。」

蔓蒂點頭表示了解。

「好，那現在，我們還有很多份文件要簽。蔓德蕾先，然後是馬汀。」他們在文件簽畢前維持著沉默，馬汀早先的愉悅心情現在已被陰魂不散的哈利．史納屈壓壞。馬汀知道自己需要警告蔓蒂小心史納屈，小心他兩面三刃的本性，但這得等到律師離開。他們簽的最後一份文件授權溫妮佛．巴比肯和萊特．道格拉斯．芬寧事務所成為蔓德蕾．蘇珊．布朗德的代理人，很快地，蔓德蕾就會成為泉田未來的女主人以及史納屈家族財產的唯一擁有者。

溫妮佛．巴比肯攏齊文件，蓋上鋼筆筆蓋，把兩者都收進一只淺薄的皮製公事包。她起身，態度正式地和馬汀握手，並更加溫暖地握著蔓蒂。「很高興認識你，孩子，能夠成為你的法務代表是我的榮幸。

如果有任何我們幫得上忙的地方，盡管打給我。如果哈利．史納屈對你做出任何威脅，立刻跟我說，我會在他來得及意識發生什麼事之前就把限制令甩在他臉上。」

雖然不甚確定，但蔓蒂還是接受了自己的新身分。

馬汀抓住機會丟出問題。「抱歉，在你離開之前，請問你可以告訴我哈利．史納屈手上那些記號是怎麼來的嗎？那看起來像是監獄裡面犯人替彼此刺的刺青。」

律師回答時的神情嚴肅：「如我所說，我替史納屈家族處理法律事務已經很多年了，而律師的保密義務沒有任何時效限制。不過，我可以告訴你，哈利．史納屈從來沒在任何澳大利亞法庭上以任何罪名被定罪。」

「我了解了，」馬汀覺得洩氣。「謝謝。」

「不過雖然這樣說，你是記者吧，對嗎？」律師繼續說道，嘴角似乎帶著笑容。

「對，我是。」

「有則故事很精采，如果有空閒的時間你應該去查查看。那是一樁法庭案件，被告名字沒什麼特別的，叫特倫斯．麥可．邁吉爾，在西澳被定罪判刑，已經是好一段時間以前的事了，兩年前剛被放出來。」笑意從她嘴邊蔓延至雙眼，在她半月形的眼鏡上方閃爍著。「好了，我得走了。很高興認識兩位。」

送溫妮佛．巴比肯離開的人是馬汀，蔓蒂仍呆坐在原地，這筆意外財富帶來的喜悅已經消失，取而代之的是極度苦惱的表情。馬汀走向她。地板上的連恩重拾他對馬汀鞋帶的探索任務。

「你是對的。我還以為這其中一定哪裡有誤會。」她的聲音帶著顫抖。「他從來沒被定罪，也沒被關過。」

馬汀伸出手，溫柔地握住她的肩。「不是這樣。這不代表事情沒有發生，只是他沒有去坐牢而已。」

「但我媽說他有。」馬汀看到她眼中的痛苦，知道她正對最親愛的母親產生懷疑，質疑凱瑟琳的動機。「我該怎麼辦？」她問。

「你應該考慮接受那個DNA測試。」

她沒說話，只是彎腰抱起連恩，緊緊抱著那個小男孩。

「我可以借用電話嗎？」馬汀問。

她點頭，心思在別的地方。

貝瑟妮・葛萊斯立刻接起手機。「是你嗎，馬汀？」

「對。事情還好嗎？」

「很好。你看到頭版了嗎？多虧你，我們這次表現超好，我還拿到一張表揚狀。」

「不錯嘛，你應得的。」

「你那邊有新消息嗎？」

「不是，不算有。我其實是想請你幫個忙。」

「盡管說，我欠你欠大了。」

「你可以幫我去搜舊的檔案嗎？有個叫特倫斯・麥可・邁吉爾的人可能在過去十年左右在西澳被定罪，大約兩年前被放出來，我想知道任何關於他的事。」

「沒問題。這人是誰？」

「我也不確定。但如果裡頭有新聞的話，我會分你一篇。」

「這樣就很好了。找你要打哪支電話？」

「黑狗那支。幫忙把簡報寄到我信箱。」

當他從辦公室裡出來時，蔓蒂和連恩已經回到廚房。她走過來，吻了他一下。「謝了，馬汀。」

「謝什麼？」

「你正派起來還挺像樣的。」

他不確定要有什麼反應。舊的馬汀會把握當下，但話說回來，那個舊馬汀不怎麼像樣。

「我打算去做檢驗。」她說。

「這樣決定應該是最好的。但是，拜託，別相信哈利．史納屈。你真的想知道結果就去驗，但不管怎樣，他都只是無家可歸的流浪漢，就是這樣而已。」

「怎麼了？你發現了什麼嗎？」

馬汀試著在回答之前先把話都想過一遍，試著找出有沒有簡單一點的方式，能把朱立恩．弗林、他的殺人過往，以及哈利．史納屈如何揭穿他的身分這整件事告訴蔓蒂。但在他能調配出正確答案之前，廚房門外便響起一陣敲打聲，用力且堅持。

「噢，拜託，又是哪個記者要來蹭訪問。」馬汀說。

當他將房門打開一道縫，才發現不是記者。門外站著傑克．高芬，他臉上的沮喪已經消失，又是一臉緊急迫切的神情。

23・拘留室

ＡＳＩＯ探員催促著把馬汀趕進後巷，確保無人能夠得知這場對話。

「是死神幫。」高芬第一句話就語出驚人。

「你說那些騎士嗎？」

「對。聯邦警察什麼都不知道，不然就是知道也不跟我說，州警也一樣，什麼屁都講不出來，但是澳洲刑事情報委員會知道。我運氣好，找到了對的人。ＡＣＩＣ長期監控死神幫的行蹤，想刺探他們的犯罪結構。我是對的：他們是犯罪組織。」

「但是死神幫跟旱溪鎮有什麼關聯？」

「不曉得。目前還不曉得。一個叫克勞斯・范登布克的資深調查員現在要來跟我們會合，他包下一架小飛機，飛到貝林頓。」

馬汀眨著眼睛，試圖跟上對話。這麼機密的資訊獲得竟如此迅速。「你說，他們正在對某個摩托車手組成的犯罪幫派進行祕密監控，而他卻這麼容易在電話上把消息告訴你？」

「呃，我得到了批准。不過只是一部分原因啦。另一部分是因為這件事：克勞斯・范登布克是赫伯・沃克三十五年前在哥爾本警校的同學，他們後來還是彼此的伴郎，一輩子兄弟。」

「靠，沃克能拿到電話通聯紀錄是不是就他給的？」

「范登布克不肯說。」

「然後他現在覺得自己應該去調查沃克的死因，所以才願意幫忙，是不是這樣？」

「這他都沒說。」

「也不必說。很好啊，他什麼時候到？我們什麼時候可以跟他談？」

高芬把一隻手放在馬汀肩上，彷彿是要他克制一下。「聽我說，馬汀，以目前的狀態來看，你可能不太適合跟他碰面。」

「為什麼？」

「因為范登布克跟執法界的所有人一樣，都覺得是你逼得他好麻吉自殺。而且，你還是記者。像我，就算有許可，還是很驚訝他願意相信ＡＳＩＯ。他願意開口，唯一的原因是覺得我可以告訴他有用的資訊。」

「你沒說我們在合作調查？」

「當然沒有，你也不應該講。我現在要開車去貝林頓接他，如果之後你遇到我們，別表現出跟我很熟的樣子，知道嗎？」

馬汀別無選擇，只能同意，至少為高芬沒把他踢出去感到感激；他其實很容易就能獨吞范登布克和這些新獲得的資訊。馬汀想知道他為什麼沒那麼做。「好吧，還算合理。」

「很好。我要走了，有件事情你可以幫忙。」

「什麼事？」

「杰米．蘭德斯，他想和你說話。」

「蘭德斯？為什麼？他現在還在這裡嗎？」

「對，他們今天下午會把他載走，在那之前會把他帶到灌叢荒原，現場模擬他的犯罪過程。我不知道他要跟你說什麼——也許只是想把沒說的話講清楚。」

「蒙特斐爾，警察那邊沒反對這件事？他已經被起訴了，等於算是審理中，如果我把事情報出去可能會危害審判公正性，破壞他們的案子。」

「對，你會被判藐視法庭，所以先不要發表，等他被定罪之後再說。他們要的就是這樣。蘭德斯會坦承犯罪，可能根本不會出庭，等他被關起來之後，他們就能藉報導留下公開的紀錄，說蘭德斯和他另外那個朋友有多墮落，然後他們抓到他又是多大的功勞。這是他們用來感謝你的方法，也是順道幫我一把。當然，這樣他們就能獲得想要的功績。」

＊　＊　＊

杰米所在的拘留室相對而言氣溫涼爽。這是旱溪鎮警察局後方連接兩間拘留室的其中一間，就像改建車庫一般，彷彿是事後才決定要把這裡當成拘留室。室內的砌磚牆面已經在許多層綠色琺瑯漆的覆蓋下抹得光滑平整，地板則是裸露的水泥。拘留室裡有張僅單邊固定在牆上的懸臂床，放了薄床墊和粗糙毯子，另外還有一座沒有坐墊的不鏽鋼馬桶和成套的洗手槽。天花板很高，即使站在床上都搆不到頂，裝設的燈具堅不可摧。其中一面牆的高處有一小口護柵鐵欄，自然光從那裡篩進室內，補充了白熾的燈光。

當羅比．豪斯瓊斯護送馬汀進入拘留室時，杰米．蘭德斯坐在床中間，瞪著眼前的牆面。蘭德斯轉頭，眼神茫然地朝向馬汀，但沒說話。羅比告訴馬汀，如果需要幫忙就大喊，接著他便走出拘留室，將門鎖好，離開。馬汀腦中閃過一段記憶——杰米手拿著刀，眼神充滿殺意，往他的方向衝來。頓時間，這間拘留室變得好小。

「嗨，杰米。你有話跟我說？」

「我想是吧。」蘭德斯的臉上毫無表情，如果此時他心裡有任何情緒正在流淌，馬汀也無法看出。或許他們讓他吃了藥，馬汀暗自這麼希望。

馬汀沒地方可坐，除非他想坐在蘭德斯旁邊或是靠在馬桶邊緣，於是他乾脆坐在堅硬的水泥地板上。他的視線低於蘭德斯，任由這名殺人凶手擺布，希望這順從的姿態能讓蘭德斯安心一點。他困難地吞了口口水，再次跟自己說，不會有事的，羅比就在外面聽，只要大聲一喊就能把年輕的警察喚來。警方不允許他帶手機，於是馬汀帶了筆記本和筆。

「我聽說你認罪了。」馬汀說。

蘭德斯點頭。「嗯。」

「這是正確的決定，杰米，對家人來說會輕鬆一點。」

「你看到我媽了嗎？」杰米抬起頭，雙眼頓時聚焦。

「沒有，還沒。」

「可以幫我告訴她我很抱歉嗎？我不是故意要讓她難過，我從來沒那個意思。」

「你想見我是為了這件事嗎？」

「他們不讓她來看我。你可以幫忙嗎？讓她進來會面。」那種空洞麻木的感覺從蘭德斯身上消失了，馬汀從他的聲音裡聽到被壓抑的情緒。他把那些話抄下來。他沒料到會遇到這種情況：精神變態者展現同情心。

「我會想辦法看可以怎麼做，幫你問問看，不過你也知道決定權不在我。」

「我知道，你願意試就很感謝了。」

這年輕人臉上的痛苦清晰可見，但馬汀不曉得能夠怎麼做。

「到底怎麼了，杰米？你為什麼要那樣做？」

「我們不是故意的，不是預謀，事情就是發生了。」

「怎樣發生？」

蘭德斯再次望進茫然之中，眼神失焦，情緒消散，那種麻木的感覺又回來了。當他開口說話時，聲音彷彿是從遠方傳來：「艾稜吞了幾顆快速丸，我們開車出去。本來沒想跑太遠，但還是去了。就一直開，沒有停，一直開到天鵝山。沒有什麼特別的原因，就只是開車而已。我們身上有波本和龍舌蘭，最後跑到河邊喝酒。那邊的河很寬，光看就讓人覺得涼，很適合喝酒。我知道我們不應該喝酒，因為艾稜回程還要開車。吃快速丸的時候不應該喝酒。我們在那裡遇到那兩個女孩，在河旁邊，人長得正又有趣。她們喝了幾口酒，但不喜歡，然後就走了。」

杰米的眼神已經不在牆上，而是向下看，盯著地板。

「後來，我們喝醉了，就開到鎮上找東西吃。我們看到她們在路上走，說要載她們，她們上車，就這樣。」

「就這樣？你們沒殺她們？」

「我跟你說過了，我們不是故意的。我們後來又回到河邊，喝酒，但她們說想要回她們住的青年旅館，然後情況就變了。她們上過大學，一聊發現我們十五歲就沒上學之後開始嘲笑我們，好像我們是笨蛋還是什麼。然後她們開始笑艾稜，因為他從來沒看過海，所以我打了其中一個人的臉，叫她不要再笑了。我那一拳打得很用力，她沒笑了，另一個開始尖叫，接著艾稜就揍她。然後就一直那樣下去，我們不知道怎麼停下來。」

「你們把她們帶回來這裡嗎？載到荒原？」

「我們不知道還能怎麼辦，她們會把我們的事說出去，會去報警。她們答應不會，但我知道一定會。」蘭德斯抬起頭，對上馬汀的眼神，直視著，無所畏懼。「而且你知道嗎，那種感覺很好。我喜歡嚇她們。這次終於換我是動手的那個，我喜歡那樣的自己，感覺很好。很變態，對不對？」

「所以你們就殺了她們？」

「對，我們殺了她們。」

「殺之前還先強暴？」

「對，我們強暴了她們。」

杰米．蘭德斯的眼中沒有淚，不為那兩個死去的女孩哭，也不為他自己。毫無悔恨。馬汀知道他應該探得更深一點，把那些糟糕的細節都挖出來，墮落的時間軸、發生在灌叢地帶的褻瀆之事。蘭德斯已經準備好要告訴他了，他想要把事情都告訴馬汀，而馬汀很清楚，讀者也對此感到渴望：一窺少年殺人犯的內心。這就是記者的工作，即使很多細節會因為太離經叛道而無法發表。這是工作的一部分：見證世界最壞的部分裡面有什麼，然後加以消毒，以供大眾消費，想辦法讓事件稀釋偏差，能被理解。但馬汀一陣反胃。

他深吸了一口氣，仔細思考自己為什麼要來採訪蘭德斯。他太容易陷入記者的習慣裡，沉迷於懺悔的自白。他知道他的前同事會使盡全力緊咬著不放，確保能夠獲得這些內幕，但餵養新聞週期的循環已經不是他的優先要務。那兩個女孩死了，紐克死了，杰米．蘭德斯腦子有問題。他真的想要繼續深究這種邪惡嗎？這對他和傑克．高芬並沒有幫助——再怎麼探索杰米．蘭德斯的扭曲內心，都不會讓他們的調查有任何進展。

於是他改變了方向。「杰米，關於那個牧師，我是說史衛福特——你跟艾稜是不是告訴沃克小隊長，說史衛福特性侵你們？」

蘭德斯的臉亮了起來，露出笑容。「對。哈，那是我。我編的。」

「你編的？所以不是事實？」

「媽的當然不是。」他面露鄙視。「講得好像艾稜跟我會讓他碰我們一樣，門都沒有。」

「所以他也沒有騷擾其他人？其他小孩呢？」

「就我所知沒有。但你也知道，他是牧師，他們每個都會來那麼一下。」

「為什麼要這麼說謊？跟那兩個女孩的事有關嗎？」

蘭德斯點頭。「嗯，就是這樣。你還滿聰明的嘛。他發現她們，或至少發現了什麼。他起了疑心，但不是對我們。他提醒我們不要跑到灌叢裡，說那裡發生了不好的事情，叫我們要小心。」

「他提醒你們？」

「對。」

「所以你們的計畫是什麼？你們要把那兩個女孩的死賴給他嗎？」

「才不是。我們打算殺了他。」

馬汀盯著這名年輕人，努力理解自己感受到的新的恐懼，但蘭德斯就只是微笑以對，彷彿他不過說了一句機靈的話。

「可以解釋一下嗎？」馬汀問。

「告訴你，這計畫是我想的，艾稜根本沒那麼聰明。」

「你的計畫是什麼？」

「不是很明顯嗎？我們場景都想好了，還跟警察說他性侵我們。我們會把他引到某個地方，然後開槍。用他自己的槍。我們會告訴警察，說他又想對我們動手動腳，我們出於自衛才開槍。這樣一來，如果他們發現蓄水池裡的屍體，會覺得也是他幹的，而我們可以爽爽待在家裡。漂亮吧？」男孩再度露出笑容，為自己的計謀感到驕傲。

「你覺得有人會相信？」

「每個人都會相信，他可是牧師。」

馬汀在這句話想了一下，接著便為自己得出的結論感到訝異，這個計畫還真的可能會成功。他繼續說：「杰米，之前有人向警方報案，用的是匿名電話，大概在一年前打到犯罪防治熱線，差不多就在你們殺了那兩個德國女孩之後。那通電話給了線報，說泉田的蓄水池裡有屍體，事情的經過在前幾天的報紙上有寫，我想打電話的應該就是史衛福特。」

「不對，那是我們，那是計畫的一部分。不過我們沒說是蓄水池，只說那兩個女孩死了，屍體在灌叢荒原的某個地方。」

「靠。」馬汀不曉得還能說什麼，這個字脫口而出。

可是杰米這會兒正講開了話頭，他樂於訴說、樂於誇耀，樂見這場對話從那兩個女孩所受的折磨和殺害手法推進至新的主題。「到頭來，我們根本什麼都不必做。那傢伙根本瘋了，在教堂前面抓狂，殺了所有人，最後被他的條子好基友做掉。所以這件事我們就算了。我們覺得屍體在蓄水池裡越久越好，證據會更少。就算真的有人發現屍體，大家也會怪他或那個強暴犯老頭，或是兩個都怪。我們告訴自己，已經不關我們的事了。」

「很驚人。」馬汀說著，餵養小男孩的自尊。

「酷炫，對吧？」

「對。」馬汀說。「酷炫。不過聽我說，你跟沃克小隊長說史衛福特性侵你這件事——後來他又告訴你爸，然後你爸相信了，這是真的嗎？」

「對，一個比一個還笨。」

「他死的那天早上你見過他，對不對？就在他去教堂之前。」

「我爸嗎？對，有。」

「發生了什麼事？」

「不是我在說，他超廢的，緊張得要死，他和他那群朋友都是，但他特別緊張。一邊慌一邊生氣，你看到的話絕對笑翻，在那邊大吼大叫說要殺了那個牧師，艾稜跟我笑到都狂捏自己大腿。」

「但他不是真的想要殺他，對吧？他們沒帶槍去教堂。」

「對。後來我媽出現，我猜她是去見他之後回來。去見史衛福特。她說史衛福特要離開鎮上了，說我爸什麼都不必做。過一陣子後我爸冷靜下來，把我拉到旁邊，逼我跟他說實話，問我們到底有沒有被史衛福特性騷擾。」

「你怎麼說？」

「我告訴他那只是編出來的屁話，艾稜跟我這麼做只是在回敬他而已。」

「為了什麼事？」

蘭德斯沒回答，看起來不願開口。「為了什麼事，杰米？」

「因為那傢伙就是個驕傲的賤貨，永遠覺得自己高我們一等。」這句表白頗為真實，至少是一部分的真相。馬汀放手沒有追究。

「好。所以後來你跟你爸發生了什麼事？」

「唔，後來他就冷靜下來了。我以為他們會直接去打獵，事情到此為止。艾稜打算和他們一起去，好確定他們不會靠近我們做掉那兩罐德國泡菜的地方或是泉田的蓄水池。但是之後，我不知道，我爸突然又高興起來，開始笑。他跟我媽說了某件事，我沒聽到，然後他在大笑，我媽卻在哭。那個雞巴傢伙。後來他還是和他朋友去了教堂。」

馬汀仔細思考這點。蘭德斯為什麼要去教堂？他老婆已經告訴他史衛福特要走了，他兒子也告訴他史衛福特根本沒對他做那些事，為什麼還要去？馬汀看著蘭德斯，他想不出任何可能讓這個男孩說謊的原因。「你剛才說你擔心你媽？」

這個問題把蘭德斯重新拉回地面。他整個人洩了氣，眼神往下垂落。「嗯。她不應該面對這一切。」

「那你爸呢，杰米？史衛福特殺了他。」

「那絕對是他一輩子做過最正確的事。」

「殺了你爸？」

「沒錯。」

「為什麼？」

「你不必知道。」蘭德斯站起來，開始踱步，突然殺氣騰騰。高自己一等的蘭德斯在拘留室裡踏著如掠食者的步伐，坐在地板上的馬汀頓時感覺脆弱。他想要起身，但發現有點困難，其中一隻腳麻掉了，各種針尖戳刺從大腿一路向下蔓延至小腿肚，讓他的站姿非常不穩定。他回想起杰米剛才提到那兩個德國女孩時說的：**這次終於換我是動手的那個，我喜歡那樣的自己。**

「杰米，他有暴力傾向嗎？他會打你嗎？他會打你媽媽？」

蘭德斯的雙眼如火山猛烈爆發。他突然揮拳，馬汀在最後一刻甩開頭，避掉正面受擊。但這已讓他失去平衡，膝蓋歪斜。「羅比！」他在倒下時大喊。「救命！羅比！」蘭德斯站在他上方，怒火悶騰，握緊拳頭，但沒動作，沒有出手攻擊。拘留室的門打開，馬汀被拉了出去。

「你沒事吧？」羅比問道。他把馬汀帶回警局主建物，進到廚房裡。

「嗯，應該沒事。他突然動手。」馬汀摸了一下自己的左頸剛才被蘭德斯擊中的地方，一碰就痛，而且開始腫了。

「我幫你看看。」羅比讓馬汀坐下。「沒有外傷，但之後瘀青應該會很嚴重。我拿冰塊給你。你要提告嗎？」

馬汀搖搖頭。「何必？強暴加上謀殺，他會在裡面蹲好幾年。」

羅比從冷凍庫裡拿了幾顆冰塊，用一條小茶巾包著。

「你剛才都聽到了嗎？」馬汀問。

「我有在聽。」羅比說。

「我暗示他爸爸有虐待傾向的時候他就失控了，所以是真的？」

羅比點頭，眼神裡難過大於憤怒。「你可以去問任何一個鄉下警察，我們處理的案件有一半都是家庭暴力。這是地方性現象。」

「所以那個奎格，他會使用暴力？」

「對。在這種旱季、這種時機，氣溫又熱成這樣，壓力會不斷累積，你再倒一點酒進去，什麼雞毛蒜皮的事情都會讓情緒爆炸。我不是在幫他們找藉口，但很多女人都在面對這種生活，不管是在城市還是像我們這種荒郊野外都一樣。奎格．蘭德斯喝醉的時候時不時就會打他老婆，很多男人都是。」

「你介入過嗎？」

「關過他幾次，也跟他談過，但接下來就真的要看女人的決定。如果她們要容忍，你繼續干涉下去也不會有什麼好結果，到頭來可能只是讓她們又受一頓打，什麼也改變不了。」

「天啊。」

「歡迎來到我的世界。」

「那杰米呢？奎格也會打他嗎？」

「不曉得。杰米從來沒說，芙蘭也沒說，但這不代表事情沒有發生過。」

「可以確定的是，他整個人已經被某些事搞壞掉了。你剛才聽到他說的那些話嗎，關於背包客的那段？」

「那沒什麼，你應該去聽完整的認罪自白。他們折磨那兩個女孩的方式，簡直不是人，聽了會讓你全身發癢。蒙特斐爾堅持讓我們所有人都接受諮商輔導。」

羅比停頓一刻，馬汀抓住機會改變話題。「嘿，我有另外幾件事情想請你幫忙。私底下的，不公開。」

羅比友善地聳聳肩。「有什麼問題。但我的辦公室被蒙特斐爾徵召了，我們可以直接在這裡談。」

「還記得我們第一次碰面的時候嗎？我在警察局裡訪問你。那時你說你和拜倫．史福特是朋友，還記得嗎？」

「當然。」

「你剛才也聽到杰米說了，史衛福特警告過他和艾稜，說灌叢荒原那裡發生了不好的事。史衛福特跟你提過這件事嗎？」

羅比盯著自己的手，摳著指甲，眼神不願對上馬汀的視線。「沒有，沒提過。」

「知道為什麼嗎？」

「說不上來，我猜他有不想公開的原因。」

「沃克跟你提過他的推論，對嗎？他認為史衛福特冒充了別人的身分，說那不是他真正的名字。」

羅比頓時眼神強烈地抬頭看他。「這是真的嗎？」

「我認為是真的。」

「那他是誰？你知道他是誰嗎？」

「一名被警方通緝的退伍軍人。我猜這應該就是他沒跟你說的原因，他知道你得逮捕他。」

羅比點點頭，彷彿贊同馬汀的推論。「你打算公開這件事？」

「對，只要我能找到人發表。」

羅比看著他，猶豫許久後才問：「哈利・史納屈知道嗎？拜倫那句遺言，他是不是想跟我說這件事？」

「我覺得有可能。」

羅比搖著頭，彷彿不敢相信，也可能只是因為感到絕望。「媽的。哈利・史納屈知道，赫伯・沃克自己想到，只有我羅比・豪斯瓊斯這個大白痴被蒙在鼓裡，被人吞下去、嚼爛了都還不曉得。」他又搖了搖頭。「媽的，等你把報導寫出來，文章裡面的我一定就像個白痴。」他第三次搖著自己的頭。「不過，謝了，馬汀，謝謝你事先提醒我這件事。」

「抱歉。我還有其他事情想問，我一直看到摩托車騎過鎮上，那是怎麼回事？」

「死神幫嗎？不曉得。他們都待在貝林頓。他們喜歡那裡一間酒吧，是以前成員開的。」

「所以他們不會待在這裡？」

「不會。這附近沒有摩托車幫的人。」

「那傑森呢？住灌叢荒原那個？」

「傑森？他不算，就只是個騎山葉的傷退軍人。」

馬汀點點頭。「那個酒吧老闆——艾弗立．佛斯特，你認識他嗎？」

羅比皺起眉頭，似乎對馬汀的問題感到困惑。「當然，每個人都認識他，他幾乎每天中午、晚上都站在吧檯後面，但我沒辦法說我跟他很熟就是了。他這個人，對人很好，以酒吧老闆來說有點安靜，不是會一直說說笑笑的那種。」

「跟鎮上處得好嗎？」

「噢當然，大家都很高興有人願意去嘗試經營酒吧。」

「他和拜倫．史衛福特是朋友嗎？」

眉頭皺得更深了。「不是，不太算是。我不認為拜倫會常去酒吧，事實上他也沒那麼常過來我們這裡。但也許他們真的是朋友。我知道艾弗立曾經捐錢給我們的青年活動社團，所以他們一定認識。他會捐錢應該是拜倫去拉贊助，不然就是艾弗立聽說我們的計畫，然後決定幫忙。」

「他自殺了，對嗎？」

「對，場面不太好看。他把霰彈槍塞到自己嘴裡扣板機，在河邊，現場糊成一片。到時候去參加蒙特斐爾說的諮商，我應該把這件事也拿出來講。」

「你知道他自殺的原因嗎？他有留下遺書嗎？」

「沒有，沒有遺書，但原因倒是挺清楚的，他老婆離開他了。她一直不喜歡這裡，一直覺得格格不入。聖雅各槍擊案發生後那個星期，她就收拾東西跑回城市，這理由並不難理解。後來他就沒錢了，大家都這麼說。因為乾旱。時機很差啊，馬汀，生活不容易。」

「他的屍體後來怎麼處理？葬禮呢？」

「為什麼你對佛斯特這麼有興趣？」

「我覺得他可能知道史衛福特的真實身分。」

「你說什麼？怎麼會？」

「他們曾經是軍隊的戰友。」

「你怎麼知道？」

「傑克．高芬和我之前一起闖進佛斯特商務飯店的套房過。」

「酒吧現在是空的吧，他老婆把所有東西都清走了。」

「不是全部。高芬正在往貝林頓的路上，要去接一位刑事調查員。」

24・殘骸

警局外，氣溫變得更熱了。有個高壓系統掛在東澳上空，像個惡毒的神，驅逐所有的雲，讓溼氣無法靠近。馬汀感覺照在他裸露皮膚上的太陽就像在對他進行實際物理攻擊，他手臂上的汗毛彷彿會像灌叢荒原裡的金合歡一樣，燃燒起火。溫度一定逼近四十度。他到這裡待了超過一星期，卻還沒遇上哪天稍微涼一點，更別提看到雲。唯一的變數是風：太大了就有起火的危險，太小了又提供不了任何慰藉。今天就是無風的一天。

對街某棵樹的陰影下，被高溫擊垮的媒體群聚如嘈雜的鵝，看到他的出現全警覺起來。兩個平面攝影師懶洋洋地拍了幾張照片，出於無聊的程度大於興趣：馬汀已經是昨天的新聞了。媒體之後能攔蒙特斐爾下來臨時訪問，然後獲得蘭德斯親臨灌叢荒原犯罪現場的壯觀奇景，聽他重述自己的暴行。接著他們就可以各自回家了，把他們吸引到旱溪鎮的那則新聞——背包客謀殺事件——正式破案。

有個身形瘦長的男人，穿著斜紋棉布長褲、長馬靴和淺色亞麻襯衫，離開人群逕自朝馬汀走來。是達西・德佛，還為這場合特意打扮。

「馬汀。」

「達西。」

兩人握了手。

「看起來我到的時機很準，可以直接掉頭回去了。」達西說。

「真抱歉造成你困擾。」

德佛大笑。「對，我猜你也是故意的。」

馬汀笑了。他這個死對頭一向喜歡損人。

「馬汀，不管這會不會讓你覺得好一點，但我還是要說，我覺得他們這樣對你是卑鄙至極。至極的至極。有這種管理階層根本是我們的恥辱——不過是說你也已經知道了。」

「謝了，達西，感激不盡。」

德佛往警察局的方向偏了偏頭。「有什麼進展嗎？」

「沒太大變化。杰米・蘭德斯承認了所有罪行，完全沒有隱瞞，我覺得法庭上應該沒有抗辯空間了，案情太明白。警方之後會把他載到現場模擬犯罪過程。」

「我知道，他們想要媒體在場。」

「你會去嗎？」

「會。我不覺得現在有哪條新聞推得動，至少這條好看一點——如果我有辦法適應這天氣的話。一直都這麼熱嗎？」

「對。」

「那個，馬汀，如果你不介意我這麼問，你還在這裡做什麼？」

「我自己也不知道，可能只是想要看到整件事有個結束。畢竟是我最後一條新聞，又發生了這麼多事。」

達西點頭，語氣真誠地說：「聽我說，我覺得你該去跟威靈頓・史密斯聊一聊。你認識他嗎？《本月》雜誌的編輯。他們應該會想把你在這裡的經歷做成長篇，你那些東西如果浪費掉就是暴殄天物。」

「謝了達西，這提議聽起來還不錯。」

「等我一下。」達西拿出手機，抄出那本月刊新聞雜誌編輯的電話。「給你。如果有需要幫忙的地方就打給我，好嗎？」

「一定。謝了。」馬汀看著達西回到媒體群。他們兩個人長年互為彼此的競爭對手，敵意也曾非常緊繃，不過當他此時身在賽局外，當初的一切看來都只是小家子氣。達西活在新世界裡，而馬汀總是吸收得慢。他看著這位前同事給他的電話。達西是對的：這主意還不錯。他已經有能夠寫出好文章的素材了，而且研究已深：從羅比初次訪談的內容，到朱立恩·弗林扮成拜倫·史衛福特躲人耳目，還有他在拯救連恩·布朗德以及逼出背包客凶手過程中所扮演的角色；再加上剛才和杰米·蘭德斯的獨家訪談，中。也許他還沒死。他決定不要回黑狗等高芬，而是跟其他人一起去灌叢荒原，杰米·蘭德斯身在謀殺飄忽不定、自我迷失。也許他太看輕自己了：他有的素材肯定能寫成一本書。一小陣興奮感湧過他心案現場的畫面也許未來能在寫長篇文章時派上用場。

等到他走回黑狗開車並折返警局時，蒙特斐爾已經結束臨時採訪，媒體群正準備開車前往灌叢荒原。相機快門聲突然成群響起；戴著手銬的杰米·蘭德斯被帶出警局，在警方確定將每一臺相機都餵飽了以後，才將杰米拉進某輛車的後座。

＊　＊　＊

馬汀再次發現自己落到媒體車隊的最後方。他正在反覆思考來這一趟到底值不值得。達西覺得他能替《本月》寫長文，這的確是好建議，但當馬汀越靠近謀殺案的現場，他就越覺得，在這種灼熱的天氣底下到處跑實在不太可能獲得什麼有用的資訊。德佛不懶，他會搾盡這個場面的所有作用，他也一直是他們兩個之中比較能引人情緒的寫手。再加上，警方應該不會讓他們靠得太近：此時是平面攝影師、電視臺團隊和長距離鏡頭的主場。這樣一來，真的能讓他寫進《本月》雜誌文章裡的內容大約也所剩無幾。馬汀剛才如果留在鎮上的話也許還比較好一點，乖乖等高芬，或者去找蔓蒂。他得知了史衛福特不少事，但還沒機會告訴她。當她發現自己的情人其實是個騙子、戰爭罪犯和殺害無辜民眾的凶手，她的反應不會太好，這點他很清楚。這就是為什麼他會開車跑出來嗎？為了躲她？為了拖延？好讓今天早上的吻能再延續得久一點？至少現在他能告訴她，德佛的報導是錯的；史衛福特不是兒童性侵犯——杰米．蘭德斯已經說了，這是刻意誹謗。他揣測著，當蔓蒂得知史衛福特的過去，這件事會對她造成多少影響。現在的她看起來很快樂，兒子還活著，對她的指控也已經撤銷，她還繼承了一筆遺產。一時間，他懷疑自己到底需不需要把史衛福特的事情告訴她。何必去破壞她新獲得的平靜生活呢？只是他很清楚這個問題的答案：她不能從報紙上得知那些事，當然也絕對不能從某篇由他署名的雜誌文章裡得知。他必須親口說。

他開到了要往灌叢荒原的那個岔路口，一個星期前，艾羅．萊丁和其他消防隊員就是等在這塊礫石空地上。警方繼續向前開去，媒體車隊跟上。馬汀停下車，讓引擎繼續運轉，空調的功能已經不是冷卻，只能說讓車子沒那麼熱。離去的車隊揚起的塵霧和灰燼逐漸籠罩他四周，在這沒有風的日子裡，連飄都飄不動。他關掉引擎，感覺熱氣圍繞著他，彷彿海洋圍繞一只潛水鐘，壓力逐漸向內推擠。他看到空地的另一邊有一排信箱，生鏽的油漆罐和塗了顏色的盒子，裝在桿子上，信箱上寫著ＲＭＢ信箱號碼[1]。他想到哈利．史納屈，很想跑去找他對質，但很清楚自己不該那麼做。最後，他決定去找傑森，看這個騎摩托車的退伍軍人會不會有任何關於死神幫的消息。

馬汀離開車子，進入寂靜之中。在一段距離外的某個位置正嗡嗡作響，大概是某種不畏高溫的昆蟲，只為襯托這天的平靜而存在。他走向那些信箱，但大部分沒有名字，只有號碼。他發現自己根本不曉得傑森和他女朋友住在哪裡，又要走哪條路才能到。開著車在灌叢地帶亂晃，希望能遇到他們，沒有什麼事要比這更無用而徒勞了——除了在茫茫荒野中精神崩潰。他想到怪老哈瑞斯；那個老人應該能告訴他怎麼走，而且馬汀知道怎麼去他的小屋子。

他發現那座屋子居然逃過被摧毀殆盡的劫數。就像方向詭異的風讓他圍欄線上那兩只牛隻頭骨一只完好無缺，一只卻燒成灰燼，哈瑞斯擁有的這幾間建物似乎也彼此玩了一遍俄羅斯輪盤。主屋活下來了，但鋸木廠和車庫消失，老道奇剩下焦黑的殼。馬汀想著不知道那隻母狗和牠的小狗崽怎麼樣了，希望牠們逃出生還。一輛車齡十年的豐田停在前院中央，覆滿土塵和灰燼，但和這片荒蕪地帶比起來，還算是現代化了。怪老從屋子裡走出來，除了頭上的破爛帽子和腳上的靴子之外一絲不掛，身上的皮膚就像蜥蜴的皮。

「沒想到你會跑來這裡啊，馬汀。進來，再來喝一點這裡的風土葡萄酒。」他說著，伸手抓了抓自己的蛋蛋。

馬汀跟著他進屋，但此時牆上的縫隙吹不進風，於是這座鐵皮浪板小屋就成了一座烤箱，被太陽曬出破紀錄的高溫。馬汀拿了怪老給的水後，還是提議兩人到外頭找個遮蔽。

「有什麼新聞嗎？」怪老問。

1 Roadside Mail Box號碼，用於澳洲偏遠地帶的地址系統。因為這類信箱所在的地區通常較偏僻，甚至沒有明確街道地址，因此寫在信箱上的RMB號碼就成了辨識方法。有點像郵政信箱，只是這些信箱不是在郵局裡，而是在路邊。

看著地上。

「滿多的。」接著馬汀就重述了杰米．蘭德斯被捕、坦承犯罪的過程，怪老邊聽邊點頭，神情嚴肅地看著地上。

「這就是個無情的世界。」是老人唯一的回應。「我猜應該就是他開槍殺了我的牛。你為什麼會來這裡？應該不是為了告訴我這件事吧。」

「你可以告訴我怎麼去傑森家嗎？那個騎摩托車的退伍軍人。」

「是可以告訴你，但你還是會迷路。那些路隨便走就通到別的地方去了。」老人再次抓了抓自己的蛋蛋，彷彿這麼做能幫助思考。馬汀則是想知道他有沒有冰塊。「如果你要的話，我可以帶你去。」

「真的嗎？你確定？」

「不然我還有什麼事情好做？這地方跟等待果陀一樣，根本沒人說話。你等我一下，我去找幾件衣服穿。」

＊　＊　＊

當他們抵達傑森在矮樹叢間的家時，馬汀已經澈底迷路了。怪老報的全是小路和捷徑，跨越乾涸的溪床，橫切過多岩的土埂；經過大火摧毀的樹，也經過被大旱摧毀的樹。期間遇到兩次，它們兩人必須清開路上的斷枝才能前進，還有一次，馬汀開到臨頭才驚險避開被風吹動堆積而成的沙堆，不致整車陷入。這片地景毫無生氣，在沒有風的現在，更是連有物體移動的錯覺都無法產生。世界停止旋轉，一片死寂。

傑森家的大門，是鋼做的，倖存矗立於灰燼之中，裝飾著各種禁入告示。例如「私人土地，擅闖者必提告訴——請勿進入！」，以及從一段距離外的公路上偷來的紅白警告標誌，「方向錯誤——立即回頭」。但這些告示牌已經失去它們權威的來源；大門是敞開的，而且鉸鏈從上掉了下來。

馬汀小心翼翼地前進。他在灰燼上看到輪胎痕；最近有人來過，可能還在裡面。他突然想到，自己來找傑森可能不是明智的決定。但他已經沒有安全的迴轉空間了，硬來就是卡得動彈不得，而且也太過深入，沒辦法用倒車的方式一路退出去。他看向怪老，老人臉上絲毫沒有擔心的樣子。輪下的路繼續向前，穿過樹木焦黑的屍體。

他們在經過一小段抬升之後，抵達了應該曾經是傑森家的地方。在周遭破敗的簇擁下，只剩一只大肚鑄鐵爐站在磚砌的爐床上。走出車外，馬汀可以看出那座空間雖小，但並不屬於野地木棚等級的主屋；成堆的磚塊表示它有著更成熟、完整的建築結構。但現在都無所謂了，什麼都沒剩。怪老走過來站在他旁邊，直對著眼前的景象搖頭。

馬汀繞空地走了一圈，邊走邊檢查地面。灰燼上的輪胎痕很好追蹤：幾條由同一輛汽車形成的模糊平行線，其他還有好幾輛摩托車留下的痕跡，更清楚，也更新。他沿著那些車痕，試圖搞清楚是只有騎著自己的車的傑森，還是他還有其他同伴。有同伴，這是他的結論，大約還有二到四輛摩托車。他想像那個場面：死神幫抵達，一邊繞著圓圈一邊催動引擎聲怒吼，全然的威脅態勢。這裡也有腳印，四組，都穿著靴子，一路往旁邊的樹叢走去。這是要去哪裡？多久前來的？

馬汀跟著足跡，而怪老跟著馬汀，通過一叢燒得焦黑的樹，然後翻過一小段斜坡。另一棟被燒燬的建築物，大型的機具棚，鋼架和鐵皮根本無法承受猛烈的火勢。棚子像開膛的屍體般躺在地上，彷彿事後才想起要解剖，全部掏出來接受驗屍。鋼製桁架如焦黑肋骨朝空中彎曲，鐵皮向後掀開露出裡頭的內臟，但是內臟都沒了，完全焚化。足跡在建物前一小段路停下，那些人覺得看夠了就離開。但馬汀繼續推進，走過灰燼，進入巨大的焚屍之中。

沒剩多少可看，如果這曾經是機具棚，裡頭也根本沒放機具。這裡沒有燒過的拖曳機，沒有死於大火的鑽床，也沒有焦黑的犁。馬汀看著燒剩的殘渣，在腦中搜索著類似的形狀，試圖想像這裡本來放了什麼。慢慢地，焦土殘骸開始吐露祕密。馬汀看到彎曲的金屬支柱，並行成排：桌腳的殘餘。他用鞋子刮過地上的灰：一片黃色金屬。他彎腰撿起：某種黃銅接頭，像花園澆水管用的那種。他再次抬起頭。沿著建築物遺留的某面牆邊，堆著許多長方形的陶鍋，黑了，但不受大火高溫影響。他走過去檢查，視線意外被某個東西捕獲：地面上有塊黑色汙漬。他蹲下，把手掌放在土上。跟他想像不同：地面摸起來溼潤且涼。是水，這裡有水，在這無水的地方。而且在深色的溼潤地面上，長了一株嶄新、鮮綠的細小植株。

「嘿，怪老，你看這個。」

老人拖著腳走過來。

「這是我想的那個東西嗎？」

「看起來很像啊，小夥子，大麻的幼苗。」

馬汀站起身，檢查機具棚殘骸的其他部分。水耕設備、被燒化的ＰＶＣ管，再加上木桌和橡膠水管。棚子的大小一定是三十乘以二十公尺：一大堆植物，一大堆錢。還有一大堆水。

「你知道這件事嗎？」

「不知道啊，小夥子。」老人臉上沒有一絲狡猾神色，毫無隱瞞。

「他水從哪裡來的？這裡有地下水嗎？」

「沒有，我們這裡有水的只有一個地方：泉田。」

「哈利・史納屈他家？」

「對。沿著路走的話很遠，但要是像烏鴉用飛的就只要一兩公里。」

「所以是史納屈在供水？他可能用賣的，或是從利潤裡面抽成。」他心底浮起一陣得意：史納屈是某個水耕大麻組織的一分子；這下他對馬汀的誹謗指控已經煙消雲散，像旱溪鎮的河床一樣空虛。「抓到你了吧。」他大聲地說。

「別那麼肯定，馬汀，水可能是小傑偷的。」

「偷？怎麼偷？」

「我們都會這樣。史納屈家的水池有活水頭，從來沒枯過，它會供水給荒原裡的飲水槽，給野牛喝。那邊要分接就很簡單，我們會把水引到自己的水槽。我們從乾旱季開始的時候就這麼做了，老艾瑞克會睜一隻眼閉一眼眼，不過他走了之後那地方沒人管，就隨人用。」

「那哈利呢？」

「那個混蛋啊，他到之後不久就把明顯的接頭都拆了，所以我們大部分人又裝了比較隱密的接頭。其實不難。」

馬汀看向四周，那聲「抓到你了」開始變得沒那麼肯定。他突然想到火災那天，當他、羅比還有史納屈在炙熱的房子裡邊撤邊退，突然遇到史納屈水管沒水的那刻，當時大火已吞噬泵房。「但是這種栽種規模需要很多水，他都沒發現自己的幫浦轉個不停嗎？」

怪老聳聳肩。「應該會發現吧，而且他的電費帳單也會滿美的。」

馬汀突然被某個聲音警醒。有腳步聲，踩在金屬板上。兩個男人同時轉身。

傑森的女朋友站在他們面前，體型嬌小，手裡舉的霰彈槍尺寸則是完全相反。槍口正對著馬汀。

「你們要做什麼？」她斷聲說道。她看起來真的是一團糟：臉上有土且黑，雙眼充滿血絲，衣服破爛不堪。她穿著黑色汗衫、破牛仔褲、靴子，兩手臂上刺了青，活生生就是末日災難暢銷電影裡的臨時演員。

「沒事，莎莎——我們不是來找麻煩。」怪老說，擺出自己其實不具威脅性的手勢。

「他是誰？」

「馬汀啊，記得吧，火災那時候看過。他不是警察。」

她仔細想了一下。「你有水嗎？」

馬汀可以聽到她聲音裡的渴求，也看到她乾裂的嘴唇。「當然有，在車子裡。在後車廂。」

「帶路。」她說。

馬汀和怪老離開棚子，回頭往車子的方向走，雙手高舉。怪老走著便落到馬汀後面，轉身面向拿槍的女人。「親愛的，你不必一直拿槍指著。我們沒有武器，也不是來幹嘛，只是想幫忙。」他的聲音平穩、慎重、令人放心。

「別傻了，怪老，才沒有人會幫我們。」

「小傑在哪？」

馬汀聽到身後傳來一陣壓抑的啜泣。他停下腳步，全身緊繃，深怕霰彈槍猛然走火。但後方沒有傳來任何回應，也沒催促他繼續往前。他緩慢地轉身，雙手持續高舉。莎莎停在原地，槍口低垂，一陣顫抖通過她的身體。

「親愛的，我們去拿水，」怪老說。「然後你把事情都告訴我們。」

站在車旁，女人還是抓著槍，但已經沒對著馬汀了。他彈開車廂蓋，怪老伸手進去拿了一公升裝的瓶裝水，打開蓋子，拿給莎莎。她接過水，貪婪地吞灌。怪老拿了另一瓶，自己喝了一些，然後把瓶子遞給馬汀。他也喝了。他們三個人在廢墟中一起喝水，然後在沒人提醒的情況下，女人開始說話。

「火災之後我們回到這裡，發現什麼都沒了，然後我們上個星期天又回來，帶了帳篷和一些補給，想知道還可以挖到什麼。但真的什麼都不剩，完完全全。我們不知道該怎麼辦。小傑說，就這樣了，我們必須從頭來過，去借點錢蓋一間小棚子，然後從頭開始，過一天算一天。」

「你們沒錢？」馬汀問，心裡想著那片水耕田。

她搖了搖頭。「沒有，那個牧師死了之後就沒了。但是小傑覺得可以借，去貸款。他還剩半瓶波本，我們正在乾杯慶祝這個新的開始，那個警察就來了，然後接下來的狀況變得一團糟。」

馬汀一下子亂了呼吸，幾乎說不出話。「警察？哪個警察？」

「不是羅比。是貝林頓來的那個混蛋，胖的那個。」

「赫伯．沃克嗎？他想要什麼？」

「他拿著槍。媽的王八蛋。他逼我們帶他去棚子那邊，總之就是火災後剩下來的地方。我那時候真的很怕他會開槍。」

「發生了什麼事？」

「後來他被死神幫抓到，他和傑森都是。他們用警車把他們兩個帶走，然後再回來騎他們自己的摩托車，傑森那輛也被騎走了。」

馬汀的思緒在許多已知的事實之間跳躍。**大麻**。**牧師**。**死神幫**。**上星期天**。**沃克**。

「你從星期天之後就一個人待在這裡嗎？」怪老問。「可憐的孩子。」

她點頭。「水昨天喝完了，我本來想走到史納屈家，但又不想離開這裡……」她抽了一下鼻子，努力不讓眼淚流下來。「以防萬一他回來，以防萬一他們放他們兩個走。」

馬汀看向怪老，看到老傢伙臉上堆滿的憂慮；他看向莎莎，看到她不願屈服的希望。「莎莎，聽我說：沃克死了。警方判斷他是自殺。就在你說的那天晚上，星期天。但沒有人看到小傑，他應該沒事。」

但沃克的死訊對這個女人來說已經太沉重，她完全潰堤，放聲大哭，因為想到另一半可能的下場而感到絕望。

怪老動作緩慢、輕微地向她靠過去，取走霰彈槍，打開彈匣，取出裡頭的子彈，然後將槍放在地上。他敞開雙手，莎莎便朝他跌去，像被爺爺安慰的小孩。馬汀看著這樣的進展，但又沒真的看進去；他的思緒正一個接一個地丟出各種可能性，試圖找出合理的解釋。傑森種了大麻，卻沒賺到錢。史衛福特牽涉複雜，錢由他負責給傑森。死神幫，他們綁走沃克和傑森。他們是把沃克逼到自殺嗎？還是根本當場殺掉？媽的。

他們的周圍在莎莎的哭聲中顯得安靜，此時另一陣聲音緩慢迂迴地潛了進來：有車。一輛車逐漸靠近。馬汀繞到自己車子的另一邊，拿起霰彈槍。怪老剛剛是不是對子彈做了什麼？算了。他關上彈艙，想著他還能把這當成虛張聲勢的工具。

最後一波車聲傳來，車子駛上那段爬坡，開進破碎的前院。開車的是傑克・高芬，他和另外兩個男人下了車，其中一個大約五十多歲，另一個三十幾，都穿著那種一看就知道是便衣警察的衣服。年輕的男子拿著手槍，槍身已經離開皮套，指著地面。他看起來完全不像在開玩笑。馬汀小心地放下霰彈槍，舉起雙手，不留一絲誤會的空間。

「你是莎倫・楊嗎？」老人無視馬汀和怪老問道。

莎莎點頭。

「很好。我叫克勞斯·范登布克，我是警察，你的伴侶傑森·摩爾正在協助我們調查，他想讓你知道他還活著，他沒事。」

莎莎不發一語，完全臣服於眼淚之中，任由怪老撐著她。

「你是史卡斯頓？」警察語氣凌厲地喊著，眼神直往馬汀衝來。

「我是。」

「你去過那邊了嗎？」警察朝大麻棚廢墟的方向偏了偏頭，但眼神完全沒離開馬汀。

「去過了，看了一下。」

「看到什麼？」

「就一間被燒光的機具棚。」

警察惡狠狠地笑了。「很好。查出那邊之前用來幹嘛了嗎？」

「嗯，種大麻。產量應該很大，從泉田接水過來。」

「小子挺聰明的嘛。你在想著報導這件事嗎？」

站在范登布克身邊的高芬搖頭，示意馬汀說不。

「有我不該報導的理由嗎？」

「要幾百個都有，包括指控你妨礙警方調查。你自己選。」

「那就不報。現在不報，一個字也不會寫。但是等到你們把死神幫破了，我要你們的內部消息。同意嗎？」

一陣怒意閃過警察臉上，傑克·高芬則是一陣驚慌。「誰說跟死神幫有關了？」

「我說的，不然你覺得我怎麼會到這裡？同意我的條件嗎？」

站在旁邊的年輕警察此時把槍放進槍套，手伸向腰後，從腰帶上拿下手銬。「老大，要我把他銬起來嗎？」

不過范登布克搖搖頭，視線依然死盯著馬汀雙眼，彷彿沒有什麼要比揍上眼前的記者一頓更能讓他滿意，拳打腳踢樣樣來。「不必。」他最終開口。「史卡斯頓，我告訴你我們同意什麼條件。你要把你知道的所有資訊都說出來，一字不漏，這樣我就同意不立刻在這裡逮捕你。之後，如果我發現對我或者對調查會有好處，我們會再讓你知道發生了什麼事。看時機再說。」

「好吧，勉強接受。」馬汀說。

「很好。赫伯・沃克是你的消息來源嗎？」

「沒關係，馬汀，」傑克・高芬插話。「克勞斯知道沃克的死不是你的責任。」

馬汀搖頭。「我不會透露消息來源的身分，就算對你也不會——看時機再說。」他模仿剛才警察的原話。「你對赫伯的死知道多少？」

馬汀難以猜透警察此時的態度，不是因為那張臉上沒有情緒，而是因為情緒太多了：憤怒和興味、厭惡和哀傷，來回旋轉迴盪，彼此交錯。最後，厭惡感勝出。

「他不是自殺，死神幫殺了他。他們對他用水刑，但搞砸了，他心臟病發，所以他們就把他淹死。一群愚蠢的混帳。」他對腳邊的灰燼吐了口口水。

「你怎麼知道的？」

「這我自己曉得就好，你就不必了。」

「那死神幫呢？你會逮捕他們嗎？」

「逮捕？他們還不曉得自己之後的下場會有多慘。別的不說，他們殺了一個警察。我們現在正和聯邦警察還有州警一起規畫突擊，他們不管怎樣都算玩完了。」

「我可以報導這件事嗎？等到事情發生的時候？」馬汀問。

「老弟，到那時候，所有人都會報導這場爛仗。但是只要你在我們結束之前吐出任何一個字，我保證你會和薛西弗斯一樣後悔，我會親自確定你變得跟他一樣。另外，如果你說出任何關於傑森．摩爾的事——不管任何時候——那你就是拿他的命在冒險。懂了嗎？不管任何時候。」

「那為什麼要告訴我？」

范登布克停了下來，臉上晃過另一陣情緒的怒吼，讓他說起話來更加柔和。「因為你在這裡，而且因為你知道。還有，因為赫伯相信你。那個笨蛋。我們現在先離開這裡，我不想在那些騎摩托車的傢伙跑回來時還在這。傑克，我們開你的車，莎倫跟我們坐，你就坐史卡斯頓那輛跟在後面，可以嗎？」

高芬點頭，有點被這名警官的推論嚇到。

怪老幫忙莎莎進到高芬那輛強行徵用來的租賃車。在她進到車裡前，她回頭對這片已然殘破的家園看了最後一眼，不過眼中閃爍著卻是希望；她的情人還活著。

車子揚長而去，留下三個人望著離去的車尾燈。

「我們還沒見過，」高芬對怪老說。「我是傑克．高芬。」

「你好，傑克。大家都叫我怪老，怪老哈瑞斯。」

「很高興認識你，怪老。你介意我跟馬汀私下說點事情嗎？」

「隨便。」怪老回答，接著便拖著腳朝屋子殘餘的遺跡走去。

馬汀等到他走到聽不見對話的距離外才開口問道：「范登布克怎麼說？」

「ＡＣＩＣ監視死神幫已經快兩年了。車隊的大本營在阿得雷德，但勢力範圍一直延伸到東岸。他們不斷把成員送到坎培拉，打算設分會，因為那邊的反廝混法很弱[2]。另外，他們還想要開拓新的領地，所以開始在維多利亞和新南威爾斯的非都市區賣毒，冰毒、搖頭丸、大麻。他們把旱溪鎮當成整備站，拜倫・史衛福特也有參與，包括在這裡種大麻。這也是為什麼他在聖雅各教堂裡裝了電話，方便聯絡。」

「他和艾弗立・佛斯特捐給孤兒院的錢就是這樣來的？賣大麻？」

「看起來是這樣。如果你在阿富汗待上一段時間，很快就會知道怎麼處理大麻了，這跟那裡發生的其他鳥事比起來真的不算什麼。」

「是說大麻就算了，但是冰毒？這可不是開玩笑。」

「還用你講。但范登布克就是這麼說。史衛福特裝了市內電話，也許本來只是想拿來賣大麻用，但死神幫絕對把教堂當成了其他進階毒品的整備點。ＡＣＩＣ一直在監控那支電話，也同時監視大麻棚跟停車場。」

「所以赫伯・沃克就是這樣弄到艾弗立的電話，從范登布克那邊？」

「一定是這樣。但是拜託你下手輕一點，范登布克現在就像拔了插銷的手榴彈，他覺得是自己害死了最好的朋友，他是認真想找人開刀。你最好確定他最後下手的對象是死神幫，而不是你。」

「那死神幫呢？如果傑森・摩爾替他們種大麻，傑森自己怎麼會沒錢？」

「因為他們夠狠，就是狠。我的揣測是，弗林有槍，也受過軍事訓練，所以之前有辦法留住他的那份。但是他死了之後，車隊的人就把艾弗立・佛斯特逼退，接管生意，這樣無論是要給孤兒院還是這裡其他人的錢，很快就都見底了。」

「這群人手段還真好，聽起來他們就要得到應得的下場了。還有其他事情嗎？」

「有，這個。」高芬從口袋裡掏出一封信封，遞過來。

「這是什麼？」

「你女朋友給的。我說蔓蒂。她說你在《晨鋒報》的同事貝瑟妮打電話來，叫她跟你說要看一下。」

「你打開看了嗎？」

「當然，我可是ASIO。」

馬汀打開信封，抽出一張A4大小的紙。是新聞剪報。頭條寫著：〈騙徒判刑五年〉。他迅速掃過第一段內文。

> 特倫斯．麥可．邁吉爾一案今天判決確定。這名偽造專家曾犯下西澳最明目張膽的企業詐欺案，現在被法院判刑五年，三年內不得假釋……

新聞旁邊是一張小小的大頭照，照片中的男人因為列印解析度太低而面目模糊。不過照片被紅筆圈了起來，旁邊的手寫字寫著：**絕對是哈利．史納屈——蔓蒂。**

「我們去拜訪他一下吧。」馬汀說。他感覺自己情緒激動，混雜著滿足、憤慨以及某種更加不穩定的東西。

2 原文為anti-consorting laws。這是澳洲各州制定的州層級法律，禁止曾被判刑或警方認為有必要規範的黑幫成員，在酒吧及網路等場所交流。打個比方，這有點像是對黑幫內部進行社交隔離。目前西澳是反廝混法最嚴格的地區，但各界對這類法律的褒貶不一。

25・竊聽

馬汀負責開車，怪老指路，高芬則深陷思考之中。

「這裡右轉。」後座的怪老突然冒出一句話。

「那個，先在這裡停一下。」高芬說。

馬汀照做。

「聽好，關於邁吉爾這件事，還有種大麻的事情。史納屈已經沒辦法勒索你什麼了，如果他威脅那麼做，你可以直接回敬他。你的問題已經解決了，但我的還沒。把他放進ＡＳＩＯ的人是我，在這件事情上我的弱點還是在他手裡。所以，等一下我會在車上等。」

「你不想要親耳聽聽他怎麼說嗎？」

「想，所以我要你帶竊聽器。我想聽他說什麼，並且把內容錄下來。」

「竊聽器。你認真的嗎？開鎖、橡膠手套、竊聽器，你是有百寶袋嗎？裡面還有什麼？」

「噢，你也知道，就那些基本配備，追蹤裝置、Ｘ光探測器、吐真劑。」

「這麼幽默。」

＊　＊　＊

幾分鐘後，馬汀把車開進泉田，副駕坐的是怪老，高芬則在後座躺平。竊聽的無線發射器固定在馬汀領子下，一條細線纏在他脖子後方。這裡沒有任何動靜，但在白日的死寂之中，有非常低沉的發電機嗡鳴聲。史納屈一定就在某個地方。馬汀覺得渴，他喝了些水，休息片刻整理思緒，暫且放下傑森家的事件。他又喝了幾口水才走出車子，但還是覺得口乾舌燥。他從後車廂拿了一手六罐裝的瓶裝水。

他穿過前院，走進陰暗的機具棚。三具電扇吊在屋頂上轉，推動整個空間的氣流。棚子裡其實不涼，但地上的混凝土板保留了前一晚的涼意，再加上電扇，至少不像怪老的烤箱小屋。馬汀繼續往裡走，發現哈利．史納屈坐在工作檯最遠的那一端，專注地在做某件事。馬汀大喊：「哈利。」

史納屈抬起頭，拉起警覺，拔腿衝了過來。「你要幹嘛？」

「想說帶一些水給你。」馬汀抓著包裝膜提起那些瓶裝水。

「謝了。」史納屈說著，走上前來拿了水。「謝謝，你人真好。」他穿著卡其短褲、汗衫和拖鞋。他非常乾淨：臉洗過、雙手一塵不染，連眼神也是清澈的，但警惕。

「蔓德蕾答應做DNA測試了。」馬汀說。「想過來跟你講一聲。」

「是嗎？」

「對，我說服她了，告訴她那是正確的決定。說真的，沒花多少力氣。」

史納屈露出微笑，態度放鬆了一些。「非常好。」

「所以要怎麼測試？」馬汀問。

「我訂了套裝組，應該放在這裡某個地方了。她拿拭子抹一下口腔內側，我也一樣，然後我們把兩個人的樣本寄去實驗室比對，他們就會知道我到底是不是她父親。大概需要一個星期吧。要的話我可以現在把她的小瓶子給你，她做好之後你再帶回來。」

「好。還是乾脆你現在把你的樣本做好，回鎮上我讓她採樣，然後我再幫你們把樣本寄出去？」

史納屈露出笑容，彷彿認出某樣熟悉的東西。「這也不錯。我去拿，你可以當我的見證人，在這裡等一下。」史納屈走進棚子深處，走向工作檯最遠的那個角落。他途中經過那輛老賓士車，車子的輪胎已經灌飽了氣，車身也剛上漆洗淨。馬汀的眼睛現在適應了室內昏暗的光線，能看到工作檯的那一端其實更像一張書桌，放了筆記型電腦、印表機和工作用的折臂燈。史納屈帶著兩個小保麗龍盒回來，各裝著一只形狀像迷你試管的透明小塑膠瓶，螺旋瓶蓋。史納屈打開其中一只瓶子的瓶蓋。瓶蓋上連著一根細長的棒子，像棉花棒。史納屈把棒子放到嘴裡，用末端在臉頰內側抹了一圈，然後仔細插回小瓶子中，栓緊瓶蓋。

「就這樣，沒什麼複雜的。讓她在口腔內側擦幾下，像我剛才那樣，放回管子裡封好、貼上標籤，然後放進盒子裡寄出，越快越好。寄出去之前你就放在冰箱裡面吧，以防萬一。另外還有文件要寫，寫完放進盒子一起寄。我的部分已經寫好了，她就照填。」

史納屈拿著一張表格。他已經填上名字，當場簽上名，遞給馬汀做見證。馬汀用正楷寫下自己的名字，並在表格要求的地方簽上名字和日期。他一邊簽，一邊對史納屈的自信感到疑惑。他已經準備好這麼多文件、兩套ＤＮＡ測試組和所有東西，他一定早就肯定馬汀會照他的意思去做，也很肯定蔓蒂會同意接受測試。這個想法讓馬汀一陣惱怒：所以史納屈就覺得他會這麼乖乖聽話嗎？

史納屈遞給他另一張紙。「這是蔓蒂的表格，你也可以當見證人。我已經跟實驗室談過了，還寫了說明信講好我們要檢測的項目，你和蔓蒂想看的話可以看。名字我已經簽了，她也可以簽她的，但不是強制。費用我會付，她有錢的話我們也可以平分，全部費用五百。」

馬汀收下盒子和表格文件。「你好像對結果很有自信。」

史納屈笑了，洩露出一絲憤慨。「當然，我是當事人，你忘了嗎？我知道到底發生什麼事。」

「了解，我會把東西送到她手上。所以這表示我們扯平了，對吧？不會再有什麼誹謗威脅了？」

「我想是吧。但你不要再寫到我了，知道嗎？一個字都不要。好的、壞的、無關緊要的都一樣，我不想再看到我的名字出現在你們那些狗屎版面上。」

「也不要用你的照片。」馬汀說。

史納屈的眼睛盯著他，戒心又回來了。「這話是什麼意思？」

「嗯，怕有人認出你來呀，特倫斯。」

史納屈狡黠地笑了，沒像馬汀預期中那樣驚惶，反而露出狡猾的笑容承認了馬汀的話。「很聰明嘛，馬汀，非常聰明。」

「告訴我，哈利，你為什麼要從ＡＳＩＯ總部打給艾弗立．佛斯特，告訴他你知道拜倫．史衛福特其實是朱立恩．弗林？」

史納屈對此眨了眨眼，彷彿正在估算馬汀可能還知道多少訊息。他回答的語氣充滿自信：「是高芬那傢伙在背地裡嚼舌根對吧？你應該叫他滾遠一點，否則我就讓他老闆知道到底發生了什麼事。」

「我是無所謂。」馬汀虛張聲勢。「你想對高芬怎樣都可以，與我無關。但我還是想知道為什麼你要打給佛斯特。」

「否則怎樣？」

「否則我就把特倫斯．邁吉爾的事情告訴蔓蒂．布朗德，然後讓這件事成為《本月》雜誌下一期的封面故事。」

史納屈聳聳肩，彷彿這項威脅無法對他構成任何影響。「老弟，我沒什麼好隱瞞的。我打給佛斯特是要讓史衛福特滾邊去，讓他在情報員和警察抓到他之前離開鎮上。我要他離蔓蒂越遠越好。」

「為什麼？」

史納屈的聲音裡已經沒了原本煩惱不侵的悠哉，變得嚴肅起來，潛藏著一股無法壓抑的激動。「你明明知道答案——那個傢伙是個掠食者。他纏上來巴著蔓蒂，巴著芙蘭·蘭德斯，他那時還喜歡一個住在貝林頓的寡婦，然後還想找更多人。蔓蒂也許不是我女兒，但她媽媽對我來說曾經非常重要。我想要史衛福特離開這個鎮，不要再跟她糾纏不清。」他停頓，搖著頭。「但我動作還是太慢了，不是嗎？她那個兒子，連恩，不就是跟史衛福特生的嗎？」

這次換馬汀露出笑容。「但其實你不必打給佛斯特。你知道弗林是誰、知道他做過什麼，而且多虧你，政府也知道了，交給警方的話他很快就會被逮捕。」

「別那麼肯定，我們現在說的可是坎培拉，數不盡的官僚和推託藉口。他們那時候已經在開會討論怎樣降低傷害了，我那麼做只是保險。」

「不對，我覺得你是想確定史衛福特能離開這裡，但同時又不會傷害到大麻生意。你想要讓史衛福特走人、讓佛斯特屈服，然後讓錢流繼續滾。我覺得就是這樣。」

史納屈停下話，但沒有否認指控。「誰在乎你覺得怎樣？現在都不重要了。」

「聽著，哈利，我不曉得你有沒有意識到，你這個人就是一篇頂級的新聞。炸藥等級的新聞。你是騙過ASIO的騙徒，甚至還參與水培大麻的生意，這是幾年難得一見的故事。但同時，這種故事也可能會讓你的生活變得非常辛苦。所以，我建議你，別把我惹毛了。」馬汀仔細觀察了這位對手的臉，那裡有殘餘的自信，但也有理解：他已經被推到馬汀想要的位置上了。「不過事情也不一定要這樣發展，我們可以互相幫忙。」

史納屈接受了。「繼續說。」

「我可以保證蔓蒂接受DNA測試，但我想要一些消息當作回報。第一件事就是，史衛福特到底有沒有戀童癖？你之前跟我說有。你曾經跟著他到處轉，跟蹤他，知道他跟蔓蒂、芙蘭還有貝林頓的某個寡婦上床，所以，他性侵兒童這條指控到底是不是真的？」

史納屈仔細斟酌過後才回答：「不是。我沒看到證據。不要搞錯了，我想要那個傢伙離開，想要他離蔓蒂遠遠的，所以我沒理由替他辯護。但我確實沒看到任何能證明性侵的證據。」

馬汀認為這是真話。他知道這個老騙子只要有好處，就會毫不猶豫地說謊，但現在馬汀把他逼到如此劣勢，說謊要冒的風險太高。

到現在為止，史納屈和蘭德斯的話都證明了，史衛福特是清白的。

「還有一件事。你是那個大家不會在乎的隱形人，可以看到其他人看不到的事。你知道史衛福特為什麼會在教堂殺那些人嗎？」

史納屈搖搖頭。「這問題我也沒有答案。根本沒想到會發生這種事，太莫名其妙了。但你現在應該也知道了，他在阿富汗時曾經做過一模一樣的事。有時事情發生不一定需要原因，它們就是發生了。」

他露出笑容並伸出手，馬汀未加思索便也伸手握住。

「謝謝你來這一趟，馬汀。我知道你不喜歡我，也知道你不信任我，但相信我吧，我這麼做是為蔓德蕾著想。不管我做了什麼，都是為了她。請不要把你知道的事情寫出來，因為那樣對她造成的傷害可能會比對我的還大。」

「這是什麼意思？」

「相信我，馬汀。等DNA測試的結果出來，當她知道我沒有強暴過她媽媽之後，她絕對不會想看到我變成你們狗屁報紙上的砲灰。有些事你就算了吧。」

馬汀點頭，但眼神飄向史納屈身後，注意到那盞工作折臂燈。那盞燈，在一間機具棚裡，似乎有些格格不入。那張書桌、電腦、哈利·史納屈一塵不染的手。**特倫斯·麥可·邁吉爾，五年徒刑，偽造專家。**「哈利，桌子上那些是什麼？」

「房子的設計圖，只是一些重建的想法，還很粗淺。」

「噢，介意我看一下嗎？蔓蒂可能會有興趣。」

「不要吧，老弟。那都還是很不確定的概念，等我確定一點了再給她看。」

「拜託嘛，哈利，別這麼害羞嘛。」馬汀越過他，朝書桌走去。就在他這麼做的時候，他看到這個人眼中閃過了某種他第一次看到的東西：一陣驚慌。這讓他忍不住露出些許得意的笑，有些得意；在這場不斷以口頭將對方推往極限的比賽中，他總算占了上風。

「嘿，馬汀？」

馬汀轉頭，但本來已經溜到嘴邊的反擊又硬生生吞了回去。哈利·史納屈舉著霰彈槍，對準馬汀的胸口。恐懼如斷頭刀般落下，馬汀已經失去所有得意的感覺，只留下一個盛滿害怕的空殼。槍口離他只有幾公尺，裡頭黑，而且充滿威脅。史納屈持槍的雙手平穩，眼神堅定，完全不見莎莎·楊那種顫抖或絕望。剛才他站在三公尺外，現在又更近了些。他不可能失誤，槍管如已呈迎擊姿態的眼鏡蛇。他只要扣下板機，馬汀就會被撕碎，剩下肉、血和終結一切的疼痛。「也許你不是那麼需要看桌子上的東西，馬汀。」他的聲音慎重緩慢，幾近寧靜。「這是我的私人土地，你現在算是侵犯了這裡。」

在被恐懼癱瘓的當下，有個念頭出現在馬汀腦中。他想起了竊聽器，傑克·高芬正在車子裡聽著。ASIO的探員會帶槍嗎？「霰彈槍？你認真的嗎，哈利？你想怎樣，對我開槍嗎？」他的聲音連自己聽來都覺得單薄，只是故作勇敢的差勁嘗試。

「有何不可？大門上已經掛了牌子，警告你入侵私人土地會有什麼下場，我只是在行使我的權利。」

「這裡不是美國，你沒有那種權利。再說，我不是一個人，傑克．高芬在車上。」

「他在那裡幹嘛？」

「他不想進來，我覺得應該是受不了看到你。」

史納屈露出微笑。「是應該受不了。那個笨蛋，完全被我抓在手上。」他停下來想了片刻，重新評估情勢。「也許到頭來我根本沒必要對你開槍，也許我們可以達成某種協議。」馬汀點頭，將注意力放在史納屈身上，但眼角餘光已經注意到男人身後正在發生的動靜。馬汀焦急地想去看，看是不是拿著槍的高芬，但他知道史納屈正看著自己，他會看到馬汀的眼神飄移，然後轉頭開槍。如果他殺死了那個ASIO探員，肯定也會幹掉任何目擊證人。

「所以桌上那個到底是什麼？」馬汀問道，試圖抓回史納屈的注意力。「什麼東西這麼機密？」

史納屈身後有個男人的身影逐漸靠近，當他近到能看清的距離，馬汀便發現那不是傑克．高芬，而是怪老哈瑞斯，手裡拿著莎莎的霰彈槍。馬汀表面上仍努力保持鎮定，正面回應史納屈的注視並吸引他的注意，不過其實他的膝蓋正不斷發出屈服的威脅，膀胱也揚言解放；他的腦袋正大喊著「要戰還是要跑」，血管內則充滿急速狂奔的腎上腺素。有個人會死在這裡，而且依這情況，那個人很可能會是他：三個人，兩把霰彈槍，而他是手裡沒武器的那個。而且，就算怪老有莎莎那把填滿了彈藥的霰彈槍，情況仍不甚理想。**他媽的高芬到底人在哪裡？**不過即使如此，馬汀仍繼續和史納屈保持視線交集，腦中不斷思索還可以說什麼來讓他看著自己。怪老持續靠近，態度冷靜且自信，熟練地翻轉槍身，用兩手握住槍管。

史納屈在馬汀臉上讀出恐懼以外的情緒，心想不對勁便轉身向後，但太遲了。怪老已經將槍揮出，劃出鐮刀般的弧線，以槍柄狠狠擊中哈利．史納屈的側腦。這一擊讓史納屈頭暈目眩，倒了下去。馬汀一陣畏縮，害怕史納屈手中的霰彈槍會因此炸開，但他眼看著槍撞上地面，卻沒走火。

「我等這一刻已經等三十年了。」怪老哈瑞斯說。

馬汀衝上前去。哈利．史納屈還活著，呼吸穩定。他後腦杓上正逐漸突出一顆高爾夫球大小的腫包，但沒有血。馬汀小心翼翼地把槍移開，接著才讓史納屈轉身，將他推至側躺的復甦姿勢。「拜託，怪老，你有可能會殺了他耶。」

「他也有可能殺了你呀。」老人的聲音裡沒有任何後悔。

「剛剛到底是怎麼回事？」傑克．高芬邊問邊向他們跑來，纏繞式的耳機還吊在領口。「他有槍？」

「那邊那把。」馬汀回答。

高芬撿起史納屈的霰彈槍，退出子彈。「他還好嗎？」

「誰知道。鐵定腦震盪了，可能還有後遺症，不過現在看起來沒事，呼吸和脈搏都正常。」此時史納屈彷彿是想印證這些判斷正確，發出了呻吟。

「我覺得他要醒了。」高芬說。「把這王八蛋綁起來。」

他們把史納屈拖至工作檯邊，讓他變成坐姿，然後馬汀將他雙手拉至身後，跟工作檯綁在一起。

「我們去看書桌上有什麼。」高芬說，留下怪老盯著史納屈。

那其實不是書桌，而是一塊乾淨的層板，用埋頭螺釘固定在工作檯上，讓史納屈有一塊寬敞的乾淨平臺，可以在折疊燈的光下做事。馬汀和高芬不必花力氣翻找，證據就躺在他們面前。桌上有張信，由一間叫精誠基因科技的公司發出，確認能夠進行ＤＮＡ測試。信上表示他們擁有親子鑑定技術，並附上兩組測試套件和寄回地址。信紙上印有公司信頭，代表家族樹的綠色標誌內有著赤褐色的商標名稱。

而在桌上，就在這封信的旁邊，躺著第二封信，有著同樣的信頭。

史納屈先生和布朗德女士您好：

感謝您選擇使用精誠基因科技的服務。很高興告訴您，我們的技術專家從兩位提供的樣本中成功提取了完整的DNA片段，並順利完成比對。

我們能夠確定哈利．史納屈先生並「不是」蔓德蕾．布朗德女士的父親（此測驗可信度為九九．八％）。

然而，經過深入調查比對後，我們也發現兩位確實有血緣上的關聯。我們能肯定地說，史納屈先生和布朗德女士在血緣上是同父異母的兄妹（此結果可信度為九八．五％）。

我們確信這項結果能為兩位帶來正面影響。如果您希望詢問詳細資訊或進行進一步測試，歡迎隨時與我們聯絡。

祝您順利

精誠基因科技首席分析師
亞瑟．蒙哥馬利

這封信還沒簽名，一旁桌上放了一枝藍色鋼筆。剛才他們闖進來的時候，史納屈一定正準備替信補上最後一擊。

兩人又把偽造信讀了一次，馬汀試圖想像這會對蔓蒂造成多大影響。先開口的是高芬。「做工挺厲害的，但是，同父異母的兄妹？」

「嗯，很完美的計畫。這不只能讓史納屈擺脫強暴凱瑟琳的罪名，同時還能陷害艾瑞克。蔓蒂和我今天早上才剛知道，史納屈的父親取消了史納屈的繼承權，把泉田的所有權遺贈給蔓蒂。如果讀到這封信，蔓蒂會覺得艾瑞克是個混蛋，而且會認為很可能是他強暴了她母親。這對哈利來說是場甜蜜的復仇，卸責的同時還創造了代罪羊，而且能讓蔓蒂對他心懷歉意，甚至產生一點手足情誼——也許還會分他一點遺產。就像我說的：完美的計畫。」

史納屈發出呻吟。馬汀回頭走向門邊，拆開瓶裝水的包裝膜，拿出一瓶礦泉水，然後走回來，把水全部倒在偽造犯的頭上。這個舉動發揮了應有的效果，史納屈再次發出呻吟，邊咳邊睜開眼睛。

馬汀蹲下，跟史納屈的臉只有幾公分的距離。他等著，等到確定史納屈完全清醒，確定他意識到自己已經被綁起來，下場全憑他們處置，然後才將偽造信高舉在史納屈眼前。「哈利，你的勞作作品我拿走了，我會把這封信拿給蔓蒂。我手上也有你的ＤＮＡ樣本，我們會把它送去做測試。真的進行測試。還要告訴你一件事：你爸的律師團——萊特．道格拉斯．芬寧事務所——已經確定蔓蒂是泉田以及所有附帶財產的唯一繼承者了。」從這名騙子的眼中，馬汀知道他已經懂了，因為裡頭全是惡毒的怨念和逐漸滿溢的憤恨。「我會告訴警察可以在哪裡找到你，他們會要你出庭作證指認死神幫和他們的毒品生意——當然，除非你先被死神幫找到。這聽起來好有趣。給你一個建議吧，趁還有機會的時候夾著尾巴快滾，永遠不要再回到這裡。」

「要幫他鬆綁嗎？」高芬問。

「管他去死，」怪老哈瑞斯說。「把他留給警察吧。」

26・篝火

車上，三個男人沉默著，迷失在各自的思緒裡，他們並未因為終於揭露哈利・史納屈的計畫而興奮，而是開始深思他的下場所帶來的意義。馬汀手握方向盤，思考著為什麼這個敗家子要搶奪家族的財產。他想像史納屈在伯斯忍受著刑期，夢想將來能過上好一點的日子，不料被放出來後，擺脫了假身分，發現父親的死訊，等待著屬於他的遺產——卻一無所獲。萊特・道格拉斯・芬寧事務所的律師團三緘其口且身負義務的限制，只肯告訴他，他被斷絕了父子關係，再沒任何其他資訊。他被放棄了，隨波逐流，再也不是父親的孩子。溫妮佛・巴比肯知道他在伯斯的案子，而遺囑在艾瑞克・史納屈死前不久才重立過。也許，因詐欺案被判刑入獄就是最後一根稻草。

就這樣，哈利・史納屈一無所有地離開監獄。他回到泉田，發現本來屬於他的祖產遭到棄置、破壞，任由風吹雨打，鄰居還來偷接水。於是他蝸居在此，在絕望與自憐中迷失了好一段時間，喝得太多，變得越來越憤世嫉俗。實際上，就是個流浪漢。但即使如此，他心裡一定還殘留著某種希望，某種野心。他關上門、打掃房子，不讓鄰居再從自家抽水。接著那兩人就來敲他的門，牧師和酒吧老闆，想出錢買水。錢總是受歡迎：能夠用來生活，用來修繕房子。而且還有其他原因；內建所有權證明，也就是說，擁有等於所有。他們付他錢，是因為他們認為水是他的，這剛好就是他所需要的認可證明。於是，流浪漢的身分慢慢變成了一種表演，而非事實。

馬汀知道，這些都不過是揣測，他永遠也不會知道史納屈心裡是怎麼想的。但這麼想讓所有的事都變得更加迷人。他想知道當史納屈事隔多年再次看到凱瑟琳時，心裡是什麼感覺？自責？希望？愛？或是某種全然的算計？然後有一天，當哈利．史納屈從葡萄酒館向外窺望，他看到了那個小孩，他的女兒，蔓德蕾．布朗德，已經成年了，回來照顧她將死的母親。他是否已從父親的遺囑中，多少了解到事情的真相呢？或者他就是聰明，聰明到自己就能推得其中的關聯？大麻賺來的錢是有用，但無法與史納屈王朝連世積累的財富相比。

於是當凱瑟琳．布朗德死後，他的計畫也隨之展開。所有知道事實真相的人，所有在三十年前經歷過那些事件的人，都已經死了：艾瑞克．史納屈、凱瑟琳．布朗德、賀伯．沃克的前任者。他活得比他們都長，只剩下他知道真相。他那膽大妄為的計畫就根基於這一點上。他把大麻的錢花在整修泉田的房子，那是他給蔓蒂的禮物、是他忠誠的象徵，即使他正暗自籌畫著要把它贏回來。但她拒絕了，斥退他，堅定地站在母親身邊。更糟的事情還在後面：牧師帶著良好的外貌和冷酷魅力，對她展開追求。史納屈眼睜睜看著事情發展：蔓蒂迷上了拜倫．史衛福特，她不只信任他，還提醒他要留意。史納屈需要史衛福特消失，所以他暗自跟監、探得祕密、蒐羅籌碼、尋找弱點——而且找到了。

馬汀想著，為什麼他不直接告發那個組織就好了，也能除掉史衛福特。但不行，那樣會摧毀他唯一的收入來源，而且必須冒著以共犯身分受到逮捕的風險，同時，那麼做等於邀請死神幫對他展開報復。所以他改用別的方式，他推敲出史衛福特假冒了別人的身分，是披著羊皮的狼。於是有了那趟坎培拉之旅，好把消息告訴警方。軍人假扮成牧師，要帶著這麼牽強的故事走進ＡＳＩＯ，馬汀不得不承認，這實在太大膽。當情報組織相信他時，史納屈自己是否也對這個計畫的成功感到驚訝？也許會，也許不會。如果他真的是個騙徒、以騙取信任為手段的欺騙者，慣於演戲、慣於以人生為舞臺搬演虛假的故事，那這幕劇就絕對在他的掌控之內。的確厚顏無恥，但他會失去的那麼少，能得到的那麼多。他們最糟的反應，也只是聽都不聽就把他踢出去而已，遭逮捕或受暴力式的報復並不在風險之內。的確膽大妄為，但這不就是所有偉大騙徒共有的特徵嗎？販賣港灣大橋、冒充皇族、金礦騙局？而且他的計畫成功了；ＡＳＩＯ派了人，而牧師的身分曝光。ＤＮＡ檢測的計畫也是同樣道理：只要某個元素再稍微偏離一點點，那他就成功了。

馬汀的思緒又回到了現實。他們正開進怪老家，穿過防止牛隻越過的隔柵、經過柱子上僅剩的那只牛頭頭骨，死去牛隻的臭味在死寂的空氣裡變得十分可怕，一路傳進房子裡。怪老在爬出車外之前，拍了馬汀的肩膀一下。「幹得好啊，年輕人，你把他澈底解決掉了。」馬汀微微笑，祝他一切順利。

高芬也下了車，和怪老簡單說了點話，毫無疑問向他強調務必謹慎，至少這一兩天必須如此。馬汀看到高芬給了他某個東西。很有可能是錢。高芬和怪老握手，隨後這個ＡＳＩＯ探員便又爬回了前座。馬汀打檔前進，將車調轉方向，他現在對該怎樣回到主要幹道，已經很熟悉了。他繼續邊開邊思考。

蓄水池裡的屍體對史納屈來說一定非常震驚，畢竟可能威脅到他的計畫就此翻車。不知道他是不是也曾想過乾脆先放著不管，專心對付蔓蒂？他的機會就要來了，窗口正緩緩打開。祖宅遭到破壞一定令他灰心喪志，但這件事卻產生預期外的結果：大火過後，蔓蒂內心有某部分軟化了；也許那時話也會傳到史納屈耳裡，告訴他，蔓蒂在得知他平安歸來時鬆了一口氣，那是為和解提供可能性的第一個跡象。於是他建立了一個新的形象：關心社會的公民。他打給高芬和警方，通報屍體，或許希望從政府機關贏得一些信任——同時贏得蔓蒂的信任。她當然會對他感到更加同情：先是他家被燒成廢墟，現在又發現了屍體，簡直可怕至極。

馬汀對此露出微笑。這情節很好，偏偏馬汀沒照劇本來。他在費爾法克斯集團媒體上發表的報導極為不準確，那時的史納屈期望獲得讚美，馬汀卻把謀殺的指控掛到他身上。蔓蒂對他的印象越來越差，而沒有變好，對此史納屈一定火大到不行：遭到拘留、被警方問話，而道格．桑寇頓和他的同事們還高興地複誦著馬汀對他的誣衊。史納屈確實可以對費爾法克斯提告誹謗，而且會贏。但那過程會很緩慢，非常緩慢。他一定知道，遺產權的事會在告訴解決之前就結束，蔓蒂會把房子賣了，搬到別的地方去，而他的案子可能才剛開庭。何況費爾法克斯有很優秀的律師團──他們會把他吃乾抹盡，重提強暴指控、掀出他曾為特倫斯．邁吉爾的過去、宣稱他根本不剩多少名聲能被誹謗。這樣的他要贏過蔓德蕾．布朗德簡直難上加難。因此，與其向馬汀提告，他改為強迫他幫自己做事。他應該看得出來馬汀和蔓蒂走得越來越近，甚至可能知道他們兩個曾上過床。馬汀邊開車，邊對自己的推論點頭：史納屈判斷馬汀是他贏得蔓蒂的最佳機會。

所以史納屈演了一齣戲，動作迅速且大膽，操控馬汀，賭上一把。騙徒再次踏上舞臺，觀眾看得如痴如醉。ＤＮＡ測試是個非常高明的點子，是能重新改寫整個故事情節的機制。實驗室的設定則無疑是神來之筆，測試是真的，但結果會寄給他，他再銷毀正文，把贗品拿給蔓蒂，同時完成對他父親的復仇。這麼做不會帶來任何法律上的影響，也無法用在法庭上，沒辦法改變艾瑞克．史納屈的遺囑，但他也不需要。馬汀仔細想過蔓蒂可能的反應，最後覺得這步棋真的有可能奏效：她在精神上太慷慨了，太願意相信人性最好的一面，太渴望發現這個世界正直的部分。太急於看到她童年時的和解幻想成真。馬汀搖了搖頭；這場鬧劇本來應該會走至終點，大幕落下，觀眾歡呼著喊安可。

「馬汀？」高芬的聲音拉回他的注意力。「謝謝。」

「謝什麼？」

「史納屈。」

「什麼意思？」

「你知道我是什麼意思。」

馬汀的確知道。他們本來應該把史納屈帶回來交給警方。他們抓到他詐欺，除此之外，他還是大麻販賣組織的受益者，可能還是克勞斯・范登布克和警方起訴死神幫時的重要證人。但相反地，馬汀卻對他發出警告，要他離開，要開逃。儘管史納屈已無法威脅他了，但還是能夠毀掉高芬的工作。

「別客氣。」馬汀說。

「我欠你一次。」高芬說。「結是你打的，他解開要花多久時間？」

「可能已經解開了。」

當他們離開灌叢荒原歪七扭八的泥土路時，太陽正要落下。他們進入空地、經過那些信箱，開上公路的瀝青路面。這是一條從海伊鎮通往旱溪鎮的筆直黑線。車子的大燈亮起，在漸趨消逝的日光中開始發揮作用。靠近鎮上這一邊的灌木叢未受火襲，紛紛隨著馬汀拉高車速朝後飛逝而去。經過灌叢這一段緩慢的路程，馬汀很高興終於能有點速度感。他們搖下車窗，車子奔馳的速度為溫暖的空氣帶來些許涼意。林地範圍終於到了盡頭，他們漸趨下行，落至氾濫平原的高度，天色朗闊，第一批星星的光芒明顯。然後馬汀便看到了：一片明亮的光輪，彷彿第二次夕陽。

「那是什麼？」他問道，把沉浸在思緒中的高芬拉了出來。

「火。」高芬說。

＊＊＊

他們抵達鎮上時，商務飯店已經整個著火了。頂層泰半陷入火勢，窗戶噴吐火舌，橘色火焰在門廊上旋轉，煙霧和未盡的餘火朝天空盤旋上升；一團出了差錯的篝火。馬汀扭轉車頭，甩向馬路另一邊的人行道緣，倒車斜停的細緻技巧已被完全忽略。酒吧大喊著自己受到的痛苦：金屬尖叫、玻璃爆裂、火焰怒吼。連煙都被汙染了：不是叢林大火破壞下純粹的尤加利樹香氣，而是焚化爐排放的工業廢氣，令他眼睛刺痛，視線模糊。

艾羅．萊丁和消防隊的志工都在場，水車在火光下閃閃發亮，兩條水帶朝建築物噴灑水柱。鎮民在一段安全距離外看得目瞪口呆，指點、私語；媒體正在聚集，攝影團隊和平面攝影師眾皆拍得出神，迷失在火焰和影像之中，無顧自身的安危。

馬汀跑向艾羅，對方正表情泰然地站在Anzac銅像底下。雕像對發生的事毫不關心，它背對著火場，任火焰在背上反射蕩漾如漣漪，彷彿它正展示自己的肌肉。「艾羅，發生了什麼事？」

「誰知道？就這樣燒起來了。」

「你們救得了嗎？」

他搖著頭。「很難。趁現在沒風，我們也許還能搶救一點東西出來，但主要任務是不讓火勢散開。你可以去幫路易吉嗎？就像那天一樣。」

馬汀點頭，隨後走向那個年輕人，後者正努力控制水帶對準火勢。馬汀拍了他肩膀，讓他知道自己來了；路易吉轉頭看過。馬汀在年輕的消防隊員身後幾公尺處拿起水帶，幫忙他控制噴灑方向，以便移動。馬汀在路易吉帶領下，兩人緩慢地向右移動。這個年輕的鎮民將水注入其中一扇窗，再移向下一扇。水車停在十字路口，路易吉帶著馬汀朝轉到另一側移動，兩人移至貞寧斯布行對面。火勢在二樓，主要集中在桑莫瑟街那側的角落和房間，但由於門廊也著火，整個頂層都岌岌可危。

在他們身後，有個男人開著農用水車停下：這種車對撲滅野火有用，但這種等級的火勢就無效了。

他看著酒吧，對馬汀豎起大拇指，便將注意力轉向貞寧斯，將水帶朝尚未受災的店面灑水，再來是屋頂，以防餘燼蔓延開來。

金屬緩慢地發出陣陣尖叫；馬汀回到酒吧前方，看到正面的陽臺門廊開始從建築物上剝落，而艾羅大步走在前方，示意群眾退後，為攝影師們騰出安全空間，以防門廊真的掉下來時不被砸傷。羅比人在哪裡？為什麼不是他在控制人群？馬汀感覺有些暈眩。氣溫酷熱，白天時就已經熱到不行，新生的夜晚又還不及帶來舒緩的力道，此時大火再度拉高溫度，讓他整個人力氣放盡。

芙蘭．蘭德斯在喧鬧中現身；她穿過人群，因為濃煙眨著眼睛，發放瓶裝水給消防員和媒體。他們兩人的視線在一瞬間交集。她扭開一瓶水的蓋子，把水給他，將另一瓶留在他腳邊。她繼續前進。他將一些水灌進口中，一些當頭淋下。舒暢。接著，透過纏在帆布製水帶的另一隻手臂，感覺到水壓正在下降。水用完了。他看向水車，有群人正將接頭接上消防栓，其中一個是艾羅。

「兩分鐘，然後我們繼續。先休息——這些人會接手。」

馬汀和路易吉交出水帶。路易吉走向馬路另一端，跌坐在水溝上。芙蘭為他送上飲水。馬汀看著大火，火勢正在侵門掠地。消防維持著海伊路的防線，但酒吧的後半部已超過救援範圍。那裡一定是起火點，靠近建築物的後側，靠近艾弗立．佛斯特的公寓。

消防車再次運作時，馬汀剛好走過，兩條水帶同時將水柱噴入飯店，現在的目標是要防止門廊掉到街上。他看著通往樓梯的門，腦海中浮現那些畫面：獵狐畫、水晶吊燈、那幅夏日風暴繪作。他看著看著，突然間，那扇門被撞開。克勞斯．范登布克撥散濃煙穿出，替另外兩個年輕力壯的部下開路。那兩人分別撐在羅比．豪斯瓊斯兩側，脖子抵在他脖子下面。年輕的警察無法抑制地咳著，全身癱軟，臉被濃煙沾黑，身上的衣物已經燒焦，兩手爛成一團，腫而醜陋。他們把他帶到街上，找了一塊安全的地方，讓他坐下。

馬汀呆愣在原地，只能看著。道格．桑寇頓的攝影團隊——所有媒體的攝影團隊——蜂擁而上，平面攝影師嘉莉把鏡頭擠到年輕警察臉前幾公分的位置，機槍掃射式地扣下板機快門，而幾位拯救者則站在一旁，大口呼吸，以不敢置信的表情看著彼此。馬汀看到了達西．德佛，成了大火背景前一只瘦長的剪影，站在離群眾稍遠的地方，寫著筆記，綜觀這一切，冷靜、疏離、專業，彷佛一道影子，彷彿馬汀．史卡斯頓的回音。在那姿勢裡，或許是專注和集中之中有某種東西，讓他想起過去，想起在戰場上、在難民營裡、在戰地醫院中的馬汀：在場卻又不在場，以記者的眼光視物，目睹痛苦，但並不感受。眼前的身影是達西．德佛，他看到的卻是自己。

飯店深處好像有某種東西爆炸了，作為回應，門廊的前半段完全脫離建築，開始掉落：起先還很緩慢，接著速度加快，像下沉的船，裂成數段砸在街上，餘燼四處飛散，人群後退。這時他才看到，在馬路對面，銀行的前方——是抱著連恩的蔓蒂。他朝她走去，然而看到他走來的她卻搖了搖頭。她的臉被淚沾溼，在火焰反射下閃著橘紅色的光芒。

27・橋

他被電話鈴聲吵醒，刺耳的金屬噪音，這座黑狗汽車旅館的復古科技。他睡得很沉，但不夠長，此時電話卻不肯讓他繼續安眠，不肯放手，極為堅持。他告訴自己，再等下去不接，也就是晚一點又要再被吵一次而已。他拿起聽筒，彷彿只是為了讓電話鈴聲停止。「馬汀・史卡斯頓。」

「馬汀，我是威靈頓・史密斯。你好嗎？我應該沒吵醒你吧。」

「沒有，當然沒有。」他瞥了一眼手錶。六點四十五？這威靈頓・史密斯是跑哪條線的，這麼早起。

「馬汀，我一直在想你那個故事，這故事真的太大了。天大！我要雜誌專訪，而且要搶第一個，然後你還要給我一本書。這會讓你衝上職業生涯的巔峰啊，兄弟，你就要變成傳奇人物了。」

「噢。」馬汀不太曉得該說什麼。不過他倒也不需要說話，史密斯自己便話不停蹄地講了整整十分鐘，不斷向馬汀承諾會付他高額費用和一大堆有的沒的附加品：認可、救贖、獎項、地位、名聲、電視放映權和狂熱的追星迷妹，應有盡有。史密斯講話速度之快，之有效率，彷彿都沒在呼吸，像一段不斷重播的迪吉里杜管吹奏影片。最後，史密斯終於停頓下來，時間足夠馬汀表達謝意然後掛上電話。他應該要表現出熱情才對，他知道自己應該要這麼做；他應該要懂得感激，只是他真的沒有那種感覺。

他試圖繼續睡覺，但可能性已經極低。現在，當他清醒、有能力意識到，就聞到身上的氣味；他渾身濃煙與汗的臭味。他不情願地放棄床鋪，投入淋浴間。水壓感覺起來比平時更低，彷彿所有供水都已在救火時耗盡。誰知道呢？也許就是這樣。

離開汽車旅館，他進入一座傷痕累累的小鎮。海伊路亂成一團。水車停在商務飯店對街，守著這座燒剩的空殼，斷落門廊的碎片四散在街道上。幾個穿著破舊亮色連身工作服的當地人站在水車旁，在馬汀查看損害程度時對他咕噥著道「早安」。艾羅和消防隊的人控制得當，火災的破壞範圍僅限飯店。建築物的下半部還在，大部分都算完好，雖然濃煙及水之後還是會毀了它。但二樓就是另一個狀態了。在俯瞰十字路口的那個轉角，屋頂整個坍塌，門廊也已經脫落，外牆有一部分朝內倒了進去。所有的窗都成了焦黑的窟窿。艾弗立・佛斯特的公寓幾乎所剩無幾；窗戶被掀掉了，陽臺只剩殘跡，只有一小塊屋頂還掛在端牆上。濃煙仍不停竄出、升空，彷彿千百塊煤炭伸出的灰色觸手，但即使如此也無法為繼續滅火帶來任何正當性。這座飯店已經沒救了，非拆不可。

雜貨店沒開門。當然沒開。在杰米・蘭德斯受逮捕後，真的會有重新營業的一天嗎？馬汀走回T字路口。綠洲咖啡書店裡沒有任何動靜，葡萄酒館也沒有，其他任何地方都一樣。今天星期四，但對旱溪鎮這些歷劫歸來的店家來說，要開還是太早了。至少公路上的加油站還開著，提供報紙和某種類似咖啡的東西：雀巢的咖啡自助站。馬汀用湯匙將那些粉粒舀進白色的絕緣泡沫塑膠杯，沖入咖啡壺裡的滾水和兩公升瓶裝裡的牛奶，粉粒一陣驚惶翻騰。這杯咖啡的味道就跟他現在的感覺一樣：不怎麼樣。

他在一組白色塑膠椅和塑膠桌旁坐下，這些廉價的戶外傢俱被帶進室內躲避夏日摧殘。旱溪鎮無可避免地再次出現在頭版：嘉莉・歐布萊恩用長鏡頭拍了一張杰米・蘭德斯身處灌叢荒原犯罪現場的照片，文章標題寫著，〈藍色雙眸的喪心病狂〉。馬汀意興闌珊地讀了達西的幾篇文章，新聞快訊給出事情經過，敘述報導連結內在感情。達西兩者都做得很好，但感覺都像非常久以前的事，而不是昨天下午才剛發生。在那之後，旱溪鎮又已經歷了新的劇情，浮現新的疑問。馬汀從報紙中抬起頭，彷彿覺得能在加油站裡看到問題的解答正隨處遊蕩。

沒找到解答，但看到道格・桑寇頓穿門而入。「嗨，馬汀，居然在這裡看到你。還好嗎？」

「噢，你也知道，就只是『把我的職業汙辱一遍』而已。」

「什麼？」

「算了。」

「噢噢，我懂了。那個，馬汀，關於那件事——我要跟你道歉。你知道的，就是在貝林頓那時候的事情。那不是我的意思，我們的副主任硬要推。」

「真的啊。」

「安吉・海斯特。感覺你應該認識她。」

安吉？馬汀腦中浮現一個深色眼睛的女人，來自某次短暫外派的記憶，就只記得這樣而已。

「不知道你以前對她做了什麼，但她就是打定主意要跟你過不去。新聞部總監氣瘋了，覺得我們的聲譽被這一搞大概永遠也救不回來，後來就炒了她。」

馬汀感到一陣刺痛的內疚：對於他之前可能對那個女人做過的任何事，也對自己居然完全不記得任何細節。「那你呢？」他問桑寇頓。

「當初我同意那麼做，所以多少也得負點責任，但我會沒事的，就只是想跟你道歉。」

桑寇頓的態度裡確實帶著懊悔，馬汀發現自己願意給出某種程度的同業團結心。「我看到那篇金髮自殺女的報導了，你沒被編輯室開除嗎？」

「就憑他們？那些躲在辦公室裡的傢伙。但說真的，這次是我自找的，至少一部分是，所以今年應該是沒辦法加薪了。」

兩個男人沉默坐著，馬汀覺得桑寇頓少有遇到這種狀況的經驗。他是對的；電視臺記者站起身，再次點頭表示歉意，隨即離開。

過一會後，桑寇頓又走了回來。「這是最新版，我覺得你應該會想看。」他給了馬汀幾份墨爾本來的最新報紙，《世紀報》和《先驅太陽報》。《世紀報》的頭版完全給了嘉莉．歐布萊恩拍的另一張照片，是在范登布克的部下把羅比．豪斯瓊斯救出商務飯店地獄時拍的。照片中的男人們都是剪影，周身圍繞著火光，火焰在鏡頭作用下被拉得更近。羅比的姿勢有點像耶穌受難，雙臂垂掛在拯救者的肩上，雙腿在身下彎曲。標題直接押在了照片上：〈死亡小鎮英雄獲救〉，剩下的空間只夠放入達西文章的前幾段。

旱溪鎮的英雄警員羅伯特．豪斯瓊斯自烈火中獲救，這座災難頻傳的里弗來納小鎮再次迎來眾多異事的一天。

這名年輕警察在將近一年前擊斃了殺人牧師拜倫．史衛福特，拯救了無數人的性命，現在又再次置自己的生死於度外，衝進發生火災的鎮上旅館，確定沒有人受困火場。

大火燒燬了這座百年地標旅館，豪斯瓊斯在其中因為濃煙而失去方向、嗆傷，隨後受同僚所救。在這場戲劇化救援行動的二十四小時前，羅伯特．豪斯瓊斯才剛拯救了一名年幼孩童的性命。據傳，背包客謀殺案的疑犯杰姆思．阿諾．蘭德斯當時正打算將小男孩開膛破肚。

這場大火的起火原因據信可能為電線故障，抑或破壞分子在刻意縱火後，以驚人速度逃離現場，將豪斯瓊斯困在其中。

報導轉至內頁版面繼續，但馬汀已經懶得翻了。達西當時一定是搶分搶秒要讓文章送印，新的版本可能才剛出爐就發出去了。但即使這樣，也無法免去文章犯下的錯誤：當時商務飯店裡並沒有人，沒有人受困其中。就只是二樓起火，吞噬了艾弗立・佛斯特的公寓，就只是這樣而已。起火原因不是電線故障，電力早在幾個月前就被切斷了；也不是什麼破壞分子所為，艾稜・紐克已死，杰米・蘭德斯受到拘留，整座飯店都被警方擋在犯罪現場封條之後。

馬汀還記得羅比的臉，記得他的手，也記得他曾告訴年輕的警察關於那間還保持原樣的公寓。在那之前，羅比都是怎麼想的呢？他覺得佛斯特的前妻已經把所有紀錄都清走了嗎？如果她知道自己的前夫在做什麼的話，那這個推論也沒那麼不合理。而要是羅比・豪斯瓊斯知道她的前夫在做什麼的話，這也的確沒那麼不合理。如果他知道的話……

媽的。羅比。這個笨蛋。

＊　＊　＊

回到黑狗，傑克・高芬正坐在他房間外面抽菸。兩人對彼此點了頭，但沒說話。馬汀把報紙遞給高芬，引起一陣苦笑。

「所以他變成英雄了，是嗎？」

「顯然是。」

「你告訴他我們發現的事情了？」

「說得夠多了。昨天我和杰米・蘭德斯談過之後講的。」

「你會把真相寫出來嗎？」

「你覺得我要寫嗎？有個傢伙想要我寫成書，說會端著大把鈔票奉上，輕輕鬆鬆扳回一城。」

「聽起來挺不錯的。」

「對，我簡直充滿熱情。」

高芬為那話裡的諷刺露出笑容。馬汀回到房間裡泡了兩杯茶，端出來，一杯給了高芬。

「所以他在哪裡？」馬汀問。「我說羅比？」

「在墨爾本。燒成那樣需要特別照護。」

「他們會起訴他嗎？」

高芬聳肩。「蒙特斐爾走了，帶著蘭德斯回雪梨。凶案組已經抓到他們要的人，不會去鳥羅比怎樣，而且警察喜歡局裡出了英雄的感覺，畢竟少見。」

「范登布克呢？」

「那就是另一回事了。他八成還沒搞清楚發生了什麼事，但他會的。要是羅比知道毒品的事，要是他收賄，又沒把知道的事告訴赫伯．沃克，范登布克肯定會把他釘死在十字架上。你可以自己問范登布克。他去警察局了，等一下就回來。他要把你拉進團隊裡。」

「我？為什麼？」

「他們要突襲死神幫，天亮前就出動了。不只是一兩個地方，而是全部，阿得雷德、墨爾本、坎培拉，還有一大堆夾在中間的小鎮。他們在收網，要把大魚全都拉上來。羅比那些英雄事蹟，等今天午間新聞就會被擠得一乾二淨。媒體已經收到線報，全部都在忙這件事。」

「那他為什麼還要找我們兩個？」

「不知道。這畢竟不是他的場子。他很資深沒錯，但掌權的人不是他。我覺得他想知道沃克為什麼會死。」

「他在怪自己嗎？」

「如果我是他的話，我也會怪自己。」

馬汀坐在高芬旁邊，小口喝著茶，抬頭看著天空。他知道，此時在世界某處一定烏雲密布，必須這樣。某個地方一定正在下雨，傾盆潑灑，還有洪水、土石流、颶風和季風暴雨等待著，在世界某處。那種水量，會多到你無法想像、多到你永遠也不想遇上。這世界上一定有這樣的地方，只是不是這裡。這裡是無雲無雨之地。乾旱不會永遠持續下去，他知道這一點，每個人都知道，只是越來越難相信。

克勞斯・范登布克一抵達，便把他們帶進高芬房間，拿出他那脾氣暴躁的態度，連房門一起將他們關在裡面。馬汀很難想像范登布克和沃克曾經是最好的朋友：沃克總是笑，心滿意足地拍著自己的肚皮，而這個ＡＣＩＣ調查員則是沒有絲毫笑臉的男人，頂著一頭衝冠怒髮。

「好，突襲行動進展順利，我們想要的人差不多都抓到了，證據看起來也很有說服力，不過我還需要在這裡把幾件事做個了結。所以，馬汀，我需要知道你知道的所有資訊。要是唬弄我，你絕對不敢相信自己會陷入多糟糕的處境，但如果你幫我，我也會幫你。」

「你可以幫我什麼？」馬汀試著讓這個問題聽起來沒那麼有威脅性。

「我有教堂的通話攔截紀錄——槍擊案當天的。」

「你有錄音檔？」馬汀毫不猶豫。「想知道什麼事？」

「大麻組織、林地裡那間棚子，把你知道的所有事都告訴我。」

「傑森・摩爾不是已經回答你們的問題了嗎？」

范登布克停頓；他似乎正在心裡從一默數到十，努力壓著脾氣。「對。你仔細聽著，傑森・摩爾是受到保護的證人，他之後會把一大堆骯髒下流的傢伙關到鐵籠裡。所以，你絕對不能提到他的名字。永遠不行。這輩子不行，下輩子也不行。永，遠。不能告訴任何人，不能發表、不能在喝酒的時候提到，就算是對一輩子真愛、靈魂伴侶也不能說。不管怎樣都別去碰，懂嗎？」他戲劇化的停頓，讓氣氛堆疊，然後才繼續。「但是我還是需要有人能證實他告訴我們的那些事，所以，快講。」

「好，我看到的情況是這樣。」馬汀說。「傑森本來就在種大麻，大部分住在荒原的人都會這樣。後來乾旱來了，水變少，錢也變少，所以他開始偷水。那邊有塊私家地叫泉田，有私人住宅——至少在上星期大火燒掉以前還在。那塊地算是個小水庫，有湧泉水源，即使在這麼嚴重的旱季也沒乾過。傑森灌溉的水就是從那邊偷接的，跟發現背包客屍體的蓄水池是同一個地方，不過這兩者只是巧合。目前還跟得上嗎？」

范登布克點頭。

「好，回到傑森。泉田的主人幾年前過世，那個地方變得沒人管。死掉的主人叫艾瑞克．史納屈，他兒子哈利當時在西澳坐牢，用的是假名，特倫斯．麥可．邁吉爾，所以房子便空了下來，出現一個空檔讓其他人偷水偷得更凶。有罪不罰原則，隨便你揮霍。」

范登布克抬起頭，示意馬汀停下。「這件事是真的嗎？」他問高芬。「用假名服刑？」

高芬點頭。「對。」

「這群警察真他媽好樣的。」范登布克搖著頭說。「好吧，繼續。」

「在我看來，當初的大麻生意應該還是小場面。後來拜倫．史衛福特出現，他和酒吧的老闆，一個叫艾弗立．佛斯特的男人，兩個人出錢蓋了一間有水耕設備的大棚子，供貨給死神幫。傑森開始賺到一些錢，但同時哈利．史納屈也出現了，聲稱他是泉田的所有人。話說回來，這筆生意賺到的利潤，大部分都匯出國，給了阿富汗的一間孤兒院。」

范登布克邊聽邊點頭，彷彿心裡有張清單，而他正一一將上面的項目勾除。他再次看向高芬。「傑克，是這樣嗎？」

「對。我們從貝林頓開車過來的路上我跟你提過，還記得嗎？史衛福特是個化名，他的本名是朱立恩・弗林，是戰爭罪通緝犯。根據馬汀和我的發現，弗林在阿富汗認識佛斯特，給那間孤兒院的錢是兩個人一起捐的。」

「你們怎麼查到的？」

「我們在佛斯特的公寓裡發現證據，就在酒吧樓上。」

「樓上？你說那個起火的地方嗎？」

「對。我們去的時候是前天晚上。」

「媽的，認真的嗎？」范登布克花了一點時間思考背後沒提到的事情是什麼，他花了一陣子，最後還是終於想通。「你們兩個把公寓的事告訴豪斯瓊斯了？」

馬汀猶豫了一下，不過高芬毫無顧慮。「對，他知道。」

對馬汀來說，接下來的場面就好像在看保險絲燒斷一樣。他看著范登布克努力控制自己的情緒，整張臉因為怒氣而脹紅，接著他突然站起、踱步，緊鄰炸裂邊緣，情緒開始化為聲音，將空中塞滿語助詞。接著他突然發作：爆炸的情緒化為一記直擊，帶著他的拳頭撞進黑狗汽車旅館淺薄的石膏板牆裡，沒入到手肘深度。「幹。」他最後說了一次，將所有受到壓抑的惡意和憤怒都投注在那個字裡。馬汀和傑克瞥了彼此一眼。范登布克收回手臂，撥掉手上白色的石膏碎片，然後轉向他們，將脾氣重新拉回控制之中。「你們在那間公寓裡，有沒有找到任何證據能證明豪斯瓊斯跟毒品交易有關？」

「沒有。」高芬說。「完全沒有。」

范登布克抱著拳頭，深呼吸了一口氣。「我的人還冒著生命危險救他出來。」他對此深思許久，憤怒的情緒逐漸消退，最終又再度冷靜到可以好好坐下的程度。他重新坐下，搖了搖頭，裡頭的感傷大過憤怒。「你們覺得他是想自殺嗎？連同證據一起消滅？」

馬汀從來沒想過這個可能性。他和高芬再次交換眼神。「抱歉，不曉得。」

「好吧。馬汀，繼續說，你剛才提到那個大麻組織。」

「對。他們的生意還算順利，直到去年差不多這個時候，史衛福特殺了五個人，然後被羅比・豪斯瓊斯殺死。史衛福特，或者應該說弗林，他是前特種部隊士兵，沒那麼容易受威脅壓迫，所以當他一死，死神幫就抓住這個機會接手運作，把艾弗立・佛斯特給擠出去。他還是會拿到一些錢，只是應該沒之前那麼多，大部分利潤都被死神幫吞了。」

「好。你們兩個看過佛斯特的公寓，傑克，那裡有證據顯示他打算自殺嗎？」

「就我們所見沒有。可以說剛好相反：整個地方看起來就像他只是要出去幾分鐘而已，也沒有遺書，或之類的東西，他的晚餐還放在桌上。」

「所以你覺得是死神幫殺了他？」馬汀問。

「不知道。」范登布克說。「不過我們肯定要把這個可能性考慮進去。判斷死亡原因是自殺的人是誰？豪斯瓊斯？」

高芬看著馬汀。「我想是。」

「好，關於那個大麻組織，你還知道什麼？」

「其實沒多少，剛才應該都說完了。」馬汀說。

「很好。」范登布克說著，身體後傾，這似乎是馬汀第一次看到他情緒不那麼激動的樣子。「有幾件事情你應該要知道。首先，就像我之前跟你說的，赫伯．沃克不是自殺，是死神幫在傑森家發現他之後下的手。等時候到了，你要負責更正這一點。第二件事，你在《雪梨晨鋒報》寫的那篇報導，說他漠視蓄水池屍體線報那篇，讓他氣瘋了。真的氣瘋了。你知道為什麼嗎？」

馬汀一臉後悔地點頭。「杰米．蘭德斯昨天告訴我了，打電話到犯罪防治熱線的人是他和艾稜．紐克，但他說他們沒提到蓄水池，只說那兩個女孩已經死了，屍體被丟在灌叢荒原，而那地方面積有幾百平方公里。」

「沒錯。而且即使是這樣，赫伯也沒有忽略那封線報。那不是他的轄區，灌叢荒原在旱溪鎮西北邊，而貝林頓距離旱溪鎮南邊四十分鐘車程。他要豪斯瓊斯去查這件事。」

「他告訴你的？」

「對，在他死前一天，就是我把史衛福特在教堂打的電話號碼給他的同一天。」

「號碼是艾弗立．佛斯特的嗎？」

「沒錯。所以，馬汀，等你重新回頭去看這件事的時候，我要你把真相說清楚，赫伯．沃克沒有自殺，也沒有怠忽自己的職責。」

馬汀順從地同意了。「當然，這至少是我必須做的。不過，有件事也應該讓你知道，我的同事貝瑟妮．葛萊斯，她收到的消息是，犯罪防治熱線那通報案電話裡明確指出遺體在蓄水池裡。想拉沃克頂罪的人不是我們。」

范登布克的臉上沒有明顯的情緒，只有鐵一般的注視。「她的情報來源是誰？」

「她不知道，消息是警方的公關給的，說來自高層。」

「這種事情，耶穌聽到都要哭出來。」范登布克搖著頭，臉上的表情混雜著不可置信和厭惡。「他們對他做這種事、這樣騙他，然後等他死了一天兩天又把他抓來歌功頌德，捧成英雄。」保險絲重置，他的脾氣回來了。「媽的，不管了。馬汀，你最好確定到時把這件事也寫進去。」

「我可以保證。」

「很好。」范登布克說。「現在我們來談條件。我會把傑克出的那點小錯排除在調查之外——就是他在坎培拉被史納屈要了那件事，這實在不需要再讓其他人知道。」

馬汀看了高芬一眼，ＡＳＩＯ探員直瞪著范登布克，臉色慘白。

「你知道？」高芬問。

「我自己想到的。我聽到攔截的錄音檔之後，就去查了艾弗立．佛斯特電話的中繼資料，就跟你當初的反應一樣。從羅素丘打電話給佛斯特的人是史納屈。」

「還有人也跟你一樣自己想到嗎？」

「沒有，目前只有我發現。但怎麼可能發現？只有幾個人知道是史納屈告發了史衛福特的身分，並揪出他其實是朱立恩．弗林，而這幾個人都覺得史納屈是為了別人才這麼做。除非聽到聖雅各的攔截電話紀錄，否則他們沒有理由認為史納屈是想趕走史衛福特，只為了從毒品交易裡多分到一些利潤。」

「那也不是他的動機。」馬汀插話，然後慢一拍意識到，自己這麼說等於間接站到了ＡＣＩＣ調查員那邊，他基本上證實了史納屈的確把高芬騙得團團轉。傑克狠狠瞪了他一眼。

范登布克轉向馬汀，臉上的笑容沒有任何溫度。「我等一下就會讓你聽教堂的錄音檔，如果你需要的話，可能還會告訴你幾件死神幫的資訊。不過作為回報，我需要你幫我做幾件事，給我幾項保證。我不想要我的名字出現在任何文章裡。我不想讓任何人知道給赫伯電話號碼的人是我，也不想讓大家知道ＡＣＩＣ竄改了澳洲電信的資料庫，這樣懂嗎？」

馬汀沒說話，高芬也沒說話，不過馬汀可以從ASIO探員臉上的表情得知，他們都在想同一件事。**這人在掩蓋責任**。

馬汀問道：「ACIC為什麼要竄改他們的資料庫？」

又是一陣火爆脾氣瞬間閃過，又是一陣停頓，好重新獲得控制。保險絲的火花四濺。「因為我們正在進行一項非常重要的情報蒐集行動，投入數百名調查員和好幾年的心血，我們不想要因為某個神經錯亂而到處掃射的牧師讓整個計畫翻車。如果凶案組聽到風聲，等於整個警方都會知道這件事，如果所有警察都知道，全世界都會知道，整個計畫就報銷了。」

馬汀抓住機會繼續往下刺探。「保護你們的行動肯定非常重要。你的老朋友赫伯．沃克……他聽到有人指控拜倫．史衛福特性侵兒童之後，曾經把他關起來，但是雪梨卻有人下令放他走。這是你做的嗎？」

范登布克再度站了起來，保險絲發出火花，再次威脅著要爆炸。他努力控制自己，以至於回話的聲音變得一陣嘶啞。「不是，他媽的當然不是。那是任務組裡的某個人做的，我現在也只知道這麼多。如果哪天讓我找出是誰幹的，我肯定直接扭斷他們的脖子。好了，你到底還要不要聽錄音？」

「當然要。」馬汀回答，再次被范登布克那隨時會因小事而爆炸的脾氣嚇了一跳。

「所以你同意我們的條件嗎？」

馬汀看向高芬，ASIO探員只是看著地板。范登布克把他們兩個緊緊抓在掌心裡。「同意，我同意。」馬汀說。

「很好。」

范登布克掏出手機。「我不能給你副本，所以你得聽仔細一點。」

電話的撥號聲，接通時出現細微音爆。

「艾弗立，是我，拜倫，事情變得亂七八糟的，我得帶蔓蒂一起走。」

「拜倫，慢一點，慢一點。」

「我沒辦法慢。她要跟我走，知道嗎？」

「聽著，我們已經講過這件事了，你也同意了，為什麼現在又變卦？」

「奎格．蘭德斯。是他幹的。」

「雜貨店那個蘭德斯？『他幹的』是什麼意思？」

「他和他那群人。荒原那個犯罪現場，我跟你說過的，有血跡和女人內衣那裡，一定是他幹的。是他和他的朋友，不是死神幫。」

「什麼意思？你怎麼知道？」

「他老婆警告我，說他們打算開槍把我幹掉。她緊張兮兮地跑來我這，說那群人都是禽獸，然後他就出現了——那個奎格——根本就跟承認沒兩樣，竟然跑來教堂。他說他知道我要走了，等我一走，他就要對蔓蒂、對他老婆，還有任何他想要的人下手。我不能把她留在這裡。你沒看到我在荒原發現的，他根本就精神錯亂，他們整群人都是禽獸。蔓蒂懷孕了。」

「懷孕？你的嗎？」

「對，我的。不然還有誰？」

「拜託一下，朱立恩，你這牧師是怎麼當的。」

「所以我到底能不能帶她走？」

「可以，你就帶她一起，保護好她。但是不要忘記你到底是誰，還有這麼做的風險。你知道，我為了你連脖子都放在刀口上。」

「我只想把她和小孩帶到安全的地方，之後他們就要靠自己。他們什麼都不必知道。」

「好，那就動作快點。」

「我會。等禮拜結束。」

一聲音爆，錄音結束。

馬汀看著高芬，ASIO探員也回看著他。沒有什麼可說的了。

「好，現在我要播第二通，前一通的幾分鐘之後。但是記得，在這兩通之間，佛斯特接到一通從羅素丘打來的電話。我們有中繼資料，但因為竊聽的是教堂的電話，不是佛斯特的，所以我們沒有那通的錄音。」

高芬點頭，委屈的表情已經少了一點。「是史納屈，他打給佛斯特。」

「沒錯，現在這通是佛斯特打給史衛福特。」

電話撥號聲。

「聖雅各教堂，你好。」

「拜倫，我艾弗立。我們被揭穿了。」

「什麼意思？」

「我剛才接到哈利．史納屈打來的電話，他知道你是誰，還知道你做過的事。」

「史納屈？那個下三濫。他想要什麼？更多錢嗎？」

「他什麼都不要。他把事情告訴了警察，還有ASIO，他們已經開始動了。」

「什麼？他為什麼要這樣做？」

「這都無所謂了，你趕快走，現在就走。不要管那個女的，不要管教堂禮拜，走就對了。把你的槍帶著，現在就離開。」

「辦不到。我不能把她這樣丟著，蘭德斯根本不是人。」

「媽的，朱立恩，你幫不了她，這情況你自身都難保。你現在就給我離開那個地方，現在就走。把蘭德斯留給我應付。」

一陣靜電干擾爆開，通話斷了。

＊　＊　＊

雖然才早上九點半，太陽離天頂還很遠，但氣溫已明顯飆高。今天吹起一陣輕微的南風，帶來些許喘息，但馬汀沒上當，已經快要三十度的氣溫還會爬得更高、更高。他也許是適應了乾熱的氣候，但沒人有辦法適應四十度高溫。

一群當地人站在飯店對街，指點私語，皺著眉頭一臉不敢相信。馬汀看到路克·麥金泰爾和另外兩個差不多年齡的孩子在一起，便伸手跟男孩打招呼。

一輛新款ＳＵＶ從一旁路上滑過，是一輛掛著維多利亞州牌的ＢＭＷ。車子在人行道邊緣停下，車頭朝內，完全無視指標。一對穿著考究的夫妻下了車，男的帶著一臺大砲相機。他開始拍照，而太太則拿出手機自拍。**媽的**，馬汀心想，**觀光客。來見證這座死亡小鎮，拍幾張快快樂樂的照片，好在下次晚餐聚會上當成趣聞軼事**。

當地人都側目以對，散入幾間開門營業的店家中。

綠洲裡，櫃檯前站了更多遊客，點咖啡、詢問走到聖雅各的路。蔓蒂沉默著，在咖啡機前工作，眉頭深鎖，雙唇緊閉。馬汀覺得奇怪，她其實不必，畢竟已經是泉田的女繼承者。她看到他，給了一個謹慎的微笑，但在歡迎的態度後，他看得出她眼中的擔心。她沒問他就泡了咖啡，並端給他。

他找了位子坐，在等待期間自己找事做，並逗連恩玩。他伸手穿過嬰兒圍欄，用彩色積木替小男孩疊出幾座塔，讓小男孩可以揮臂摧毀它們並高興得哈哈大笑。如此簡單的樂趣。最終，所有攪局的人都走了，只剩下他們三個。

「馬汀，怎麼了？發生什麼事了嗎？」

馬汀抬起眉毛，為她的觀察力感到佩服；她對他已經熟識到足以判讀心情。接下來的談話內容沒有更輕鬆的說法，所以他也就不試圖修飾。「蔓蒂，我知道拜倫．史衛福特的身分了——我知道他到底是誰。」

這些話的重量讓她安靜了好一陣子。接著她走向門邊，鎖上，將牌子轉至休息中。她回到咖啡機前，替自己泡咖啡，為自己的手找點事做，直到她最終給出回應：「所以你文章裡寫的是對的？他去過阿富汗？以前是軍人？」

「對，他的本名叫朱立恩．弗林。」

「朱立恩？」她說。「朱立恩，」她複述，試著大聲唸出來。「朱立恩。朱立恩．弗林。」

「蔓蒂，這不算好事。」

「跟我說。」

他說了。先說好的部分：菁英士兵、眾人的領袖；再說壞的部分：塔利班的階下囚、心靈受創的倖存者；最後說醜陋不堪的部分：逃兵、殺人凶手、戰爭罪犯。逃犯。蔓蒂不置一詞地聽著，一動也不動。唯有顫抖的嘴唇透露出她的感覺。

「他是殺人犯？」她問。「他一直都是個殺人犯。」她自問自答。

馬汀想走到她身邊，安慰她。但還不到時候。「蔓蒂，還有其他事。艾弗立．佛斯特，那個酒吧老闆——他和弗林在阿富汗認識。佛斯特是軍隊的隨行牧師，幫助弗林逃出阿富汗並藏在這裡的人可能就是他。」

蔓蒂從咖啡機旁走開，沖泡的流程只進行到一半未完，她找了張椅子坐下，精緻的五官充滿憂慮，像水裡的漣漪。「所以都是演的嗎？牧師的樣子也是演的嗎？我不相信。如果真的是這樣，那他也太……我不知道……太擅長了。」

「他是牧師。他受過按立——用的是假名，但他的確受到按立，我不認為那只是演的。他和佛斯特持續捐錢給一間在阿富汗的孤兒院，我覺得他們在試圖補償，試圖贖罪。」

蔓蒂眨著眼睛，眼淚不斷滲出。「你會把這些事情都寫下來，對不對？」

馬汀點頭。「對，而且就算我不寫，其他人也會寫。警方那邊已經知道了，調查的時候這件事就會曝光，說不定還更早。」

「我相信他，馬汀，我愛他。」她直直看向馬汀，直直看進他眼裡。「這是他殺死那些人的原因嗎？因為他們發現他是誰？他這個人有這麼壞嗎？」

「不是這樣，蔓蒂，我認為那些人根本不曉得他是朱立恩．弗林。」

「那為什麼要那樣做？」

「我就快查到了。我覺得自己查得到，但需要你幫忙。」

「我？怎麼幫？」

「那本日記。」

「噢，馬汀。」她看起來就像整個人崩塌，彷彿有個重量從上而下將她壓得無法動彈。她的眼神不再注視他，而是看著地上，一會之後，轉而看向連恩。連恩仰躺著，在玩某個方塊，自顧自發出聲音。馬汀站起來朝她走去，在她面前蹲下，握住她的手。最後她終於看向他，說：「日記證明了拜倫那時跟我在一起，在這裡，就是那兩個背包客被綁走的那天晚上。警察必須知道這件事，他們覺得是他殺的，但我知道不是，真正的凶手還在外面，可能會再次犯案。我必須讓他們看到日記。」

馬汀握了握她的手。「那樣做是對的，蔓蒂，你沒做錯。錯的是警方，你才是對的。凶手是杰米・蘭德斯。」他稍做停頓，不過還是繼續說下去。「但是你為什麼要撕掉裡面的內頁？有什麼事情讓你想要保護他？」

她看起來有些訝異。「你說拜倫嗎？我不是在保護他。他已經死了，這件事傷害不了他。」

「那是誰？」

「羅比。」

「羅比・豪斯瓊斯？」

「羅比。」

馬汀想起那名年輕警察，雙手通紅、臉色黝黑。「為什麼？蔓蒂，你在日記裡寫了什麼？」

她閉上眼睛，咬著嘴唇，撐住自己。「羅比很崇拜拜倫，某種程度上算是對他著迷，甚至可能喜歡他。拜倫和我以前會拿這件事開玩笑，如果警察讀到這些，他們會不留任何情面地嘲笑他。」

「這是真的。但不只是因為這樣吧？這也許會讓你願意撕掉日記，但還不到願意被逮捕、干冒坐牢風險的程度，甚至可能和連恩分開。日記裡一定還寫了其他事情。」

蔓蒂的眼神定在他臉上。「拜倫把事情告訴我了。不是朱立恩．弗林這件事，這他從來沒跟我說過，也不是他曾經去阿富汗，而是其他事情。他說有人在灌叢荒原裡種大麻，賣給摩托車黨。他在幫他們，當中間人，讓摩托車黨沒辦法對他們下手。我最後一次看到他的時候，是那天他去教堂之前，他說他要走了，但沒辦法帶我一起，他告訴我，如果他離開之後我遇到任何麻煩，就去找羅比。他說羅比知道他在做的事，羅比在幫拜倫掩護。這才是我撕掉的日記上寫的東西。」

「你是在保護羅比？」

「那不是他的錯，馬汀。他愛拜倫，他很相信他，他是在保護他。羅比沒拿任何錢，他那麼做不是因為貪汙，是因為愛。」

她臉上寫滿了哀傷，但馬汀還是繼續追問。「還有誰知道？」

「我不覺得有人曉得裡面運作的細節，連羅比也不曉得。但我們都知道有錢。給足球隊、給青年活動社團、給那些狀況不好的家庭，幫助消防隊，幫助軍人俱樂部。我們每個人都有份——乾旱越來越嚴重，不斷壓迫——而我們選擇不問太多。」

她站起來，他張開手抱住她，緊緊抱著。他得告訴她拜倫其實不只是個中間人，還得告訴她關於哈利．史納屈的事，然後把ＤＮＡ測試組拿給她，不過這些事情現在都能等。

＊　＊　＊

白日灼熱，且乾燥，且無趣貧瘠。早晨的微風已經消亡，太陽掛在旱溪鎮上空彷彿宣判刑期的法官。才開門營業些許短暫時間的商店又關上了，關上一個星期，或者永遠：銀行、藝廊、二手店、房仲、髮廊。葡萄酒館坐在隱匿的遮擋之中，鬼魂們是它唯一的財產。煙霧仍從酒吧廢墟朝空中升起，記者如豺狼般在街上遊蕩。十字路口的士兵，一動也不動地站在基座上，持續低著頭，大半個世紀以來不斷觀察著同一個寂靜的片刻。在酒吧旁，沒受火災侵襲的雜貨店持續深鎖，裡頭的瓶裝水也無人可得。經過十天，這個鎮變得熟悉了，馬汀感覺自己知道每棟建築物、每座房舍，每個人，記得他們的臉或是名字。現在，他知道了他們俗氣的祕密。他認識了這個鎮，這個鎮也認識他，而他知道該是離開的時候了。他已經無法再在這裡得到什麼了。威靈頓·史密斯正帶著他的錢和承諾和熱情，等著他。

最後，他們還是吵了一架。有那麼一刻，當她在他懷中，他會希望能擁有更多，相信他可以張手擁抱這個未來。但那一刻卻被他毀了。他並未真正了解她承受過的那些事情：被母親留置於哀傷之中、被史衛福特欺騙、被史納屈背叛。馬汀並未預期他揭露的事情會對她造成多大的傷害。她現在知道，即使牧師並不信任她，未曾透露過自己的真實身分，即使他曾經宣稱自己愛她。即使他讓她懷了孩子。他對她說著一樣的騙局，就像他曾對其他人說的一樣。所以當馬汀說出關於史衛福特的最後真相時——史衛福特可能是想要保護她，才錯手殺死那五個人——這件事完全無法讓蔓蒂得到安撫。她對著史衛福特也對著馬汀，發洩那股燃燒起來的怒意。這個曾做出暴力舉動的暴力男子，這個牧師，他怎膽敢以她的安全為由殺人，彷彿她是某種獵物，完全無法抵抗奎格·蘭德斯及其同類的捕食？拋下懷孕的她的人不是蘭德斯，是史衛福特。

而馬汀又揭開了她父親哈利·史納屈的真面目，混合了她的憤怒和絕望，摧毀了她心中一直以來未從承認過的想望。他侵犯她母親已經三十年了，至今沒有任何一絲悔意。完全沒有。他還使計想要贏得她的好感，假扮成她同父異母的哥哥，企圖欺騙她，謀取她繼承的遺產，連恩的遺產，那可是他自己的孫子。她放聲大哭，真的大哭：為自己失去的、從未擁有的一切而哭。她為自己、為她兒子，也為他的未來而哭，總有一天他將得知關於自己父親以及爺爺所做的事。為了安慰她，馬汀將自己給她，帶著某種不言而喻的承諾，承諾自己不一樣，一直很真誠，從未欺騙過她。有那麼一刻她是相信的，於是他也是，相信他自己是個更好的人。她懷抱著那個念頭好一陣子，時間足以讓她停止哭泣，足以讓她帶他上床，流出不一樣情緒的流淚。

但這樣的偽裝沒有維持太久，他心上還介意著那則報導，需要把事情告訴全世界。當他們躺在那裡，計畫著離開、計畫著兩人的未來時，他告訴她關於威靈頓．史密斯承諾的救贖，關於他如何重建名聲，關於他為什麼想要寫這本書，他要說出事實，要向廣大的澳洲社會說出真相，要揭開旱溪鎮的祕密、拆穿它的謊言。他將這本書獻呈如一次美好的機會：讓他們想去哪裡都可以、想住哪裡都可以。她擁有大筆財富，他可以一邊寫書一邊和她建立起新的生活。但她沉默了，什麼都沒說。他應該要以她的沉默為警，但他叨叨不休，渾然無覺。

在那一刻，她看到的他還是他之前的樣子，還是他自以前便如此的那個樣子：一名記者，把職業放在其餘一切之前；一名崇拜著真相聖壇的世俗牧師，毫不關心誰可能會在真相的佈道中受傷。她最終還是開口了，以一種溫柔、謹慎的聲音，平靜地要求他說明。她想知道，他是否會把所有事情、一字不漏地寫下來，毫無例外地，寫下他所知道的一切。不只譴責拜倫．史衛福特和哈利．史納屈，還要揭露所有曾經幫過馬汀的人：羅比和芙蘭和艾羅．萊丁，和她自己。整個小鎮。她要知道，在新聞的祭壇上，他們是否都能被消耗、被獻祭？「這就是我的工作。」他說。接著，當她的脾氣再次爆發時，他便以同樣的方式回懟，要求她說明有什麼資格這樣批評他，她操控他挖出史衛福特醜陋的過去，自始至終絕口不提知曉販毒組織的存在以及羅比的涉入。他指控她說謊、欺騙，她指控他自私、毫不顧慮其他人的感受。他們大吵；他大吼，連恩大哭，她趕他出門。

現在馬汀走到了泰晤士街，商店街的最末端，也是遮蔭的最末端。他踏出去，走入熱鍋之中，高溫滲入他的體內，他沿著海伊路繼續上行，爬上那座舊木橋，視氣溫於無物。好像這東西真能傷得了他似的。最後，他停了下來，把手掌放在橋的扶手上，感受木頭幾近灼熱的高溫，就那樣放著。河床依然乾涸而破碎，那只冰箱還在那裡，提供啤酒的海市蜃樓。

十天前，當他第一次跨過這座橋時，他是來休養的，來把心魔拋至身後。他的四十歲生日在加薩走廊一輛賓士車上鎖的後車廂裡度過，他來與此和解。麥斯・富勒派他過來，是希望他回到現場，採訪、報導，遠離辦公室，認為這能讓他重新成為曾經的那個記者。但現在站在這座橋上，馬汀才發現，他永遠都無法再成為那名記者，永遠無法再成為那個人了。他想起赫拉克里塔斯[1]的名言：人無法踏進同樣的河兩次。他看著空無一物的河床。即使是沒有水的河，也能這麼說嗎？即使經過無數個鐘頭的諮商，那個問題一直困擾著他，為什麼被遺棄在賓士車裡會對他造成這麼大的影響。他們告訴他，那是因為壓力不斷累積，他看過、聽過的太多了，而加薩那次經驗超出了他承受的極限。畢竟，他曾親眼見過最糟的事：被機槍槍決的囚犯，被迫在場觀看的家屬；難民營裡的死嬰，傷痛欲絕的母親；摯愛親人遭種族清洗抹滅後，雙眼空洞的倖存者。被關在後車廂裡幾天能和那些相比嗎？

他現在知道了。他昨晚看到了，當羅比・豪斯瓊斯從燃燒的地獄中被拖出來，勉強生還時，他看著達西・德佛站在商務飯店怒吼的火焰前，不動，也不為所動，只是寫著筆記、紀錄場面、觀察其他人的反應，完全不受現實影響，堅定不移。那時馬汀看到了自己，一如經歷加薩事件前的他，疏離於所有事件之外。麥斯・富勒的第一王牌，一身輕裝：不把自己帶入故事之中，走時也不留下自己。因為，故事

1 Heraclitus，古希臘哲學家。

是發生在其他人身上的事，他只是為了報導而在場，一名旁觀者。一切都在加薩變了。他成了故事本身，故事發生在他身上。他參與其中，沒有神賜的免疫證明，沒有權利置身故事、置身生活之外。無論喜不喜歡，他就是個參與者。從此，事情便不再只發生在其他人身上；他們一部分的哀傷或喜悅或空洞，留在他身上，成為他的一部分。他以前怎麼有辦法用別的角度去看事情呢？

站在橋上，他意識到，舊的馬汀．史卡斯頓已經消失了，永遠消失。再過一星期左右，就是他四十一歲的生日了，無論喜歡與否，他都將重生。但這重生來得有點太晚。蔓蒂已經回到書店內，永遠都不想再看到他。孤單了一輩子，他還會繼續孤單下去，可能永遠都是這樣，王牌記者永遠消失。而且現在，他會痛了；他再也不能不為所動。有史以來第一次，他讓自己成為故事的一部分，這次，他注定要讓一大部分的自己留在這裡了。此時他的眼眶泛出淚來，連自己都驚訝。他記得八歲以後就不曾哭過，成人歲月沒哭、青少年時也沒有；他沒在任何一次任務中掉過眼淚，無論事件有多麼悲慘。他曾遇過那種時候，身邊所有人的眼眶都溼了，只有他仍兩球乾燥。現在看來，是為什麼呢？眼淚滑下他的臉頰，往乾裂的河床墜去。他笑它的徒勞。

他沿著路走下堤防，開始返回鎮上。他仍下不了決心，但炎熱的溫度堅持不退；他現在沒法忽略這溫度了，就像他沒辦法忽略生活本身。沿著泰晤士街看去，他認出了一段距離外停在聖雅各教堂前的那輛紅色旅行車。他走向教堂，不確定自己會怎麼做。教堂主體穩坐在短短幾節階梯上方，沒有特色而冷漠，一如以往，似乎對陽光的攻擊已習以為常。今天雙邊門是半開的，也許觀光客們把它撬開了。教堂裡涼爽、陰暗，沒有呆頭呆腦的遊客，只有一個人，在聖壇前，跪地禱告。是那輛紅色車子的主人——芙蘭．蘭德斯。他在後方安靜地等待，直到她結束。

「噢，是你呀，馬汀。我還在想你什麼時候會來找我。」

「你好，芙蘭，還好嗎？」

「不是很好。應該說糟透了。我可以幫你什麼？」

「我昨天和杰米談過了，在拘留室，在他們帶走他之前。他在擔心你，叫我跟你說，他很抱歉，他不是故意要傷害你。我想他是認真的。」

這消息對芙蘭來說太大了。她在旁邊一張長椅上坐下，幾乎像跌進去，她低著頭，極其細微地啜泣起來。

馬汀在她旁邊坐下，耐心等待她能夠開口說話。「芙蘭，我想要寫一些東西，解釋事情發生的真相。」

「所以你想和我談這件事？」這句話比較像是陳述，而非問句。

「對。」

她無可奈何地點了點頭。

這座建築物有種令人平靜的感覺，相對於高溫、烈陽迎頭劈下的戶外，這裡就像一處避難所。馬汀打開手機上的錄音程式，等她整理好自己，才開始發問。

「芙蘭，你之前跟我提過，槍擊案發生那天你來過教堂。你說你來警告拜倫．史衛福特，因為你先生跟他那群朋友威脅要對他暴力相向。」

「對，我說過。我跟他說他們有槍，叫他應該離開這裡。他告訴我，他本來就打算要走了，就在禮拜結束之後。他叫我在黑人瀉湖等他。」

馬汀停頓，讓她的話語落定，然後才進行質疑。「不對，他沒那樣說，芙蘭。他對你說的，就和他告訴蔓蒂．布朗德的一樣：他必須一個人走。我們從蔓蒂那裡，以及他從教堂打出去的電話內容可以確定這一點。他打算自己離開，這才是真的，對嗎？」

「他愛我們，他很關心我們。」

「我相信是如此。他一定想過要帶你一起走，但他並沒有真的那樣說，對不對？他說他沒辦法那麼做。」

芙蘭久久沒有動作，然後點頭表示同意，她的聲音細如弱語：「對，是我說的。我說我會在潟湖那邊等他，我希望他出現。他從來沒說過他會，但我希望他會。」

「你真的去了黑人潟湖嗎？杰米說他在家裡看到你。」

「都有。我先回家，然後出門去了黑人潟湖。以防萬一他真的來了，我就是得去。」

「你回家的時候碰到奎格了，對嗎？」

芙蘭眼神痛苦地抬起頭來，但她一定是看到了馬汀眼中的決心，於是又再次低下頭。「現在都不重要了，不是嗎？奎格死了，拜倫死了，杰米跟死了沒兩樣，什麼都不重要了。」

「那就告訴我發生了什麼事，芙蘭，你跟奎格說了什麼？」

「我告訴他，拜倫要走了，沒有必要再去找他對質，沒有必要動槍，沒有必要動手。他都要走了。但奎格還是去了教堂。」

「但沒帶槍，那幾個人都沒帶武器。」

「杰米那時在家裡，他用某種方法讓奎格冷靜下來。」

「我知道，杰米跟我說了。他告訴奎格，拜倫從來沒侵犯過他，是赫伯．沃克搞錯，他說他跟艾稜絕對不可能讓他得手。」

「就因為這樣嗎？嗯，我懂了。」

「杰米說，奎格在去教堂之前跟你講了某件事，把你弄哭。」

芙蘭的眼淚再次瀕臨潰堤邊緣。「奎格想要報仇。」

「報仇？」

「他恨拜倫，他知道拜倫和我睡過，知道他讓我快樂。我快樂，你不懂這件事讓奎格有多憤怒，一小塊一小塊地占據了他心裡多大一部分。所以他想要報仇。」

「而且拜倫曾經揍過他，羞辱了他一頓。」

「你知道那件事？」

「我知道，我也知道為什麼。那時拜倫是警告他，告訴奎格不要再對你們動手，你和杰米。」

芙蘭發出一聲啜泣，馬汀對那出乎意料的力道感到訝異。那聲哀泣來自她內心很深的地方，已在她胸中折磨許久才終於發出，釋放了長久以來被壓抑的某個東西。她持續放低眼神，身體的反應卻背叛了她。

「芙蘭？奎格說他要做什麼？」

她抬起頭。「他說他要去把他嚇到搞不清楚狀況。」

「那是什麼意思？」

「他去教堂是為了幸災樂禍，讓拜倫痛苦。他知道拜倫人很正直，會關心人。他把要跟拜倫說的話先告訴我，是因為他想傷害我，就跟他想傷害拜倫一樣。」另一聲啜泣走漏，她全身撼動。

「他打算說什麼？」

「他說，一旦拜倫走了，我就又是他的了，他的財產、他的玩具。他會對我做任何他想要做的事，想要怎樣對我就怎樣對我，像對狗一樣。而且不只是我，還有蔓蒂，我們兩個都會變成他的，再加上任何拜倫曾經睡過的女人。就是因為這樣我才會跑到黑人潟湖。聽到奎格那樣說之後，我下了決定，如果拜倫沒有來找我，我就自殺。」

「噢，芙蘭。」

「但我沒那麼做。我沒辦法留杰米一個人面對他，他是個怪物。」又一陣啜泣，一股深沉的浪，滿溢、湧出，經過時令她全身發抖。「他死了我很高興，馬汀，我很高興拜倫殺了他。我每天都在慶祝這件事。我會來這裡表達我的感激，我為其他人感到遺憾，對艾稜、湯姆還有其他人感到不捨，真的。但對他不會。」

馬汀猶豫了一下，不確定是否該繼續追問，對這個脆弱的女人施加更多壓力。但他沒有選擇；無論他對於自己這麼做有多不舒服，想要尋找真相的渴望仍在，持續、強硬且堅定不移。

「芙蘭，警方手上有一段拜倫從聖雅各打給艾弗立．佛斯特的電話錄音，通話時間是在你去找了拜倫之後，在他開槍前的前一刻。你懂我在說什麼嗎？」

馬汀從她眼中可以看出她懂。他看見肯定和確認，他看見糾結，也看見不安和惶恐。「拜倫告訴佛斯特，奎格犯了罪——而且不只是他，他那些獵友也是。當你去求拜倫到黑人潟湖找你，好讓你能逃離奎格的時候，你跟拜倫說的就是這件事嗎？因為極度渴望逃離你先生，也為了讓拜倫願意出手相救，你就在沒有任何證據的情況下，指控他那群朋友都有暴力傾向，是不是這樣？」

芙蘭．蘭德斯什麼話都沒說。她也不需要說，那雙眼睛已經替她坦白。接著她整個人被啜泣凌駕，喪失最後僅存的自制力，再也無法面對馬汀的注視。這座教堂將再也不是避難所。

馬汀不知道該譴責還是安慰，所以他兩者都做：用自己的心發出譴責，用言語提供安慰。這麼久以來，這個女人受盡多少折磨，和一名惡毒的丈夫困在一段無愛的婚姻裡，最後在走投無路下說了謊，不僅指控奎格，還把他的朋友也拖下水。難道不就是這個輕如鴻毛的謊，壓垮了拜倫．史衛福特錯亂心智上的那把秤，終致他傾斜翻落到非下殺手不可的境地嗎？馬汀怎麼能原諒她呢？他又怎麼能不原諒？

* * *

後來，在教堂的階梯上，馬汀站在灼烈的陽光中，站在牧師開火時所站的位置。他向外望去，看向史衛福特的教區居民當初在牧師身下慌亂逃竄的地方，看向芙蘭．蘭德斯的紅色旅行車所停的樹蔭，當時傑瑞．托林尼和艾稜．紐克一起坐在那名果農的卡車裡，托林尼死了，而男孩艾稜躲在底下。他看向對面的堤防，路克．麥金泰爾在那裡目睹了整場大屠殺。最後，馬汀相信他知道為什麼史衛福特會那麼做了。站在教堂的階梯上，他試著讓自己進入牧師的立場，以如同牧師在他生命中最後一刻時的眼光，去看這個世界。

史衛福特來到教堂時，本來打算舉行最後一次禮拜，之後便帶著槍離開這裡。被杰米．蘭德斯和艾稜．紐克誤導的沃克，不公義地指控他性侵兒童，還把他關在拘留所裡。指控是錯的，但不代表會馬上消失；那位貝林頓小隊長極有可能會著手調查他的過去，並發現他的真實身分。小隊長也有可能發現設在灌叢荒原的大麻農場，發現艾弗立．佛斯特也參與其中，何況羅比知情不報。再加上，有線索顯示，灌叢荒原裡曾發生過極為殘忍的罪行。他非走不可。

所以，在抵達教堂之前，史衛福特先去找蔓蒂道別。她告訴他自己懷孕了，是他們的孩子，並要求跟他一起走。但他拒絕了。因為他不是真的拜倫．史衛福特，而是朱立恩．弗林，戰爭罪犯兼逃犯。帶她一起走，對她來說沒有任何好處。他願意把大麻還有羅比．豪斯瓊斯的事告訴她，但永遠不會向她展露真正的身分。馬汀可以理解：種大麻是一回事，冷血殺死婦孺是另一件事。

史衛福特離開蔓蒂之後，便去了教堂。芙蘭．蘭德斯在慌亂中抵達，提醒他奎格和他的朋友要來殺他。奎格．蘭德斯明顯是個懦夫，史衛福特對於他試圖想威脅自己這個念頭一笑置之。史衛福特曾經揍過他一頓，他大可以再揍他一次；要是蘭德斯帶了槍，那麼他會從祭衣室裡拿一把自己的。他要她別擔心，反正他要離開這個鎮了，就在當天。

她在那時才察覺他馬上就要離開，便為了自己的處境向他哀求。她說史衛福特這麼做等於不顧她和杰米的安危，任由她丈夫暴力相向；她說他應該帶他們兩人一起走。當這麼說無法動搖他的決定，她便指控奎格，同時把他那一群朋友拖下水。但史衛福特依然無動於衷，不願伸出援手，無意在黑人潟湖和她碰面。

接著那天早晨的情勢再次轉變。芙蘭回到家，試圖安撫丈夫，告訴他史衛福特要離開了，沒有必要再動用暴力。隨後杰米．蘭德斯說服父親性侵的指控只是無中生有。就在那一刻，奎格，這名有暴力傾向的丈夫和父親，看到了能夠施展一次可悲報復的機會。他在打獵同伴們不明就裡的支持下來到教堂，打算向讓他戴綠帽的那個男人復仇，動手揍他、言語羞辱。馬汀仔細想著這一點，奎格．蘭德斯對拜倫．史衛福特一定非常之恨——且看人非常之不準。

奎格抵達教堂，赤手空拳，行為文明地和牧師握手、親切微笑，同時說著出於恨意的語言。他說了什麼？他用了哪些字詞去攪亂史衛福特的心志呢？如果芙蘭是對的，他告訴牧師的就是他將會讓芙蘭和蔓蒂成為他的奴隸，對她們做盡心裡的惡事，而整個鎮都將屬於他。馬汀回想起史衛福特打給佛斯特時說的：「**他和他那群人。荒原那個犯罪現場，我跟你說過的，有血跡和女人內衣那裡，一定是他幹的。是他和他的朋友，不是死神幫。**」馬汀思考了一下。蘭德斯應該不可能提過殺死背包客的事，因為他對此一無所知。如果獵人們發現了那個犯罪現場，一定會報案。但在史衛福特的想像中，他一定覺得奎格的罪行已無可抵賴；奎格成了邪惡的化身，暴戾的性掠奪者，墮落且心中無神，率領一幫黑暗使徒。

相信奎格虛假的恫嚇與意圖，相信芙蘭對貝林頓釣魚俱樂部的空穴來風，相信腦中燃燒過度的幻想，史衛福特帶著這些意念進了祭衣室。祭衣室裡有一部為了和死神幫聯絡而裝的電話，他用那支電話打給艾弗立．佛斯特。馬汀回想起通話的錄音。史衛福特告訴他的好友，他需要帶蔓蒂一起走，好保護她不落入蘭德斯的魔爪。佛斯特同意了。一直到這個時候史衛福特依然打算要離開，甚至可能在半途決定連芙蘭一起帶走，或者之後再派人去找她。

但就在他換衣服準備進行最後一次禮拜時，哈利．史納屈打給了佛斯特。埋頭在自己所設的騙局中，對教堂內的情形一無所知的史納屈告訴佛斯特，他知道拜倫．史衛福特是個假冒的身分，還知道他其實是朱立恩．弗林。佛斯特立刻打給史衛福特，要他拋下蔓蒂，馬上離開。

馬汀想像牧師當時坐在祭衣室裡，手裡拿著耶穌受難十字像，斟酌內心的選擇。史衛福特還是能逃，但既然警方現在知道他是弗林，肯定會追著他跑。他不可能永遠都在逃。帶著才剛懷孕、對他的過去毫無所知的蔓蒂一起走，不再是適合的選項了：短期來說可能會危害到她的生命安全，長期來說則可能讓她成為共犯。但他怎麼可能丟下她獨自逃跑呢？怎麼可能把她和他們的孩子還有芙蘭全都留在這裡，等著蘭德斯和他的同夥上門凌虐。

史衛福特坐在祭衣室裡，身穿牧師聖袍，被槍圍繞，意識到自己不能離開，也不能留下。於是他起身走到這裡，走到馬汀目前站的階梯上，有條不紊地，將他們一個一個槍殺。他讓旱溪鎮成了一個安全之地，讓芙蘭、蔓蒂，還有他尚未誕生的孩子能擁有安全的未來。但他錯了，錯得非常離譜。在他殺死的那些男人中，既沒有強暴犯，也沒有謀殺犯，除了他饒過一命的艾稜．紐克。除了奎格．蘭德斯之外，其他人都不曾犯過任何罪行。而且即使是蘭德斯這種毆打老婆和小孩的傢伙，也不應該被就地槍決，他所說的威脅並非無法避免。一如蔓蒂竭力提醒馬汀的一點，蘭德斯對他老婆施加暴力這一事實並不代表蔓蒂就一定會受到同樣的待遇。

馬汀站在教堂的門前仔細思考這點。有沒有可能，牧師之所以犯下這種令人髮指且不可原諒的行為，全出於受到誤導的正直動機呢？馬汀認為，這正是目前證據所暗示的推論。

然後呢？牧師拿著槍，坐在馬汀現在站的地方，他殺了五個人，相信自己為這座小鎮擺脫了邪惡的掌控。他可以逃，但警察很快就會抓到他。他們會不惜任何代價、任何資源：這已經是他第二次犯下大規模殺人案了。他考慮過自殺嗎？應該有。把槍放進嘴裡，然後扣下板機。但他為什麼沒有那樣做？因為宗教對罪的信念嗎？或者，因為這麼做還是會讓他關心的人繼續暴露無依？艾弗立、羅比、傑森，每一個曾被他說服助他一臂之力的人，每一個曾受惠於大麻買賣獲利的鎮民。他在阿富汗殺了那些無辜民眾，必須贖罪的人是他才對，否則警察會把這些人找出來，並為了他所犯下的罪，也對他們進行懲處。

接著羅比出現了，溫柔、愚蠢的羅比，於是解決問題的方法也自動浮現。如果他必須要死，那他就得讓自己死得有價值。一場獻祭，為他們所有人的罪而死。對於披聖袍的人來說，還有什麼死法比這更有價值？假如他讓羅比殺死自己，那麼年輕的警察就會成為英雄，免受責備，而且沒有人會懷疑他在暗中幫助、教唆大麻組織。然後羅比可以保護艾弗立，進而讓艾弗立保護傑森和莎莎。因此，史衛福特對羅比開槍，但故意打偏，他放慢了動作、刻意地，逼迫羅比殺死他。他還是在死前提出了警告：「哈利．史納屈知道所有事情。」蔓蒂曾暗示過，羅比愛拜倫．史衛福特，也許到了最後，拜倫認出了那份愛，並盡自己所能地去保護它。

馬汀在一年前牧師坐著死去的地方坐下，水泥燙得像煎板，熱氣穿過長褲燒了過來。這將會是一本了不得的書，威靈頓．史密斯會為此欣喜若狂。四樁不同的犯罪事件，全發生在同一個受乾旱肆虐的小鎮，各自獨立卻又都暗自連結，受到貪與恨、罪疚與希望驅動：販毒組織是受摩托車幫派染指的贖罪工具，德國背包客謀殺案是由虐待行為導致的虐待行為，聖雅各槍擊案是出於一片好意而殺害無辜人民的謀殺案，還有哈利．史納屈，試圖以詐欺掩蓋強暴。四起犯罪事件，全都根源於或遠或近的暴力行為。

馬汀仔細想著自己揭露的這些事，但他卻對未來即將書寫它們的過程感受不到絲毫樂趣。

28・生活

馬汀覺得自己在重複。同樣的班機從雪梨飛到沃加瓦加，同樣的租車行，或許連車都是同一輛。但經過那兩個星期，他覺得現在的馬汀・史卡斯頓跟當時已經不一樣了。此時握著方向盤的手是他的，再一次變得熟悉起來，絕無特別之處，但也絕不陌生。他旁邊的座位上放著幾本《本月》雜誌的樣本，紅色封面上占據著朱立恩・弗林的臉，是他成為拜倫・史衛福特那一瞬間所拍下的模樣。照片截自雪梨機場入境管制處的監視器影片，由傑克・高芬提供，當時弗林正把拜倫・史衛福特那本經過變造的護照當成自己的交出。他注意到監視器，就在一瞬間，他抬頭瞥了一眼攝影機，鏡頭錄下了那道畫質恍惚的凝視。

威靈頓・史密斯預訂的印刷數量是平常的兩倍，並在發行前將禁止轉賣的版本寄給了各大主流媒體。這將是今年夏天最重要的新聞，或許還會成為整年度最重要的，而這篇文章則是它最明確的敘述報導。馬汀低頭又瞄了雜誌一眼。封面設計師把弗林的臉轉成兩種色調，黑疊在紅上，然後再把它疊加在聖雅各教堂的照片上。標題很簡單：〈真相〉。然後下面寫著：「戰爭罪犯、毒品集團和遮掩的謊言——澳洲最大規模殺人事件背後的真相。作者：馬汀・史卡斯頓。」辱職記者的身分已拋在身後。

文章圍繞著拜倫・史衛福特為主題。內文有六千字，對澳洲人來說很長了，就算以《本月》的標準來說都不短，但還有很多沒說的，可以留待那本已進入籌備期的新書再來詳談。他把艾弗立・佛斯特的角色講得很詳細，畢竟他占據事件的關鍵位置，而且保護死者沒有太大意義。他也對死神幫有很仔細的描述，但對傑森・摩爾隻字未提，甚至沒有任何暗示。他替赫伯・沃克翻了案，將他從自殺事件和怠忽職守兩頂帽子底下釋放。ＡＳＩＯ在文中的形象良好，幫海關和移民署收拾了爛攤子；他提到傑克・高芬，但沒說名字。哈利・史納屈並未沒出現在文章裡，不過馬汀沒有要放過他的意思，而是想留待以後繼續：他將成為下一期的封面故事，馬汀也在書裡為他留了一整個章節。

起初，這篇文章對馬汀來說算是非常難寫。積習難改，他很想通盤說出所有事，這樣的衝動根深蒂固且不易動搖。那樣做確實能讓文章變得非常吸引人，但他腦中不斷浮現蔓蒂的臉，一次又一次，她滿臉淚水，大聲罵他喪心病狂。他向麥斯求助建言，卻只加深了他的不安。他這位前任編輯的態度頗為強硬：「保護好你的消息來源，除此之外的一切都寫進去。只要有新聞價值，大眾就有知道的權利。」他訓誡道。「我們不是來扮演上帝的。」結果最後馬汀沒聽他的話，成了孽徒，把導師的忠告擋在筆外。他放過蔓蒂、放過芙蘭、放過傑克、放過克勞斯，最重要的，他放過了旱溪鎮的鎮民：從足球隊、青年活動社團和消防隊，到艾羅・萊丁和其他人，那些收了錢卻從不過問來源的人。他沒說謊，只是略過不提。他提的是關於拜倫・史衛福特、奎格・蘭德斯和杰米・蘭德斯的真相。他帶著些許遺憾說出了羅比・豪斯瓊斯真正的模樣：說他因為著迷於拜倫・史衛福特的魅力——在出於同理心，而非謀求個人利益的態度下——對毒品交易的行為視而不見；說他忽視心裡任何一絲可能存在的質疑，將艾弗立・佛斯特的死判定為自殺事件；並說他就連在史衛福特和佛斯特死後，都不曾上報那個販毒組織。而馬汀也帶著些許愉悅地，說出了關於霍里・果芬諾、紐克兄弟和傑瑞・托林尼的真相：他們確實是極其無辜的受害者，無可指摘。當他寫完，把稿子發出去後，他發現自己對文章很滿意，對自己的感覺也好了一些。

但這都不是他今天之所以如此愉快的原因。他從海伊離開，駕車跨越廣闊的大平原，朝灌叢荒原、氾濫平原和旱溪鎮的方向而去。他之前打電話給蔓蒂，試圖把事情做對，留言提醒她那篇文章要發表了，還寄了PDF檔。考量到現況，他判斷這已是自己當下所能做的全部。他不期望收到任何回應，更別提接到她的回電。一個星期前，他把DNA測試的結果寄給蔓蒂，測試結果確定史納屈就是她的生父，她之後就沒再和他聯絡過，因此他這次也不期不待。只是，後來她真的回電了，幾乎是一讀完那篇文章就撥了電話。她說自己打算離開旱溪鎮，正在打包母親的書店，想把生活和兒子帶到別處，覺得馬汀應該會想來幫她一把。他不敢相信自己竟然這麼好運，彷彿遇上命運的轉折點。她的聲音很輕，笑聲如神的祝福。此時他正往她的方向駛去，心臟都快跳到嘴裡。

平原朝遠方不斷延伸，陽光無處不在，空氣乾燥，但今天有點不同。一道厚實雲層的前緣從地平線向上蔓延，彷彿是塗在藍色天空背景上的色塊，不僅顏色烏黑而且志向遠大。那是一股少見的低壓氣旋，這次終於穿進了澳洲內陸，不再只是掃過這座大陸的南方。地平線清晰可見，是灰色雲層下方一道明顯的金線。灌叢荒原出現在他右手邊，最初還只是一塊卡其色的汙點，彷彿只存在他的意識中，接著它越來越近，越來越近，從汙漬變成了植披矮叢，然後是幾株獨立的樹，因為營養不良而又細又長。他越過大火走過所留下的足跡，柔和的灰綠色一度只剩單調的黑，然後又恢復成灰綠色。他進入氾濫平原、那座聲音吵雜的橋，然後進入旱溪鎮的鎮上。儲存槽在遠處如哨兵，在黑色的天空中發著金光。他向下開進主大街，看起來就跟上次離開時沒有差別。酒吧已不再悶燒冒煙，街上的碎屑也被掃乾淨，但那名大兵還站著，佇立不搖，絲毫不受影響。死的依舊已死，活下來的則仍在憂傷。

他熟練地停好車，保險桿離街邊的路緣僅有幾公分的距離。他走進書店，覺得店裡似乎不太對勁，跟他預期的不太一樣。書都還在原本的架上，扶手椅和矮桌在店面的前半等著客人上門，掛在天花板的電扇緩慢旋轉，櫃檯上水景擺飾的水流嘩啦嘩啦地從這塊石板流往另一塊。但日式屏風被移走了，窗簾大開，現在整間店裡盈滿光線。

蔓蒂從彈簧門後出現，連恩被用新的吊帶綁在她身上，他的手指穿進她髮中，眼神是惡作劇的眼神。「嗨，你好啊。」她連吊帶都沒解，便伸出雙手繞過馬汀的後頸，給了他一個吻，充滿動力、迫切和渴望。那個吻彷彿持續了永恆，是馬汀．史卡斯頓此生難得的吻。「歡迎回來。」

馬汀一時說不出話來。

「要咖啡嗎？」她問。

「當然。」

她再次露出微笑，眼神調皮，酒窩似有若無地勾人。她飄過他身邊，走到咖啡機旁忙起來。

「那臺機器還能用啊？」他終於找回自己的聲音。「然後這些書是怎麼回事？我以為你要關店了所以正在打包。」

「計畫有變，我找了一個店長。」

「真的嗎？」

「對啊。這地方現在是我的了，還記得嗎？要說的話，旱溪鎮有一半都是我的。反正沒人會買，也沒人願意租，有何不可？」

「店長是誰？」

「是我。」一顆頭突然從其中一只書架後方冒出：是怪老哈瑞斯。原來他一直躲在那後面。

＊　＊　＊

後來他們四個圍坐在店面前半那幾張扶手椅上，馬汀把連恩放在腿上，感覺小男孩的重量，覺得責任感迫近。怪老正在讀他刊在《本月》雜誌的文章。蔓蒂笑著，半被逗樂半被寵溺，彷彿她喜歡看到眼前的景象。她把自己的計畫告訴馬汀。她要留下書店，怪老不必付租金，如果店有盈餘也歸他。她也會保留泉田，清理蓄水池並裝設貯水器，把乾淨、清澈的水送至鎮上。艾羅．萊丁正在幫忙取得議會同意，如果成功，水的費用就由他們支出，而盈餘將捐往喀布爾的一間孤兒院。她說話的時候，怪老持續讀著文章，邊讀邊發出哼聲。他看起來脫胎換骨：乾淨而且刮了鬍子，穿衣服、戴眼鏡，還剪了頭髮，保持牙齒潔白閃亮。他讀完後，緩緩點著頭。

「還可以吧？」馬汀問。

「很好啊，小夥子，就看到的這些來說挺好的。」

馬汀露出微笑。「我知道，有些事情還是不說比較好。」

「什麼都很懂嘛你。」

就在這時，他把那件事告訴了他們，那個他三十年來從來沒跟人說過的故事。他邊說邊看著蔓蒂，聲音充滿敬意。

「我家人死的那天，也是我停止生活的那天。那天，在貝林頓，有輛卡車衝出馬路。那輛卡車殺了我太太潔西卡，殺了我兒子喬帝，也把我的心殺死了。到現在還會痛；都三十年過去了，現在還會痛。」

「怪老？」蔓蒂的聲音裡滿是關心。

「當然，我應該跟他們一起去的，但我沒有，蔓蒂，我那時跟你媽媽在一起。我那時人跟凱瑟琳在一起。」

「和我媽？」蔓蒂疑惑地問。

他天真地笑開。「不是那個意思。我很愛我太太，而且你媽媽那時也完全不是有辦法談戀愛的狀態。

我當時在貝林頓的銀行當經理，你媽媽來找我借錢。她想要離開，想要逃走，但是沒有錢。他變得很暴力，開始打她，彷彿她只是他的所有物。她把事情都告訴了潔西卡。我太太是她以前在學校的老師。凱瑟琳那時已經懷孕了，是你，她很擔心自己跟你的安全。當然了，她什麼都沒有，沒有存款、沒有抵押品。她父親對這件事沒有絲毫同情心，只想不計代價把自己的女兒嫁進史納屈家王朝。這講起來很難聽，但事情就是這樣。銀行的規定很嚴格，不過我們還是努力想能夠幫忙的辦法。然後我的家人就被殺了，我幫不上任何人，連自己都幫不上。我很自責，因為我那時居然和凱瑟琳在一起，想盡辦法去幫一個幾乎不認識的人，我應該要待在他們身邊才對。」

「但是怪老，你又能怎麼做？」蔓蒂問。「沒有人能預先防範那種事發生。」

「我可以和他們一起死。」

「噢，怪老。」

「我有好多年都是這樣想。這個想法把我逼瘋了，把我送進了精神病院，藥、電擊療法、自殺。我不怎麼推薦那種生活，真的不推薦。但那是很久以前了，已經是過去式。我學到要去想其他事情，不要一直活在那裡面。最後我帶著一顆壞掉的腦袋跟一個壞掉的靈魂回到這裡，第一個對我伸出援手的人就是艾瑞克．史納屈。他是真正的紳士，心地善良。他給了我荒原上那塊地，當成我僅剩的理智空間，我小小的隱居所。但是我卻以傷害他作為回報。我告訴他他兒子到底是個怎樣的人：哈利動手打了凱瑟琳，不只打她還強暴，這件事我太太和我都知道，潔西卡也看過那些瘀青。讓他知道自己的兒子是個畜生，這樣去報答人家的善良心腸，想不到吧？在那之前，他一直都站在哈利那邊，幫哈利駁回指控、拉下消息，讓自己因為無罪推定相信哈利是無辜的。但當我把事情告訴他之後，他就不再騙自己了。他跟哈利攤牌，最後跟他斷絕關係，讓他流放。艾瑞克試著跟凱瑟琳聯絡，我知道，他試圖為自己之前沒有相信她道歉。他提議彌補，但她很驕傲，說她不需要幫忙，尤其不需要史納屈家的人給的幫忙，所以他就用她不曉得的方式去幫她。」

「這間書店跟房子嗎？」馬汀問。

「對。那時的鎮長是艾羅·萊丁，我們那時還有鎮長。圖書館關門時，艾瑞克說服艾羅把書給了凱瑟琳。艾羅告訴凱瑟琳，這間店面跟房子都屬於議會所有，他們很抱歉沒辦法付她薪水，不過她可以把賣書的盈餘留著，然後免付房租，就跟你和我約定的條件一樣。我覺得她相信這個說法，至少一開始相信，到最後我就不確定了。」

「怪老，你後來見過她嗎？她認得你嗎？我小時候完全不記得你。」蔓蒂說。

「你當然不記得。我是個隱士，又住在荒原裡，那時連車都沒有。我不想看到任何人，而且非常狼狽。但我願意見她，她算是唯一一個。看到她的時候我都很高興。她大概一星期左右會去找我一次，在你去上課的時候，帶食物和書給我。她會停好車，然後大按喇叭，警告我趕快找衣服穿。大多數時候她給了我東西就會離開，不過有時候她會留下來聊天，不過我們從來沒聊過以前發生的事，從來沒有。她是個很好的人，蔓德蕾，非常了不起。」

「噢，怪老，」蔓蒂又說了一次，然後伸出手，握住他的。

沉默延續了好一陣子。接著那陣聲音響起，屋頂受到輕輕敲打——不過真正引起他們注意的是外頭傳來的尖叫，一下子把馬汀的感官推至極限。尖叫再次響起，不過這次他能更正確地判斷：不是尖叫，而是高興的歡呼聲。接著他透過最近才不再遮掩的窗戶，看到了噴濺的雨，起初還小，然後一道灰色牆面便爬上了整條街道。一陣巨大的雷聲劃破整座小鎮，搖窗撞戶，震得他們胃裡都有回音。他們全都站了起來，衝出門外，跑到街上，加入已經在那裡的人群，圍著圓圈跳舞、大笑、伸展雙臂捕捉雨點。蔓蒂抱緊了連恩轉圈，小男孩因為這快樂的時刻而活躍起來。馬汀感覺到衝擊的力道，豆大雨滴，撞上時有些刺痛。雷聲再次響徹旱溪鎮，彷彿教堂的鐘聲。雨水傾瀉了輝煌壯麗的幾分鐘，天空又開始逐漸明朗。雨就這樣停了，跟開始時一樣突兀，只持續了不到五分鐘。路面因此蒸氣四散，人們興奮不已。陽光的光束傾斜插下，劈開洗淨的空氣，金光抵著黑色的天空。馬汀大口呼吸，把那味道都吸進去。是生活。終於啊終於。

作者附註

《烈火荒原》的背景設定是我在二〇〇八到〇九年的夏季旅行時想到的，當時是千禧年乾旱的高峰，我正在為我的非虛構作品《河》（*The River*）做研究。不過，旱溪鎮和貝林頓這些小鎮完全都是我虛構的，裡頭的居民也是。旱溪鎮裡有許多借自各個鄉下小鎮的邊邊角角，但大部分都來自想像。

書中的犯罪沒有真實事件基礎，所有的角色也完全是虛構的。《雪梨晨鋒報》、《世紀報》、十號電視網和其他各家新聞媒體都是真實的媒體組織，不過報社裡描寫的所有角色都沒有真實人物範本。此外，我在《烈火荒原》書中描述了不少值得深思的錯誤新聞從業標準，也都無意影射這些媒體在現實世界裡所堅持的標準。

致謝

寫作是獨自追尋的過程，直到再也不是。在某個階段之後，手稿總需見光。《烈火荒原》初稿的第一批讀者是我偉大萬能的記者好友們，麥可・布里山登（Michael Brissenden）、凱薩琳・墨菲（Katharine Murphy）、保羅・達立（Paul Daley）和傑瑞米・湯普森（Jeremy Thompson），每一位都提供了深刻的回饋。接著是柯蒂斯布朗（Curtis Brown）的班傑明・史蒂文森（Benjamin Stevenson），他溫文有禮地指出了某些重大缺陷。謝謝班！再來是柯蒂斯布朗的葛瑞絲・海非茲（Grace Heifetz），她對這本書的好感讓她成了我的經紀人。葛瑞絲極為優秀地向外界呈現了這本書和我本人，成功獲得國內外出版社的注意。

非常感謝艾倫與安文出版社（Allen & Unwin）的所有人：珍・保非曼（Jane Palfreyman）、湯姆・吉力野（Tom Gilliatt）、克莉絲塔・曼斯（Christa Munns）、艾立・拉孚（Ali Lavau）、凱特・高茲沃席（Kate Goldsworthy）和整個優秀團隊，也謝謝艾力克斯・普托奇克（Alex Potočnik）為我畫了出色的地圖。

在英國，我要感謝柯蒂斯布朗的費蕾西蒂・布朗特（Felicity Blunt）和凱特・庫柏（Kate Cooper），以及野火頭條出版（Wildfire/Headline）的凱特・史帝芬森（Kate Stephenson）；在美國，則要對讀書會文學經紀團隊（The Book Group）的菲・班德（Faye Bender）以及試金石／塞蒙舒斯特（Touchstone/Simon & Schuster）的塔拉・帕森（Tara Parsons）送上感激。此外還有許多我該感謝的人——所有在幕後努力工作、賦予這本書最佳成功機會的所有人，謝謝你們。

我由衷感謝能在這部作品孕育初期便獲得ＡＣＴ[1]政府的藝術補助計畫（Arts Fund）。對於心中有志寫作的人來說，這類補助是支持創作的重要關鍵。

最後，也是最重要的，我要對家人們致上我的愛與感謝。我太太赤見友子、我們的孩子卡麥隆（Cameron）和伊蓮娜（Elena），以及這個家族的所有成員。

1　Australian Capital Territory，澳洲首都領地。

類型閱讀 045

烈火荒原

Scrublands

作者	克里斯・漢默（Chris Hammer）
譯者	黃彥霖
社長	陳蕙慧
副總編輯	戴偉傑
責任編輯	戴偉傑
特約編輯	周奕君
行銷企畫	陳雅雯、尹子麟、黃毓純
封面設計	兒日設計
電腦排版	宸遠彩藝

讀書共和國 集團社長	郭重興
發行人兼出版總監	曾大福
出版	木馬文化事業股份有限公司
發行	遠足文化事業股份有限公司
地址	231 新北市新店區民權路 108 之 4 號 8 樓
電話	（02）2218-1417
Email	service@bookrep.com.tw
郵撥帳號	19588272 木馬文化事業股份有限公司
客服專線	0800-221-029
法律顧問	華洋國際專利商標事務所　蘇文生律師
印刷	前進彩藝有限公司

初版一刷	2021 年 5 月
定價	420 元

ISBN：978-986-359-892-3

國家圖書館出版品預行編目

烈火荒原 / 克里斯・漢默著 ; 黃彥霖譯 . -- 初版 . -- 新北市 : 木馬文化事業股份有限公司出版 : 遠足文化事業股份有限公司發行 , 2021.05
448 面 ; 14.8×21 公分
譯自 : Scrublands
ISBN 978-986-359-892-3（平裝）

887.157 110004100